JENNIFER HILLIER hat Angst im Dunkeln – bevor sie schlafen geht, schaut sie mehrmals nach, ob alle Türen gut verschlossen sind. Trotzdem ist ihr Lieblingsautor Stephen King. Mit ihrem Mann und dem gemeinsamen kleinen Sohn lebt sie in Toronto, Kanada. Nach *Liebe mich, töte mich* ist dies ihr neuer Thriller in deutscher Sprache.

Denk an mich, wenn du stirbst in der Presse:
»Nicht verpassen!« *USA Today*
»Große Empfehlung!« *New York Post*
»Diabolisch gut geplottet!« *Publishers Weekly*

Außerdem von Jennifer Hillier lieferbar:
Liebe mich, töte mich. Thriller

JENNIFER HILLIER

DENK AN MICH WENN DU STIRBST

Thriller

Aus dem Amerikanischen von
Charlotte Breuer und Norbert Möllemann

PENGUIN VERLAG

Die Originalausgabe erschien 2020
unter dem Titel *Little Secrets*
bei St. Martin's (Minotaur), New York.

Das Zitat auf S. 21 stammt aus dem Gedicht *Have You Ever Tried to Enter the Long Black Branches?* von Mary Oliver und wurde von den Übersetzern ins Deutsche übertragen.
Das Zitat auf S. 217 stammt aus dem Song *Fell on Black Days* von Soundgarden. Urheber von Text und Musik ist Chris Cornell.
Das Zitat auf S. 299 stammt aus dem Song *Down in a Hole* von Alice in Chains. Urheber von Text und Musik ist Jerry Cantrell.
Das Zitat auf S. 447 stammt aus dem Song *Closing Time* von Semisonic. Urheber von Text und Musik ist Dan Wilson.

FSC www.fsc.org MIX Papier aus verantwortungsvollen Quellen FSC® C014496

Klimaneutral* Druckprodukt ClimatePartner.com/14044-1912-1001

Penguin Random House Verlagsgruppe FSC® N001967

1. Auflage 2022

Dieses Werk wurde im Auftrag von St. Martin's Press
durch die Literarische Agentur Thomas Schlück GmbH,
30161 Hannover vermittelt.
Redaktion: Stefan Lux
Umschlaggestaltung: www.buerosued.de
Umschlagabbildung: www.buerosued.de
Satz: Uhl + Massopust, Aalen
Druck und Bindung: GGP Media GmbH, Pößneck
Printed in Germany
ISBN 978-3-328-10767-5
www.penguin-verlag.de

Für Darren und Mox

Alles, woran ich zerbrochen bin,
hat mich letztlich hierhergebracht,
und ich würde alles wieder genauso machen.

Und für Lori Cossetto

Ohne Dich hätte ich das nicht durchgestanden,
und ich bin Dir unendlich dankbar.

Kapitel 1

An einem normalen Tag ist der Pike Place Market eine Touristenfalle. Aber in der Vorweihnachtszeit, wenn alle auf den letzten Drücker Weihnachtseinkäufe erledigen, noch dazu an einem extrem milden, sonnigen Wochenende – was im Dezember fast nie vorkommt –, ist es nirgendwo in Seattle so brechend voll wie hier.

Marin hat Sebastians Jacke in eine ihrer Einkaufstaschen gestopft, trotzdem ist er nass geschwitzt. Seine kleine Hand rutscht jedes Mal aus ihrer, wenn er versucht, seine Mutter in eine andere Richtung zu ziehen.

»Mommy, ich will einen Lutscher«, sagt er zum zweiten Mal. Er ist müde und nörgelig, und eigentlich bräuchte er ein Nickerchen. Aber Marin muss noch ein letztes Geschenk besorgen. Sie bildet sich etwas darauf ein, dass sie sehr persönliche, mit Bedacht ausgewählte Geschenke macht. Doch ihr vierjähriger Sohn interessiert sich nicht die Bohne für Weihnachtseinkäufe. Sebastian glaubt, dass der Weihnachtsmann die Geschenke bringt, und im Moment will er nur etwas Süßes.

»Bash, bitte, nur noch fünf Minuten«, sagt sie entnervt. »Dann kriegst du einen Lutscher. Aber bis dahin musst du brav sein. Abgemacht?«

Das Angebot stellt ihn zufrieden, und er hört auf zu quengeln. In der Markthalle gibt es einen Süßwarenladen. Die beiden kennen ihn gut, sie sind schon oft dort gewesen. Der Laden ist total schickimicki, es werden hauptsächlich Süßigkeiten aus eigener Produktion verkauft, und er ist vor allem bekannt für seine »von-der-Bohne-bis-zur-Schokolade-handgemachten-französischen-Trüffel«. Die Fassade ist blasstürkis gestrichen und der Name des Ladens in goldener Kursivschrift auf das Schaufenster gemalt: *La Douceur Parisienne.* Es gibt nichts unter vier Dollar, und der riesige Lutscher, den Sebastian haben will – rund, in Regenbogenfarben –, kostet fünf.

Kein Witz, fünf Dollar für einen Lutscher. Der reine Wahnsinn, das ist Marin klar. Aber zu Sebastians Verteidigung muss erwähnt werden, dass er nichts von der Existenz dieser Luxuslutscher wüsste, wenn seine Mutter ihn nicht schon mehrmals mit in den Laden genommen hätte, um diese Trüffel zu kaufen, die zugegebenermaßen verdammt köstlich sind. Sie sagt sich, dass es okay ist, ihren Sohn hin und wieder mal zu verwöhnen, außerdem werden für die Süßigkeiten von La Douceur Parisienne ausschließlich Rohrzucker aus biologischem Anbau und Honig aus der Region verwendet. Derek allerdings sieht das anders. Er ist der Meinung, dass sie versucht, den Kleinen ganz nach ihrem Vorbild zu einem wählerischen Esser zu erziehen.

Aber Derek ist nicht hier. Er ist in irgendeiner Sportkneipe an der First Avenue und sieht sich bei einem Bier ein Spiel der Huskies an, während Marin, ihren übermüdeten Sprössling im Schlepptau, die letzten Weihnachtseinkäufe erledigt.

Es vibriert in ihrer Tasche. Bei dem Markttrubel kann sie ihr Handy nicht hören, aber sie spürt es, und sie lässt die Hand ihres Sohnes los, um es herauszunehmen. Vielleicht ist es ja Derek, und das Spiel ist schon vorbei. Sie wirft einen Blick aufs Display. Es ist nicht ihr Mann. Sie hat jetzt überhaupt keinen Nerv zu plaudern, aber es ist Sal. Sie kann den Anruf unmöglich ignorieren.

»Bash, bleib hier«, befiehlt sie ihrem Sohn und nimmt das Gespräch an. »Hallo.«

Sie klemmt sich das Handy zwischen Ohr und Schulter und wünscht, sie hätte ein Paar Airpods für solche Gelegenheiten, denkt jedoch im selben Moment, dass sie keine von diesen beknackten Müttern sein will, die permanent mit diesen weißen Stöpseln im Ohr rumlaufen.

»Alles in Ordnung? Wie geht's deiner Mutter?« Sie nimmt Sebastian wieder an die Hand, während ihr ältester Freund ihr von seinem anstrengenden Vormittag berichtet. Sals Mutter hat vor Kurzem eine neue Hüfte bekommen. Jemand rempelt Marin an, sodass ihr die Handtasche und die Einkaufstasche von der Schulter rutschen. Sie wirft den Leuten böse Blicke hinterher. Touristen.

»Mommy, nicht telefonieren«, nölt Sebastian und zerrt an ihrer Hand. »Du hast gesagt, ich krieg einen Lutscher. Einen großen, bunten.«

»Bash, was hab ich gesagt? Du musst dich gedulden. Zuerst müssen wir noch was anderes erledigen.« Dann sagt sie ins Telefon: »Tut mir leid, Sal, kann ich dich gleich zurückrufen? Wir sind auf dem Markt, und hier ist der Teufel los.«

Sie steckt das Handy wieder ein und erinnert Sebastian an ihre Abmachung. Das mit den Abmachungen ist für beide noch ziemlich neu, es hat angefangen, als Sebastian vor ein paar Monaten auf einmal nicht mehr in die Badewanne wollte. »Wenn du in die Wanne gehst, lese ich dir vor dem Schlafengehen zwei Bücher vor«, hat sie ihm angeboten, und das hat Wunder gewirkt. Am Ende haben sie beide davon profitiert. Das mit dem Baden funktioniert jetzt reibungslos, und hinterher schmiegt er sich mit seinem duftenden Haar an sie, und sie liest ihm ihre Lieblingsbücher von früher vor. *Coco, der neugierige Affe* und *Gute Nacht, lieber Mond* sind immer dabei. Es sind für sie die schönsten Momente mit ihrem Kind, und sie fürchtet sich schon vor dem Tag, an dem Sebastian nicht mehr kuscheln und seine Bücher lieber selber lesen will.

Nachdem sie ihm gedroht hat, dass er keinen Lutscher bekommt, wenn er weiter quengelt, ist Sebastian erst mal still. Marin ist genauso müde und verschwitzt wie er, außerdem hat sie Hunger und bräuchte dringend eine Dosis Koffein. Aber Kaffee – und Lutscher – müssen warten. Sie sind mit Derek im ältesten Starbucks der Welt verabredet, das sich direkt neben dem Süßwarenladen befindet, aber eine Belohnung gibt's für beide erst, wenn alle Einkäufe erledigt sind.

Das letzte Geschenk auf Marins Liste ist für Sadie, die Geschäftsführerin ihres Friseursalons in der Innenstadt. Sie ist im siebten Monat schwanger und hat angedeutet, dass sie sich vorstellen kann, ihren Job aufzugeben und Hausfrau und Mutter zu sein. Natürlich findet Marin, dass jede Frau das Recht hat zu entscheiden, was das Beste für sie und ihre Familie ist, aber sie würde Sadie nur ungern verlieren. Sadie hat neulich erwähnt, dass sie im Edelantiquariat im Untergeschoss des Markts eine Erstausgabe von *Die Geschichte von Benjamin Kaninchen* gesehen hat. Falls das Buch noch da ist, will Marin es für sie kaufen. Sadie ist seit zehn Jahren eine zuverlässige Angestellte, und sie hat ein ganz besonderes Geschenk verdient. Außerdem könnte es Sadie daran erinnern, wie sehr sie ihre Chefin – und ihren Job – schätzt, und vielleicht dazu bringen, dass sie nach ihrem Mutterschaftsurlaub doch zurückkommt.

Sebastian versucht wieder, sich aus ihrem Griff zu befreien, aber Marin zieht ihn unbeirrt in Richtung Buchladen, wo sie zu ihrer Erleichterung feststellt, dass die Erstausgabe von Beatrix Potters Buch noch da ist. Beim Bezahlen legt sie noch ein paar *Franklin – Eine Schildkröte erobert die Welt*-Bücher dazu. Auf dem Weg zurück ins Erdgeschoss vibriert ihr Handy erneut. Diesmal ist es eine Textnachricht.

Spiel zu Ende. Die Nachricht kommt von Derek, Gott sei Dank. Sie könnte jetzt wirklich ein bisschen Unterstützung brauchen. *Bin unterwegs zu euch. Wo seid ihr?*

Sie spürt, wie Sebastians klebrige Hand sich der ihren entwindet. Ist in Ordnung. Sie braucht beide Hände, um Derek zu antworten. Außerdem ist ihr Sohn direkt neben ihr, er hält sogar mit ihr Schritt, einen Arm gegen ihre Beine gedrückt, als sie auf den Ausgang zueilt, zu ihrem letzten Ziel, dem Süßwarenladen. Versprochen ist versprochen. Der Gedanke daran, wie ein Schoko-Himbeer-Trüffel in ihrem Mund schmilzt, macht es ihr aber auch sehr leicht, zu ihrem Wort zu stehen.

Auf dem Weg zu Parisienne, tippt sie ins Handy. *Dann zu Starbucks. Soll ich dir was mitbringen?*

Ich sterbe vor Hunger, antwortet ihr Mann. *Wollen wir uns lieber am Taco-Stand treffen?*

Marin verzieht das Gesicht. Sie ist kein Fan von diesen Tacos oder überhaupt von irgendwelchem Essen an irgendwelchen Imbissbuden. Als sie das letzte Mal einen Taco an dem Stand gegessen hat, war ihr hinterher ganz schlecht.

No bueno, schreibt sie. *Wir können doch auf dem Heimweg bei Fénix ein paar Pulled-Pork-Sandwiches holen. Viel besseres Fleisch.*

Hab JETZT Hunger, antwortet Derek. *Brauch was zwischen die Kiemen. Und wenn du brav bist, kriegst du heute Abend von mir besseres Fleisch, Baby.*

Sie verdreht die Augen. Einige ihrer Freundinnen beklagen sich, dass ihre Männer sie überhaupt nicht mehr anmachen. Ihrer hat gar nichts anderes im Sinn. *Okay. Meinetwegen, hol dir einen fettigen Taco. Aber du bist mir was schuldig, Großer.*

Perfekt. Stehe schon in der Schlange, lautet seine von einem zwinkernden Emoji begleitete Antwort. *Bis gleich. Kaufe Bash n Churro.*

Als sie gerade gegen das fettige Gebäck Widerspruch einlegen will, merkt sie, dass sie Sebastian nicht mehr an ihrem Bein spürt. Sie blickt vom Handy auf und rückt den Riemen ihrer Tasche zurecht, die immer schwerer wird. Dann schaut sie sich um. »Bash? Sebastian?«

Er ist nirgends zu sehen. Reflexhaft bleibt sie stehen, sodass jemand von hinten gegen sie läuft.

»Ich kann es nicht ausstehen, wenn Leute einfach stehen bleiben«, sagt der Mann lauter als nötig zu seinem Begleiter, während er um sie herumgeht.

Das ist ihr schnuppe. Sie kann ihren Sohn nirgends entdecken und gerät in Panik. Sie reckt den Hals und sieht sich in der mit Einheimischen und Touristen überfüllten Markthalle um. Weit kann er nicht gekommen sein. Sie wendet sich in alle Richtungen in der Hoffnung, Sebastian irgendwo zu entdecken, seine dunklen Haare, die ihren eigenen in Farbe und Struktur so sehr ähneln. Er trägt einen braun-weißen Pullover mit einem Rentier auf der Brust, handgestrickt von einer langjährigen Kundin, den Sebastian so toll findet, dass er seit einer Woche nichts anderes anziehen will. Und der Pullover ist wirklich putzig, das Rentier hat Ohren aus Kunstfell, die über den Knopfaugen wackeln.

Vergeblich lässt Marin ihren Blick schweifen. Keine Spur von Sebastian, keine Spur von einem Rentier.

Sie drängt sich jetzt aggressiver durch die Menge, ihre Handtasche, ihrer beider Winterjacken und die vollgestopfte Einkaufstasche werden von Minute zu Minute schwerer. Immer wieder ruft sie seinen Namen. »Sebastian! *Sebastian*!«

Andere Marktbesucher werden zwar auf sie aufmerksam, aber die meisten werfen nicht mehr als einen kurzen Blick in ihre Richtung. Der Markt ist restlos überfüllt, und der Geräuschpegel macht ihr das Denken schwer. Sie kommt am Fischstand vorbei, wo drei kräftige Fischer in blutbefleckten Latzhosen mit den Kunden flachsen, während sie sich zur Belustigung der umherstehenden Marktkunden frische Lachse zuwerfen wie Bälle.

»Sebastian!« Sie ist verzweifelt. Das Handy in ihrer

Hand vibriert. Eine Textnachricht von Derek. Er ist gleich dran am Taco-Stand und fragt zum letzten Mal, ob sie auch etwas möchte. Die SMS nervt sie. Sie will keinen Scheißtaco, sie will ihren Sohn wiederhaben.

»Sebastian!«, schreit sie aus vollem Hals. Inzwischen ist sie nicht nur panisch, sie ist hysterisch, und vermutlich sieht sie aus wie eine Irre, denn die Leute sehen sie mit einer Mischung aus Skepsis und Angst an.

Eine ältere Dame mit einer silbernen Dauerwelle spricht sie an. »Kann ich Ihnen helfen, Ma'am? Haben Sie Ihr Kind verloren?«

»Ja, ein kleiner Junge, er ist vier, er hat braune Haare und trägt einen Pullover mit einem Rentier drauf, und er heißt Sebastian«, sprudelt es aus ihr heraus. Marin muss sich beruhigen, sie muss atmen, Hysterie nützt ihr überhaupt nichts. Wahrscheinlich ist es sowieso albern, derart in Panik zu geraten. Das hier ist eine hippe, touristische Markthalle, es gibt Sicherheitsleute, und es ist bald Weihnachten, und so kurz vor Weihnachten entführt doch keiner ein Kind. Sebastian läuft bestimmt irgendwo hier herum, und gleich wird ihn jemand zu ihr bringen, und sie wird sich verlegen bedanken und ihren Kleinen erleichtert in die Arme nehmen. Und anschließend wird sie ihm einschärfen, dass er *immer darauf achten soll, dass er sie sehen kann*, denn *wenn er sie nicht sehen kann, kann sie ihn auch nicht sehen*, und dann werden seine großen Augen sich mit Tränen füllen, er fängt nämlich immer an zu weinen, wenn sie sich aufregt, egal, weswegen. Und dann wird sie sein kleines rundes Gesicht mit Küssen bedecken und ihm einschärfen, dass er außer Haus immer in ihrer Nähe bleiben muss, damit ihm nichts zustößt. Dann wird sie ihm versichern, dass jetzt alles gut ist, und das mit noch mehr Küssen bekräftigen, und dann gibt es natürlich auch den Lutscher, versprochen ist versprochen. Und später, zu Hause, wenn Sebastian schläft und sie Derek von dem Vorfall berichtet, wird sie ihm erzählen, was für eine Scheißangst sie ausgestanden hat, als sie ein paar Minuten lang nicht wusste, wo ihr Sohn war. Und dann wird ihr Mann sie trösten und sie daran erinnern, dass alles noch einmal gut gegangen ist.

Denn es wird alles gut werden. Denn sie werden ihn finden. Natürlich werden sie ihn finden.

Sie ruft Derek an. In dem Moment, als er sich meldet, verliert sie die Nerven. »Sebastian ist weg«, kreischt sie ins Handy. »Ich hab ihn verloren.«

Derek kennt alle ihre Stimmlagen, und er weiß sofort, dass es ernst ist. »*Was?*«

»Ich kann ihn nicht finden!«

»Wo bist du?«, fragt er, und sie schaut sich um, nur um festzustellen, dass sie sich weiterbewegt hat, weit weg vom Fischstand. Sie steht in der Nähe des Haupteingangs unter der berühmten Leuchtreklame, die in riesigen roten Lettern verkündet PUBLIC MARKET.

»Ich steh neben dem Schwein«, sagt sie. An der beliebten Bronzeskulptur haben sie sich schon oft verabredet.

»Rühr dich nicht von der Stelle. Ich bin gleich da.«

Aus der älteren Dame, die ihre Hilfe angeboten hat, sind inzwischen drei Frauen verschiedenen Alters geworden, und eine davon hat ihren Mann losgeschickt, um jemanden vom Sicherheitsdienst zu holen. Wenige Minuten später kommt Derek an, total außer Atem, weil er vom anderen Ende der Markthalle bis hierher gelaufen ist. Als er seine Frau ohne Sebastian erblickt, erstarrt er. Es ist beinahe, als hätte er damit gerechnet, dass sich die Aufregung bis zu seinem Eintreffen in Wohlgefallen aufgelöst haben und seine Aufgabe nur noch darin bestehen würde, seine völlig aufgelöste, erleichterte Frau und sein verängstigtes, weinendes Kind zu trösten, denn das Trösten ist seine Stärke. Aber es gibt kein weinendes Kind und auch keine erleichterte Ehefrau, und einen Augenblick lang ist er vor Ratlosigkeit wie gelähmt.

»Verdammt, Marin?«, stößt er schließlich hervor. »Was hast du getan?«

Er hat sich unglücklich ausgedrückt, und er klingt vorwurfsvoller, als er es vermutlich gemeint hat. Doch sie zuckt bei jedem Wort zusammen, und sie weiß, dass diese Frage sie für alle Zeiten verfolgen wird.

Was hat sie getan? Sie hat ihren Sohn verloren, das hat sie getan. Und sie ist bereit, die ganze Schuld auf sich zu nehmen und alle um Verzeihung zu bitten, sobald er gefunden ist, denn sie werden ihn finden, sie müssen ihn finden, und wenn er wieder da ist, wenn sie ihn in die Arme schließen kann, wird sie sich vorkommen wie eine Vollidiotin.

Sie kann es kaum erwarten, sich wie eine Vollidiotin vorzukommen.

»Er war bei mir, ich hab seine Hand losgelassen, um dir eine SMS zu schicken, und dann war er plötzlich weg.« Sie ist inzwischen vollkommen durchgedreht, die Leute schauen nicht nur verstohlen zu ihr herüber, sie bleiben stehen, bieten ihre Hilfe an, bitten um eine Beschreibung des kleinen Jungen, der seiner Mutter weggelaufen ist.

Zwei Sicherheitsleute in dunkelgrauer Uniform nähern sich mit dem hilfsbereiten Ehemann einer der drei Frauen, der den Männern bereits erklärt hat, dass sie einen kleinen Jungen mit einem Pullover mit einem Fuchs suchen.

»Kein Fuchs«, faucht Marin, was jedoch niemanden zu stören scheint. »Ein Rentier. Es ein braun-weißer Pullover mit einem Rentier vorne drauf, die Augen sind schwarze Knöpfe …«

»Haben Sie ein Foto von ihm, auf dem er den Pullover trägt?«, fragt einer der Männer, und sie muss sich zusammenreißen, um ihn wegen der dämlichen Frage nicht anzuschreien. Erstens, wie viele Vierjährige wird es wohl in dieser Markthalle geben, die den gleichen, handgestrickten Pullover tragen? Und zweitens hat sie natürlich ein Foto von ihrem Sohn, ihr verdammtes Handy ist voll davon.

Sie schickt dem Sicherheitsmann das Foto aufs Handy, der es an alle seine Kollegen weiterleitet.

Aber sie finden Sebastian nicht.

Zehn Minuten später kommt die Polizei.

Die findet Sebastian auch nicht.

Zwei Stunden später, nachdem die Polizei sämtliche Aufnahmen der Sicherheitskameras überprüft hat, sitzen Marin und Derek vor einem Bildschirm und sehen schockiert und ungläubig, wie ein kleiner Junge in einem Rentierpullover an der Hand einer Person, deren Gesicht nicht zu erkennen ist, die Markthalle verlässt. Die beiden verschwinden durch die Tür beim Eingang zur Tiefgarage, was jedoch nicht unbedingt bedeutet, dass sie tatsächlich in die Tiefgarage gehen. In seiner freien Hand hält Sebastian einen großen Lutscher in Regenbogenfarben, genau den gleichen, den seine Mutter ihm gekauft hätte, wenn sie dazu gekommen wäre. Die Person, die Sebastian den Lutscher gekauft hat, trägt ein Weihnachtsmannkostüm, komplett mit schwarzen Stiefeln, buschigen Augenbrauen und weißem Bart. Der Winkel, aus dem die Aufnahme gemacht wurde, macht es unmöglich, das Gesicht zu sehen. Man kann noch nicht einmal erkennen, ob es sich um einen Mann oder eine Frau handelt.

Marin kann nicht begreifen, was sie da sieht, sie bittet immer wieder darum, die Szene noch einmal abzuspielen, und stiert mit zusammengekniffenen Augen auf den Bildschirm, als könnte sie auf diese Weise noch irgendetwas sehen, was sie nicht schon gesehen hat. Die Wiedergabe des Videos ist ruckelig, abgehackt, eher wie eine Abfolge körniger Standbilder. Jedes Mal, wenn sie sieht, wie Sebastian aus dem Bild verschwindet, bleibt ihr fast das Herz stehen. Erst ist er noch da, hebt den Fuß, um die Türschwelle zu überschreiten, dann ist er weg.

Da. Weg. Zurückspulen. Da. Weg.

Hinter ihr geht Derek auf und ab und spricht erregt mit einem der Sicherheitsmänner und einem Polizisten, aber sie registriert nur einzelne Wörter – *entführt, gestohlen, Amber-Alarm, FBI* –, viel zu laut ist das Geräusch in ihrem eigenen Kopf. Sie kann nicht akzeptieren, dass das wirklich passiert ist. Es ist, als wäre es jemand anderem passiert. Sie kommt sich vor wie in einem Film.

Eine als Weihnachtsmann verkleidete Person hat ihren Sohn entführt. Absichtlich. Entschlossen.

Obwohl die Videoaufnahme in Schwarz-Weiß und sehr unscharf ist, kann man deutlich sehen, dass Sebastian nicht gezwungen wurde mitzugehen. Er wirkt kein bisschen ängstlich. Sein Gesicht ist entspannt. Schließlich hat er in der einen Hand einen Fünf-Dollar-Lutscher und den Weihnachtsmann an der anderen. Die Damen bei La Douceur Parisienne haben in ihrem Computer nachgesehen und erklärt, im Laufe des Tages sieben Lutscher verkauft zu haben. Aber sie erinnern sich an keinen als Weihnachtsmann verkleideten Kunden, und in dem kleinen Laden gibt es keine Sicherheitskameras. Es gibt nur eine Kamera auf der Straßenseite gegenüber dem Eingang zur Tiefgarage, durch die Sebastian und sein Entführer vermutlich gegangen sind, aber wegen des Winkels sind die Autos, die die Tiefgarage verlassen, nur von Weitem zu sehen, noch dazu von der Seite, sodass keine Nummernschilder zu erkennen sind. Vierundfünfzig Fahrzeuge sind in der Stunde, nachdem Sebastian entführt wurde, aus der Tiefgarage gefahren, und die Polizei kann keins davon identifizieren.

Der Zeitstempel auf dem Video zeigt, dass Sebastian und sein Entführer den Markt vier Minuten, nachdem Marin bemerkt hat, dass ihr Sohn nicht mehr bei ihr war, verlassen haben. Zu dem Zeitpunkt waren die Sicherheitsleute noch gar nicht alarmiert.

Vier Minuten. Das hat gereicht, um ein Kind zu entführen.

Ein Lutscher, ein Weihnachtsmannkostüm und zweihundertvierzig Sekunden.

TEIL EINS

Fünfzehn Monate später

Du atmest ein bisschen,
und das nennst du Leben?

Mary Oliver

Kapitel 2

Es heißt, wenn ein Kind in Sebastians Alter nicht binnen vierundzwanzig Stunden nach seinem Verschwinden gefunden wird, dann taucht es wahrscheinlich nie wieder auf.

Das ist der erste zusammenhängende Gedanke, der Marin Machado jeden Morgen nach dem Aufwachen in den Sinn kommt.

Der zweite ist die Frage, ob dies der Tag ist, an dem sie sich das Leben nehmen wird.

Manchmal verfliegen die Gedanken, wenn sie aus dem Bett aufsteht und unter die Dusche geht, werden weggewaschen vom heißen Wasser, das aus dem Duschkopf strömt. Manchmal verfliegen sie, wenn sie nach dem Frühstück ins Auto steigt und zur Arbeit fährt. Aber manchmal begleiten sie sie auch den ganzen Tag lang wie dunkle, wispernde Wolken in ihrem Hinterkopf, wie eine Begleitmusik, die sie nicht abstellen kann. An solchen Tagen wirkt sie von außen wie eine ganz normale Frau, die ganz normale Gespräche mit anderen Leuten führt. Aber in ihrem Inneren läuft ein ganz anderer Dialog ab.

Vor ein paar Tagen zum Beispiel ist Folgendes passiert:

Marin betrat ihren Friseursalon in einem pinkfarbenen Etuikleid von Chanel, das sie, noch in der Plastikhülle von der Reinigung, ganz hinten in ihrem Kleiderschrank gefunden hatte. Sie machte richtig was her, was ihrer Empfangsdame, einer jungen Blondine mit einem untrüglichen Stilgefühl, nicht entging.

»Guten Morgen, Marin«, sagte Veronique mit einem gut gelaunten Lächeln. »Was für ein Kleid! Sie sehen umwerfend aus!«

Marin erwiderte Veroniques Lächeln und durchquerte den eleganten Wartebereich. »Danke, V. Ich hatte das Kleid ganz vergessen. Wie sieht's aus heute?«

»Wir sind komplett ausgebucht«, sagte Veronique im typischen Singsang aller Frühaufsteher.

Marin nickte und lächelte noch einmal. Auf dem Weg in ihr Büro dachte sie: *Vielleicht tu ich es heute. Ich nehme die Schere – nicht die neue, mit der ich letzten Sommer Scarlett Johansson die Haare geschnitten habe, sondern die alte, die ich vor fünf Jahren bei J.Lo benutzt habe, die, die mir schon immer am besten in der Hand gelegen hat – und ich steche mir in den Hals, in die Ader, die ich immer pulsieren sehe. Ich mach's vor dem Spiegel im Bad, damit ich nicht danebensteche. Ja, auf jeden Fall im Bad, da können sie hinterher am einfachsten aufwischen – dunkelgraue Schieferfliesen, dunkelgraue Fugen – da heben sich die Blutflecken nicht so extrem ab.*

Sie hat es nicht getan. Offensichtlich nicht.

Aber sie hat daran gedacht. Sie *denkt* jeden Morgen daran. Fast jeden Abend. Manchmal auch nachmittags.

Der heutige Tag fängt zum Glück besser an, und die Gedanken, die sie beim Aufwachen überfallen haben, verblassen bereits. Bis ihr Wecker klingelt, sind sie komplett verschwunden. Sie schaltet die Nachttischlampe an und verzieht das Gesicht über den widerlichen Geschmack in ihrem Mund, eine unangenehme Erinnerung an die Flasche Rotwein, die sie am Abend zuvor geleert hat. Sie nimmt einen Schluck Wasser aus dem Glas, das sie immer auf dem Nachttisch stehen hat, und bewegt es in ihrem trockenen Mund hin und her, bevor sie es herunterschluckt. Dann nimmt sie ihr Handy vom Ladekabel.

Eine neue Nachricht. *Lebst du noch?*

Sal schickt ihr jeden Morgen die gleiche Nachricht, wenn er nichts von ihr hört. Vermutlich würde jeder andere eine solche Nachricht als unsensibel empfinden, aber so ist Sal nun mal. Sie kennen sich schon seit Ewigkeiten, sie teilen denselben makabren Humor, und Marin ist froh, wenigstens einen Menschen zu haben, der sie nicht permanent mit Samthandschuhen anpackt. Außerdem ist sie sich ziemlich sicher, dass Sal der einzige Mensch auf der Welt ist, der sie nicht insgeheim für den letzten Abschaum hält.

Ihre Augen tränen, sie hat einen Kater. Mit halb tauben Fingern tippt sie: *Halbwegs*. Es ist ihre übliche, kurze Antwort, aber mehr braucht er nicht. Kurz vor dem Schlafengehen wird er sich wieder melden. Er weiß, dass es kurz nach dem Aufwachen und kurz vor dem Einschlafen am schlimmsten ist, dass das die Momente sind, in denen es ihr am schwersten fällt, mit der Wirklichkeit klarzukommen, die jetzt ihr Leben bestimmt.

Der Platz neben ihr ist leer. Das Kopfkissen ist unberührt, die Laken liegen glatt. Derek hat nicht zu Hause übernachtet. Er ist mal wieder auf Geschäftsreise. Sie hat keine Ahnung, wann er zurückkommt. Er hat vergessen, es ihr zu sagen, als er gestern losgefahren ist, und sie hat vergessen, ihn zu fragen.

Vierhundertfünfundachtzig Tage sind vergangen, seit sie Sebastian verloren haben.

Das bedeutet, dass vierhundertfünfundachtzig Abende vergangen sind, an denen sie ihren Sohn nicht gebadet, ihm keinen sauberen Schlafanzug angezogen, ihn nicht ins Bett gebracht und ihm nicht *Gute Nacht, lieber Mond* vorgelesen hat. Vierhundertfünfundachtzigmal ist sie morgens in einem stillen Haus aufgewacht, kein Lachen, kein Fußgetrappel, kein Sebastian, der ruft: »Mommy, abputzen!«, denn obwohl er längst keine Windeln mehr trug, war er doch erst vier und, was die Körperhygiene betrifft, noch dabei zu lernen.

Vierhundertfünfundachtzig Tage in diesem Albtraum.

Panik kündigt sich an. Ihr Therapeut hat ihr Atemübungen beigebracht, und auf die konzentriert sie sich jetzt, bis das Schlimmste vorüber ist und sie das Gefühl hat, funktionieren zu können. Nichts fühlt sich mehr normal an, aber sie ist besser darin geworden, so zu tun, als ob. Vor allem erschreckt sie die Leute nicht mehr. Seit vier Monaten geht sie jetzt wieder arbeiten. Die Arbeit tut ihr gut; sie zwingt sie, das Haus zu verlassen, sie strukturiert ihren Tagesablauf, sie bringt sie auf andere Gedanken, lenkt sie von Sebastian ab.

Als sie die Beine aus dem Bett schwingt, fährt ihr ein stechender Schmerz in die Schläfe. Mit dem Rest des lauwarmen Wassers spült sie ihr Antidepressivum und eine Multivitamintablette herunter, und fünf Minuten später steht sie unter der Dusche. Eine Dreiviertelstunde später ist sie angezogen, geschminkt und perfekt frisiert. Jetzt geht es ihr besser. Nicht gut – ihr Kind ist immer noch verschwunden, und das ist immer noch ihre Schuld –, aber hin und wieder gibt es Momente, in denen sie sich nicht so fühlt, als hinge ihr Leben an einem seidenen Faden. Jetzt ist so ein Moment. Sie verbucht ihn als kleines Geschenk.

Der Tag vergeht schnell. Vier Haarschnitte, einmal Tönen, einmal Strähnchen und eine Mitarbeiterbesprechung, geleitet von Sadie, an der Marin jedoch teilnimmt. Kurz nach Sebastians Geburt hat sie Sadie zur Geschäftsführerin mit entsprechendem Gehalt befördert. Seitdem ist Sadie für den Tagesablauf in allen drei Salons zuständig. Schon vor Sebastians Entführung hätte Marin Sadie nicht verlieren wollen, aber seitdem ist ihr allein die Vorstellung ein Horror. Marin musste zu Hause bleiben und sich ihrem Kummer hingeben, was sie ein Jahr lang getan hat, bis Derek und ihr Therapeut meinten, es sei für sie an der Zeit, wieder zur Arbeit zu gehen.

Sie ist immer noch die Chefin – schließlich ist es ihr Unternehmen –, aber die meiste Zeit verbringt sie jetzt wieder mit Haareschneiden und -färben, wenn auch nur für ausgewählte Stammkundinnen, die sie intern als VIPs bezeichnen. Lauter steinreiche Frauen. Einige davon sind sogar kleine Berühmtheiten und bezahlen sechshundert Dollar dafür, dass Marin Machado vom Marin Machado Salon & Spa ihnen die Haare macht.

Denn vor langer Zeit *war sie jemand.* Zeitschriften wie *Vogue, Allure* und *Marie Claire* haben Artikel über sie gebracht. Marin Machado zu sein war damals cool.

Wenn man ihren Namen googelte, tauchten Fotos von den drei berühmtesten Jennifers auf – Lopez, Lawrence und Aniston –, Frauen, deren Haare Marin höchstpersönlich gestylt hat; aber die Berichte über Sebastians Verschwinden haben das Interesse an ihrer Arbeit in den Hintergrund gedrängt. Berichte über die groß angelegte Suchaktion, die ergebnislos geblieben ist. Beschwerden über die Sonderbehandlung, die Marin und Derek vonseiten der Polizei zuteilwurde, denn auch Derek ist *jemand*, sie sind ein wohlhabendes Paar mit guten Verbindungen. Berichte über ihre Freundschaft mit der Polizeichefin (wobei Freundschaft total übertrieben ist – sie kennen die Frau nur flüchtig von ein paar Wohltätigkeitsveranstaltungen, auf denen sie ihr über die Jahre begegnet sind). Gerüchte, nach denen Marin angeblich mehrere Selbstmordversuche unternommen hat.

Jetzt ist sie ein tragischer Fall.

Es war Sadies Vorschlag, Marin solle wieder Haare schneiden. Die handwerkliche Tätigkeit bekommt Marin gut. Sie geht regelrecht in ihrer Arbeit auf, nichts bereitet ihr mehr Vergnügen, als hinter einer Kundin zu stehen und Farben anzumischen und mit der Schere zu hantieren. Frisuren zu kreieren ist die perfekte Mischung aus Handwerk und Chemie, und Marin ist verdammt gut in ihrem Metier.

Jetzt gerade sitzt im Frisiersessel vor ihr eine Frau namens Aurora, eine Stammkundin und Ehefrau eines ehemaligen Spielers der Seattle Mariners. Ihr braunes Haar ergraut immer mehr, weswegen sie vor einiger Zeit angefangen hat, es nach und nach blondieren zu lassen.

Heute wünscht Aurora sich platinblonde Strähnchen, die das Gesicht einrahmen und »nach Strand« aussehen, aber ihr Haar ist trocken, sehr fein und bereits stark gealtert. Marin entschließt sich, die Strähnchen mit einer Mischung aus einer milden Blondierung und einem Keratin-Härter einzeln per Hand aufzutragen. Als Auroras Haare einen hellen Gelbton angenommen haben, der an die Innenseite einer Bananenschale erinnert – ein Prozess, der, abhängig von tausend Faktoren, zwischen zehn und fünfundzwanzig Minuten dauern kann –, spült sie das Mittel aus und appliziert eine Silbertönung, die sie knapp drei Minuten einwirken lässt, um genau das Weißblond zu erzielen, das die Kundin sich wünscht.

Der Prozess ist kompliziert, aber etwas, das Marin im Griff hat. Sie braucht Aufgaben mit vorhersehbarem Ergebnis. Nach einer Woche im Salon ist ihr klar geworden, dass sie besser daran getan hätte, viel eher wieder arbeiten zu gehen, anstatt die vielen Stunden beim Therapeuten zu verbringen.

»Und? Was sagen Sie?«, fragt sie Aurora, während sie noch ein paar Strähnen zurechtzupft und anschließend für einen flexiblen Halt etwas Haarspray aufsprüht.

»Perfekt! Wie immer.« Das sagt Aurora jetzt jedes Mal, anscheinend weiß sie nicht mehr, was sie sonst zu Marin sagen soll. Früher hat Aurora sich immer wortreich darüber ausgelassen, was ihr an ihrer Frisur gefiel und was nicht. Aber neuerdings ist sie nur noch voll des Lobs.

Marin sucht im Gesicht ihrer Kundin nach Anzeichen für Unzufriedenheit, aber Aurora wirkt ehrlich beglückt, als sie den Kopf hin- und herdreht, um das Ergebnis von allen Seiten zu begutachten. Zufrieden lächelt sie in den Spiegel. »Super. Das haben Sie toll hingekriegt!«

Marin nimmt das Lob mit einem Nicken und einem Lächeln entgegen, entfernt den Frisierumhang und begleitet ihre Kundin zum Empfangsbereich, wo Veronique bereits an der Kasse wartet. Als Marin Aurora mit einer angedeuteten Umarmung verabschiedet, drückt diese sie übertrieben fest an sich.

»Sie schlagen sich wirklich tapfer, meine Liebe, weiter so«, flüstert Aurora, was Marin ziemlich unangenehm ist. Sie murmelt ein hastiges *Danke* und atmet erleichtert auf, als die Frau sie endlich loslässt.

»Feierabend?«, fragt Veronique einige Minuten später, als sie Marin mit Mantel und Handtasche aus dem Büro kommen sieht.

Marin wirft einen kurzen Blick auf den Bildschirm. Sie hat am nächsten Tag nur drei Termine, alle am Nachmittag, das heißt, dass ihr nach der Therapiesitzung am Morgen ein paar Stunden bleiben, um Büroarbeit zu erledigen. Theoretisch braucht sie sich darum nicht zu kümmern, aber sie hat kein gutes Gefühl dabei, Sadie den gesamten Papierkram zu überlassen.

»Sagen Sie Sadie, dass ich morgen früh hier bin«, sagt Marin und wirft einen kurzen Blick auf ihr Handy. »Schönen Abend, V.«

Sie geht zu ihrem Auto, und als sie gerade den Motor anlässt, kommt eine Textnachricht von Sal. In diesen Zeiten ist er der Einzige, der ihr ein Lächeln entlocken kann, das nichts mit Höflichkeit oder Verpflichtung zu tun hat.

Komm in die Kneipe, schreibt er. *Ich hocke hier allein*

mit ein paar Studis, die noch nicht mitgekriegt haben, dass es andere Biersorten als Budweiser gibt.

Geht nicht, antwortet sie. *Bin unterwegs zur Gruppe.*

Okay, schreibt Sal. *Dann komm nach der Selbstgeißelung vorbei. Du fehlst mir.*

Sie ist versucht zuzusagen, denn er fehlt ihr auch, aber nach der Gruppe ist sie immer fix und fertig. *Mal sehen*, schreibt sie, weil sie nicht direkt Nein sagen will. *Du weißt ja, wie müde mich das macht. Ich geb dir Bescheid.*

Alles klar, schreibt er. *Ich hab 'nen neuen Cocktail erfunden, den du unbedingt probieren musst – Mojito mit je einem Schuss Grenadine und Ananas. Ich nenne ihn Hawaii 5-0.*

Klingt ekelhaft, antwortet sie grinsend. Sal kontert mit einem GIF von einem Mann, der ihr den Stinkefinger zeigt, was sie mit einem Schnauben quittiert.

Sal fragt nicht, wo Derek den Abend verbringt. Das tut er nie.

Bis nach SoDo, »South of Downtown«, einem angesagten neuen Viertel von Seattle, braucht sie mit dem Auto eine Viertelstunde. Als sie auf den Parkplatz eines heruntergekommenen Einkaufszentrums fährt, wo das Gruppentreffen stattfindet, ist die Traurigkeit wieder da. Was in Ordnung ist, denn der Gruppenraum ist wahrscheinlich der einzige Ort auf der Welt, wo sie sich so mies fühlen kann, wie sie es braucht, ohne sich dafür entschuldigen zu müssen – ohne automatisch die unglücklichste Person im Raum zu sein. Nicht mal in ihren Therapiesitzungen ist das so. Natürlich sind diese Sitzungen ein geschützter Ort, aber dennoch wird sie dort beurteilt, denn es steht immer die unausgesprochene Erwartung im Raum, dass sie Fortschritte machen soll.

Bei dem Gruppentreffen heute Abend braucht niemand sich zu verstellen. »Selbsthilfegruppe für Eltern verschwundener Kinder im Großraum Seattle« ist ein hochtrabender Name für einen zusammengewürfelten Haufen von Leuten, die etwas ganz Schreckliches gemeinsam haben: ein vermisstes Kind. Sal bezeichnet die Teilnahme an solchen Gruppentreffen als Selbstgeißelung. Er hat nicht ganz unrecht. An manchen Abenden passiert genau das. Und es ist genau das, was Marin braucht.

Vor einem Jahr, drei Monaten und neunundzwanzig Tagen war der schlimmste Tag ihres Lebens, damals hat sie den schlimmsten Fehler ihres Lebens begangen. Was passiert ist, ist ganz allein ihre Schuld.

Wenn sie keine Textnachricht geschrieben hätte, wenn sie Sebastians Hand nicht losgelassen hätte, wenn sie eher mit ihm zu dem Süßwarenladen gegangen wäre, wenn sie ihn nicht mit in das Antiquariat geschleppt hätte, wenn sie eher von ihrem Handy aufgeblickt hätte, *wenn, wenn, wenn, wenn, wenn …*

Ihr Therapeut sagt, sie muss aufhören, sich auf diesen Tag zu fixieren, er sagt, dass es nicht hilft, jede Sekunde jenes schrecklichen Tags wieder und wieder in Gedanken durchzugehen, als könnte sie auf magische Weise irgendein neues Detail entdecken. Er sagt, sie muss eine Möglichkeit finden, das Geschehene zu verarbeiten und hinter sich zu lassen, was natürlich nicht bedeutet, Sebastian aufzugeben. Es würde bedeuten, ein erfülltes Leben zu führen – trotz allem, was passiert ist, trotz dem, was sie *zugelassen* hat, trotz dem, was sie getan hat.

Marin hält ihren Therapeuten für einen Idioten, deswegen will sie auch nicht mehr zu ihm gehen. Sie will gar nichts anderes, als sich auf jenen Tag zu fixieren. Sie *will* in der Wunde rühren. Sie will nicht darüber wegkommen, denn das würde bedeuten, dass es vorbei ist, dass ihr kleiner Sohn niemals wieder zurückkommt. Es geht ihr einfach nicht in den Kopf, dass das keiner kapiert.

Außer den Leuten in der Selbsthilfegruppe.

Sie blickt zu dem alten gelben Schild des Donutladens hoch, dessen Farbe irgendetwas zwischen Senf- und Zitronengelb ist. Es leuchtet rund um die Uhr. Wenn ihr vor einem Jahr jemand prophezeit hätte, dass sie sich einmal im Monat hier mit Leuten treffen würde, die sie vorher gar nicht kannte, hätte sie es nicht geglaubt.

Aber es gibt vieles, was sie nicht geglaubt hätte.

Ihr Schlüsselbund rutscht ihr aus der Hand, doch es gelingt ihr, ihn zu fangen, bevor er in einer schlammigen Pfütze landet. So sieht ihr Leben derzeit aus – wie ein Jongleur ist sie ständig damit beschäftigt, Ausrutscher zu korrigieren, so zu tun, als ginge es ihr gut, während sie sich am liebsten einfach gehen lassen würde.

Eines Tages werden ihr alle Bälle entgleiten, und sie werden nicht einfach nur kaputtgehen.

Sie werden in tausend Stücke zersplittern.

Kapitel 3

Das FBI schätzt, dass in den USA derzeit etwa dreißigtausend Kinder vermisst werden.

Das ist eine erschreckend hohe Zahl, und doch fühlt man sich als Mutter oder Vater eines vermissten Kindes seltsam isoliert. Ein Mensch, dem das noch nicht passiert ist, kann sich unmöglich vorstellen, was für ein unfassbarer Albtraum es ist, nicht zu wissen, wo das eigene Kind ist und ob es überhaupt noch lebt oder nicht. Marin braucht die Nähe von Leuten, die durch genau diese Hölle gehen. Sie braucht einen sicheren Ort, wo sie all ihre Ängste abladen und sezieren kann, in dem Wissen, dass die anderen Anwesenden das Gleiche tun.

Sie hat Derek gebeten, sie zu diesen Gruppentreffen zu begleiten, aber er hat abgelehnt. Er redet sowieso nicht gern über seine Gefühle, und über Sebastian zu sprechen geht gar nicht. Sobald irgendjemand ihren Sohn erwähnt, macht er dicht. Er stellt sich sozusagen tot, und je mehr jemand seine Sorge um Dereks Wohlergehen zum Ausdruck bringt, desto mehr zieht er sich zurück, bis die Leute es aufgeben und ihn in Ruhe lassen. Selbst Marin gegenüber verhält er sich so. Vielleicht sogar ganz besonders ihr gegenüber.

Vor etwas weniger als einem Jahr, als Marin zum ersten Mal zu einem Gruppentreffen gegangen ist, waren sie zu siebt. Damals trafen sie sich im Keller der Kirche St. Augustin. Inzwischen ist die Gruppe auf vier Mitglieder geschrumpft, die sich jetzt im Hinterzimmer dieses Donutladens treffen. Eine sonderbare Wahl, aber die Besitzerin des Big Holes ist die Mutter eines verschwundenen Kindes.

Der Name Big Holes klingt eigentlich lustig, aber Frances Payne hat nicht viel Sinn für Humor. Als sie und Marin sich kennenlernten, hat sie gleich zu Anfang erklärt, dass das Big Holes keine Bäckerei sei, weil dort nur zweierlei zubereitet werde, nämlich Kaffee und Donuts. Ihren Laden als Bäckerei zu bezeichnen würde ein Maß an Backkunst suggerieren, über das sie nicht verfüge. Frances ist Anfang fünfzig und sieht aus wie siebzig, ihr Gesicht ist so zerfurcht wie eine Relieflandkarte. Ihr Sohn Thomas ist im Alter von fünfzehn Jahren verschwunden. Eines Abends hat er eine Party besucht, auf der lauter Minderjährige sich mit Alkohol und Drogen zugedröhnt haben. Am nächsten Morgen war er weg. Niemand konnte sich erinnern, wann er die Party verlassen hatte. Er hat nichts zurückgelassen. Er war einfach weg. Frances ist alleinerziehende Mutter, und Thomas war ihr Ein und Alles. Er ist jetzt seit neun Jahren verschwunden.

Lila Figueroa ist die Jüngste unter den vier Gruppenmitgliedern. Sie hat drei Kinder, ist Zahnprophylaxehelferin und verheiratet mit Kyle, einem Kinderzahnarzt. Die beiden haben zwei gemeinsame Kinder, zwei kleine Jungs. Das Kind, das vermisst wird, ist Devon, Lilas

Sohn aus erster Ehe. Er wurde eines Tages von seinem leiblichen Vater, der kein Umgangsrecht hatte, von der Schule abgeholt und ist seitdem verschwunden. Das war vor drei Jahren, da war Devon zehn, und der letzte Ort, an dem er und sein Vater gesichtet wurden, ist Santa Fe, New Mexico. Devon wurde zwar nicht von einem Fremden entführt, aber sein Vater ist gewalttätig, sagt Lila. Als Devon noch klein war, hat sein Vater ihm mal das Bein an einer Herdplatte verbrannt, weil er nicht aufhörte zu weinen, und das war der Hauptgrund, warum Lila den Mann zusammen mit ihrem Sohn verlassen hat.

Simon Polniak ist der einzige Vater in der Gruppe. Er leitet eine Toyota-Niederlassung in Woodinville und fährt alle paar Monate mit einem neuen Modell vor. Anfangs kam er zusammen mit seiner Frau Lindsay zu den Gruppentreffen, aber die beiden haben sich vor einem halben Jahr scheiden lassen. Sie hat den Hund behalten und Simon die Gruppe. Er scherzt immer, dass sie das bessere Los gezogen hat. Die Tochter der beiden, Brianna, war dreizehn, als ein Fremder, der sich als sechzehnjähriger Junge namens Travis ausgab, sie übers Internet weggelockt hat. Laut den polizeilichen Ermittlungen war Travis in Wirklichkeit ein neunundzwanzigjähriger Angestellter einer Elektronikhandelskette, der noch bei seinen Eltern lebte. Er ist am selben Tag verschwunden wie Brianna. Das war vor vier Jahren, und seitdem hat niemand von den beiden etwas gesehen oder gehört.

Jeden ersten Dienstag im Monat treffen sich die vier im Hinterzimmer des Big Holes. Hin und wieder stößt jemand Neues dazu – Frances hat eine Facebookseite, am Schwarzen Brett der Kirche St. Augustin gibt es einen Aushang, außerdem wird die Gruppe auf der Webseite der Kirche erwähnt –, aber die Neuen bleiben meist nicht lange. Gruppentreffen, vor allem die Zusammenkünfte dieser speziellen Gruppe, sind nicht jedermanns Sache.

Heute Abend ist eine Neue da. Frances stellt sie als Jamie vor – kein Nachname, jedenfalls vorerst nicht. Als Marin den Raum betreten hat, hat sie an Jamies Körpersprache sofort erkannt, dass, was auch immer Jamie zugestoßen ist, noch nicht lange her sein kann. Ihre Augen sind verheult, ihre Wangen hohl, ihre Haare noch feucht vom Duschen (vermutlich hat sie sich zum Duschen überwinden müssen, bevor sie das Haus verließ). Ihre Kleider schlackern ihr am Körper, als hätte sie stark abgenommen. Schwer zu sagen, wie alt sie ist, aber Marin schätzt sie auf Ende dreißig. Ihre riesige Handtasche steht neben ihrem Stuhl auf dem Boden, und ihre Füße, die in sündhaft teuren Sandaletten stecken, wippen unruhig. Sie sieht aus wie eine Frau, die normalerweise regelmäßig zur Pediküre geht, aber jetzt sind ihre Zehennägel nicht einmal lackiert.

Marin begrüßt die Anwesenden und nimmt sich einen Kokosdonut. Als sie sich setzt, tauscht sie mit Simon einen wissenden Blick. Es ist immer interessant zu sehen, wie lange jemand Neues bleibt. Viele halten nicht einmal bis zum Ende des ersten Treffens durch. So hautnah mitzuerleben, wie ein solches Leben sich auswirkt, ist einfach zu viel.

Die Schuldgefühle sind zu groß.

»Wer möchte anfangen?«, fragt Frances und blickt in die Runde.

Jamie lässt den Kopf hängen. Lila räuspert sich, woraufhin sich ihr alle zuwenden.

»Mit Kyle und mir läuft es nicht gut.« Lila sieht dünner aus als beim letzten Mal; die Ränder unter ihren Augen wirken dunkler. Sie trägt Jeans und einen dicken Strickpullover mit einer riesigen Himbeere aus pinkfarbenen Pailletten auf der Brust. Solche kitschigen Pullover zieht sie wegen der Kinder in der Zahnarztpraxis an. Ihren Donut mit Zuckerguss hat sie noch nicht angerührt, aber sie trinkt gierig Kaffee, der Tassenrand ist mit Lippenstift beschmiert, und man sieht, dass ihre Lippen rissig sind.

»Ich weiß nicht, wie lange wir noch so tun können, als ginge es uns gut. Wir streiten uns die ganze Zeit, und zwar heftig. Wir schreien uns an, schlagen mit den Fäusten gegen die Wände, zerdeppern Sachen. Kyle regt sich darüber auf, dass ich herkomme. Er sagt, ich klammere.« Sie schaut in die Runde, die Erschöpfung dringt ihr aus allen Poren. »Findet ihr das auch, dass wir hier *klammern*?«

Natürlich tun sie das. Aber Marin spricht es nicht aus, weil keiner von ihnen so etwas will.

Simon isst gerade seinen zweiten Donut, und sie denkt, dass er sich garantiert noch einen dritten einverleibt, bevor sie alle nach Hause gehen. Er hat zugenommen, seit er und Lindsay sich getrennt haben, er hat eine Wampe bekommen und sich einen Bart wachsen lassen, um seine dicken Backen zu kaschieren. Seine Haare sind zu einem Wuschelkopf verwildert. In ihrem Salon könnte Marin seine Locken wieder in Form bringen, aber sie fürchtet, es könnte herablassend rüberkommen, wenn sie ihm ihre Dienste anbietet. Sie hat den Verdacht, dass die anderen sie sowieso für arrogant halten, und dass sie heute in dem Chanelkostüm hier aufgekreuzt ist, das sie im Salon anhatte, macht es auch nicht besser.

»Und wenn schon?«, fragt Simon. »Irgendwo müssen wir ja bleiben mit unseren Gedanken, mit unseren Fragen. Wo sollen wir denn sonst damit hin?« Er stopft sich den Rest seines Donuts in den Mund und wischt die Hände an seiner Jeans ab. »Lindsay war irgendwann der Meinung, dass es ihr nicht guttun würde, weiterhin herzukommen. Sie wollte nicht mehr darüber nachdenken, nicht mehr darüber reden. Sie meinte, nach den Gruppentreffen fühlte sie sich manchmal noch schlechter als vorher, weil ihr sie daran erinnert habt, dass es nie ein Happy End geben wird.«

Alle seufzen. Keiner will es hören, aber Lindsay hat recht. Das ist das Problem mit Selbsthilfegruppen für Eltern vermisster Kinder. Wer zu den wenigen Müttern oder Vätern gehört, deren Kind irgendwann gefunden wird, kommt nicht mehr zu den Treffen. Tot oder lebendig, das Kind ist gefunden, wird nicht mehr *vermisst*, und wer dann immer noch Unterstützung braucht, braucht etwas anderes. Nicht diese Gruppe, nicht diese Leute. Eine Entfremdung von der Gruppe ist unausweichlich, vor allem, wenn das Kind tot ist. Und das beruht auf Gegenseitigkeit; davon will niemand etwas hören.

Auch wenn das Kind wundersamerweise lebend gefunden wird, gehen die Eltern nicht mehr zu den Gruppentreffen, denn sie wollen nicht an den Albtraum erinnert werden, den sie durchgemacht haben und der sie immer noch jeden Tag zu ersticken droht.

Die Ehe von Lila und Kyle steht schon auf der Kippe, seit Marin sich der Gruppe angeschlossen hat. Die Scheidungsrate bei Eltern von vermissten Kindern ist exorbitant hoch. Zumindest streiten Lila und Kyle sich noch. Im Gegensatz zu Marin und Derek. Um sich anzuschreien, müssen zwei Menschen zumindest ein bisschen füreinander empfinden.

»Er trifft sich oft mit einer Frau, die er vor ein paar Monaten auf einem Ärztekongress kennengelernt hat«, bricht es aus Lila hervor. Sie läuft fast so rot an wie die Himbeere auf ihrem Pullover. »Er sagt, sie sind nur befreundet, aber sie treffen sich zum Kaffee und zum Mittagessen, und als ich ihn gefragt hab, ob er sie mir vorstellt, meinte er, es muss möglich sein, dass er Freunde hat, die nicht auch meine Freunde sind. Aber ich glaube … Ich glaube, er geht fremd.«

Schweigen legt sich über die Gruppe.

»Ach, nein, das tut er bestimmt nicht«, sagt Simon schließlich. Irgendeiner muss etwas sagen, und Simon ist fast immer der Erste, der das Wort ergreift, weil er langes Schweigen nicht gut ertragen kann.

»Er liebt dich«, sagt Frances, doch sie klingt nicht überzeugt.

Jamie sagt nichts. Sie hält den Blick gesenkt, während sie sich eine feuchte Haarsträhne um einen Finger wickelt.

Jemand stößt einen tiefen Seufzer aus, und als sich alle Marin zuwenden, wird ihr bewusst, dass der Seufzer von ihr kam.

»Kann doch sein, dass er fremdgeht«, sagt sie. Simon und Frances werfen ihr einen scharfen Blick zu. Das stört Marin nicht. Sie kann keinen Unsinn reden und Lila Dinge erzählen, die sie selbst nicht glaubt, nur damit die Ärmste sich besser fühlt. Lilas Kind ist verschwunden. Lila ausreden zu wollen, was sie längst weiß, ist das Allerletzte. »Niemand kennt Kyle so gut wie du. Wenn dein Bauchgefühl dir sagt, dass er fremdgeht, solltest du das nicht ignorieren. Tut mir leid. Aber das hast du nicht verdient.«

Eine dicke Träne läuft Lila über die Wange. Frances reicht ihr ein Papiertaschentuch.

»Ich hätte es gleich wissen müssen«, sagt sie. »Kyle freundet sich nie mit jemandem an. Und ich auch nicht. Ihr wisst ja selbst, wie es ist, mit Leuten zu reden, die man noch nicht kennt.«

Alle nicken, sogar Jamie. Ja, das wissen sie. Neue Bekannte sind das Schlimmste. Sie wissen nichts über einen, man muss sich also entscheiden. Will man so tun, als wäre alles normal und als wäre man nicht die Mutter eines verschwundenen Kindes? Das ist extrem anstrengend. Oder ist man bereit, alles zu erzählen, was genauso anstrengend ist? Es gibt nichts dazwischen, und egal, wofür man sich entscheidet, es macht einen fertig.

Lila hat zu viel Kaffee intus. Marin sieht es daran, wie unruhig ihr Bein wippt. »Ich hab keine Beweise. Es ist nur so ein Gefühl.«

»Willst du ihn zur Rede stellen?«, fragt Marin vorsichtig.

»Ich weiß nicht.« Lila beginnt, an ihrem Daumennagel zu knabbern wie ein Welpe an einem Knochen. »Ich weiß nicht, was ich tun soll. Ich weiß nicht mal, ob ich mich überhaupt richtig aufregen kann. Wir haben seit zwei Jahren keinen Sex mehr. Ach, verdammt, vielleicht sind es auch drei, ich kann mich gar nicht mehr an das letzte Mal erinnern. Wenn ich ihn auf die Frau anspreche, streitet er es garantiert ab, und dann kriegen wir uns wieder in die Wolle. Gott, ich hab diese ewige Streiterei so satt.«

»Ihr seid verheiratet«, sagt Frances nachdrücklich. »Sex mit jemand anderem ist nicht vorgesehen, egal, wie lange es bei euch her ist.«

»Männer haben schließlich Bedürfnisse«, wirft Simon ein.

»Du spinnst doch.« Frances schlägt ihm mit der flachen Hand auf den Schenkel. Worüber Marin froh ist, denn sonst hätte sie ihm eine verpasst.

»Kümmer dich nicht um Simon«, sagt Marin zu Lila. »Egal, welche Bedürfnisse Männer haben, was Kyle macht, ist nicht in Ordnung. Aber du solltest es erst ansprechen, wenn du so weit bist.«

»Und wenn ich nie so weit bin?« Lilas Augen füllen sich mit Tränen. »Wenn ich lieber den Kopf in den Sand stecke und mich einfach nicht drum kümmere? Ich hab echt genug Probleme, okay?«

»Wenn du glaubst, dass er fremdgeht, solltest du dich von ihm trennen«, sagt Frances ganz direkt. »Die Katze lässt das Mausen nicht.«

»Aber wir arbeiten zusammen.« Die Tränen laufen jetzt unaufhaltsam über ihre Wangen, verschmieren ihr Make-up und ihr Rouge, und sie wischt sie weg, was die Sache noch schlimmer macht. »Wir haben zwei Kinder. So einfach ist das nicht, Frances.«

»Ich sage nur, dass du nicht mit einem Mann verheiratet bleiben solltest, der dich betrügt.« Frances verschränkt die Arme vor der Brust, was sie immer tut, wenn sie sich im Recht fühlt. »Da bist du besser allein. Nichts gegen unseren lieben Simon hier, aber ich komme schon lange ohne Mann zurecht.«

Ja, und was für ein tolles Leben du hast. Lila und Marin wechseln einen kurzen Blick; sie denken beide das Gleiche. Frances hat eine Selbsthilfegruppe und einen Donutladen, und das war's auch schon.

»Und wenn ich's gar nicht so genau wissen will?« Lila knabbert wieder an ihrem Daumennagel. »Wenn ich gar nicht will, dass sich irgendwas ändert? Wenn mir ... wenn mir das reicht, was ich hab? Wenn ich nichts Besseres verdient hab?«

»Quatsch«, sagt Simon, aber sein resignierter Blick passt nicht zu seinem energischen Ton.

Frances hat dem nichts mehr hinzuzufügen und Marin auch nicht. Sie ist zu müde, um andere Leute aufzumuntern, und sie hat keine Energie, um Lila von etwas zu überzeugen, von dem sie sich selbst nicht überzeugen kann. Sie alle wissen, wovon Lila redet. Alle in diesem Raum leben jeden Tag mit der Last ihrer Schuld: Sie haben ihre Kinder nicht beschützt. Es ist verflucht noch mal das Allerwichtigste, was Eltern für ihre Kinder tun müssen, und ausgerechnet da haben sie versagt.

Und deswegen haben sie kein gutes Leben verdient.

»Sei nett zu dir«, sagt Marin. Etwas Besseres fällt ihr nicht ein, aber kaum sind die Worte heraus, bereut sie sie auch schon. Sie sind so abgedroschen, so hohl. Sie klingen wie aus einem aufmunternden Meme nachgeplappert, und Lila springt sofort darauf an.

»Ach ja, so wie du?«, faucht sie, und Marin blinzelt. »Wieso hältst du denn deine Scheißehe aufrecht? Derek und du, ihr redet doch kaum noch miteinander. Wann hattet ihr das letzte Mal Sex? Und du ...« Sie wendet sich an Frances. »Du lebst seit der Steinzeit allein, und die einzigen Leute, mit denen du zu tun hast, sitzen hier in diesem Raum. Du bist nicht gerade ein leuchtendes Vorbild für das Leben, das ich in zwanzig Jahren führen will!«

»Also, wirklich, Lila«, sagt Simon und nimmt sich noch einen Donut. Es ist sein dritter, Marin hat mitgezählt. »Das ist nicht nett.«

»Ach, du findest also, man soll *nett sein*, ja?«, kontert Lila. »Und was hat das *Nettsein* dir gebracht? Deine Frau hat dich sitzen lassen, und du hast von all den Donuts, die du dir hier reinziehst, zehn Kilo zugenommen.« Sie wendet sich Jamie zu, die vor ihrem Blick zurückzuweichen scheint. »Bist du dir sicher, dass du hier richtig bist? Denn so sieht dein Leben jetzt aus, und du kannst dich immer noch entscheiden, die Augen vor der Wahrheit zu verschließen, wenn du noch nicht so weit bist.«

»*Hey*«, sagt Marin laut. Dass Lila sie und Frances anherrscht, ist eine Sache. Sie können damit umgehen. Aber Simon ist viel sensibler, und wenn er anfängt zu weinen – was er tun wird –, ist das für alle Beteiligten furchtbar. Und eine Frau, die neu hier ist, darf auf keinen Fall derart angefahren werden. Sie hat auch so schon genug Probleme. »Ich verstehe, dass du sauer bist, aber hör auf, uns so anzuschreien. Wir sind alle auf deiner Seite.«

»Aber ich will nicht auf dieser Seite sein.« Lilas Stimme zittert. Ihr Hände ebenfalls. »Ich will nicht hier mit euch auf dieser Seite sein. Kapiert ihr das nicht? Ich will so ein Leben nicht. Und vor allem von dir will ich mir das alles nicht anhören, Marin. Denn wenn Derek jetzt noch nicht fremdgeht, dann verlass dich drauf, dass er es irgendwann tut. So sind Männer nun mal.«

»Oh, oh, oh!« Simon hebt seine Patschhände. So laut hat sie ihn noch nie reden hören. »Moment mal, Ladys.«

»Komm mir nicht mit Scheiß*ladys*«, sagt Frances und springt auf. Sie braucht gleich eine Zigarette. »Find dich mit deinem Leben ab oder lass es sein, Lila, Schätzchen, aber hör auf, uns anzuschnauzen, Herrgott noch mal. Ich sage nur, dass du die Wahl hast, okay? Und du hast das Recht, dich zu entscheiden. Aber indem du mit einem untreuen Ehemann zusammenbleibst, weil du dir die Schuld daran gibst, dass dein Kind entführt wurde, bestrafst du dich selbst und deine zwei anderen Kinder. Was mit Devon passiert ist, ist nicht deine Schuld.«

»Ich hab ihn zu spät abgeholt«, sagt Lila mit bebender Stimme. »Wenn ich rechtzeitig da gewesen wäre, dann hätte sein Vater ihn nicht mitnehmen können, und mein Sohn wäre jetzt bei mir.«

»Okay, aber die Lehrer hätten ihn auf keinen Fall mit seinem Vater gehen lassen dürfen«, antwortet Frances ungehalten. Sie klopft ihre Taschen auf der Suche nach Zigaretten ab.

Simon isst den Rest seines dritten Donuts und wischt sich die Hände wieder an der Jeans ab.

»Aber ich bin zu spät gekommen«, jammert Lila. »Und deswegen ist es meine Schuld.«

»Okay, du warst nicht da, als Devon entführt wurde«, sagt Marin leise. »Aber bei Sebastians Entführung war ich dabei.«

»Sebastian war vier, Marin. Kleine Kinder laufen in der Gegend rum.« Simon klingt genauso erschöpft, wie er aussieht. »In neunundneunzig Prozent der Fälle verlaufen sie sich bloß und werden wiedergefunden. Es war nicht deine Schuld. Er ist verschwunden, weil ihn jemand entführt hat. Ein *Entführer* hat ihn sich geschnappt.«

Er wendet sich Lila zu, die still vor sich hin schmollt. »Und dein Ex ist auch ein Entführer. Du dachtest, dass Devon in der Schule in Sicherheit war. Weil es Aufgabe der Schule ist, die Kinder zu beschützen. Und er war auch in Sicherheit, bis zu dem Tag. Dass du ein bisschen zu spät gekommen bist, hat daran nichts geändert. Wenn du pünktlich gekommen wärst, hätte sein Vater ihn eben an einem anderen Tag entführt.«

Ein paar Sekunden lang lassen sie Simons Worte sacken. Nicht, dass sie sich das alles nicht schon oft genug selbst gesagt hätten, aber dass jemand es laut ausspricht, tut gut, und sei es nur für den Moment.

Marin schaut zu Jamie hinüber, die bisher auf nichts, das gesagt wurde, reagiert hat, und sie fragt sich, was für einen Cocktail aus Antidepressiva die Neue wohl einnimmt.

»Zehn Minuten Pause«, verkündet Frances und verschwindet, ihre Zigaretten in der Hand, durch die Hintertür, ehe jemand protestieren kann.

Simon geht zur Toilette. Lila springt schniefend auf und rennt ebenfalls in Richtung Klo. Marin muss auch, aber es gibt nur eine Damentoilette, und sie weiß, dass

Lila einen Moment für sich allein braucht, um ihre Fassung wiederzugewinnen. Jamie steht auf und streckt sich, dann geht sie langsam zu dem Tisch mit den Donuts hinüber, begutachtet das Angebot und entscheidet sich für einen Donut mit Ahornglasur. Wird das ihre Lieblingssorte werden?, fragt sich Marin. Wird sie überhaupt lange genug dabeibleiben, um sich auf eine Lieblingssorte festzulegen?

Denn diese Gruppe ist schrecklich. Wie hat Sal sich noch ausgedrückt? Ach ja. *Selbstgeißelung.*

Simon hat recht mit dem, was er über Entführer sagt. Als Sebastian gerade drei war, ist er ihr einmal bei den Feierlichkeiten zum 4. Juli auf dem Wonderland-Rummel entwischt. Nach den längsten fünf Minuten ihres Lebens hat ein Fremder ihn zu ihr zurückgebracht. Der Fremde hatte den Kleinen zwischen all den vielen Menschen umherirren sehen und ihm geholfen, seine Mutter zu finden. Weil der Fremde weder ein Entführer noch ein Kinderschänder noch ein Mörder war.

Aber der Fremde, der Sebastian mitgenommen hat, war ein Entführer. Ob der Fremde Sebastian zufällig hat umherirren sehen und spontan sie Chance genutzt hat, ein kleines Kind in seine Gewalt zu bringen, oder ob er die Tat im Voraus geplant hat, spielt keine Rolle. Er ist ein Entführer, weil er Sebastian nicht zurückgebracht hat. Das ist der Unterschied.

Aber sechzehn Monate später fällt es Marin immer noch schwer zu begreifen, wie das passieren konnte. Sebastian war erst vier, aber er war ein kluges Kind. Marin und Derek haben ihm immer wieder erklärt, wie gefährlich es ist, mit Fremden zu sprechen, haben ihm eingeschärft, keine Spielsachen oder sonstigen Geschenke anzunehmen, ohne Mommy oder Daddy zu fragen. Schon im Kindergarten wurde das Thema besprochen. Zu Hause sowieso.

Aber es war der *Weihnachtsmann.* Kinder lernen, dass der Weihnachtsmann einer von den Guten ist, sie sollen mit ihm sprechen, auch wenn sie sich von ihm eingeschüchtert fühlen, sie sollen sich von dem gottverdammten alten Sack auf den Schoß nehmen lassen und ihm erzählen, was sie sich zu Weihnachten wünschen. Und zur Belohnung bekommen sie einen Lutscher. Sie bekommen eine Belohnung dafür, dass sie einem Fremden trauen.

Als Lila zurückkommt, sind ihre Augen total verheult, aber sie hat sich beruhigt. Auf dem Weg zur Kaffeemaschine drückt sie Marin den Arm, es ist ihre Art, sich zu entschuldigen. Marin lächelt sie an, was ihre Art ist, die Entschuldigung anzunehmen. Sie kennen die stummen Gesten der anderen – sie machen das jeden Monat.

Als Marin von der Toilette zurückkommt, hat Frances ihren Platz wieder eingenommen und erzählt von den Albträumen, in denen Thomas vorkommt. Von diesen Träumen hat sie schon mehrmals erzählt, sie scheinen schlimmer zu werden. Nachts wacht sie stöhnend und schwitzend und mit Magenschmerzen auf.

»In meinem Traum letzte Nacht sah er aus, als hätte man ihm das halbe Gesicht blutig geschlagen«, sagt Frances mit zitternder Stimme. »Ein Auge hing aus der Höhle heraus, und die Wunden in seinem Gesicht waren so tief, dass man den Wangenknochen sah …«

»Frances …«, setzt Lila mit geschlossenen Augen an,

doch Simon bringt sie zum Schweigen. Jamie beugt sich fasziniert vor.

»... und er hat eine Hand nach mir ausgestreckt, und als ich seine Hand genommen hab, war sie eiskalt.« Frances verzieht das Gesicht, was alle erschreckt. Normalerweise ist sie absolut stoisch. Sie zeigt kaum jemals Gefühle, erst recht keine Trauer. »Ich hab das Gefühl ... Ich hab das Gefühl, er versucht mir zu sagen, dass er tot ist. Und dass ich ihn loslassen soll.«

»Frances«, sagte Lila noch einmal, diesmal langsam und leise. »Frances, nicht.«

Aber es ist passiert. Sie werden Frances verlieren.

Die Hoffnung währt nicht ewig, sie kann einen nicht ewig tragen. Das ist ein Segen und zugleich ein Fluch. Manchmal ist die Hoffnung das Einzige, was einem bleibt. Sie hält einen aufrecht, wenn es sonst nichts mehr gibt, woran man sich festhalten kann.

Aber die Hoffnung kann auch schrecklich sein. Sie bewirkt, dass man auf etwas wartet, sich etwas wünscht und herbeisehnt, das womöglich niemals eintreten wird. Sie ist wie eine gläserne Wand zwischen dem Ort, an dem man sich befindet, und dem Ort, an dem man sein möchte. Man kann das Leben sehen, das man sich wünscht, aber man kann es nicht haben. Man ist wie ein Goldfisch in einem Glas.

»Seit neun Jahren warte ich jetzt auf ihn«, fährt Frances mit zitternder Stimme fort. »Es gibt keinen vernünftigen Grund anzunehmen, dass Thomas jemals zurückkommen wird. Vielleicht ist er ja wirklich weggelaufen. Aber selbst wenn ich akzeptieren könnte, dass er freiwillig gegangen ist, er war kein starker Junge. Er war erst fünfzehn. Er war unerfahren. Allein hätte er da draußen niemals so lange durchgehalten.«

Frances atmet schwer. Ihre Augen sind trocken, aber wenn zum Weinen nicht notwendigerweise Tränen gehören würden, könnte man sagen, dass Frances weint. »Außerdem hätte er mich angerufen. Er hätte mich wissen lassen, dass es ihm gut geht. Er wäre inzwischen vierundzwanzig. In meinen Träumen ist er immer noch fünfzehn. Er ist nie erwachsen geworden. Ich weiß nicht, wie lange ich noch … wie lange ich noch …«

Lila springt auf und stürzt zu Frances, ehe Marin reagieren kann, und schließt die tränenlos schluchzende Frau fest in die Arme. Marin umschlingt die Frauen alle beide. Sie spürt Simon hinter sich, aber als sie sich umdreht, sieht sie, dass es gar nicht Simon ist, sondern Jamie, die Neue. Sie vergießt stumme Tränen der Trauer und der Solidarität. Ein paar Sekunden später kommt auch Simon dazu.

Die endgültige Akzeptanz ist schwer, egal, ob man eine Nachricht von außen erhält oder von allein auf etwas stößt. Vielleicht kann Frances ja jetzt genesen.

Als sich alle wieder voneinander lösen, begegnen sich Marins und Simons Blicke. Sie sieht ihm an, was er denkt. Sie werden sich einen neuen Raum für die idiotischen, sinnlosen Treffen ihrer sogenannten Selbsthilfegruppe suchen müssen. Einige Minuten später verabschieden sich alle von Frances und gehen nach draußen. Jamie hat neben Marin geparkt, und sie betätigen gleichzeitig die automatischen Türöffner ihrer Autos.

»Ziemlich gruselig, oder?«, sagt Marin zu Jamie. Dieses Treffen war nicht gerade die ideale Erfahrung, die sie einer Neuen wünschen würde, und sie würde sich nicht wundern, wenn sie Jamie nie wiedersehen.

»Ja.« Jamies Stimme klingt weicher, als Marin erwartet hat, beinahe mädchenhaft. »Gruselig trifft es gut. Aber weißt du, was? Es geht mir schon viel besser. Wir sehen uns nächsten Monat.«

Als sie beide in ihre Autos steigen, muss Marin nicht zum ersten Mal daran denken, dass das Leid der anderen manchmal das Einzige ist, was einen tröstet.

Kapitel 4

Die E-Mail der Privatdetektivin lässt Marin erstarren.

Sieben Sekunden lang kann sie sich nicht bewegen, nicht atmen. Sie kommt gerade aus der Dusche, ihre nassen Haare tropfen auf die Marmorplatte ihrer Frisierkommode, während sie sich darüberbeugt und ungläubig Vanessa Castros Namen auf dem Handydisplay anstarrt. Die Betreffzeile ist leer.

Dass es sieben Sekunden dauert, weiß sie, weil sie mitzählt. Als sie bei fünf ist, sagt sie sich, dass Vanessa Castro sich nicht melden würde, wenn sie schlechte Neuigkeiten hätte. Sie würde Marin nicht in einer E-Mail mitteilen, dass ihr Sohn tot ist. Als sie bei sieben ist, holt sie Luft, klickt die E-Mail an und liest sie. Sie enthält nur zwei Sätze.

> *Hi – Haben Sie heute Morgen Zeit für ein Treffen? Ich bin spätestens um 10 im Büro.*

Sie will mich treffen? O Gott. Wie auch immer die schreckliche Nachricht lautet, die Privatdetektivin möchte sie ihr persönlich überbringen.

Sie haben nichts darüber vereinbart, in welcher Form

ihr Nachrichten über Sebastian übermittelt werden sollen, falls es welche gibt. Vanessa Castro hat lediglich gesagt – und auch das eher beiläufig –, dass sie Marin anrufen werde, sobald sich etwas Entscheidendes ergebe.

Mit zitternden Fingern schreibt Marin eine Antwort.

Bin um 10 Uhr da. – MM

Vierhundertsechsundachtzig Tage. Ist heute der Tag?

Es kann nicht sein. Sie treffen sich um zehn, und es ist erst halb neun. Wenn die Detektivin vorhätte, ihr zu eröffnen, dass Sebastian tot ist, würde sie Marin doch nicht neunzig Minuten warten lassen, oder?

Andererseits, warum nicht? Vielleicht ist das das übliche Vorgehen. Wenn ihr Sohn tot ist, was spielt es für eine Rolle, ob sie es jetzt erfährt oder in anderthalb Stunden?

Während Marin sich fertig macht, versucht sie, auf andere Gedanken zu kommen. Als Erstes räumt sie das Schlafzimmer auf. Heute kommt Daniela zum Putzen, aber es ist nicht ihre Aufgabe, Marins Kleider vom Boden aufzuheben oder das Bett zu machen. Das Bettenmachen geht schnell, das Laken auf Dereks Seite ist noch glatt. Als sie das unbenutzte Kopfkissen aufschüttelt, wird ihr bewusst, dass sie keine Ahnung hat, wann ihr Mann am Abend von seiner Geschäftsreise zurückkommt. In seiner knappen Textnachricht gestern kurz vor dem Schlafengehen hat er sich nicht dazu geäußert. Aber sie hat auch nicht gefragt. Er hat nicht vorgeschlagen, dass sie zusammen zu Abend essen. Und sie hat nicht angeboten, etwas zu kochen.

So läuft es inzwischen. Sie leben nebeneinanderher, zwei parallele Leben, die sich nicht berühren.

Als sie an Sebastians Zimmer vorbeigeht, legt sie eine Hand auf seine Tür. Nur eine Sekunde lang, so wie jeden Tag. Dieses Zimmer darf Daniela nicht putzen.

Heute Morgen ist Marin leichter aus dem Bett gekommen. Nach den Gruppentreffen schläft sie immer gut, und als sie nach Hause gekommen ist, hat sie nichts getrunken. Der Unterschied heute Morgen im Spiegel war nicht zu übersehen – keine blutunterlaufenen Augen, keine dunklen Ränder, kein aufgeschwemmtes Gesicht. Es hätte ein guter Start in den Tag sein können, wäre da nicht die Mail der Detektivin gewesen.

Sie geht nach unten, um die Kaffeemaschine einzuschalten. Die Maschine ist ein Luxusteil, sie macht alles auf Knopfdruck, von Cappuccino bis Latte macchiato, und für jede Tasse werden Bohnen frisch gemahlen. Während sie auf einem Hocker an der Kücheninsel wartet, bis die Maschine die Betriebstemperatur erreicht hat, wirft sie einen Blick in ihren Terminkalender. Dann sucht sie eine Nummer in ihrer Kontaktliste und drückt auf Anruf. Es klingelt zweimal, dann schaltet sich die Mailbox ein, wie immer. Er geht nie ran.

»Hallo, Dr. Chen, hier ist Marin Machado«, sagt sie nach dem Piepton. Ihre Stimme klingt noch etwas belegt, es sind die ersten Worte, die sie heute spricht. »Etwas Wichtiges hat sich ergeben, es hat mit meinem Sohn zu tun, ich schaffe es also nicht zu meinem Termin. Mir ist klar, dass Sie mir die Stunde trotzdem in Rechnung stellen. Danke.« Sie überlegt kurz, ob sie um einen neuen Termin bitten soll, entscheidet sich jedoch dagegen. Dann legt sie auf. Sie kann ihn später noch anrufen, aber im Moment ist sie sich nicht sicher, ob sie ihren Therapeuten überhaupt noch einmal sehen will.

Nichts gegen Dr. Chen. Er ist in Ordnung. Er ist ruhig, verständnisvoll, er macht es einem leicht, mit ihm zu reden, er ist so, wie man sich einen Therapeuten wünscht. Aber Therapie ist anstrengend. Man muss hart arbeiten, und sie verlangt einem viel ab, ehe man etwas zurückbekommt. Und in der letzten Sitzung ist es ein bisschen ... kontrovers zugegangen.

Marin hat Dr. Chen endlich ihr Geheimnis erzählt.

Sie ist mit dem Vorsatz in die Sitzung gegangen, es ihm zu sagen, zum Teil, weil sie endlich darüber reden wollte. Bis dahin hat sie noch mit keiner Menschenseele darüber gesprochen. Aber vor allem wollte sie Dr. Chen testen, wollte seine Reaktion sehen, wollte sehen, ob er ihr erlauben würde, so weiterzumachen, oder ob er versuchen würde, sie davon abzubringen.

Als sie die Worte schließlich laut ausgesprochen hat, hat sich in Dr. Chens normalerweise neutraler Miene Überraschung breitgemacht, die schnell in Besorgnis übergegangen ist. Er brauchte einen Moment, um seine Sprache wiederzufinden, und dann war sein Ton zwar sanft, aber bestimmt. Und er hat genau das gesagt, womit Marin gerechnet hat. Vielleicht hat sie es ihm ja aus diesem Grund erzählt. Damit er ihr sagte, dass es falsch ist. Damit er ihr sagte, sie solle damit aufhören.

»Was Sie mir gerade erzählt haben, ist nicht zielführend, Marin.« Dr. Chens Stimme klang gemessen, aber es war nicht zu übersehen, dass er beunruhigt war. Sie hat es an seiner Körpersprache gesehen; er war angespannter als zuvor. »Das tut Ihnen nicht gut. Ich finde, Sie sollten damit aufhören. Sofort.«

»Ich mache es nicht jeden Abend«, hat sie geantwortet. »Nicht mal jede Woche. Nur ... wenn ich nicht aufhören kann, an ihn zu denken. Wenn ich nicht aufhören kann, mir Sorgen zu machen.«

»Das verstehe ich. Aber so kommen Sie nicht weiter.« Dr. Chen beugte sich vor. Das macht er nur, wenn ihm etwas sehr wichtig ist. »Es ist ... sehr schädlich. Ich fürchte, dass Sie damit Ihre Gedanken an Selbstbestrafung noch verschlimmern. Ganz zu schweigen davon«, fuhr er auf seine nervtötend ruhige Weise fort und lehnte sich zurück, »dass es illegal ist. Sie könnten sich in große Schwierigkeiten bringen. Sie könnten ins Gefängnis kommen.«

Sie wusste, dass er genau das sagen würde. Aber sie hat es aus seinem Mund hören müssen. Sie hat sich verteidigt, ist immer lauter geworden, während er die Ruhe in Person blieb, hat gezetert, bis die Stunde um war. Aber sie hat ihm angemerkt, wie frustriert er war. Auch Therapeuten sind nicht gegen Gefühle gefeit.

Als Nächstes schreibt Marin eine Textnachricht an Sadie. *Ich komme heute Morgen doch nicht in den Salon. Tut mir leid, ich weiß, ich hab versprochen, die Lieferverträge mit dir durchzugehen.*

Kein Problem, antwortet Sadie. *Alles okay?*

Weiß nicht, schreibt Marin wahrheitsgemäß. *Hab gleich einen Termin mit der Detektivin.*

Marin betrachtet die drei Pünktchen auf ihrem Display, während Sadie ihr eine Antwort schreibt. Sadie wird keine Fragen stellen, das tut sie nie, aber wahrscheinlich spürt sie, dass Marin beunruhigt ist. Sadie führt nicht nur Marins Salons – sie ist auch eine enge Freundin. Endlich kommt ihre Antwort, kurz und knapp, wie immer.

Alles klar. Bin hier, falls du mich brauchst. xo

Marin weiß gar nicht, was sie ohne Sadie tun würde.

Als das FBI ihnen einen Monat nach Sebastians Verschwinden mitgeteilt hat, dass die Ermittlungen nie eingestellt würden, dass es derzeit aber keine Spuren gebe, denen man nachgehen könne (eine elegante Art, ihnen zu sagen »Der Fall wird auf Eis gelegt«), war es, als hätten sie ihr Kind noch einmal verloren.

Und damit ist Marin nicht gut zurechtgekommen. Überhaupt nicht gut.

Als sie eine Woche später aus dem Krankenhaus entlassen wurde, hat sie als Allererstes eine Privatdetektivin kontaktiert. Sie hatte Vanessa Castros Visitenkarte schon seit einer ganzen Weile, mindestens seit ein paar Wochen. Castro hatte die Karte nach einer Pediküre in die Plastikschale an der Kasse gelegt. Einmal im Monat verlosen sie unter allen Kundinnen eine kostenlose Behandlung, aber Castros Karte war nicht unter den Gewinnerinnen. Marin hat sie nur entdeckt, weil sie die Schale aus Versehen vom Tresen gestoßen hat, sodass alle Visitenkarten durch die Luft gesegelt sind.

Nichts an der Karte der Detektivin war besonders interessant – *Isaac & Castro* stand in blauen Buchstaben in der Mitte und darunter, etwas kleiner, *Vanessa Castro, Privatdetektivin* –, aber sie war die Einzige von allen Visitenkarten, die mit dem Gesicht nach oben gelandet war. Vielleicht war es die Einzige, die Marin sehen sollte. Manchmal macht das Universum komische Sachen.

Damals war Sebastian seit zwei Wochen verschwunden. Marin hat die Karte eingesteckt, und als sie aus der Psychiatrie entlassen wurde, hat sie die Detektivin angerufen.

Castro und ihr Partner sind beide ehemalige Polizisten. Castro hat sich darauf spezialisiert, vermisste Kinder zu finden, und sie hat sich einen Namen gemacht, denn sie sucht auch an Stellen, wo die Polizei nicht ermitteln kann oder will. Sie ist unkonventionell, bewegt sich manchmal am Rande der Legalität. Sie ist edel gestylt, scheut sich jedoch nicht, sich die Hände schmutzig zu machen. Und sie ist unverschämt teuer. Bei ihrem ersten Treffen hat sie Marin gebeten, sie Vanessa zu nennen, aber das fühlte sich komisch an, schließlich sind sie keine Freundinnen, und sie saßen nicht beim Kaffeekränzchen.

Marin hat die Frau angeheuert und sie beauftragt, ihren Sohn zu suchen. Sie konnte den Gedanken nicht ertragen, dass keiner wirklich nach ihm suchte. Irgendeiner muss ihn suchen, immer.

Ob es sich bei demjenigen, der Sebastian entführt hat, um jemanden handeln könnte, der den Jungen kannte, war ein Streitpunkt zwischen Marin und der Polizei – und später zwischen ihr und dem FBI. Es wurden keine Hinweise darauf gefunden, dass es ein Freund oder Bekannter der Familie gewesen sein könnte, stattdessen verwies man auf Statistiken, nach denen die Anzahl der Fälle, bei denen ein Kind von einem Fremden entführt wird, »gering, aber doch von Bedeutung« sei. Das Weihnachtsmannkostüm, so das FBI, lasse darauf schließen, dass der Entführer geplant hatte, im Gedränge des überfüllten Markts ein Kind zu entführen – vermutlich irgendein Kind –, denn für kleine Kinder gibt es nichts, was Weihnachten so sehr symbolisiert wie der Weihnachtsmann. Selbst ein Kind, das Fremden gegenüber normalerweise misstrauisch ist, würde auf das rote Kostüm und den weißen Rauschebart hereinfallen. Und was den Lutscher anging, hatten Marin und Sebastian sich schließlich ganz in der Nähe des Süßwarenladens befunden, und jemand, der (oder die) darauf aus war, ein Kind zu entführen, könnte das Gespräch zwischen Mutter und Sohn mitbekommen haben.

Marin sah das anders. Zwar räumte sie ein, dass Sebastian von Natur aus kontaktfreudig sei – und im Allgemeinen Erwachsenen gegenüber ziemlich vertrauensvoll –, aber sie war der Meinung, dass er sich niemals hätte wegführen lassen, ohne sich auch nur einmal nach ihr umzudrehen. Und woher wusste der Weihnachtsmann, dass Sebastian auf diesen speziellen Lutscher stand? Marin hat sich das körnige Video tausendmal angesehen. Sie kennt ihren Sohn besser als jeder andere Mensch auf der Welt. Sebastian war begeistert vom Weihnachtsmann, fühlte sich aber jedes Mal eingeschüchtert, wenn der Alte leibhaftig vor ihm stand. Er hätte sich an Marin gewandt, um sich zu vergewissern, dass es in Ordnung war, mit dem Weihnachtsmann mitzugehen.

Es sei denn, es war jemand, den er kannte.

Aber alle in ihrem Umfeld wurden vernommen. Alle. Und jedes Alibi wurde überprüft. Jedes einzelne. Ein Jahr lang ist Castro die ganze Arbeit des FBI noch einmal durchgegangen, wieder und wieder.

Bei ihrem letzten Treffen vor einem Monat hat Marin sie gebeten, ihre Nachforschungen auf Dereks und ihre Angestellten und alle ihre Kunden und Kundinnen auszuweiten. Dereks Firma veranstaltet jedes Jahr Anfang Dezember für die Angestellten und deren Angehörige eine Weihnachtsfeier, und Marin gibt jeden Sommer ein großes Grillfest für ihre Stammkundinnen. Jeder, der auf einer dieser Partys war, hat Sebastian gesehen. Marin hat Castro gebeten, jeden einzelnen Gast zu überprüfen, und Castro hat sich als Erstes die Angestellten vorgenommen, mit denen Derek und Marin am engsten zusammenarbeiten.

Marin überlegt. Was, wenn Sadie Sebastian entführt hat? Was, wenn es das ist, was die Privatdetektivin ihr eröffnen will?

Der Gedanke ist so absurd, dass Marin in der stillen Küche laut auflacht. Vollkommen lächerlich. Natürlich war es nicht Sadie. Außerdem war die zu der Zeit selbst schwanger. Wieso sollte sie auch noch das Kind von Marin haben wollen?

Marin stellt eine Henkeltasse mit dem Logo ihres Salons unter die Düse für den Kaffee und drückt die Taste. Sie verkaufen diese Henkeltassen in Rosa und Gold in allen drei Salons für fünfundsechzig Dollar das Stück, ein wahnwitziger Preis für eine Kaffeetasse, aber die Kundinnen kaufen sie für sich selbst und zum Verschenken. Manchmal trinkt Marin Wein aus ihrer Tasse. Aber nicht heute.

Als sie in den Wagen steigt, überlegt sie kurz, ob sie Derek in Portland anrufen soll, um ihm zu sagen, dass es womöglich schlechte Neuigkeiten gibt. Trotz ihrer emotionalen Entfremdung würde sie jetzt gern seine Stimme hören, beruhigend und pragmatisch wie immer. Er würde sie bestimmt daran erinnern, dass Vanessa Castro als ehemalige Polizistin und professionelle Privatermittlerin garantiert sofort etwas gesagt hätte, wenn sie entscheidende Erkenntnisse über Sebastian hätte. Dass sie Marin niemals bis zu einem persönlichen Termin hätte warten lassen.

Sie würde jetzt gern mit ihm reden, aber das geht nicht. Sie kann Derek kein verdammtes Wort sagen.

Sie hat ihrem Mann gegenüber nichts davon erwähnt, dass sie eine Privatdetektivin engagiert hat.

Kapitel 5

»Wie war der Verkehr?«, fragt Castro, als Marin ihr kleines Büro in Fremont betritt. Sie erkundigt sich nie, wie es Marin geht. So dumm ist sie nicht. Die Detektivin scheint selbst gerade erst angekommen zu sein. Sie hat immer noch ihre Jacke an.

»Auf der Brücke ging's.« Als Marin Castro gegenüber Platz nimmt, fällt ihr auf, dass sich seit ihrem letzten Termin vor einem Monat einiges geändert hat. Das kleine Aquarium, das vorher auf dem niedrigen Bücherregal an der Wand stand, steht jetzt auf einer Ecke des Schreibtischs, direkt vor Marins Nase. Nur ein Fisch schwimmt darin herum, ein Siamesischer Kampffisch mit leuchtend roten Flossen, und Marin schaut ihm zu, während Castro ihren Computer hochfährt.

Marin und Castro treffen sich einmal im Monat, um den aktuellen Stand der Ermittlungen zu besprechen, aber im Prinzip könnten sie das genauso gut per Telefon oder per E-Mail erledigen. Castro weiß jedoch, dass regelmäßige persönliche Gespräche wichtig für das Seelenheil der Mutter des verschwundenen Kindes sind, das sie aufspüren soll, und sie ist Marin gegenüber jedes Mal geduldig, aber auch direkt.

Für Marin sind die Gespräche besser als jede Therapiesitzung.

»Danke, dass Sie es so kurzfristig einrichten konnten.« Castro stellt eine kleine Wasserflasche vor sie hin. Normalerweise bietet sie Marin Kaffee an, aber heute scheint alles anders zu sein.

»Kein Problem.« Marin sucht in Castros Gesicht nach Hinweisen darauf, dass sie sich auf schlechte Neuigkeiten gefasst machen muss. Die Miene der Frau ist fast unergründlich. Dennoch wirkt sie ein bisschen angespannt.

»Also …« Castro schürzt die Lippen. »Es geht nicht um Sebastian.«

Erst als sie tief ausatmet, wird Marin bewusst, dass sie die ganze Zeit die Luft angehalten hat. *Gott sei Dank*. Sie nimmt die Wasserflasche, dreht den Deckel ab und trinkt einen großen Schluck.

»Tut mir leid«, sagt Castro mit gerunzelter Stirn. »Ich wollte Sie nicht beunruhigen. Ich hätte das in meiner E-Mail erwähnen sollen.«

»Ist schon in Ordnung«, sagt Marin. Eigentlich findet sie es nicht in Ordnung, aber im Moment überlagert die Erleichterung alles. »Worum geht es dann?«

»Tja …« Wieder zögert Castro, und auch wenn Marin ein Stein vom Herzen gefallen ist, fragt sie sich, was der Privatdetektivin solches Unbehagen bereiten könnte. Die Frau war früher bei der Mordkommission, Herrgott noch mal. »Wie es aussieht, trifft Ihr Mann sich mit jemandem.«

Hä? Marin trinkt noch einen Schluck Wasser und schaut die Detektivin verständnislos an. »Wie meinen Sie das?«

»Ich weiß ja nicht, wie Ihre eheliche Situation aussieht, aber bei unserem letzten Gespräch haben Sie nichts von einer Trennung …«

»Wir haben uns nicht getrennt.«

»Dann tut es mir leid, Ihnen mitteilen zu müssen, dass Ihr Mann eine Affäre hat.«

Marin blinzelt. Sie hat die Worte deutlich verstanden, die Detektivin braucht sie nicht zu wiederholen, aber vielleicht würde es helfen, wenn sie sich anders ausdrücken würde. Ein paar Sekunden lang herrscht Schweigen. Marin fühlt sich, als wartete sie auf eine Pointe, die nicht kommt.

Wovon zum Teufel redet die Frau? Eine *Affäre*? Deswegen hat sie Marin herbestellt? Das kann nicht sein. Dafür hat sie die Detektivin nicht angeheuert.

Als würde sie Marins Gedanken lesen, fängt Castro an, auf ihrer Tastatur zu tippen, dann dreht sie den Monitor um. Marin sieht ein Farbfoto von Derek. Von Derek mit einer anderen Frau. Das Foto füllt den ganzen Bildschirm aus.

Marin betrachtet die Aufnahme mit offenem Mund. Ihr Gehirn scheint die Einzelheiten nur nacheinander verarbeiten zu können, ohne das Ganze zu begreifen. Haare. Kleider. Gesicht. Hände. Baum. Gehweg. Stiefel. Lächeln. Alter. Hautfarbe. Die Frau, die neben Derek steht, sieht ein bisschen aus wie Olivia Munn, die Schauspielerin, die mal mit diesem Footballspieler liiert war. Aber die Frau auf dem Foto ist zweifellos jünger – Mitte zwanzig, schätzt Marin. Irgendwas kommt Marin bekannt vor, die Art, wie sie das Kinn hält, ihre Augenform. Dann blinzelt sie, das Déjà-vu ist vorbei, und die Frau ist eine Fremde.

Eine Fremde, die mit Marins Mann Händchen hält.

Castro klickt mit der Maus, und ein anderes Foto erscheint, am selben Tag aufgenommen, wahrscheinlich nur wenige Minuten später.

Jetzt küsst die Fremde Marins Mann. Leidenschaftlich. Im Freien. Am helllichten Tag.

»Die sind von gestern Nachmittag. Sie wurden in Portland aufgenommen.« Die Detektivin weiß, wie man schlechte Nachrichten überbringt. Ihre Stimme klingt gedämpft; mitfühlend und zugleich neutral. Sie klingt wie eine Nachrichtensprecherin, die vom Teleprompter abliest, dem Publikum von einer Katastrophe berichtet, die sich irgendwo auf der Welt ereignet hat, und dann für Sport und Wetterbericht an Chuck und Gary weitergibt. »Eine meiner Kontaktpersonen hat sie mir geschickt. Tut mir leid, dass Sie es auf diese Weise erfahren müssen.«

Derek ist nicht einfach auf Geschäftsreise – er ist auf Geschäftsreise mit seiner ... mit seiner ... *Mätresse*. Es ist das erste Wort, das Marin einfällt. *Freundin, Geliebte, Familienzerstörerin* und *Hure* kommen ihr auch in den Sinn, aber aus irgendeinem Grund scheint *Mätresse* am besten zu passen. In dem Wort schwingen Verkommenheit und Skandal mit, und genauso fühlt es sich für Marin an.

Was hast du denn erwartet?, flüstert eine innere Stimme, die sie im Geiste erschlägt wie eine lästige Fliege. Aber die Stimme hört nicht auf zu flüstern, und das Flüstern wird immer lauter und aufdringlicher, und wenn Marin sich nicht beruhigt, kriegt sie gleich hier im Büro der Privatdetektivin eine Panikattacke.

Castro mustert sie besorgt. »Alles in Ordnung?«

Marin bringt kein Wort heraus. Sie nickt, schließt die Augen und atmet mehrmals durch ihre zusammengebissenen Zähne ein. Mit schweißfeuchten Händen umklammert sie die gepolsterten Armlehnen des Stuhls, auf dem sie sitzt, während der pragmatische Teil ihres Gehirns versucht, die Oberhand zu gewinnen. Die Logik sagt ihr, dass ihr nichts passieren kann. Ihr Herz bricht nur metaphorisch, die Welt hört nicht wirklich auf, sich zu drehen, die Wände des Raums, in dem sie sich befindet, bewegen sich nicht physisch auf sie zu. Außerdem ist Castro eine ehemalige Polizistin und garantiert in Erste-Hilfe-Maßnahmen geschult. Marin wird heute nicht sterben, egal, wie schlimm sich das alles anfühlt.

Sie hat eine Xanax in der Tasche, aber es ist ihr peinlich, sie jetzt zu nehmen. Niemand braucht zu wissen, dass sie Beruhigungsmittel nimmt, um zu überleben. Sie atmet noch einmal tief ein und dann noch mal. Allmählich beruhigt sich ihr Puls, ihr Herz schlägt wieder normal. Sie öffnet die Augen. Langsam fokussiert sich ihr Blick auf die Detektivin.

»Dieser verdammte Mistkerl«, stößt sie schließlich hervor und greift wieder nach der Wasserflasche. »Ist er jetzt bei ihr?«

»Nein, im Moment nicht«, sagt Castro. Es gelingt ihr, zugleich sanft und professionell zu klingen. »Die beiden haben den gestrigen Tag zusammen verbracht, dann ist sie heute Morgen mit dem Zug allein von Portland zurückgefahren. Ich habe auf ihrer Instagramseite nachgesehen, anscheinend hat sie heute Kurse.«

Portland. Zug. Instagram. Kurse. Es ist alles zu viel. Wieder schließt Marin die Augen, als könnte sie damit die Bilder verscheuchen, die Castro ihr gerade gezeigt hat. Es funktioniert nicht. Sie sind bereits in ihr Gehirn eingebrannt. »Sie ist Lehrerin?«

»Studentin. Kunststudentin.«

Marin verzieht das Gesicht.

»Tut mir leid.« Castro schüttelt den Kopf. »Das macht es bestimmt nicht leichter.«

»Wie alt?«

»Vierundzwanzig.«

Vierundzwanzig und Künstlerin. Eine *Studentin*, Herrgott noch mal. Marin öffnet die Augen. Im Blick der Detektivin liegt so viel echtes Mitgefühl, dass Marin am liebsten weinen möchte.

Nach einer Weile berichtet Castro, wie es zu der Entdeckung gekommen ist. Auf Marins Anweisung hin hat sie nach dem letzten Treffen angefangen, Dereks Angestellte zu überprüfen. Dabei sind ihr zwei in seiner Produktionsstätte in Portland aufgefallen. Daraufhin hat Castro einen Bekannten in Portland angerufen, einen Polizisten, der im Nebenjob als Privatdetektiv arbeitet, und ihn gebeten, ein bisschen zu graben. Der Bekannte hat herausgefunden, dass beide Angestellte schon mal verhaftet und angeklagt wurden, dass jedoch in beiden Fällen die Anklagen fallen gelassen wurden.

»Und weswegen wurden sie verhaftet?«, fragt Marin, bemüht, sich auf die Einzelheiten zu konzentrieren, um nicht dauernd das Bild der Frau vor Augen zu haben, die ihren Mann küsst.

»Einer wegen einer Kneipenschlägerei«, sagt Castro.

»Die andere, weil sie ihre Nachbarin tätlich angegriffen hat.«

»*Die* andere?«

Ein Lächeln huscht über Castros Gesicht. »Anscheinend verstehen die beiden sich nicht besonders. Der Streit hat angefangen, weil die eine Nachbarin die andere beschuldigt hat, ihre Gartenzwerge gestohlen zu haben.«

Castro berichtet, dass ihr Bekannter irgendwann vor dem Hotel stand, in dem Derek immer absteigt, wenn er in Portland ist, und zufällig gesehen hat, wie Derek das Hotel durch einen Seitenausgang verließ und zwar in Begleitung einer Frau, die nicht Marin war. Neugierig geworden, ist er den beiden gefolgt. Sie sind in ein Restaurant gegangen. Henry's Tavern im Pearl District.

Bei Castros letzten Worten zuckt Marin zusammen. Das Henry's ist eins von Marins Lieblingslokalen, und sie und Derek gehen jedes Mal dort essen, wenn sie in Portland sind. Man bekommt dort eine fantastische Mango Margarita. Und großartige Calamari. Im Teigmantel, frittiert, mit frisch gemahlenem Pfeffer und Meersalz, dazu eine Jalapeño-Aioli zum Dippen. Eine Riesenportion, die man sich gut teilen kann.

»Aber wieso ist Ihr Bekannter überhaupt zu dem Hotel gegangen?« Marin versucht, sich nicht auszumalen, wie ihr Mann mit seiner Mätresse frittierte Calamari isst. Sicher hat er nicht dieselbe Vorspeise bestellt, die sie immer nehmen.

»Er hatte sich die Verbindungsnachweise von dem Angestellten angesehen, der wegen der Kneipenschlägerei verhaftet worden war«, erklärt Castro. »Es gab einen zehnminütigen Anruf aus dem Hotel Monaco auf das

Handy des Angestellten. Und als mein Bekannter Derek mit einer anderen Frau aus dem Hotel kommen sah, hat er ein paar Fotos gemacht und sie mir geschickt.« Sie macht ein paar Mausklicks. »Das mit dem Angestellten hat übrigens nichts ergeben. Sein Schwager war in Portland, um sich ein Spiel der Blazers anzusehen, und die beiden haben telefoniert, um das Wochenende zu planen. Der Schwager hat aus dem Hotel angerufen.«

Ein neues Foto erscheint auf dem Bildschirm. Diesmal sind die beiden in dem Restaurant zu sehen. Derek spricht und gestikuliert dabei. Seine Mätresse lacht über das, was er sagt. Beide haben einen Cocktail vor sich. Derek trinkt seinen Lieblingscocktail, Marin erkennt ihn an der Apfelsinenscheibe am Rand, den bestellt er immer. Die Mätresse trinkt irgendwas Pinkfarbenes – Erdbeer-Daiquiri? – mit einem Schirmchen.

Und zwischen ihnen stehen die Scheiß-Calamari.

Marin wundert sich selbst darüber, wie schockiert sie ist, jetzt, wo sie Gewissheit hat. Dabei hat sie es die ganze Zeit gespürt, hat es irgendwo im tiefsten Inneren *gewusst*. Es ist ja nicht so, als wären ihr nicht bestimmte Dinge aufgefallen. Ihr zwanzigster Hochzeitstag steht kurz bevor, und obwohl sie sich fast jeden Abend mit Wein – ihrer selbst verordneten Medizin – betäubt, sind ihr die kleinen Veränderungen keineswegs entgangen. Nicht nur, dass sie keinen Sex haben oder dass Derek immer häufiger und länger als gewöhnlich auf Geschäftsreise ist. Wenn er zu Hause ist, herrscht zwischen ihnen eine emotionale Distanz, die immer größer wird. Inzwischen ist sie so groß wie ein Kontinent.

»Ich habe Ihnen nicht schon gestern geschrieben, weil

ich zuerst noch ein bisschen tiefer graben wollte«, sagt Castro. »Weil ich davon ausgegangen bin, dass Sie Fragen haben.«

»Seit wann?«, krächzt Marin. Sie hat einen trockenen Mund, und sie trinkt die kleine Wasserflasche aus. Castro wirft das leere Fläschchen in den Mülleimer neben ihrem Schreibtisch und stellt Marin ein frisches hin.

»Nach meinen Erkenntnissen seit mindestens einem halben Jahr.« Wieder tippt sie auf ihrer Tastatur.

Ein halbes Jahr. *Ein halbes Jahr*. Das ist keine Affäre. Das ist eine *Beziehung*.

Marin atmet tief aus, als die Erkenntnis sie mit aller Macht trifft. Wo zum Teufel ist sie ein verdammtes halbes Jahr lang gewesen, dass sie es nicht gemerkt hat? Klar. Sie hat versucht, damit zurechtzukommen, dass ihr Kind verschwunden ist. So etwas kann eine Mutter schon ziemlich in Anspruch nehmen.

Das Restaurantfoto verschwindet, und Marin wappnet sich für den nächsten Schlag. Aber diesmal kommt kein Foto, sondern eine Tabelle. Die Verbindungsnachweise von Dereks Handy. Castro scrollt schnell durch die Seiten, auf denen sie bereits jedes Telefonat mit der anderen farblich hervorgehoben hat. Gelbe Streifen fliegen vorbei wie Blitze. So wie es aussieht, stehen Derek und seine Mätresse permanent in Kontakt miteinander.

»Nach den Handyunterlagen zu urteilen geht es seit mindestens sechs Monaten. Ich könnte noch weiter zurückgehen, aber die Informationen müsste ich mir auf einem anderen Weg besorgen. Diese Daten konnte ich auch nur bekommen, weil der Handyvertrag auf Ihren Namen läuft und Ihr Mann einen Partnervertrag hat.«

Marin hat nicht vor, Castro zu fragen, wie sie an *diese* Daten gekommen ist. Als sie sich vor einem Jahr zum ersten Mal getroffen haben, hat Marin sich klar und deutlich ausgedrückt: *Drehen Sie jeden Stein um. Lassen Sie nichts unversucht. Folgen Sie jeder Spur, egal, wohin sie führt, egal, wer beteiligt ist.* Sie hat absolute Transparenz erwartet – nein, verlangt. Sie will über alles informiert werden, was die Detektivin herausfindet.

Castro hat ihr versprochen, ihre Anweisungen zu befolgen, sie jedoch auch darauf hingewiesen, dass ihre Ermittlungsmethoden unkonventionell seien und dass es für Marin besser sei, so wenig wie möglich über diese Methoden zu wissen. Dann hat sie noch hinzugefügt, dass ihren Klienten nicht alle Ergebnisse gefielen, die sie ihnen präsentiere, und dass es manchmal leichter sei, mit unbeantworteten Fragen zu leben als mit der Wahrheit.

Und die Wahrheit ist, dass der Mann, mit dem sie seit fast zwanzig Jahren verheiratet ist, mit einer jüngeren Frau ins Bett geht. Und das seit mindestens einem halben Jahr, verdammt.

Marins Kehle fühlt sich an wie Sandpapier, und sie öffnet die kleine Wasserflasche. »Früher hat Derek die Niederlassung in Portland einmal im Monat besucht. Jetzt fährt er jede Woche hin, und oft bleibt er tagelang. Seine Firma hat ein Abo für die Spiele der Blazers«, fügt sie lahm hinzu, als könnte das die vielen Reisen erklären, als könnte das entschuldigen, dass er nie zu Hause ist. Und weil sie eine Masochistin ist, fragt sie: »Gibt es noch mehr Fotos?«

Castro klickt mit der Maus, und ein Foto füllt den Bildschirm aus. Derek mit der anderen in den Armen.

Sie lächeln beide, und wieder hat Marin das Gefühl, die Frau schon einmal gesehen zu haben. Es kommt häufiger vor, dass sie das von jemandem glaubt – sie besitzt drei Friseursalons und hat tausende Kundinnen –, gut möglich, dass Dereks Mätresse mal in einem der Salons war, um sich die Haare schneiden oder eine Maniküre machen zu lassen. Auch diesmal ist das Gefühl flüchtig, und es ist schon wieder verschwunden, ehe sie weiter darüber nachdenken kann.

In diesen Momenten der Benommenheit und des Schocks kann Marin das Erscheinungsbild der anderen nicht in allen Einzelheiten aufnehmen. Ihr Anblick verursacht ihr Übelkeit. Sie bringt es nicht fertig, die Frau lange genug anzuschauen, um sagen zu können, ob sie hübsch ist oder nicht, oder um zu verstehen, was ihr Mann an ihr findet. Jedes Mal, wenn sie es versucht, dreht sich ihr der Magen um, und sie muss sich auf Derek konzentrieren. Und wenn sie das tut, sieht sie nur sein Lächeln. Seinen Blick, wenn er die andere ansieht. So hat er Marin schon lange nicht mehr angesehen.

Genau genommen seit vierhundertsechsundachtzig Tagen.

Die Bilder sind scharf und in Farbe, nicht körnig und schwarz-weiß, wie sie es erwartet hätte. Nichts an dieser Angelegenheit ist so, wie sie es sich vorgestellt hat. In Filmen ist der Privatdetektiv, der die schlechte Nachricht über einen betrügerischen Ehepartner überbringt, ein älterer, zerknitterter Mann, zynisch, einsam und schlecht gekleidet, und seine Fotos stecken in einem braunen Briefumschlag. In Wirklichkeit ist die Privatdetektivin eine Frau ungefähr in Marins Alter, die in ihren engen Jeans und dem maßgeschneiderten Jackett ziemlich attraktiv aussieht. Sie trägt keinen Ehering, was heutzutage nichts zu bedeuten hat.

Castro betrachtet Marins Ring, was andere Frauen häufig tun. Vor zehn Jahren hat Derek ihr für ihren Verlobungsring einen fünfkarätigen Diamanten im Ascher-Schliff spendiert. Damals schien ihr das angemessen – die meisten Frauen in ihrem Bekanntenkreis tragen Diamanten in dieser Größe oder noch größere –, aber hier in diesem kleinen Büro mit den schmucklosen gelben Wänden, den grünen Topfpflanzen, dem winzigen Fisch in dem winzigen Aquarium und dem Foto von Derek mit der anderen Frau auf dem Bildschirm wirkt der Ring wie ein Witz. Er ist groß. Auffällig. Teuer. Und genau das hat Marin ja gewollt, oder? Um allen zu zeigen, wie gut es ihnen ging, was sie für ein Glück hatten, wie – ein fürchterliches Wort – *gesegnet* sie waren.

Einen Moment lang ist sie versucht, den Ring abzunehmen und ihn in das Aquarium zu werfen. Ihre Augen brennen, und sie blinzelt heftig, um die Tränen zurückzuhalten. Sie starrt auf das Foto von Derek und seiner Geliebten, es verschwimmt vor ihren mit Tränen gefüllten Augen zu einem sinnlosen Gemisch aus Formen und Farben.

»Ich muss rangehen«, sagt Castro plötzlich. Als Marin ihren Blick vom Monitor losreißt, sieht sie, dass die Detektivin ihr Handy hochhält. Sie hat es gar nicht klingeln hören. »Bin gleich wieder da.«

Castro verschwindet im Wartezimmer, das zwar über einen Empfangstresen verfügt, aber nicht besetzt ist. Marin hört sie durch die geschlossene Tür nicht telefonieren. Nach ein paar Sekunden begreift sie, dass sie gar keinen Anruf bekommen hat. Die Detektivin gibt ihr ein paar Minuten für sich allein. Damit sie reagieren, in Tränen ausbrechen kann, falls sie das braucht. Das ist nett gemeint, aber Marin wird nicht in Tränen ausbrechen. Jedenfalls nicht jetzt. Sie ist darin geübt, den Schein zu wahren. Sie weiß, dass sie sich zusammenreißen kann, bis sie zu Hause ist, wo sie sich gehenlassen kann, ohne dass jemand zusieht, wo sie ihre Tabletten und ihren Wein hat.

Marin ist anmaßend geworden. Das ist die einzige Erklärung. Ganz besonders, seit Sebastian geboren wurde, nach vier anstrengenden In-vitro-Fertilisationen. Sie hatte zu viel von allem – zu viel Geld, zu viel Erfolg, zu viel Liebe von ihrem Mann und ihrem Kind –, deswegen hat das Universum sich entschlossen, das Ungleichgewicht zu korrigieren und ihr das eine zu nehmen, das ihr alles bedeutet hat.

Ihren Sohn.

Sie spürt, wie die vertraute Gefühllosigkeit einsetzt, und dafür ist sie dankbar. Sie weiß, dass ein Mensch extremen emotionalen Schmerz nur eine bestimmte Zeit lang aushalten kann und irgendwann einfach erstarrt. Es ist die Methode des Körpers, mit der Situation umzugehen, und es bedeutet nicht Erlösung, sondern eine Gnadenfrist. Der Schmerz kommt zurück. Und zwar mit voller Wucht. Und wenn es so weit ist, wird Marin ihn mit einer Xanax und einer Flasche Wein betäuben.

Die Bürotür geht auf.

»Da bin ich wieder.« Castro lässt sich auf ihren Stuhl fallen. Nicht zum ersten Mal fällt Marin auf, wie schlank die Frau ist. Größe 36, vielleicht sogar 34. So zierlich ist Marin nie gewesen. Nicht mal mit sechzehn, als sie an Bulimie litt.

Die Detektivin mustert sie eingehend. Marin weiß, dass sie tadellos aussieht, und sie fragt sich, ob Castro sie dafür verurteilt. Wäre es akzeptabler, total aufgelöst zu wirken, anstatt die Enthüllungen über ihren Mann wie eine Heldin aufzunehmen? Sie möchte von Castro gemocht werden. Sie möchte ihr Mitgefühl, aber nicht ihr *Mitleid*.

Mit dem Mitleid anderer Leute konnte sie noch nie umgehen, vor allem nicht, wenn es von Frauen kommt. Allerdings giert sie nach der Wertschätzung anderer Frauen. Vermutlich liegt das daran, dass ihre Mutter sie permanent kritisiert hat, und zwar bis zu dem Tag, an dem sie gestorben ist.

»Ich habe eine kleine Akte für Sie zusammengestellt, Sie können sie sich zu Hause in Ruhe ansehen.« Castro tippt etwas auf ihrer Tastatur. »Ich habe sie Ihnen gerade zugemailt.«

Sekunden später vibriert Marins Handy. Sie nimmt es heraus, um nachzusehen, ob die E-Mail eingegangen ist und sich öffnen lässt. Sie tippt darauf. »Angekommen«, sagt sie.

»Ich möchte ehrlich zu Ihnen sein.« Zum ersten Mal, seit sie sich kennengelernt haben, wirkt Castro verunsichert. »Als ich diese Fotos gestern bekommen habe, war ich mir zuerst nicht sicher, ob ich Ihnen davon erzählen sollte. Schließlich haben Sie mich nicht angeheuert, um Ihren Mann zu observieren, und ich dachte, womöglich wüssten Sie längst von der Affäre. Ich wollte keine unangenehme Situation heraufbeschwören. Sie haben schon genug Probleme.«

»Sie haben das Richtige getan«, sagt Marin. »Ich habe Sie von Anfang an gebeten, mir alles mitzuteilen, was Sie in Erfahrung bringen. Machen Sie sich keine Vorwürfe. Es ist mir lieber, Bescheid zu wissen. Es gibt genug Ungewissheit in meinem Leben, mehr würde ich nicht ertragen.«

Castro atmet tief aus. »Okay. Genau das habe ich mir gedacht.«

Marin bemerkt, wie die Detektivin verstohlen auf ihre Uhr sieht. Dann war's das wohl für heute. Marin trinkt die zweite Wasserflasche aus und nimmt ihre Jacke. Es fühlt sich an, als würde sie sich in Zeitlupe bewegen. Ein emotionaler Schock raubt einem sämtliche Energie.

»Noch eins, bevor Sie gehen«, sagt Castro leise. »Jetzt ist vielleicht ein guter Zeitpunkt, sich noch einmal über Ihre Ziele klar zu werden.«

Marin legt sich die Jacke auf den Schoß. »Wie meinen Sie das? Meine Ziele haben sich nicht geändert.«

»Bei unserem letzten Treffen habe ich Ihnen gesagt, dass ich jeden einzelnen Schritt nachvollzogen habe, den die Polizei vor sechzehn Monaten durchgeführt hat. Dabei hat sich niemand aus Ihrem engeren oder weiteren Freundes- und Bekanntenkreis als verdächtig erwiesen. Ich habe sämtliche aktuellen und ehemaligen Angestellten Ihres Mannes überprüft, ebenso Ihre Geschäftskontakte und Ihre Kundschaft, und zwar vom Tag von Sebastians Entführung an ein Jahr rückwirkend. Das Video aus der Sicherheitskamera der Markthalle habe ich von zwei forensischen Spezialisten analysieren lassen, die ich persönlich ausgewählt habe. Es haben sich keine neuen Erkenntnisse ergeben. Seit der Entführung ist mehr als ein Jahr vergangen, und wir haben keine einzige verwertbare Spur.«

Marin kann sich denken, was die Detektivin als Nächstes sagen wird, und sie wappnet sich. Die Polizei von Seattle und das FBI haben sofort nach Sebastians Verschwinden eine intensive Suche eingeleitet. Zwei Stunden nach der Entführung wurde ein Foto ihres Sohnes in den regionalen Nachrichten gezeigt, und am nächsten Tag war das Poster mit der Vermisstenmeldung auf Facebook und Twitter. Wenige Tage später erregte der Fall auf nationaler Ebene große Aufmerksamkeit, und den Behörden wurde Klassen- und Elitedenken vorgeworfen, weil es den Anschein hatte, als werde den Machados eine Sonderbehandlung zuteil. Aber weder Marin noch Derek wollten sich dafür entschuldigen. Warum sollten sie nicht alle ihre Möglichkeiten nutzen? Wozu hatte man Geld und mächtige Freunde, wenn man in einer solchen Situation nicht darauf zurückgreifen konnte? Sie versuchten verzweifelt, ihren Sohn zu finden. Andere Eltern hätten genauso gehandelt.

Castro beobachtet sie genau, und Marin reißt sich zusammen.

»Ich möchte weder Ihre Zeit noch ihr Geld verschwenden, und ich denke, dass wir an einen Punkt gekommen sind, an dem ich Ihnen sagen kann …« Castro seufzt und legt die Hände in den Schoß. »Ich weiß, dass es absurd klingt, und es ist unglaublich schmerzlich und ungerecht, aber solche Entführungen sind häufig … alles andere als persönlich.«

Gott, wie es Marin ärgert, wenn jemand das sagt. Genau das haben sie auch von der Polizei zu hören bekommen. Und Dr. Chen hat es zu ihr gesagt. Aber zu wissen, dass es nichts Persönliches ist, macht es nicht leichter. Es hilft ganz und gar nicht, sich zu sagen, dass ihr vierjähriger Sohn entführt wurde, weil er durch puren Zufall einem Psychopathen in die Fänge geraten ist.

Aber nichts davon erwähnt sie Castro gegenüber. Sie wahrt die Fassung. Die Detektivin macht nur ihre Arbeit.

»Von Ihrer Anzahlung sind noch mehr als zweieinhalbtausend übrig«, fährt Castro fort. »Wenn Sie wollen, mache ich weiter, nichts lieber als das, aber vielleicht wollen Sie zum jetzigen Zeitpunkt ...«

»Wir sind noch nicht fertig.« Der Nachdruck, mit dem Marin das sagt, überrascht sie beide. Sie hat keinen trockenen Mund mehr. Sie klingt wieder wie sie selbst, bestimmt und gebieterisch. Sie lässt die Chefin heraushängen, wie Sadie sich ausdrücken würde. »Wir sind noch lange nicht fertig. Ich möchte, dass Sie weitersuchen.«

Ihre Blicke begegnen sich. Castros Miene ist ausdruckslos, doch Marin stellt sich vor, wie ihre grauen Zellen arbeiten und versuchen, die Gedanken ihres Gegenübers zu lesen. Aber Castro schweigt, und mit jeder Sekunde, die vergeht, wiegen die Worte der Detektivin schwerer.

»Vanessa«, sagt Marin. Die letzte Silbe kommt wie ein Krächzen heraus. »Vanessa, bitte.«

Es ist das erste Mal, dass sie die Detektivin mit dem Vornamen anredet.

Castro wirft noch einmal einen Blick auf Marins

Ring. Sie mag vielleicht derzeit nicht verheiratet sein, aber sie war es mal. Marin spürt es genau. Wahrscheinlich hat sie Kinder. Auch das spürt Marin. Mütter erkennen einander – man erkennt es an den Linien im Gesicht der anderen, an ihrer Erschöpfung, an ihrem Beschützerinstinkt, ihrer Verletzlichkeit. Marin ist drauf und dran, der Detektivin ihren gottverdammten Ring zu schenken, wenn sie nur bereit ist weiterzumachen.

»Ich weiß, dass Sie mir keine Ergebnisse garantieren können, das habe ich auch nie von Ihnen erwartet. Ich möchte nur, dass Sie mir garantieren, Ihr Bestes zu geben.« Marin ist jetzt im Chefin-Modus, sie redet mit der Detektivin, wie sie mit einer Angestellten reden würde, die sie sehr schätzt, die jedoch ein bisschen motiviert werden muss. »Was ist mit Dereks Affäre? Wer ist diese Person, mit der mein Mann ins Bett geht? Was will sie in Wirklichkeit? Derek ist zwar keine Berühmtheit, aber er ist ziemlich präsent in den Medien. Das sind wir beide. Sie muss also wissen, wer wir sind und welchen Verlust wir erlitten haben. Ich denke, es lohnt sich, diese Frau mal unter die Lupe nehmen.«

Marin beugt sich vor. »Mir ist klar, dass Sie nicht rund um die Uhr an diesem Fall arbeiten können. Ich weiß, dass ich nicht Ihre einzige Klientin bin. Aber so oft es Ihnen möglich ist, so oft Sie einen Moment erübrigen können … Ich brauche die Gewissheit, dass jemand immer weiter nach meinem Sohn sucht. Falls Sie mehr Geld brauchen, das ist kein Problem.«

Marins Stimme beginnt zu zittern, jetzt ist sie wieder ganz Mutter, keine Chefin, keine Klientin. Es nervt sie, ihre zitternde Stimme zu hören, es klingt, als würde sie die Contenance verlieren, als würde sie betteln. Was sie auch tut.

»Aber wenn das Ihr letztes Wort ist, wenn Sie davon überzeugt sind, dass Sie nicht mehr für mich tun können, dann werde ich mir wohl jemand anderen suchen und noch einmal von vorne anfangen müssen. Bitte, zwingen Sie mich nicht dazu, Vanessa.«

Wenn Castro Nein sagt, wenn sie sagt, dass es keine Steine mehr gibt, die sie umdrehen kann, dann überlebt Marin das nicht. Als die Polizei ihnen vor einem Jahr erklärt hat, dass man nichts mehr für sie tun könne, war das beinahe so, als würde sie Sebastian noch einmal verlieren.

Sie kennt die Statistiken zum Thema vermisste Kinder. Sie weiß, dass die meisten innerhalb weniger Stunden nach ihrem Verschwinden tot sind. *Das weiß sie.* Wenn Castro sich weigert weiterzusuchen, dann ist das genauso, als wäre Sebastian tot.

Und wenn er tot ist, dann ist Marin auch tot.

»Ich suche so lange weiter, wie Sie das wünschen, Marin.« Auch Castro hat sie bisher noch nie mit ihrem Vornamen angesprochen. Und wieder hat Marin das Gefühl, dass sie ihre Gedanken gelesen hat, und sie dankt Gott im Stillen dafür, dass sie diese Frau gefunden hat. Vanessa Castro ist genau die Richtige für diesen Job, vielleicht sogar die einzig Richtige. »Ich verspreche es Ihnen, okay? Ich höre erst auf, wenn Sie mich darum bitten, und ich verspreche Ihnen, dass Ihr Fall ganz oben auf meiner Prioritätenliste bleibt. Seien Sie unbesorgt. Wir werden nicht aufhören, ihn zu suchen. Ich habe Sie verstanden. Ich verstehe Sie.«

»Danke.« Marin sackt vor Erleichterung auf ihrem Stuhl zusammen. Wieder brennen ihr die Augen. Aber auch diesmal fließen keine Tränen.

Sie steht mit Pudding in den Knien auf und braucht zwei Versuche, um ihre Jacke anzuziehen. Sie weiß, dass sie weinen wird, sobald sie zu ihrem Auto kommt, aber das ist in Ordnung, Hauptsache, sie weint nicht hier in diesem Büro. Im Stillen verabschiedet sie sich von dem Fisch, der seine leuchtend roten Flossen noch einmal darbietet und dann hinter einer Plastikpflanze verschwindet.

Castro begleitet Marin in das kleine, spärlich möblierte Wartezimmer. Sie schütteln sich die Hand. Castros Griff ist fest. Ihr Lächeln ist wohlwollend. Unter anderen Umständen hätten die beiden Frauen sich vielleicht angefreundet. Castro ist genau der Typ Frau, den Marin zu einem Festessen des Unternehmerinnenverbands einladen würde, dessen Vorsitzende sie ist.

Castro zögert, offenbar möchte sie Marin noch etwas sagen. Marin kann jetzt entweder gehen oder Castro Zeit lassen zu sprechen. Es wäre unhöflich, die Flucht zu ergreifen, sagt sie sich, also bleibt sie in der Tür stehen.

»Das mit Ihrem Mann tut mir leid«, sagt die Detektivin.

Ihre Worte, so gut sie gemeint sind, ärgern Marin. Warum entschuldigt sie sich? Warum tun Frauen so etwas? Castro hat Marin schließlich nichts Böses getan, sie hat ihr lediglich von der Affäre ihres Mannes berichtet. Nicht sie hat Marin hintergangen, sondern Derek. Und zwar mit einer vierundzwanzigjährigen Studentin.

Und doch tut es Vanessa Castro leid. Vielleicht sind

es nur Worte, und vielleicht sollen sie Marin nur trösten, aber Marin hat es so verdammt satt, dass Frauen sich dauernd für alles Mögliche entschuldigen, an dem sie überhaupt nicht schuld sind. Auch sie selbst hat es satt, sich für Dinge zu entschuldigen, die nicht ihre Schuld sind.

Nichts davon sagt sie Vanessa Castro. Diesen Vortrag kann sie ihr ein andermal halten. Sie bedankt sich bei der Detektivin und geht, und als sie am Fuß der Treppe ankommt, zittert sie am ganzen Körper. Als sie ihr Auto erreicht, schreit sie innerlich.

Sie bebt vor Wut. Wut hüllt ihren ganzen Körper ein wie heißes Wachs, sie verhärtet und bildet einen festen Panzer um alle weichen, nachgiebigen, verletzlichen, ungeschützten Stellen.

Marin ist froh über diese Wut. Es ist lange her, dass sie solche Wut empfunden hat, und sie ist ihr zehnmal lieber als die Traurigkeit, die sie seit vierhundertsechsundachtzig Tagen lähmt, die sie handlungsunfähig und schwach gemacht hat, die sie dazu gebracht hat, alles Mögliche zu akzeptieren, was sie gar nicht wollte.

Die Wut dagegen wird sie voranbringen.

Kapitel 6

Wenn man Schreckliches durchmacht, passiert etwas Seltsames. Es ist, als würden sich Körper und Geist voneinander trennen, als würde man aufhören, ein ganzer Mensch zu sein. Der Körper führt aus, was zum Überleben notwendig ist – essen, schlafen, ausscheiden, da capo –, während das Gehirn alles in zwei Kategorien aufteilt: »Sofort zu erledigen« und »Zu erledigen, wenn es geht«.

Marin befindet sich schon so lange in einem abgestumpften Zustand, dass das Aufflammen der Wut sie überrascht. Es fühlt sich an, wie wenn ein eingeschlafenes Bein wieder zum Leben erwacht. Die Nadelstiche tun zwar ein bisschen weh, aber man freut sich darüber, weil sie einen daran erinnern, dass man lebt.

Sie schickt Sadie eine Textnachricht.

Schaffe es heute Nachmittag nicht. Brauche ein bisschen Ruhe. Aber keine Sorge, es geht mir gut.

Sadie antwortet sofort. Wahrscheinlich platzt sie vor Neugier zu erfahren, was die Detektivin Marin erzählt hat, aber sie fragt nicht – das »Es geht mir gut« genügt ihr vorerst. Sadie ist einer der wenigen Menschen, denen Marin vertraut.

Alles klar, schreibt sie. *Habe hier alles im Griff. Pass auf dich auf.*

Sadie hängt ein Foto von ihrer Tochter an die Textnachricht. Die kleine Abigail trägt einen pinkfarbenen Strampelanzug mit Elefanten drauf, den Marin ihr letzten Monat zum ersten Geburtstag geschenkt hat. Fotos von Abby bringen Marin immer zum Lächeln, und sie schickt mehrere Herzchen als Antwort.

Da es ausnahmsweise einmal nicht regnet, kurbelt sie die Fenster herunter und atmet die frische Frühlingsluft ein. Sie hat den ganzen Tag frei, aber sie will einfach nur nach Hause.

Das Haus in Capitol Hill ist nicht riesig, beileibe keine Villa, aber es macht mit seinen fast vierhundert Quadratmetern auf einem runden Grundstück etwas her. Sie haben das heruntergekommene Haus 2009 nach dem Immobilien-Crash gekauft und von Grund auf renoviert, während sie weiterhin in ihrem kleinen Haus in Queen Anne wohnen blieben. Das Haus in Capitol Hill ist inzwischen über fünf Millionen Dollar wert. Das Haus in Queen Anne – das sie behalten haben und inzwischen vermieten – ist etwas über eine Million wert. Sie haben noch nie darüber gesprochen, eins der Häuser zu verkaufen, aber es ist gut, solche Dinge zu wissen.

Marin biegt in ihre Einfahrt ein und fährt direkt in die Garage, von wo aus man durch den Windfang in die Küche gelangt. Als Sebastian noch da war, herrschte im Windfang immer ein heilloses Chaos. Ständig war der Boden übersät mit Stiefeln, Schuhen, Spielsachen, Kapuzenshirts oder einzelnen Handschuhen, obwohl ihr Sohn ein eigenes Fach im Regal und einen eigenen Kleiderhaken hatte. Über dem Regalfach steht sogar sein Name. Eine Kundin – die, die ihm den Pullover mit dem Rentier gestrickt hat – hat ihnen einmal handbemalte, aus Treibholz gefertigte Namensschilder geschenkt.

»Was steht da drauf, Mommy?«, hat Sebastian sie gefragt, als sie das Schild über seinem Fach befestigt hat.

»Da steht dein Name drauf. Sebastian«, hat sie ihm geantwortet und ihr Werk bewundert.

»Die Buchstaben sehen aber komisch aus.«

»Das sind ganz besondere Buchstaben.« Sie hat ihren Sohn auf den Arm genommen und ihm einen Kuss auf die Wange gedrückt. »Für dein ganz besonderes Fach. Da tust du jetzt immer deine Sachen rein, okay? Niemand anders darf seine Sachen da reintun, nur du.«

Im Fach und am Haken herrscht jetzt immer Ordnung. Marin befühlt Sebastians Anorak, als sie den Windfang betritt. Es ist derselbe, den er an dem Tag in der Markthalle anhatte, derselbe, den sie über dem Arm getragen hat, weil er darin schwitzte. Anorak und Gummistiefel hat sie bis heute nicht aus seinem Fach geräumt. Auch das gehört zu den Dingen, die zu ändern ihr Therapeut ihr geraten hat.

»Natürlich sollen Sie nichts wegwerfen, Marin«, hat Dr. Chen vor ein paar Monaten auf seine sanfte, freundliche Art gesagt. »Aber es wäre ein Akt der Selbstfürsorge, Sebastians Sachen nicht dort aufzubewahren, wo Sie sie ständig sehen. Vielleicht könnten Sie seine Stiefel und seinen Anorak in sein Zimmer legen. So könnten Sie die Sachen jederzeit betrachten, wenn Ihnen danach ist, aber dann wären Sie nicht mehr jedes Mal mit ihnen konfrontiert, wenn Sie das Haus betreten.«

»Es ist keine Konfrontation«, hat Marin frustriert und etwas trotzig geantwortet. Das war um die Zeit, als sie sich zu fragen begann, ob es vielleicht besser wäre, die Therapie abzubrechen. »Mein Sohn hat überall riesige Leerstellen hinterlassen, und ich habe nicht vor, sie nach woanders zu verschieben.«

Sie begreift nicht, wieso ihr alle zureden, nach vorne zu schauen, während sie doch nichts anderes möchte als still verharren.

Marin streift sich die Schuhe ab und betritt die Küche. Als Sebastian noch da war, hat sie die ganze Zeit gekocht. Jetzt kocht sie selten, und wenn Derek weg ist, überhaupt nicht mehr. Sie vermisst das gemütliche Durcheinander ihres Familienlebens. Obwohl sie die Putzfrau, die einmal pro Woche kommt, auch damals schon hatte, war es nie lange blitzsauber. Sebastian hinterließ immer und überall seine Spuren. Kekskrümel unter dem Tisch, Milchflecken auf den Küchenstühlen, Legos und Spielzeugautos auf der Treppe, einzelne Socken zwischen den Sofakissen. Im Lauf des vergangenen Jahres ist all das verschwunden – nicht auf einmal, sondern nach und nach –, und es ist kein Sebastian mehr da, der neue Unordnung stiftet. Deswegen darf niemand sein Regalfach im Windfang anrühren oder sein Zimmer aufräumen. Daniela kommt nach wie vor jeden Freitag, aber inzwischen ist sie ruckzuck mit Saubermachen fertig.

»Ma'am Marin, für mich wäre es okay, wenn ich nur noch alle zwei Wochen komme«, hat Daniela einmal schüchtern gesagt. Das war wenige Wochen nach Sebastians Entführung. »Es ist ja jetzt nicht mehr so viel zu tun im Haus.«

»Nein, nein, einmal pro Woche ist in Ordnung«, hat Marin geantwortet. Sie wollte nicht, dass die junge Frau nur noch halb so viel verdiente. »Machen Sie, was nötig ist, und wenn Sie früher fertig sind, können Sie gern früher gehen. Ich bezahle Ihnen dasselbe wie bisher.«

Daniela hat beim Arbeiten meistens Earbuds in den Ohren, hauptsächlich hört sie Musik, aber manchmal telefoniert sie auch. »*Aqui ya no queda mucho que hacer*«, hat Marin sie einmal zu wem auch immer sagen hören, während sie gerade die Bücherregale abstaubte, die gar nicht eingestaubt waren. »*Me siento mal tomando su dinero.*«

Hier ist jetzt nicht mehr viel zu tun. Ich hab ein schlechtes Gewissen, Geld von ihnen zu nehmen.

Marin brüht sich einen Tee in einer übergroßen Henkeltasse auf. Dann geht sie nach oben ins Schlafzimmer, macht es sich mit ihrem Tee auf dem großen französischen Bett bequem und nimmt ihren Laptop. Ebenso wie der Rest des Hauses wurde auch das Schlafzimmer von einer Innenarchitektin gestaltet, bis hin zum Bettzeug mit dem Bambusmuster. Nicht zum ersten Mal denkt Marin, sie könne eine typische reiche Ehefrau in einer romantischen Comedy von Nancy Meyers abgeben. Außer dass es in ihrem Leben weder Romantik noch Comedy gibt. Und dass keiner lacht.

Ihr Leben ist eine Tragödie.

Einen Moment lang ist Marin versucht, sich in die illegalen Webseiten einzuloggen, von denen Dr. Chen ihr abrät, doch sie widersteht dem Impuls. Sie hat Wichtigeres zu tun. Die Datei, die Vanessa Castro ihr geschickt hat, enthält hauptsächlich Fotos, außerdem Dereks umfangreiche Verbindungsnachweise. Über der Liste hat Castro einen Kommentar eingefügt:

> *MM – In Anbetracht der vielen Textnachrichten, die hier verzeichnet sind, ist es unwahrscheinlich, dass sie noch einen anderen Instant-Messaging-Dienst benutzen (z. B. Whatsapp oder Messenger). Ich empfehle Ihnen ein Programm namens Shadow App. Sie werden sofort sehen, ob es für Sie von Interesse ist. – VC*

Marin braucht nicht nachzusehen; sie weiß, was Shadow App für ein Programm ist. Sie haben einmal in der Gruppe darüber gesprochen, und Simon hat gesagt, er wünschte, das Programm hätte es schon gegeben, bevor seine Tochter verschwunden ist. Über Shadow App können Eltern die Textnachrichten ihrer Kinder in Echtzeit lesen, ohne dass die Kinder etwas merken. Jede Nachricht, die ein Kind verschickt oder bekommt, wird zeitgleich auf das Handy der Eltern weitergeleitet. Als Simon ihnen das Programm erklärt hat, ist er fast zusammengebrochen.

»Wenn es das damals schon gegeben hätte, wäre Brianna jetzt noch bei uns«, hat er mit bebender Stimme gesagt. »Es hätte sie wütend gemacht, wenn wir sie ausspioniert hätten, aber sie wäre noch da.«

Die Werbung für das Programm richtet sich an Eltern, denn man kann nur ein Handy »beschatten«, für das man einen Vertrag hat. Die meisten Kinder und Jugendlichen haben Handys, die auf ihre Eltern angemeldet sind. Deswegen könnte auch Marin diese App benutzen. Zu

Beginn ihrer Ehe, als sie diejenige war, die ein festes Einkommen hatte und kreditwürdig war, besaß nur sie ein Handy. Ein Jahr später hat sie für Derek ein Partnerhandy angeschafft, weswegen seine Nummer immer noch unter ihrem Namen läuft. Keiner von ihnen ist je auf die Idee gekommen, daran etwas zu ändern, weil es nie eine Rolle gespielt hat. Was bedeutet, dass Marin das Telefon ihres Mannes die ganze Zeit hätte überwachen können.

Aber warum in aller Welt hätte sie das tun sollen? Sie macht sich nicht einmal die Mühe, ihre eigenen Verbindungsnachweise zu überprüfen, das würde sie nur tun, wenn etwas mit der Rechnung nicht stimmt, was nie passiert, weil sie die umfangreichste Flatrate haben.

Marin lädt die App herunter und entscheidet sich für monatliche Bezahlung. Ein Jahresabo ist günstiger, aber sie kann sich nicht vorstellen, dass sie die App länger als ein paar Wochen braucht. Dann muss sie dem Programm nur noch mit ein paar Mausklicks erlauben, Dereks Handy zu beschatten. Die App will wissen, ob sie alle Textnachrichten lesen will oder nur die von einem bestimmten Absender.

Marin überlegt. Ebenso wie sie benutzt Derek sein Handy für seine Arbeit, was bedeutet, dass er jeden Monat tausende Textnachrichten erhält. Sie öffnet Castros E-Mail, dann tippt sie sorgfältig die Nummer von Dereks Mätresse ein. Fertig.

Sie schaltet »Benachrichtigungen« ein und wartet, während die App installiert wird und die beiden Handys synchronisiert. Sie rechnet mit einer Flut von Textnachrichten, bis ihr einfällt, dass die App keine Nachrichten herunterladen kann, die versendet wurden, bevor das

Programm installiert und aktiviert war. Marin ist enttäuscht. Sie hätte zu gern gewusst, wie die Affäre zwischen Derek und seiner Mätresse sich entwickelt hat. Stattdessen muss sie warten, bis neue Nachrichten eintreffen, was dauern kann, wenn die beiden erst heute Morgen in Portland zusammen waren.

Castros Datei mit Informationen über Dereks Geliebte ist kleiner, als Marin erwartet hat, aber das ist nachvollziehbar, schließlich hat die Detektivin gerade erst von der Affäre erfahren und nicht wissen können, ob Marin sie bitten würde, die Sache weiter zu verfolgen. Eigentlich enthält die Datei nicht mehr als einen Schnappschuss vom Leben der anderen. Es gibt Links zu Instagram, Snapchat, Facebook und Twitter, allerdings scheint sie Facebook und Twitter kaum zu nutzen. Marin gibt die Adresse der Frau ein, und Google Maps zeigt ihr ein Apartment-Hochhaus im University District. Die Frau studiert Kunst, und ihr Hauptfach ist Möbeldesign. Das Grundstudium hat sie auf einem College in Boise, Idaho absolviert. Sie hat eine Katze. Sie teilt sich die Wohnung mit jemandem. Sie jobbt als Barista im Green Bean.

Ihr Name ist McKenzie Li.

Der Fotokopie ihres im Staat Washington ausgestellten Führerscheins entnimmt Marin, dass sie vierundzwanzig Jahre alt, einsfünfundsiebzig groß und einundsechzig Kilo schwer ist, dass sie braunes Haar und braune Augen hat. Das Foto in ihrem Führerschein, aufgenommen vor zwei Jahren, passt nicht zu den Fotos, die gestern in Portland aufgenommen wurden. Ihre derzeitige Haarfarbe ist hellrosa wie Zuckerwatte.

Vierundzwanzig, verdammt noch mal. Rosa Haare,

Herrgott noch mal. Es wäre zum Totlachen, wenn es nicht die bittere Wahrheit wäre.

Die Datei enthält Fotos, die Castro Marin noch nicht gezeigt hat. Mit Teleobjektiv aufgenommene Bilder von Derek und McKenzie in ihrem Zimmer im Hotel Monaco gestern Abend, die Jalousien offen, als wäre ihnen völlig egal, wer sie sieht.

Ihr Gesicht. Zu Hause, mit reichlich Zeit und unbeobachtet, kann Marin sich auf die Fotos konzentrieren und ihren Gefühlen freien Lauf lassen.

Sie empfindet *Hass.* Puren, ungefilterten, blinden Hass. Marin hasst McKenzie Li mit jedem Funken Energie, die nicht für Schuldgefühle, Trauer, Depressionen und Angst gebraucht wird.

Und der Hass fühlt sich verdammt gut an. Er erfüllt Marin mit einer Lebendigkeit, die sie von einem so negativen Gefühl nie erwartet hätte.

An Dereks Verbindungsdaten kann sie ablesen, dass die beiden nur miteinander telefonieren, wenn sie räumlich getrennt sind. Vor zwei Monaten gab es zwischen den beiden über mehrere Tage hinweg keinerlei Kontakt per Handy. Marin schaut im Familienkalender nach, in den sie und Derek immer ihre Aktivitäten eintragen, um sich gegenseitig auf dem Laufenden zu halten. In der fraglichen Woche war ihr Ehemann in New York, um Kapital zu beschaffen. Vier Tage lang von morgens bis abends Gespräche mit Investoren.

Sie öffnet McKenzies Instagram-Account. Er ist öffentlich, keine Einstellungen zum Schutz der Privatsphäre. Sie scrollt sich durch Dutzende Fotos, bis sie auf welche aus der betreffenden Woche stößt. Und siehe da, etwas verschwommen durch einen Weichzeichner, finden sich Spuren ihres Ausflugs nach New York. Fotos von McKenzie vor dem Empire State Building und vor dem Rockefeller Center. Eine kunstvoll arrangierte Aufnahme von einem Schoko-Eisbecher bei Serendipity 3. Ein Foto von ihr bei Bloomingdale's, wo sie sabbernd eine Handtasche von Dolce & Gabbana anstarrt. Ein Foto vor dem Richard Rodgers Theatre, auf dem sie triumphierend zwei Eintrittskarten für das Musical *Hamilton* hochhält.

Hamilton, verflucht. Marin hat *Hamilton* nicht gesehen.

Sie entdeckt kein einziges Foto, auf dem Derek und seine Mätresse gemeinsam zu sehen sind, aber es gibt ein Selfie vom letzten Tag, aufgenommen auf der Fähre nach Staten Island. Es zeigt ihr lächelndes Gesicht, das im Wind wehende rosafarbene Haar und im Hintergrund die Freiheitsstatue. Um ihre Schultern liegt ein Arm, und der ist zweifelsfrei männlich. Ein blauer Hemdsärmel ist bis zum Ellbogen hochgekrempelt, der Unterarm ist bedeckt mit feinem goldblondem Haar, und am Handgelenk prangt eine Rolex.

Auch ohne die Rolex – ein Geburtstagsgeschenk von Marin – würde sie den Arm jederzeit erkennen. Dieser Arm hat sie oft genug gehalten, er hat sie gekitzelt, sie hat auf ihm geschlafen. Sie weiß *genau*, wie dieser Arm sich anfühlt. Sie kennt jeden Muskel, jede Ader, sie weiß, wie die Haare sich an ihrer Wange anfühlen, und sie kennt den Geruch dieses Arms – sauber, männlich.

Auf dem Foto trägt Derek keinen Ehering. Die Bildunterschrift lautet: *Der erste Ausflug nach* NYC *ist in der (Dolce & Gabbana)-Tasche! (Kuck mal, was ich gemacht hab, ha ha) Danke, Lady Liberty, und LM!!!*

LM? Was zum Teufel bedeutet *LM*? Marin gibt es bei Google ein. Auf einer Seite über Jugendsprache findet sie heraus, dass es ein Kürzel ist und für »Lieblingsmensch« steht. Anscheinend wird es von niemandem über dreißig benutzt.

Das Foto hat über tausend Likes und mehrere Dutzend Kommentare bekommen. McKenzies Follower wollen alle dasselbe wissen: *Wer ist der geheimnisvolle Mann? Wer ist LM?* Nur einer Person hat sie geantwortet, allerdings ohne Worte. Nur ein grinsendes Emoji, das die Zunge herausstreckt.

Wenn Blut kochen kann, dann kocht Marins Blut jeden Moment über. Ihr wird plötzlich so heiß, dass sie sich fragt, ob sie Hitzewallungen hat. Aber so seltsam es klingen mag, es ist gut zu wissen, wer genau versucht, ihr Leben zu zerstören. Sebastians Entführer hat kein Gesicht. Die Frau, die versucht, ihr ihren Ehemann wegzunehmen, schon.

Marin zuckt zusammen, als ihr Handy einen Ton von sich gibt, den sie noch nie gehört hat. Es ist die Shadow App. Ein Punkt am Icon gibt an, dass eine neue Nachricht eingegangen ist. Mit klopfendem Herzen klickt sie das Icon an. Sie fürchtet sich vor dem, was sie lesen wird, und stirbt zugleich vor Neugier. Sie hat McKenzies Namen in die Kontaktliste der App eingegeben, und er erscheint auf dem Display, vermutlich genau wie auf Dereks Handy. Vorausgesetzt, er hat ihren echten Namen eingegeben.

McKenzie: *Der Zug ist 10 Min früher angekommen, ich war also pünktlich bei der Arbeit! Yeah!! Hier herrscht Hochbetrieb, jede Menge Kundschaft. Du fehlst mir jetzt schon, Süßer. Melde dich.*

Marin atmet aus. Das klingt zum Glück relativ harmlos. Das Fräulein hätte auch etwas ausgesprochen Anzügliches schreiben können. Andererseits, wenn Marin es sich überlegt, ist das hier vielleicht sogar noch schlimmer. Die Nachricht liest sich wie eine unbeschwerte, alltägliche Mitteilung an ihren ... *Freund.*

Marin muss die Frau sehen. Sie weiß, wo das Green Bean ist, sie ist sogar ziemlich sicher, dass sie dort schon mal auf dem Weg zur Arbeit einen Latte getrunken hat. Sie könnte sofort hinfahren. Sie könnte sich dem Miststück vorstellen. Die Kanaille zur Rede stellen. Eine Szene machen. Sie vor ihren Kollegen lächerlich machen. Ihr die hübschen Augen auskratzen.

Keine gute Idee. Marin hat zu viel Koffein intus und zu viel von der Wut produziertes Adrenalin im Blut. Das ist kaum der richtige Moment, um die jugendliche Geliebte ihres Mannes in der Öffentlichkeit anzuschreien. Sie sollte warten, bis Derek nach Hause kommt, sie sollte zuerst mit ihm reden, herausfinden, wie er zu der Sache steht, was das Mädchen ihm bedeutet. Vielleicht ist es ja gar keine Beziehung. Vielleicht geht es nur um Sex. *Ein Mann hat Bedürfnisse*, hat der gute Simon gestern gesagt.

Nichts für ungut, Simon, aber du kannst mich mal.

Ehe sie es sich anders überlegen kann, sitzt sie im Auto. Als sie rückwärts aus der Garage setzt, kommt eine Textnachricht von Sal.

Lebst du noch?

Marin bremst und antwortet hastig.

Und wie.

Kapitel 7

Beim Eintreten sieht Marin rosa Haare und lange Gliedmaßen, aber im nächsten Augenblick ist die junge Frau, bepackt mit schweren Müllsäcken, im hinteren Raum verschwunden.

Die Green Bean Coffee Bar ist riesig, sie erinnert eher an eine Kneipe als an ein Café. Wie fast alle Cafés im U District ist der Laden rappelvoll, alle Tische sind besetzt mit Studenten und Hipsters und einer Handvoll angehender Schriftsteller, die dreinblicken, als würden sie ihr ganzes Leben infrage stellen. Marin weiß, dass sie hier fehl am Platz ist. Ihre Absätze sind zu hoch, ihr Mantel ist zu stark tailliert, sie ist zu perfekt geschminkt. Sie wirkt wie die Eigentümerin eines Luxusfriseursalons, dessen Kundschaft aus prominenten und reichen Frauen besteht. Aber sie weiß, dass sie verdammt gut aussieht. Und das ist wichtig. Das ist ihre einzige Rüstung.

Sie empfindet Wut und Angst zugleich.

Kaffeeduft steigt ihr in die Nase. Aus den überall im Laden aufgehängten Lautsprechern dudelt leise Loungemusik, folkige Coverversionen von Nirvana und Pearl Jam. Sie versteht, warum dieser Laden so beliebt ist; er ist weiträumig und zugleich heimelig. Es gibt Tische in allen Größen und Formen – runde mit sechs Stühlen, einen rechteckigen mit zwölf Sitzplätzen, quadratische für vier Personen. An der Wand gegenüber dem Tresen stehen Sofas zu beiden Seiten eines offenen Kamins mit Gasfeuer, und in einer Ecke befindet sich eine kleine Bühne mit einem Stuhl, einem Mikrofon und einem Verstärker. Einem Schild am Eingang kann man entnehmen, dass es freitags und samstags Livemusik gibt. Irgendwo hat Marin außerdem gelesen, dass der Cookie des Tages ein Haferflockenkeks mit Cranberrys und Rosinen ist.

Marin stellt sich in die Schlange. Fünf Leute sind vor ihr, und es geht so langsam vorwärts, dass sie immer noch Zeit hätte, es sich anders zu überlegen. Ihr Herz pocht so heftig, dass es wehtut. Ihre Hände sind nass geschwitzt. Sie kann die andere nirgendwo sehen, aber als sie in der Schlange aufrückt, ist sie plötzlich da, wie aus dem Nichts aus dem hinteren Raum zurück. Sie ist jetzt eine von drei Baristas, sie bewegt sich schnell und geschmeidig wie eine Gazelle, die schulterlangen rosa Haare gewellt, als käme sie gerade vom Strand, die braune Schürze fest um die Taille gebunden.

Dereks Geliebte. Sie existiert tatsächlich.

Nach einer gefühlten Ewigkeit steht Marin am Tresen und hofft fast, dass jemand anders sie bedient. Aber das passiert natürlich nicht. McKenzie reicht dem Kunden vor Marin seinen Biscotto, dann schaut sie sie erwartungsvoll an.

Marin trägt Schuhe mit hohen Absätzen, aber McKenzie ist so groß wie ein Supermodel, und Marin kommt sich klein und dick und alt vor, als sie in das Gesicht der jungen Mätresse ihres Mannes blickt. Es ist so anders, ihr persönlich gegenüberzustehen. Auf dem Bildschirm war sie eine, die sie herunterputzen konnte, genüsslich, ohne Vorbehalte. Jetzt bringt sie es kaum fertig, ihr in die Augen zu sehen.

Ihre Blicke begegnen sich, und Marin wappnet sich für den Augenblick des Erkennens, auf den Schrecken oder die Verlegenheit oder beides im Gesicht der anderen.

Aber McKenzies Gesichtsausdruck ändert sich nicht. Ihr Lächeln bleibt fest. Sie errötet nicht und schaut Marin unbefangen in die Augen.

»Was darf es sein?«, fragt sie gut gelaunt.

Marin öffnet den Mund, um etwas zu sagen. *Ich will, dass du aufhörst, mit meinem Mann ins Bett zu gehen. Halt dich verdammt noch mal von ihm fern, sonst bringe ich dich um, du Hure.*

Aber die Worte kommen nicht heraus. Stattdessen hört sie sich in ausnehmend höflichem Ton sagen: »Einen extragroßen Vanilla Latte mit Sojamilch, ohne Schaum und ohne Zucker. Und einen Cookie des Tages.«

Mit einem goldenen Edding schreibt McKenzie etwas auf einen großen, schlanken braunen Pappbecher. Ihre Handschrift ist schön geschwungen, die Buchstaben sind viel größer als die für sie vorgesehenen Kästchen auf dem Pappbecher. Sie gibt Marins Bestellung in die Kasse ein und nennt den Betrag. Sie nimmt den Zehn-Dollar-Schein von Marin entgegen, gibt ihr das Wechselgeld heraus und sagt Danke, als Marin die Münzen in das Trinkgeldgefäß fallen lässt.

Dann reicht sie Marin den Cookie. »Den Latte bekommen Sie am Ende des Tresens. Guten Appetit.«

Marin tritt zur Seite, die Papiertüte mit dem noch warmen Cookie in der Hand. Mit jeder Bewegung fühlt sie sich kleiner, unbedeutender, nichtsnutziger. Seit einem halben Jahr schläft diese Frau mit ihrem Mann. Während Marin trauert, sich mit Schuldgefühlen herumplagt, während sie sich selbst geißelt und mit Alkohol und Tabletten tröstet, tröstet Derek sich die ganze Zeit … mit *ihr*. Ein halbes Jahr geht das schon, und die Frau hat keinen Schimmer, wer Marin ist.

Ihre Blicke begegnen sich wieder, als McKenzie ihr ein paar Minuten später den Latte reicht. Immer noch kein Anzeichen für ein Erkennen, und Marin muss an eine Szene aus dem Film *Die Braut des Prinzen* denken. In der Szene sagt Wundermax zu Inigo: »Wenn ich ihm helfe, muss Humperdinck leiden?« Und Inigo sagt: »Jede Menge Erniedrigung!«

Über den Spruch musste sie immer lachen, und sie erinnert sich, wie sie sich darauf gefreut hat, sich den Film irgendwann einmal zusammen mit Sebastian anzusehen, überzeugt, dass er ihm gefallen würde, wenn er groß genug wäre, um die Witze zu verstehen. Aber jetzt findet sie es überhaupt nicht mehr lustig. *Jede Menge Erniedrigung* – der Titel für die Memoiren, die sie einmal schreiben wird.

Sie nimmt ihren Kaffee entgegen, schleicht zu einem Tisch am Fenster und setzt sich so, dass sie den Tresen im Blick hat. Dann klappt sie ihren Laptop auf, die Instagramfotos der anderen zieren immer noch den Bildschirm. In Natura ist die Mätresse ihres Mannes weniger perfekt. Ihre hellrosa Haare, die auf den Fotos glänzen, sehen in Wirklichkeit trocken und splissig aus, außerdem sind die dunkelbraunen Ansätze deutlich zu erkennen.

Um dieses Hellrosa hinzubekommen, muss das dunkelbraune Haar zuerst ausgebleicht werden, erst dann kann man die rosa Farbe auftragen; ein Prozess, der das Haar stark schädigt. In Marins Salon verkaufen sie eine Spülung, die derart geschädigtes Haar wieder gesund und glänzend macht. Wenn sie Freundinnen wären, würde sie McKenzie ein Pröbchen mitbringen, damit sie es versuchen kann. Aber sie sind keine Freundinnen.

Sie sind Feindinnen. Todfeindinnen.

Auf jemanden, der zufällig in ihre Richtung blickt, wirkt Marin wahrscheinlich wie irgendeine Frau, die ihren Kaffee trinkt, vielleicht ihren Terminkalender überprüft oder irgendetwas im Internet sucht. Aber was sie sich ansieht, ist nicht *irgendetwas*. Sie sieht sich Fotos der *anderen* an, während sie die andere *direkt vor der Nase hat, verflucht noch mal*, aber keiner, der so etwas nie durchgemacht hat, soll es wagen, sie zu beurteilen.

Wer das nicht erlebt hat, kann sich unmöglich vorstellen, wie es sich anfühlt.

Alles, was nicht in Castros E-Mail steht, findet sich in McKenzie Lis Instagram-Account. Sie versieht sämtliche Fotos mit einem Hashtag und lässt alle Welt wissen, dass sie eine #Künstlerin, eine #Leseratte und eine #Teeliebhaberin ist, dass sie am liebsten #Starkbier trinkt, wenn sie mit Freunden ausgeht. #BufordTheCat, ein spilleriges Vieh mit riesigen Ohren und wässrigen Augen, taucht mindestens einmal pro Woche auf (#adoptierennichtkaufen). McKenzie macht Selfies ohne Ende, meistens, um irgendeinen neuen #Flohmarktfund zu präsentieren oder eine neue #Hairspiration-Haarfarbe, aber es ist auch egal, weil alle Fotos mit dem Hashtag #peinlichesSelfie versehen sind, um alle Follower wissen zu lassen, dass *sie* natürlich weiß, wie narzisstisch Selfies sind. Ihr Lieblingshobby ist das #Aufarbeiten alter Möbel, die sie bunt anmalt und auf #FacebookMarketplace verkauft. Sie steht auf #Komaglotzen von #Netflixserien und scheint kein Problem damit zu haben, wildfremden Menschen die banalsten Dinge aus ihrem Leben zu erzählen. Selbst an dem Morgen, als sie #krank und mit verklebten Augen aufgewacht ist – auf dem Foto sieht sie, offen gesagt, fürchterlich aus –, hat sie #ausdemrichtigenLeben berichtet. Und ihre Follower waren begeistert. Das Foto hat fast zweitausend Likes bekommen.

Sie hat über fünfzig*tausend* Follower. Fünfzigtausend Menschen interessieren sich für das, was McKenzie Li auf Instagram postet. Der Instagram-Account von Marins Salons hat nicht mal halb so viele Follower, dabei hat sie im vergangenen Jahr drei Millionen Dollar Gewinn gemacht.

McKenzie verkörpert alles, was Marin an der jungen Generation verabscheut.

Alles, was die Frau tut, wird im Internet dokumentiert – außer ihrer Affäre mit einem verheirateten Mann. Es muss sie regelrecht umbringen, dass sie das nicht in die Welt hinausposaunen kann. Aber die Leute würden sie nicht mehr so nett finden, wenn sie wüssten, wer sie wirklich ist, oder? Hier und da macht sie Andeutungen, dass es in ihrem Leben jemanden gibt, aber nur ganz vage.

Marin würde ihr gern ein paar Hashtags vorschlagen: #Familienzerstörerin, #Hure und #geldgeil zum Beispiel.

Marin hat keinen Appetit auf den Cookie. Sie trinkt

einen großen Schluck von ihrem Latte. Sie kann nicht sagen, ob er gut ist, denn sie schmeckt nichts. Der metallische Geschmack in ihrem Mund will nicht verschwinden. Verrat schmeckt also wie Kupfermünzen.

Die Geliebte ihres Mannes steht jetzt etwa drei Meter von ihr entfernt am Serviertresen und füllt Sahne und Milch und Papierservietten nach. Marins Körper verkrampft sich, und sie hält den Atem an, während sie darauf wartet, dass McKenzie sich umdreht und sie endlich erkennt. Aber die andere wirft nicht einmal einen Blick in ihre Richtung. So als wäre Marin gar nicht da.

Als würde Marin nicht existieren.

Aber für Marin hat McKenzie die ganze Zeit existiert. Irgendwie hat sie es die ganze Zeit *gewusst*, sie hat es nur nicht *sehen* wollen. Seit einem halben Jahr hat sie Dereks Geliebte direkt vor der Nase gehabt. Sie ist der Grund dafür, dass er sein Handy von Marin weghält, wenn er eine Textnachricht schreibt, sie ist der Grund dafür, dass er doppelt so oft verreist wie früher, sie ist der Grund dafür, dass er sich so gut wie gar nicht bei Marin meldet, wenn er auf Reisen ist.

Aber in der Verleugnung zu leben ist einfacher, als in die Konfrontation zu gehen. Die Verleugnung ist eine sichere kleine Blase, die vor allem schützt, was kratzt, beißt und brennt.

Marins Handy piept. Wieder ist es die Shadow App. An diesen Piepton muss sie sich erst noch gewöhnen. Derek hat auf McKenzies Textnachricht von vorhin geantwortet, und Marin wird beim Lesen leicht übel.

Derek: *Du fehlst mir auch, Baby. Heute ist ein Scheißtag, freue mich schon auf den Abend mit meiner Süßen.*

Bin gegen 7 zurück in Seattle, hab schon ein Zimmer in unserem Lieblingshotel gebucht, falls du Lust hast … ☺

McKenzie: *JAAA!!!!*

Ein Lächeln breitet sich auf McKenzies Gesicht aus, das von einem Ohr bis zum anderen reicht. Es ist ein stillvergnügtes Lächeln, und es fühlt sich für Marin an wie eine Faust, die sich um ihr pochendes Herz legt und es gnadenlos ausquetscht. Mit jedem Ausrufezeichen drückt die Faust fester zu.

Derek hat gesagt, dass er heute am späten Abend nach Hause kommt. Weiß McKenzie, dass er seine Frau belügen muss, um sich mit ihr treffen zu können? Stört sie das überhaupt? Macht ihn das womöglich noch attraktiver? Selbst wenn McKenzie Marin nicht erkennt, weiß sie garantiert, dass Derek verheiratet ist. Falls sie ihn jemals gegoogelt hat – und welche junge Frau macht das heutzutage nicht als Erstes, wenn sie mit einem Mann ins Bett geht? –, hat sie auch seinen offiziellen Lebenslauf gelesen, in dem Marin natürlich vorkommt. Und was kommt noch darin vor?

Nachrichtenartikel über ihren verschwundenen Sohn. Vor fünfzehn Monaten hat keine andere Geschichte solche Schlagzeilen gemacht. Es ist unmöglich, Dereks oder Marins Namen zu googeln, ohne dass die Vermisstenanzeige von Sebastian unter den ersten fünf Treffern ist.

#Lügnerin. #dreckigeHure. #Schlampe.

McKenzie steht jetzt anderthalb Meter von Marin entfernt, in der einen Hand eine Kaffeekanne. Sie plaudert mit einem Kunden, einem Stammkunden offenbar. Marin ist versucht, ein Foto zu machen und es Derek zu schicken. Ohne Bildunterschrift. Soll er es sich einfach ansehen, im nächsten Moment wird ihm das Herz stehen bleiben, nämlich dann, wenn er merkt, dass er sieht, was seine Frau gerade sieht.

Aber sie lässt es bleiben.

»Noch Kaffee?«, fragt McKenzie.

Erschrocken klappt Marin ihren Laptop zu, ehe die andere sehen kann, dass der ganze Bildschirm voll mit Fotos von ihr ist. Jetzt, wo Marin sitzt, kommt McKenzie ihr noch größer und dünner vor. Ihre makellose Haut schimmert im Licht, das durchs Fenster fällt. Auf ihrer kessen Nase hat sie ein paar Sommersprossen, die Marin eben am Tresen nicht aufgefallen sind, und ihr Gesicht ist ungeschminkt bis auf einen Hauch Lipgloss und ein bisschen Wimperntusche. Mehr braucht sie nicht. Ihre Augen sind goldbraun. Wie Katzenaugen geformt. Alles an ihr wirkt dynamisch. Exotisch.

Sie steht direkt vor Marin, die Kaffeekanne in der Hand, und lächelt sie erwartungsvoll an. So unscheinbar und unsichtbar hat Marin sich noch nie im Leben gefühlt. Und als ihre Blicke sich wieder begegnen, ist Marin sich ganz sicher, dass die andere tatsächlich keine Ahnung hat, wer sie ist.

»Ich, äh, hatte einen Latte.« Marin spürt, wie ihre Wangen zu glühen beginnen, aber falls die andere sieht, dass sie errötet, lässt sie es sich nicht anmerken. Sie senkt den Kopf, betrachtet den extragroßen Pappbecher, der jetzt leer ist. Von dem Cookie sind nur noch Krümel übrig. Sie kann sich nicht erinnern, den Kaffee getrunken oder den Cookie gegessen zu haben, aber offenbar hat sie beides vor lauter Stress verschlungen, als sie mit McKenzies Instagram-Account beschäftigt war.

»Kein Problem. Alle Gäste bekommen so viel Kaffee, wie sie wollen.« McKenzie hält die Kanne ein bisschen höher. »Frisch aufgebrüht. Die Hausmischung, Medium Roast. Die meisten stehen drauf.«

Marin schiebt ihren Becher in Richtung Kanne. Ihre Hände zittern. Mehr Koffein braucht sie weiß Gott nicht, aber sie hat auch gar nicht vor, den Kaffee zu trinken. »Vielleicht einen kleinen Schluck.«

Beim Einschenken scheint McKenzie nichts von Marins Unbehagen mitzubekommen, ihre gute Laune ist so absurd wie unerträglich. Weil Marin genau weiß, wo die gute Laune herkommt. Sie weiß, was McKenzie am Abend vorhat. Sie weiß, dass McKenzie die ganze Zeit an Derek denkt.

Am liebsten würde Marin aufspringen, McKenzie die Kaffeekanne aus der Hand reißen und ihr an den Kopf werfen. Sie will die andere vor Schmerzen schreien hören, wenn die kochend heiße Flüssigkeit ihr die glatte Haut verbrüht. Sie will ihre Fingernägel in das hübsche Gesicht graben, will der Mätresse ihres Mannes die goldbraunen Augen auskratzen, ihr die Haare ausreißen, bis sie von außen genauso hässlich ist wie von innen. Marin will das Leben der anderen ruinieren, so wie diese ihr Leben ruiniert, wie sie Marin zerstört.

Ich hasse dich. Ich hasse dich so sehr.

Natürlich tut sie nichts. Sie bleibt sitzen, geduldig, still.

»Schöner Ring.« McKenzie betrachtet lächelnd Marins Hand. »Wenn ich mal heirate, möchte ich auch so einen Ring.«

Das ist beinahe zu viel. Marin spürt ihre wachsende

Wut. Es kostet sie alle Selbstbeherrschung, der anderen nicht in ihr glücklich lächelndes Gesicht zu schlagen.

Du Hure halt dich von meinem Mann fern du Schlampe du Fotze du Miststück ich bring dich um ich reiß dir die verdammte Kaffeekanne aus der Hand und zerdeppere sie und dann zerkratze ich dir das Gesicht mit den Scherben …

Aber Gedanken sind nur Gedanken, und ehe Marin sich versieht, ist McKenzie mit ihrer Kaffeekanne und einem Schwung ihrer schmalen Hüften weitergezogen. Um ihr wehzutun, müsste Marin hinter ihr herlaufen, und so etwas würde sie niemals tun. So ist sie nicht, sie ist viel zu korrekt, viel zu anständig, und wenn sie die Mätresse ihres Mannes in der Öffentlichkeit lächerlich machte, würde sie sich auch selbst lächerlich machen.

Erniedrigung auf der ganzen Linie.

Wieder piept die Shadow App. McKenzie hat Derek ein Foto geschickt. Auf dem Thumbnail ist es schwer zu erkennen, aber es ist zweifellos das Foto einer Person. Marin hält den Atem an, fragt sich, ob McKenzie Derek ein Foto von seiner Frau geschickt hat, so wie Marin ihm beinahe eins von seiner Geliebten geschickt hätte.

Aber es ist kein Foto von Marin. Es ist ein Selfie, und es zeigt McKenzie nackt. Splitterfasernackt, von Kopf bis Fuß.

McKenzie: *Das hab ich heute Morgen gemacht, bevor ich los bin. Ein kleiner Vorgeschmack auf heute Abend …*

Marin klickt auf das Foto und vergrößert es.

McKenzie kommt gerade aus der Dusche. Der Spiegel ist beschlagen und gerade so weit abgewischt, dass

McKenzies flacher Bauch und schöner Nabel klar zu sehen sind. Auch ihre blassrosa Nippel sind deutlich auszumachen, ebenso wie das Blumentattoo, das sich an ihrer Seite von der Brust bis zur Hüfte erstreckt. Das Tattoo ist Marin noch gar nicht aufgefallen – entweder hat sie nicht genau genug hingesehen, oder McKenzie zeigt es nicht auf ihren Instagramfotos. Abgesehen vom Kopf ist McKenzie am ganzen Körper unbehaart.

Beide warten sie auf eine Antwort von Derek. McKenzie steht an der Cappuccino-Maschine herum, das Handy in der Hand, bis ein Kunde sie anspricht und sie das Gerät weglegen muss.

Nacktselfies? Geht's noch? Hortet sie die auf ihrem Handy, um sie sie im richtigen Moment versenden zu können?

#ichhassedich

Die Shadow App piept. McKenzie ist noch mit ihrem Kunden beschäftigt und kann nicht nachsehen, und so liest Marin die Antwort ihres Mannes an seine Mätresse als Erste.

Derek: *Ich werde dich von oben bis unten ablecken.*

Marin wird sie umbringen.

Kapitel 8

»Ich kenne einen«, sagt Sal ein paar Stunden später zu ihr. »Ein Problemlöser, scheißteuer, aber von den Leichen bleibt keine Spur, wenn er fertig ist. Willst du seine Nummer?«

Sal Palermo ist sich nicht einmal sicher, ob Marin das alles ernst meint, aber er ist auf ihrer Seite. Er versteht sie. Oberflächlich betrachtet könnte man meinen, dass die beiden nichts gemeinsam haben. Er ist ein Exknacki, ein Gelegenheitsdealer (Oxi und Vicodin hat er immer im Angebot, er kann kurzfristig drei verschiedene Sorten Marihuana auftreiben), und er besitzt eine zwielichtige Kneipe. Vor langer Zeit, als Studenten, waren sie mal ein Paar. Ein Jahr lang. Mehr als zwanzig Jahre später sind sie immer noch beste Freunde. Er ist der Mann, den sie immer geliebt hat, in den sie aber nie verliebt war, dem sie, als sie beide einundzwanzig waren, das Herz gebrochen hat, ohne es zu wollen.

»Ich hab das nicht ernst gemeint«, sagt sie.

»Ich schon«, sagt er, und dann lacht er zum ersten Mal seit einer gefühlten Ewigkeit.

Sie schiebt ihr leeres Glas zu ihm rüber. Sie hat den Amaretto Sour ausgetrunken und möchte noch einen.

Diesen Cocktail haben sie getrunken, als sie ein Paar waren. Heutzutage trinkt sie ihn nur noch, wenn Sal ihn für sie macht, hier in seiner Kneipe. Normalerweise bleibt sie bei Rotwein.

»Noch einen«, sagt sie zu Sal.

Sal's Bar – so heißt sie tatsächlich – ist düster und abgeranzt. Sie liegt in der Nähe des Football-Stadions und ist für zweierlei bekannt: für das billige Bier an den Abenden, wenn ein Spiel stattfindet (da geht Marin nicht hin) und für ihre Knoblauch-Parmesan-Fritten (mit extra viel Knoblauch). Früher hieß die Kneipe Fred's Backyard, und als Studenten haben sie sich hier an den Wochenenden regelmäßig volllaufen lassen, weil Fred sie behandelt hat, als wären sie zu Besuch bei ihm im Garten – er hat sich auch nie die Ausweise zeigen lassen. Dann ist Fred während eines Footballspiels an einem Sonntagabend tot umgefallen. Herzinfarkt.

Drei Monate später starb Sals Vater. Inzwischen herrschten in der Kneipe chaotische Zustände, Freds Söhne hatten sie heruntergewirtschaftet, und immer mehr Kunden blieben weg. Auf Sals Bitte hin gingen Marin und ein paar Freunde nach der Beerdigung mit ihm in Fred's Backyard, und nach ein paar Tequila und mehreren Runden Bier bot Sal Freds Söhnen an, ihnen den Laden abzukaufen. Zunächst nahmen sie ihn nicht ernst und fühlten sich genervt von den betrunkenen Studenten. Doch Sal erklärte, er hätte gerade genug Geld geerbt, um cash zu bezahlen.

Eine Woche später war der Handel perfekt. Nachdem die Verträge unterschrieben waren, brach Sal sein Studium ab, was niemanden wunderte; seine Noten waren bestenfalls durchschnittlich, und das Einzige, was er noch mehr verabscheut hatte als seinen Vater, war die Uni.

Sal Senior, ein Winzer, der in Italien bei seinem Vater gelernt hatte, hätte sich im Grab umgedreht, wenn er erfahren hätte, dass sein einziger Sohn sich eine Kneipe gekauft hatte, anstatt das Weingut der Familie zu übernehmen.

Damals kam es ihnen ziemlich radikal vor, dass ein einundzwanzigjähriger Studienabbrecher die Kneipe kaufte, in der sie sich nach Prüfungen volllaufen ließen, aber im Rückblick war es nicht weniger radikal, dass Marin gleich nach ihrem Studienabschluss Derek geheiratet hat. Wenn man jung und furchtlos ist und nichts zu verlieren hat, fällt es leichter, spontane, lebensverändernde Entscheidungen zu treffen. Zum Glück entpuppte sich Sal als ziemlich guter Geschäftsmann, und in dem Viertel, wo Restaurants und Kneipen kommen und gehen, hat Sal's Bar überlebt und brummt noch immer.

Als Sal die Kneipe gekauft hat, waren er und Marin eigentlich noch ein Paar, und Marin war gegen die Entscheidung. Sie hielt sie für eine seiner üblichen Schnapsideen und meinte, er solle lieber sein Studium beenden. Sie stritten sich heftig wegen dieser Sache, aber eigentlich stritten sie sowieso die ganze Zeit. Ihre Beziehung war bestimmt von Streit und Sex. Den Sex hat Marin als großartig in Erinnerung, die Streiterei weniger.

Als Freunde kommen sie besser miteinander klar.

»Wenn ich sie um die Ecke brächte, meinst du, ich würde im Knast gut zurechtkommen?«, fragt sie Sal. »Ich glaub schon. Ich bin knallhart. Wahrscheinlich würde ich nach kürzester Zeit den ganzen Laden schmeißen.« Sie trinkt ihren zweiten Cocktail aus und klopft mit dem Finger gegen das Glas. »Noch einen.«

Sal mustert sie. Ihr ist klar, dass ihm nicht gefällt, wie sie sich aufführt, wie schnell sie trinkt. So hat er sie schon mal erlebt – völlig neben sich, drauf und dran auszurasten –, aber noch nie in der Öffentlichkeit. Sie macht ihn nervös.

»Ich muss nicht mehr fahren.« Sie verdreht die Augen. »Entspann dich.«

Das hat sie als Erstes klargestellt, als sie die Kneipe betreten hat: dass sie mit einem Uber nach Hause fahren und einen Cocktail brauchen würde – oder fünf. Sal, ahnungslos, hat nur gefragt, ob ihr SUV schon wieder in der Werkstatt sei.

Eine berechtigte Frage. Derek hat ihr vor drei Jahren einen Porsche Cayenne Turbo zum Geburtstag geschenkt, und die Karre ist häufiger in der Werkstatt als Marin beim Arzt. Mit dem Auto verbindet sie eine Hassliebe. Als sie am Morgen ihres vierzigsten Geburtstags die Haustür aufgemacht hat und der Wagen in seiner ganzen Pracht in der Einfahrt stand, perlweiß und glänzend mit einer gigantischen roten Schleife, war sie hingerissen. Ein paar Nachbarn kamen, von der Aufregung angelockt, nach draußen, aber wenn man bedenkt, in was für einem Viertel sie wohnen, war es eigentlich nichts Außergewöhnliches. Tatsächlich war es nicht das erste Mal, dass jemand in ihrer Straße ein Auto zum Geburtstag geliefert bekam, und zwar auf genau die gleiche Weise.

An dem Tag hat Marin zweierlei gelernt. Erstens:

Der Autohändler behält die Schleife. Niemand braucht eine Schleife von der Größe eines Hortensienstrauchs, außer um ein Auto zu verschenken; außerdem sind diese Schleifen teure Spezialanfertigungen, deswegen nimmt der Autohändler sie wieder mit, sobald das Auto abgeliefert ist. Zweitens: Niemand kauft wirklich jemand anderem ein Auto. Derek ist nicht in das Autohaus spaziert und hat seine Kreditkarte mit einer sechsstelligen Summe belastet. Er hat den Porsche für vier Jahre auf Marins Namen geleast. Und zwar als Firmenwagen, sodass sie die Leasing-Kosten von der Steuer absetzen kann, denn etwas zu kaufen, was so rapide an Wert verliert, wäre völlig absurd. Aber Derek hat die Anzahlung und die im Voraus fällige Steuer bezahlt (auch absetzbar), den Papierkram erledigt und die Farbe ausgesucht. Er wusste, dass das Perlweiß ihr gefallen würde, und damit lag er richtig.

So machen es die reichen Leute. Wenn sie etwas finanzieren können, dann tun sie es. Es geht immer darum, den Kapitalfluss zu maximieren; Schulden sind nur Zahlen auf Papier. Deswegen weiß sie nicht so recht, wie sie es finden soll. Irgendwie war der Porsche nur ein halbes Geschenk. Aber es gibt ein lustiges Foto – ein Nachbar hat es geschossen, und auf dem Bild sitzen sie und Derek wie zwei Angeber auf der Kühlerhaube des Porsche, und Derek drückt ihr einen Kuss auf die Wange. Es war das beliebteste Foto auf ihrer Facebookseite in dem Jahr.

Es ist jetzt zwei Uhr am Nachmittag. Sie hätte nach der Observierungsaktion im Café nach Hause fahren und sich hinlegen sollen, stattdessen ist sie eine Weile in der Gegend herumgefahren, um den Kopf frei zu bekommen. Ihre Gedanken werden immer düsterer, aber das macht ihr keine Angst, im Gegenteil, es tröstet sie.

Sie stellt sich vor, dass McKenzie Li von der Erdoberfläche verschwindet. Sie stellt sich vor, dass sie dafür *sorgt*, dass die andere verschwindet.

»Ich fass es nicht, dass du in ihr Café gegangen bist«, sagt Sal. »So was nennt man Stalken, verflucht noch mal.«

»Das ist nicht ihr Café. Es ist das Green Bean, und sie arbeitet da.« Sie klopft noch einmal mit den Fingernägeln an ihr Glas, um ihn daran zu erinnern, dass es leer ist. »Wir können ja mal rübergehen, wenn du einen Blick auf sie werfen willst.«

»Scheiße, nein«, sagt er mit einem entsetzten Blick, wie sie ihn noch nie bei ihm gesehen hat. »Wir gehen da nicht hin. Und du auch nicht, nie wieder. Kapiert? Halt dich von ihr fern. Red nicht mit ihr. Wenn du dein Problem lösen willst, besteht der erste Schritt darin zu verstehen, was dein Problem überhaupt ist. Oder in dem Fall, wer. Es geht um das Arschloch, das du geheiratet hast. Wenn du Mordgelüste hast, dann bring ihn um, nicht sie.«

Sie hört, was er sagt, aber es kommt nicht bei ihr an. Nachdem sie ihn noch einmal durchdringend angesehen und noch einmal an ihr Glas geklopft hat, stößt er einen Seufzer aus und macht ihr noch einen Cocktail.

Marin fragt sich oft, was wohl aus ihnen beiden geworden wäre, wenn sie Derek nicht kennengelernt hätte. Es war nicht leicht, Sals Freundin zu sein. Er hatte eine schlimme Kindheit hinter sich und wurde von Dämonen gequält. Was beides kein Hinderungsgrund war. Womit sie damals aber überhaupt nicht klarkam, war die Tatsache, dass er nicht so richtig wusste, was er mit seinem Leben anfangen sollte. Man hatte Spaß mit ihm, aber er war ziellos. Sein Studium ödete ihn an, und er hatte keinerlei Ehrgeiz, keine Pläne für irgendwas, das über das nächste Wochenende hinausging ... und manchmal nicht einmal das. Es brachte Marin um den Verstand.

Nachdem sein Vater gestorben war und er die Kneipe gekauft hatte, haben sie sich fürchterlich gestritten und danach gemeinsam beschlossen, die Beziehung zu beenden. Es war nicht ihr erster großer Krach, es war nicht einmal die erste Trennung, aber damals war Sal in einer ziemlich düsteren Verfassung. Die Situation war unerträglich, und sie musste da raus. Spontan fuhr sie mit ein paar Freundinnen übers Wochenende nach Cabo San Lucas, wo es mit Derek losging. Sie kannten sich schon flüchtig; er war der Freund einer Freundin, und zwischen ihnen hatte es schon immer geknistert, aber sie hatte dem nie nachgeben können, da sie ja fest liiert war. An jenem Wochenende aber war sie praktisch Single, und Sal und seine Dämonen waren zweitausend Meilen weit weg. Es fühlte sich so gut an, mit jemandem zusammen zu sein, der auf derselben Wellenlänge war, der genauso ehrgeizig war wie sie, der einen klaren Plan hatte, wie sein Leben verlaufen sollte. Was sie am meisten zu Derek hinzog, war sein Tatendrang.

Nach dem Wochenende wusste sie, dass Derek der Richtige für sie war. Sie wusste es mit einer Sicherheit, die sie bei Sal nie empfunden hatte. Als sie aus Cabo zurückkam, wollte Sal sich wieder mit ihr versöhnen, und er hatte eigentlich allen Grund anzunehmen, dass es so kommen würde – Trennung und Versöhnung war schon immer ihr Muster gewesen. Aber diesmal war es anders.

»Ich hab jemanden kennengelernt«, sagte sie zu ihm. Noch bevor sie ihre Tasche ausgepackt hatte. Sie war gerade nach Hause gekommen, es war spät, und Sal wollte zu ihr rüberkommen. Sie schlug vor, sich in ihrem Lieblingsdiner zu treffen, der rund um die Uhr offen hatte. Das Frankenstein war drei Straßen weit entfernt von der Wohnung, die Marin sich mit zwei Frauen teilte, und als sie eintraf, die Haare noch nass vom Duschen, hatte Sal schon für sie bestellt. Sie nahm immer das gleiche. Spiegeleier mit Hash Browns, Frühstücksspeck und Toast.

»Du hast jemand kennengelernt?«, fragte Sal. »Wen?«

Sie erzählte ihm von Derek.

»Du bist also mit einem anderen ins Bett gegangen.« Sal verzog das Gesicht. »Der Gedanke bringt mich um, aber ich kann schlecht sauer sein, schließlich waren wir getrennt. Tut trotzdem weh.«

»Tut mir leid«, sagte Marin. Aber es tat ihr nicht leid. Nicht wirklich. Für sie war es mit Sal in dem Moment vorbei gewesen, als sie Derek geküsst hatte.

Sal nahm ihre Hand. »Schick ihn in die Wüste und komm zu mir zurück. Wir gehören zusammen, Mar. Für mich gibt es keine andere als dich. Wir kriegen das hin. Ich weiß, dass es … aus dem Ruder gelaufen ist, als mein Vater gestorben ist. Aber es wird wieder besser. Ich kann mich bessern.«

»Tut mir leid«, sagte sie noch einmal und drückte seine Hand, bevor sie sie losließ. »Ich möchte, dass wir Freunde bleiben. Aber wir sind zu verschieden. Du hast jetzt die Kneipe. Und ich bin mit Derek zusammen, er und ich sind in ein paar Monaten mit dem Studium fertig. Alles … hat sich geändert. Und vielleicht ist es auch besser so.«

Ja, die Sache mit Derek war schnell gegangen. Aber wenn man sich sicher ist, dann ist man sich sicher. Sal war nie Marins große Liebe gewesen. Bei ihm fühlte sie sich nie ganz erfüllt, aus Gründen, die sie nicht in Worte fassen konnte. Sie hatte nie das gewisse Etwas verspürt.

Sal war am Boden zerstört. Er fühlte sich betrogen, er fühlte sich im Stich gelassen. Sal brauchte lange, um sich mit einer Freundschaft abzufinden, und der Übergang von einer Beziehung zu einer platonischen Freundschaft war ziemlich holprig.

Was sie beide am Ende gerettet hat, war Vertrauen. Er vertraut ihr und sie ihm, und Marin hat mittlerweile begriffen, dass Vertrauen besser ist als Liebe. Liebe ist unvorhersehbar, und Liebe verletzt. Vertrauen ist verlässlich und beständig. Wie Sal.

Er konnte Derek nie leiden. Damals nicht und bis heute nicht. Anfangs glaubte Marin, es läge daran, dass er Derek die Schuld am Scheitern ihrer Beziehung gab, aber über die Jahre ist ihr klar geworden, dass manche Menschen einfach nicht miteinander zurechtkommen. Und dass sich daran auch nichts ändern lässt. Die beiden Männer könnten nicht unterschiedlicher sein. Derek ist charmant, Marin kann ihn überallhin mitnehmen. Sal kann manchmal ein ziemlicher Stinkstiefel sein, bei ihm muss man immer damit rechnen, dass er irgendwem auf die Füße tritt. Derek steht beruflich gern im Rampenlicht, er gibt mit Begeisterung Interviews über seine Firma, er liebt die Publicity. Ein Jahr nachdem er die

Kneipe gekauft hat, wurde Sal einmal von einem Reporter von *The Stranger* interviewt, und er fand es furchtbar, als einer seiner Angestellten den Artikel eingerahmt und in der Kneipe aufgehängt hat. Und dort hängt er nur deswegen immer noch, weil es gut fürs Geschäft ist.

Zum Glück haben weder Sal noch Derek jemals von Marin verlangt, sich zwischen ihnen zu entscheiden. Die beiden Männer begegnen sich so gut wie nie, und wenn es doch mal vorkommt, gehen sie höflich miteinander um. Wenn es unbedingt sein muss, finden sie Gesprächsstoff für eine Stunde, meistens mit Sport. Ihr zuliebe tolerieren sie einander.

Derek ist ihre große Liebe, aber ehrlicherweise muss sie sich eingestehen, dass sie in Sals Gegenwart viel mehr sie selbst sein kann. Bei Sal braucht sie sich nicht zu verstellen. Im Gegensatz zu ihren anderen alten Freunden hat er ihr nicht übel genommen, dass sie in eine andere Steuerklasse gerutscht ist, dass sie und Derek sich ein größeres Haus in einem besseren Viertel gekauft haben, dass sie erfolgreich ist. Und im Gegensatz zu ihren neuen Freunden rümpft er nicht die Nase über ihre Herkunft, darüber, dass sie und Derek sich hochgearbeitet haben, dass sie in Wohltätigkeitskomitees sitzt, obwohl sie »neureich« ist. Sal hat kein Problem damit, dass die Menschen nicht perfekt sind. Bei ihm muss sie sich nicht permanent im Griff haben – eigentlich nie. Wahrscheinlich ist sie von Sals Zuspruch in emotionalen Dingen viel abhängiger, als gut für sie ist.

Wer hätte gedacht, dass derjenige, den man liebt, und derjenige, bei dem man sich sicher und geborgen fühlt, nicht unbedingt ein und derselbe Mensch sein müssen?

Die Kneipe ist fast leer, und sie sitzt allein vor ihrem dritten Cocktail, während Sal mit einer seiner Kellnerinnen redet. Marin hat die Frau noch nie hier gesehen, aber sie ist auch seit zwei Monaten nicht mehr hier gewesen, wahrscheinlich hat Sal sie in der Zeit eingestellt. Bis Marin wieder angefangen hat zu arbeiten, war sie regelmäßig hier, meistens um die gleiche Zeit wie jetzt, kurz nach Mittag, bevor es voll wird.

Vermutlich hat Sal was mit der Frau. Sie ist genau sein Typ – dunkles Haar, Knackarsch in zu engen Jeans, tief ausgeschnittenes T-Shirt, das sehen lässt, was ein Push-up-BH bewirkt. Irgendwie erinnert die Kellnerin Marin daran, wie sie selbst als junge Frau war, bevor sie einen Sinn für Stil entwickelt hat. Die Neue schielt dauernd herüber, so als frage sie sich, wer zum Teufel Marin ist, aber sie braucht sich keine Sorgen zu machen. Marin nimmt keiner Frau ihren Mann weg, auch wenn sie es genießt, andere Frauen immer noch eifersüchtig machen zu können. Trotzdem wird es mit den beiden höchstens drei Monate dauern. Länger hält Sal es mit keiner aus. Und sie werden keine Freunde bleiben, weil es immer übel endet. Soweit Marin weiß, ist sie die einzige Ex, mit der Sal noch befreundet ist.

Dann stehen drei frische Gläser Amaretto Sour vor ihr und daneben ein Riesenteller Fritten mit reichlich Knoblauch, Parmesan und einem Hauch Trüffelöl. Sie lächelt beim Anblick der Cocktails. Sal weiß, dass sie entschlossen ist, sich volllaufen zu lassen, und dass sie es woanders tut, wenn er es ihr hier nicht erlaubt. Aber er weiß auch, dass sie dringend etwas zu essen braucht. Die Fritten schmecken köstlich.

»Schau gut hin!« Er zeigt theatralisch auf die Cocktails, die er säuberlich vor ihr aufgereiht hat. »Wenn die leer sind, reicht's, ist das klar?« Er setzt sich auf den Barhocker neben ihr.

Sie nickt. Wenn sie diese drei Gläser ausgetrunken hat, muss er sie vom Boden abkratzen, und das ist genau das, was sie will. Aber die kostenlosen Cocktails haben einen Preis. Sie muss reden.

»Also, was hast du vor?« Sal klaubt eine Fritte vom Teller. »Abgesehen vom Saufen, meine ich. Wann hast du zuletzt geschlafen? Brauchst du 'ne Schlaftablette? Ich hab ein paar im Hinterzimmer. Und das gute, alte Cannabis wirkt auch Wunder. Ich hab Edibles da, die aussehen wie Gummibärchen.«

»Ich bin todmüde, und ich weiß, dass ich scheiße aussehe. Hör auf, mir Drogen anzubieten.«

Er stupst sie mit dem Zeigefinger in den Arm. »Nicht mal an deinen schlimmsten Tagen siehst du scheiße aus. Ist heute dein schlimmster Tag?«

»Nein.« Sie muss nicht mal nachdenken. Ihr schlimmster Tag liegt vierhundertsechsundachtzig Tage zurück. Nichts, was vorher und auch nichts, das nachher passiert ist, kommt auch nur in die Nähe. Es kann erst schlimmer werden, wenn der Anruf kommt und sie die Nachricht erhält, die sie auf keinen Fall hören will.

»Dann mach dich auf was gefasst, Schätzchen«, sagt Sal, was sie mit einem schnaubenden Lachen quittiert, die Reaktion, auf die er gehofft hat.

»Ich sollte mich von ihm trennen.« Sie kann Sal nicht in die Augen sehen, als sie das sagt.

»Ja, das solltest du.« Er zuckt nicht mit der Wimper, und sie könnte vor Scham im Erdboden versinken. »Weiß er, dass du Bescheid weißt?«

Sie schüttelt den Kopf. Es fällt ihr leichter, darüber zu sprechen, wenn sie Sal dabei nicht ansehen muss, also heftet sie ihren Blick wieder auf den Fernseher, wo jemand in einem roten Trikot gerade von jemandem in einem weißen Trikot zu Boden gerissen wurde und Foul schreit.

»Wie bist du dahintergekommen?«

»Castro hat's mir gesagt. Sie ist 'nem Hinweis nachgegangen und zufällig darauf gestoßen.«

Sal verschluckt sich fast an einer Fritte. »Die Detektivin? Die ermittelt immer noch?«

»Hab ich dir doch erzählt.«

»Nein, hast du nicht. Du hast gesagt, du hättest sie für einen Monat angeheuert, und das war vor einem Jahr. Seitdem hast du sie mit keinem Wort mehr erwähnt, also dachte ich … Heiliger Strohsack …«

»Wieso hast du damit ein Problem?«

»Hab ich nicht«, sagt er. »Aber es macht mir Sorgen. Ich hab das Gefühl, du …«

»Ja? Sag's schon.«

Er wendet sich ab und kaut auf seiner Unterlippe. Sie fasst ihn am Kinn und dreht sein Gesicht wieder in ihre Richtung.

»Spuck's aus«, sagt sie.

»Ich hab das Gefühl, du bist seit dem Tag, an dem Sebastian verschwunden ist, keinen Schritt weitergekommen.« Sie nimmt ihre Hand weg, aber er weicht ihrem Blick nicht aus. »Du steckst fest.«

»Du redest wie mein Therapeut.« Der vierte Cocktail

macht sich bemerkbar und löst ihr die Zunge. »Muss ich mich jetzt auch von dir trennen?«

»Du gehst also nicht mehr zu Dr. Chen?«

»Offiziell hab ich die Therapie noch nicht beendet. Aber er sagt auch immer, ich würde feststecken.«

»Und was meint Derek dazu?«

»Seit wann interessiert dich, was Derek meint?«

»Normalerweise interessiert's mich nicht. Aber du hast ihn nicht gesehen, letztes Jahr. Nach dem ... Schrecken.«

Sie hat die Erfahrung gemacht, dass niemand das Wort *Selbstmord* in den Mund nehmen will. Die Leute denken sich alles Mögliche aus, um dieses Wort nicht aussprechen zu müssen. Sie sagen: *Damals, als du versucht hast, dir was anzutun.* Oder: *Damals, als es dir so schlecht ging.*

Sie hat versucht, sich umzubringen. Sie kann dazu stehen – warum können die anderen es nicht?

»So verstört hatte ich ihn noch nie gesehen.« Sal kaut auf einer Fritte, es ist, als würde er eher mit sich selbst reden als mit ihr. Ein Stückchen Knoblauch klebt an seiner Lippe, das sie mit der Fingerspitze wegwischt. »Er dachte, er verliert dich. Er war fix und fertig. Dass du nicht mehr zur Therapie gehst, hast du ihm nicht gesagt, stimmt's?«

»Genau genommen hab ich heute zum ersten Mal eine Stunde bei Dr. Chen abgesagt, ohne einen neuen Termin zu vereinbaren. Vielleicht geh ich ja auch wieder hin. Ich weiß es noch nicht.«

Er mustert sie. »Hm ... Was ist denn diesmal anders?«

Diesmal. Er meint die Affäre. Denn es gab schon mal eine. Vor langer Zeit.

»Sie ist vierundzwanzig«, sagt Marin. »Und es geht jetzt schon ein halbes Jahr.«

»Scheiße.« Sal zieht das Wort in die Länge, und daran erkennt sie, wie schlimm es ist. *Scheiiiiiße.* Er schnappt sich noch eine Fritte und kaut sie wütend. Allein diese kleine Geste tut ihr gut. Ein echter Freund teilt alles mit einem, sogar den Stressfraß, auch wenn der Stress ihn gar nicht betrifft.

Sie nimmt ihr Handy und zeigt ihm das Nacktselfie. »Sie hat rosa Haare.«

Er nimmt ihr das Handy ab. Seine Augen weiten sich ein bisschen, als er das Foto sieht. Seine Kiefermuskeln zucken, und sie denkt schon, er ist sauer. Aber dann lacht er in sich hinein.

»Das findest du also lustig?«, faucht sie.

»Sorry.« Er unterdrückt sein Lachen und gibt ihr das Handy zurück. »Es ist einfach … Die Haare. Das Tattoo. Als hätte er sich das genaue Gegenteil von dir gesucht.«

»Sie ist schön.«

Sal winkt ab. »Du bist auch schön. Darum geht's nicht. Das hat damit überhaupt nichts zu tun.«

»Hör auf zu grinsen. Das ist nicht in Ordnung.«

»Stimmt«, sagt er und wird ernst. Er packt sie an den Schultern und schüttelt sie. »Es ist überhaupt nicht in Ordnung. Warum bist du also hier? Warum zum Teufel sitzt du nicht bei einem Scheidungsanwalt und lässt dich beraten, wie du aus dieser Scheißehe rauskommst?«

Sie antwortet nicht. Weil sie keine Antwort hat. Ihr Verstand hinkt ihren Gefühlen noch hinterher.

Komisch, wie einem das Leben innerhalb von Minuten um die Ohren fliegen kann. Erst hat man einen Sohn. Dann ist er weg. Erst hat man einen treuen Ehemann. Dann vögelt er eine Vierundzwanzigjährige, und man fragt seinen besten Freund, ob er jemanden kennt. Denn wenn irgendeiner jemanden kennt, dann Sal.

Er tätschelt ihr den Oberschenkel. »Okay. Zeit für einen Plan. Ich helf dir. Willst du ein paar Tage bei mir pennen, bis du dir überlegt hast, wie es weitergehen soll? Ich hab ein Gästezimmer, das Bett ist frisch bezogen. Du hättest sogar dein eigenes Bad.«

»Hör auf. So weit im Voraus kann ich nicht planen.«

»Er ist ein Arschloch.«

»Er ist außerdem mein Mann.«

»Er ist ein Lügner und ein Betrüger.«

»Er lügt nur in Bezug auf die Affäre.«

»Von der du weißt. Hör auf, ihn zu verteidigen.«

»Er ist Sebastians Vater.«

»Und? Das reicht nicht.« Sal klingt gequält. »Deinen Sohn kannst du nicht mehr als Vorwand benutzen.«

»Ich liebe ihn immer noch.«

»*Na und*?«, schreit Sal, und die wenigen Gäste in der Kneipe drehen sich zu ihnen um. Die neue Kellnerin beobachtet sie vom anderen Ende des Tresens aus, misstrauisch und beunruhigt. Für sie sehen die beiden wahrscheinlich aus wie ein streitendes Liebespaar, so eng, wie sie zusammenhocken, und so emotional, wie es zugeht. »Was hat dir die Liebe denn jemals gebracht? Wenn du mich fragst, wird die Liebe total überbewertet, Mar. Scheiß auf die Liebe. Wir sollten uns mit Leuten zusammentun, die wir *mögen*. Denen wir vertrauen.«

»So wie du das machst? Indem du die neue Kellnerin vögelst?« Sie dreht sich demonstrativ zu der Frau um, dann schaut sie Sal mit hochgezogenen Brauen an. Er lehnt sich zurück, offenbar verwundert, dass sie es mitbekommen hat. Aber sie kennt schließlich ihren Sal. »Du *magst* sie, oder? Wie lange? Drei Monate? Bis sie kündigt, weil du mit der Nächsten ins Bett gehst und es komisch ist, weiter zusammenzuarbeiten? Bei deinem Frauenverschleiß landest du irgendwann noch wegen sexueller Belästigung vor Gericht, mein Lieber. Was zum Teufel weißt du über die Ehe, über Bindung, über Beziehung?«

Sal sackt auf seinem Hocker zusammen, als hätte sie ihm die Luft rausgelassen. Marin bereut ihre Worte bereits. Sie hat zu heftig gekontert, und das ist nicht in Ordnung, denn Sal wollte sie wirklich nicht verletzen. Unter der rauen Schale ist Sal ziemlich sensibel. Er hat nie geheiratet, hat nie Kinder bekommen, und das ist ein wunder Punkt, den sie nicht hätte berühren dürfen.

»Tut mir leid.« Marin nimmt seine Hand. Er lässt es zu, und nach einer Weile drückt er ihre Hand. Er ist leicht zu verletzen, aber Gott sei Dank erholt er sich genauso schnell. »Das war gemein von mir. Du bist überhaupt nicht das Problem. Du hast mir nichts gesagt, was du mir nicht schon oft genug gesagt hast.«

»Ja, und ich hoffe immer noch, dass du eines Tages auf mich hörst.« So wie er sie ansieht, hat er sie auch an dem Tag angesehen, als er sie gebeten hat, zu ihm zurückzukommen, nachdem sie ihm erklärt hatte, dass sie mit Derek zusammen war. Hundeblick. Die Mundwinkel heruntergezogen, nur damals noch nicht umrandet von grauen Bartstoppeln. »Du warst von Anfang an zu gut für ihn, und es bringt mich halb um, dass du das nicht kapierst. Er hat dir das schon mal angetan, und damals hast du keine Konsequenzen gezogen. Deswegen weiß er, dass er es wieder tun kann.«

»Na, vielen Dank auch, Sal.« Sie lässt seine Hand los. »Willst du damit sagen, ich bin selbst schuld, dass er fremdgeht?«

»Nein.« Sal schlägt mit der flachen Hand auf den Tresen. »Aber du bist selbst schuld, wenn du bei ihm bleibst. Als er das erste Mal fremdgegangen ist, warst du schwanger. Wer macht denn so was? Und trotzdem bist du geblieben. Du hast Sebastian bekommen. Und jetzt sitzt du wieder hier. Komm schon, Mar. Wer weiß, wie viele er noch hat? Von denen du nichts weißt und von denen du nie etwas erfahren wirst?«

Sals Offenheit ist wie ein Vorschlaghammer. Stumpfes Schlagtrauma aufs Herz, kein Drumherumgerede, kein Wort zu viel.

»Wir sind immer noch verheiratet«, sagt sie leise. »Ich habe ihm Treue gelobt.«

»*Er dir auch*!«, brüllt Sal. Sie erschrickt, es passiert so selten, dass er laut wird. Sie schaut in den Spiegel über dem Tresen und sieht, wie die Leute hinter ihr den Kopf heben. Die Kellnerin am anderen Ende des Tresens feuert tödliche Blicke ab. Sie kennt Marin nicht mal, aber sie hasst sie, weil sie Sal aus der Fassung bringt.

»Du musst nicht in einer zerrütteten Ehe bleiben, um Buße für Sebastians Verschwinden zu tun, Mar. Begreifst du das nicht? Weder das eine noch das andere ist deine Schuld. Havanna war auch nicht deine Schuld. Es reicht jetzt.«

Er meint nicht die kubanische Hauptstadt. Alle besten Freunde haben Kürzel für alles Mögliche, und Havanna ist eine Frau namens Carmen, eine Verkäuferin bei Nordstrom mit kubanischen Wurzeln, mit der Derek eine Affäre hatte, als Marin mit Sebastian schwanger war.

Nach vier In-vitro-Befruchtungen war es die erste Schwangerschaft, die über die zwölfte Woche hinaus hielt, und Marin war zugleich glücklich und ängstlich.

Derek schwor ihr, es sei ein einmaliger Ausrutscher gewesen. Absurderweise hat sie es ausgerechnet durch Sal erfahren. Er saß mit einer Freundin in einem Restaurant am Fenster und sah Derek mit einer Frau am Arm vorbeigehen, die nicht Marin war. Die beiden lachten. Am nächsten Morgen erzählte Sal ihr davon, aber sie war überzeugt, dass er sich irrte, dass es entweder nicht Derek gewesen war oder dass er die Situation falsch interpretiert hatte. Es kam zum Streit, Sal warf ihr vor, sie stelle sich absichtlich blind, und sie warf ihm vor, er wolle nur Ärger machen, weil er Derek nicht ausstehen konnte.

Zwei Tage später rief eine Frau von Nordstrom an, um Bescheid zu sagen, dass die Ferragamo-Schuhe gekommen waren, die Derek bestellt hatte. Offenbar war auf Dereks Kundenkonto bei Nordstrom Marins Handynummer hinterlegt, und die Frau wusste nicht, dass sie eine Nachricht auf der Mailbox seiner Frau hinterließ. Damals benutzte Marin noch die automatische Ansage: »Sie sind mit der Nummer zwei-null-sechs-neun-sieben-eins verbunden …«

Marin hat sich die Nachricht zweimal angehört, um sich zu vergewissern, dass sie alles richtig verstanden hatte.

»Hi Derek, Carmen hier. Deine Ferragamos sind da. Ich bin bis Ladenschluss hier, falls du sie heute abholen willst ... Falls ja, können wir ja noch was trinken gehen. Ich fand es neulich abends echt super mit dir. Ich, äh ... ich muss die ganze Zeit an dich denken. Hoffentlich bis später. Tschüss.«

Marin hat Derek zur Rede gestellt, als er nach Hause kam. Sie hat ihm die Nachricht laut vorgespielt, und er ist ganz blass geworden. Er hat sich entschuldigt, sie um Vergebung angefleht, ihr geschworen, dass es ein One-Night-Stand war, dass der Druck der In-vitro-Befruchtungen und der jahrelange Stress ihrer Versuche, ein Kind zu bekommen, einfach zu viel geworden waren und er die Kontrolle verloren hatte. Was hätte sie denn tun sollen? Sie erwartete ein Kind, und sie wollte unbedingt, dass alles gut würde. Sie machten eine Paartherapie, aber obwohl sie nach Sebastians Geburt wieder zusammengefunden haben, war es nie wieder wie früher. Das passiert, wenn das Vertrauen einmal gebrochen ist.

Sal rückt näher, bis ihre Gesichter nur noch wenige Zentimeter voneinander entfernt sind. Sein Atem riecht leicht nach Knoblauch, aber das macht ihr nichts aus, wahrscheinlich riecht ihrer genauso. Manchmal fragt sie sich, ob sie Sal tiefer verletzt hat, als sie glaubt. Ob das, was in ihrer Studentenzeit zwischen ihnen passiert ist, vielleicht der Grund dafür ist, dass er keine Beziehung auf die Reihe kriegt. Er hat das nie gesagt. Und sie hat ihn nie gefragt.

»Ohne ihn würde es dir viel besser gehen«, sagt er. »Du könntest noch mal von vorne anfangen. Derek ist steinreich. Du kriegst die Hälfte von allem. Das würde reichen.«

»Du meinst, wie Tia?«

Sal weiß, wen sie meint. Tia ist eine gemeinsame Freundin aus Unizeiten, die einen reichen Koch und Restaurantbesitzer geheiratet hat. Zehn Jahre lang hat sie mit ihm in einem Haus mit Blick auf den Lake Washington gewohnt. Sie brauchte nicht zu arbeiten, ist bei ihrer Tochter zu Hause geblieben, hat Tennis gespielt und Ehrenämter in Wohltätigkeitskomitees innegehabt. Dann hat Bryan eine andere Frau kennengelernt. Die Scheidung war hässlich. Bryan hatte die besseren Anwälte. Am Ende bekam sie eine Abfindung und er den Rest. Dann hat er zwei weitere Restaurants eröffnet. Tia wohnt jetzt in einem Reihenhaus und teilt sich das Sorgerecht für die Tochter mit ihrem Exmann und der Frau, derentwegen er sie hat sitzen lassen.

Marin hat Tia seit einem Jahr nicht mehr gesehen. Das letzte Mal an ihrer Haustür, als Tia, nachdem die Nachricht über Sebastians Verschwinden publik geworden war, einen Eintopf vorbeigebracht hat. Tia sagte, sie sei »glücklich in ihrem neuen Leben«, aber wie glücklich kann sie sein? Was Tia bei der Scheidung von Bryan verloren hat, kann ihr niemand ersetzen. Zeit mit ihrer Tochter. Finanzielle Sicherheit. Gesellschaftliche Stellung.

Marin will nicht in einem neuen Leben glücklich werden. Sie will in dem Leben wieder glücklich werden, das sie hat … beziehungsweise hatte.

»Du bist nicht Tia«, sagt Sal. »Du hast immer gearbeitet. Tia nicht.«

»Du weißt genau, dass ich alleine den Lebensstandard, den wir jetzt haben, nicht aufrechterhalten könnte.« Sie schämt sich dafür, dass sie das sagt, aber es stimmt. Sie verdient gut mit ihren Salons, aber es ist nur ein Bruchteil von dem, was Derek einnimmt.

»Okay, aber du hast mich«, sagt Sal. »Und du wirst immer du bleiben, egal, wie dein Konto aussieht.«

»Ich will nicht alles verlieren, was ich mir aufgebaut hab.«

»Würdest du denn alles dafür hergeben, Sebastian wiederzubekommen?«

»Jeden Penny«, antwortet sie ohne zu zögern, obwohl der Alkohol anfängt, sie zu benebeln.

»Gut, wenn das Einzige, was du brauchst, um wieder glücklich zu sein, dein Sohn ist, dann hat Derek dir nichts zu bieten. Wo ist er das ganze letzte Jahr eigentlich gewesen? Er ist nie zu Hause. Er hat dich gefühlsmäßig im Stich gelassen.«

»Derek ist ein guter Mann«, sagt Marin.

»Nein, ist er nicht. Er ist *nett*, das ist was ganz anderes. Man kann nett zu seiner Frau sein und trotzdem fremdgehen. Man kann nett sein und trotzdem schlimme Dinge tun. Man kann sogar nett sein und jemandes Leben ruinieren. Er ist nett, Mar, aber er ist nicht *anständig*. Ich hoffe, dass du den Unterschied eines Tages erkennst.«

»Sal«, ruft jemand, und sie drehen sich beide um. Die Kellnerin mit der engen Jeans steht in der Tür zur Küche. »Der Weinlieferant ist da. Er sagt, er braucht 'ne Unterschrift.«

»Dann unterschreib halt«, ruft er genervt zurück. »Das ist Ginny«, sagt er leise zu Marin. »Sie fängt an, mir auf die Nerven zu gehen. Drei Monate, hast du gesagt? Ich weiß nicht, ob ich's drei Wochen mit ihr aushalte.«

»Wie oft hast du mit ihr geschlafen?«

»Nur zweimal.« Er wirkt gekränkt. »Aber ich fürchte, jetzt kriegt sie *Gefühle*.«

»Na ja, du warst halt immer großartig im Bett.«

Sal wirft den Kopf in den Nacken und lacht. Es tut Marin gut, sein Lachen zu hören, zu wissen, dass sie immer noch jemanden so zum Lachen bringen kann.

»Sal«, ruft Ginny noch einmal. »Der *Wein*.«

Sal verschwindet in der Küche, und Marin bestellt sich ein Uber. Er kommt gerade rechtzeitig zurück, um sie aufzufangen, als sie versucht, von ihrem Barhocker zu steigen. Der Raum um sie herum dreht sich, und sie kippt um. Er hält sie fest und stellt sie auf die Füße.

»Herrgott noch mal, du bist stockbesoffen, und es ist noch nicht mal vier.«

»Mission erfüllt. Ich hab ein Uber bestellt. Ist in drei Minuten hier.«

Er nimmt ihr das Handy aus der Hand. Die Uber-App ist noch geöffnet, und er storniert ihre Bestellung. »Ich fahr dich nach Hause. Gib mir deine Schlüssel.«

Sie kramt die Schlüssel aus ihrer Tasche und gibt sie ihm. »Bist du sicher, dass du hier nicht gebraucht wirst?«, fragt sie ihn auf dem Weg zum Ausgang. Der Boden unter ihren Füßen wankt. Sie will Sal umarmen, aber sie kann ihre Bewegungen nicht koordinieren und hängt nur schlaff an seinem Hals. Als sie die mörderischen Blicke der Kellnerin bemerkt, winkt Marin ihr zu. Ginny winkt nicht zurück.

»Ginny«, ruft Sal nach hinten. »Ich mach für heute Feierabend. Wenn Tommy kommt, erinnere ihn dran, dass ich heute Abend zum Weingut rausfahre.« Tommy ist Sals Chefkoch und sein Vertreter.

»Wann bist du zurück? Wir haben …«

»Ich bin zurück, wenn ich zurück bin«, faucht er.

Ginny lässt frustriert den Kopf hängen.

»Du hast gar nichts davon gesagt, dass du nach Prosser fährst«, murmelt Marin und lehnt sich gegen ihn. Es fühlt sich an und klingt so, als hätte sie Watte im Mund.

»Spontane Entscheidung.«

»Grüß deine Mutter von mir. Sie fehlt mir.«

Sal lacht laut auf. »Ich sag's ja. Stockbesoffen.«

Er hilft ihr in den Porsche und schnallt sie an. Es dauert einen Moment, und während er sich über sie beugt, atmet sie ein. Seife und Wasser und Shampoo. Derselbe Geruch. Derselbe Sal. Sein Geruch hat etwas Tröstliches. Er hat etwas Tröstliches. Sie fühlt sich sicher und geborgen. Sie schließt die Augen.

Und schläft ein.

Kapitel 9

Als Sal sie weckt, hat sie das Gefühl, dass nur Sekunden vergangen sind. Sie muss richtig weg gewesen sein, denn als sie die Augen öffnet, stehen sie in der Einfahrt ihres Hauses, und Sal beugt sich wieder über sie, um ihren Sicherheitsgurt zu lösen.

Er hilft ihr beim Aussteigen und die Treppe zur Haustür hoch und hält sie, während sie versucht, sich an den Sicherheitscode zu erinnern. Die vordere Haustür benutzt sie fast nie. Genau wie Derek fährt sie normalerweise in die Garage und betritt das Haus durch den Windfang, der so gut wie nie abgeschlossen ist. Beim ersten Versuch – es ist ihre Kreditkarten-PIN, wie ihr zu spät einfällt – blinkt das rote Warnlämpchen. Beim zweiten Versuch – ihr Hochzeitstag – ebenfalls.

Dann fällt es ihr wieder ein. Der Türcode ist Sebastians Geburtstag. Als sie die Ziffern eingibt und das Lämpchen endlich grün aufleuchtet, wird sie von Trauer überwältigt.

»Was ist?«, fragt Sal, als er spürt, wie sie in sich zusammensackt. »Was ist los? Musst du kotzen?«

»Nein.« Sie muss nicht kotzen. Sie muss sich nie übergeben, jedenfalls nicht vom Trinken. Schon lange nicht mehr. »Kannst du mich nach oben ins Schlafzimmer bringen?«

Sal schließt die Tür hinter ihnen und verriegelt sie. Sie streift ihre Schuhe ab und lässt auch die Jacke auf den Boden fallen. Sal hilft ihr die hohe Wendeltreppe hoch und ins Schlafzimmer, wo sie sich aufs Bett fallen lässt und die Augen schließt. Das Zimmer um sie herum dreht sich, aber sie ist wieder ein bisschen klarer im Kopf, als sie es noch in der Kneipe war.

Sal setzt sich neben sie, und sie lehnt sich an ihn. Er fühlt sich angenehm an. So stabil. So *präsent.*

»Musst du gleich los?«, fragt sie, wobei sie sich sehr bewusst ist, dass sie beide auf dem Bett sitzen. Aber sie will jetzt nicht allein sein. In letzter Zeit ist sie immer allein.

»Nein«, sagt er und legt seine Wange an ihren Kopf. »Ich kann noch ein bisschen bleiben.«

Sie schmiegt sich an ihn. Am liebsten würde sie sich mit ihm hinlegen, aber das geht natürlich nicht. Was sie hier tun, ist sowieso schon hart an der Grenze.

»Ich hab doch gesagt, ich kenn da jemanden«, murmelt er, während er ihr übers Haar streichelt, das ihr strähnig ins Gesicht hängt. Vielleicht liegt es ja daran, dass sie mit ihm allein im Schlafzimmer ist, aber seine Stimme lässt sie erschaudern. Sie klingt rauchig, vertraut, so hat er zuletzt mit ihr gesprochen, als sie noch ein Paar waren. Sie spürt ein Kribbeln, aber das ist vermutlich der Alkohol. »Das war kein Scherz, Mar. Ich kenn wirklich einen. Und der kann das Problem für dich lösen.«

»Hör auf. Ich hab das nicht ernst gemeint.« Sie versucht, sich ein Stück von ihm zu lösen, um ihn ansehen zu können, aber seine Arme sind stark und muskulös, und es gelingt ihr nicht.

»Aber ich«, flüstert er in ihre Haare.

»Okay, gib mir seine Nummer.« Sie spielt mit, damit er Ruhe gibt und geht. Als Sal nicht antwortet, sagt sie: »Hat der Typ etwa keine Visitenkarte? Was macht er eigentlich genau? Ist er Anwalt?«

»Nein«, sagt Sal. »Ich hab dir doch gesagt, er löst Probleme.«

»Perfekt. Kann er jemand umbringen und es wie einen Unfall aussehen lassen?«

»Schon möglich. Auf jeden Fall kennt er Leute, die das können.«

»Hast du seine Dienste schon mal in Anspruch genommen?«

»Ein- oder zweimal.«

»Vertraust du ihm?«

»Ich vertraue keinem«, entgegnet er ohne Umschweife. »Außer dir.«

Seine Umarmung wird ein bisschen lockerer, und es gelingt ihr, sich so weit zurückzulehnen, dass sie ihm ins Gesicht sehen kann. Er weicht ihrem Blick nicht aus. Eine gefühlte Ewigkeit wartet sie auf ein Zucken in seinen Mundwinkeln, auf die Andeutung eines Lächelns, das ihr sagt, dass er scherzt. Sie wartet auf die Pointe. Denn so zwielichtig seine Freunde auch sein mögen – und so zwielichtig er selbst sein kann –, natürlich kennt er niemanden, der einen Mord in Auftrag geben kann. Das wäre absurd.

Aber die Pointe kommt nicht. Er meint es todernst.

Marin war wirklich stinkwütend, als sie zu ihm in die Kneipe gegangen ist, aber das hier geht zu weit. Witze über den Mord an einer jungen Frau sind ziemlich krass, selbst für Sal mit seinem schwarzen Humor. Sicher hat sie den ganzen Tag ziemlich finstere Gedanken gehabt, aber das ...

Dann endlich verzieht Sal den Mund zu einem dreckigen Grinsen.

»Du *Arsch*!« Sie schlägt ihm auf den Arm, und er lacht schallend. Das ist der Sal von früher. Sal, das Schandmaul, Sal, der Luftikus, Sal, der sie bedingungslos liebt.

Wenn er gelacht hat, hat sie sich ihm immer besonders nah gefühlt, und ehe sie weiß, was sie tut, küsst sie ihn.

Es ist ein nasser, betrunkener Kuss. Nach einer Sekunde löst sie sich von ihm, spürt, wie sie rot anläuft. Er sagt nichts, stößt nur einen tiefen Seufzer aus, und sie wünscht, sie könnte den Kuss wieder zurücknehmen. Der Tag war so schon beschissen genug, und jetzt hat sie alles noch schlimmer gemacht. Sie hat eine Grenze überschritten, der sie sich nicht einmal hätte nähern dürfen. Sie öffnet den Mund, um sich zu entschuldigen, doch ehe sie ein Wort sagen kann, packt Sal sie an den Schultern und drückt sie aufs Bett.

Seine Zunge ist in ihrem Mund, er liegt schwer auf ihr, und es ist wunderbar. Sie erwidert seinen Kuss voller Leidenschaft und drückt sich gegen ihn, während seine Hände über ihren ganzen Körper wandern. Es ist, als könnten sie sich gar nicht nah genug kommen. Sie spürt seine Lippen an ihrem Mund, an ihren Wangen, ihrem Hals, ihrem Schlüsselbein, an ihren Brüsten, und sie will ihn ganz und gar, will ihn auf sich, in sich, damit sie alles vergessen kann, alles, was sie fühlt, und alles, was sie weiß, und sei es nur für einen kurzen Moment.

Als hätte er ihre Gedanken gelesen, rollt er sich plötzlich von ihr herunter und setzt sich keuchend auf die Bettkante.

»Was ist los?«, fragt sie atemlos. »Warum hörst du auf?«

»Ich kann nicht«, antwortet er, ohne sie anzusehen. »Du bist betrunken, Marin. Und du bist meine beste Freundin. Das geht nicht.«

Ihr fällt auf, dass er nicht hinzufügt: *Außerdem bist du verheiratet.* Sie legt ihm eine Hand auf den Arm. »Sal, schau mich an.«

Er dreht sich zu ihr um. Er wirkt vollkommen hin- und hergerissen. In seinem Blick liegt Verlangen, aber seine Lippen sind zu einer entschlossenen Linie zusammengepresst.

»Ich bin zwar betrunken, aber ich weiß, was ich tue«, sagt sie. »Möchtest du mein Einverständnis? Das kannst du haben. Ich bin *einverstanden.* Ich möchte es. Ich will dich.« Sie beugt sich vor, drückt ihr Gesicht an seinen Arm, spürt seine Wärme durch sein Hemd. »Ich brauche dich, Sal. Geh nicht weg. Bleib bei mir. Bitte, bleib bei mir.«

Sie schaut zu ihm hoch. Seine Lippen haben sich entspannt, und er sieht sie an wie damals zu Studentenzeiten.

»Du weißt, dass ich dich liebe«, sagt sie. Tief in ihrem Inneren ist ihr klar, dass sie das nicht zu ihm sagen dürfte, denn es ist nicht fair. Es ist ein schmutziger Trick, um ihn zum Bleiben zu bewegen, um nicht allein sein zu müssen. »Vielleicht liebe ich dich nicht auf die Weise, die du verdient hättest, aber ich liebe dich, so gut ich kann. Ich habe dich immer geliebt, und ich werde dich immer lieben.«

Er schwankt. Sie sieht es ihm an. Sie legt eine Hand auf die Innenseite seines Oberschenkels, streichelt die Beule in seinem Schritt mit dem Zeigefinger.

»Aber du musst mir versprechen, dass du mich morgen nicht dafür hasst«, sagt er heiser. »Denn damit könnte ich nicht leben.«

»Ich könnte dich nie hassen, egal, was passiert«, sagt sie. »Weißt du das denn nicht? Du bist der einzige Mensch auf der Welt, dem ich noch vertraue, Sal.«

Für jeden anderen wären das nichts als Worte. Aber es sind genau die Worte, die Sal an dem Abend zu ihr gesagt hat, als sein Vater gestorben ist. Er war vollkommen aufgelöst, hat beinahe hysterisch herumgeschrien, kaum zwei zusammenhängende Sätze herausgebracht. Und er hat sehr lange gebraucht, um sich zu beruhigen. Marin hat das Reden übernommen, als die Polizei kam. Ihr hat er zu verdanken, dass er nicht verhaftet wurde. *Du bist der einzige Mensch auf der Welt, dem ich noch vertraue, Marin.*

Es ist das erste Mal, dass sie auf jenen Abend zurückkamen, und es wird vermutlich das einzige Mal bleiben. Dabei war es noch nicht einmal Absicht.

Ganz langsam fängt er an, sie auszuziehen, seine Augen laben sich an ihrem nackten Körper, den er zuletzt auf dem schmalen Bett in seiner Studentenbude gesehen hat. Dann zieht er sich aus, und der Anblick seines Körpers, fast unverändert, seit sie ihn zuletzt so gesehen hat, außer dass er vielleicht ein bisschen behaarter und deutlich muskulöser ist, hat etwas sehr Vertrautes.

Er ist kein Student mehr. Und sie keine Studentin.

Sie finden einander wieder, verheddern sich in den Laken, dann stützt er sich auf und fragt keuchend: »Hast du irgendwas da?«

Sie braucht einen Moment, bis sie versteht, was er meint. Die Frage hat ihr schon ewig keiner mehr gestellt. Sie hat sich nicht mehr um Verhütung gekümmert, seit sie und Derek angefangen haben, sich um eine Schwangerschaft zu bemühen. Da war sie Ende zwanzig.

»Nein.« Sie zieht ihn wieder an sich. »Es ist okay so.«

Sie haben hunderttausend Dollar für vier In-vitro-Befruchtungsversuche bezahlt, um Sebastian zu bekommen. Sie macht sich keine Sorgen, dass heute etwas schiefgehen könnte. Sie weiß nur, dass sie ihn jetzt braucht, mehr als sie seit langer Zeit irgendetwas oder irgendjemanden gebraucht hat.

Sal dringt langsam in sie ein und sieht ihr dabei die ganze Zeit in die Augen. Es tut so gut, sich nicht mehr leer zu fühlen. Sie verliert sich in ihm, und es ist viel besser, als sie es in Erinnerung hat. Zu Anfang zärtlich, am Ende animalisch, genau das, was sie braucht.

Während sie in dem zerwühlten Bett einschläft, zieht er sich an. Draußen wird es schon dunkel. Er beugt sich über sie und küsst sie auf den Mund, es ist ein langer, intensiver Kuss, und darin liegen so viele unausgesprochene Worte und ein Verlangen, von dem sie spürt, dass es nie nachgelassen hat, nur die ganze Zeit unterdrückt worden ist. Sie erwidert seinen Kuss, wohl wissend, dass es das letzte Mal ist, dass sie sich auf diese Weise küssen.

Als sie sich vor all den Jahren getrennt haben, wussten sie nicht, dass ihr letzter Kuss der letzte war.

Aber heute weiß Marin es. Es darf nicht noch einmal passieren.

»Ich liebe dich«, flüstert er.

Sie lächelt ihn im Halbdunkel an und streichelt sein Gesicht. »Ich liebe dich.«

Es sind genau dieselben Worte, aber sie bedeuten etwas ganz anderes.

Als das leise Pling ihres Handys sie eine Stunde später weckt, ist es dunkel im Zimmer. Es ist nicht die Shadow App. Es ist eine normale Textnachricht. Derek hat sich endlich aufgerafft, sich zu melden. Sie stützt sich auf dem Ellbogen auf, um seine Nachricht zu lesen.

Hallo. Komme leider noch nicht aus Portland weg. Abendessen mit Investoren. Wünschte, ich könnte Nein sagen. Komme morgen Abend nach Hause.

Lügen. Alles Lügen. Er ist nicht mehr in Portland. Garantiert hat er gerade in einem Hotel in Seattle eingecheckt, welches auch immer ihr »Lieblingshotel« ist.

Kein Problem, antwortet sie. *Dafür wirst du gut bezahlt.*

Bin morgen rechtzeitig zum Abendessen zu Hause, versprochen, schreibt Derek. *Reservier einen Tisch, wo du willst. Ich bringe dir eine schöne Überraschung mit.* 😊

Das Komische ist, dass er das wirklich tun wird. Das letzte Mal hat er ihr aus Portland ein Paar Overknee-Stiefel von Valentino mitgebracht. Dabei hatte sie nicht mal Geburtstag. Und es war auch nicht Weihnachten. Er hatte die Stiefel bei Nordstrom im Fenster gesehen und für sie gekauft, »einfach so.« Was wird es wohl diesmal sein? Was lässt er es sich kosten, sein schlechtes Gewissen zu beruhigen?

Falls er überhaupt ein schlechtes Gewissen hat. Er ist nicht wie Marin, die wegen allem und jedem ein schlechtes Gewissen hat, bei der alles, was sie denkt, fühlt und tut, von Schuldgefühlen überschattet ist. Sie spürt wieder die Wut in sich aufsteigen, spürt sie aus allen Poren sickern. Sie ist froh darüber. Wut ist stärker als aller Scheißdreck, alle Verwirrung. Wut schafft Klarheit.

Sie ruft Sal an. Als er sich meldet, dauert es einen Moment, bis die Bluetoothverbindung steht, woran Marin erkennt, dass er im Auto sitzt.

»Hallo«, sagt sie. »Unterwegs?«

»Ja. Was gibt's?«, antwortet er, und mit diesen paar Worten hat sich wieder alles zwischen ihnen geändert. Es ist, als wappnete er sich für einen Kommentar zu dem, was sie getan haben. Aber das muss noch warten.

»Ich will mich mit dem Typen treffen, den du kennst«, sagt sie. »Also, falls du es ernst gemeint hast.«

Seine Antwort kommt fast sofort, und sie lautet nicht *Es war ein Scherz, Mar.* Stattdessen sagt er: »Nicht nötig. Ich kann mit ihm reden.«

»Nein.« Sie geht ans Fenster und schaut nach draußen. Die Sonne ist untergegangen, die Bäume im Garten sind nur schattenhaft zu erkennen. »Ich will ihm von Angesicht zu Angesicht gegenüberstehen. Ich mache es nicht, wenn ich mich nicht persönlich mit ihm treffen kann. Das geht nicht.«

»Okay, ich kümmere mich darum«, sagt er schließlich. »Ich fahre morgen Abend so gegen sechs zurück, müsste also kurz nach neun wieder in Seattle sein. Ich sag ihm, dass wir uns mit ihm …«

»Nicht wir, *ich*. Ich muss das allein machen, Sal. Und zwar so bald wie möglich, bevor mich der Mut verlässt.«

Nachdem sie die Worte ausgesprochen hat, fragt sie sich, ob es vielleicht besser wäre, bis morgen zu warten. Vielleicht wäre es gar nicht so schlecht, wenn sie der Mut verließe, denn das, was sie sich da vornimmt, ist vollkommen verrückt.

Sekunden vergehen. Sal schweigt. Aber sie weiß, dass er noch dran ist. Sie hört das Dröhnen seines Autos, das klingt wie weißes Rauschen, und das vage Echo der Bluetoothverbindung. Sie fragt sich, ob er es schon bereut, ihr diese Tür geöffnet zu haben. Sal ist schon immer rebellisch gewesen, antiautoritär, ein bisschen wie ein Outlaw, während Marin die Korrektheit in Person ist.

»Ich melde mich«, sagt er, dann verabschieden sie sich mit knappen Worten, wobei vieles unausgesprochen bleibt, und legen auf.

Eine Stunde später kommt eine Textnachricht von Sal. *Heute um Mitternacht. Frankenstein. Nüchtern.*

Kapitel 10

McKenzie Lis Kreditkarte funktioniert nicht. Mal wieder. Peinlich berührt dreht sie sich um. Derek sitzt in einer Nische, er ist dabei, seine E-Mails auf seinem iPhone abzurufen, und merkt nicht, dass sie zu ihm hinschaut. Er merkt es nie, wenn sie seinen Blick sucht. In der Hinsicht sind sie nicht im Gleichklang.

»Versuch's noch mal«, sagt sie zu dem Jungen hinter dem Tresen, bemüht, lässig zu klingen. Es war ihre Idee, hierherzukommen, sie hat es vorgeschlagen, um Derek daran zu erinnern, dass sie kein Luxusweibchen ist. Um ihn daran zu erinnern, was ihn anfangs zu ihr hingezogen hat. Sie kann nicht ohne das Essen zurück zu ihrem Tisch. Sie kann ihm nicht sagen, dass sie kein Geld hat. Normalerweise drückt er ihr sofort ein paar Scheine in die Hand, wenn sie etwas bestellen geht. Aber heute ist er abgelenkt, und sie bringt es nicht fertig, ihn um Geld zu bitten. Er muss es ihr anbieten.

Der Junge hinterm Tresen, der höchstens fünfzehn ist, schaut sie argwöhnisch an. Er zieht ihre Kreditkarte noch mal durch, aber auch diesmal steht *Transaktion nicht möglich* auf dem Display. »Sorry, Ma'am. Geht nicht. Haben Sie noch 'ne andere Karte?«

Erstens kann er sich sein *Ma'am* in den Hintern schieben. Sie ist erst vierundzwanzig, verdammt. Zweitens hat sie nicht *noch 'ne andere Karte*. Alle ihre anderen Kreditkarten sind schon am Limit, und das ist die zweite von den beiden, von denen sie dachte, sie könnten noch funktionieren, die mit dem niedrigen Limit und dem hohen Zinssatz, die sie sich erst vor einem Monat zugelegt hat. So oft hat sie die doch noch nicht benutzt. Oder vielleicht doch. Wahrscheinlich wüsste sie, wie häufig sie die Karte benutzt hat, wenn sie sich die Mühe gemacht hätte, den Brief mit den Kontoauszügen zu öffnen, der auf der Küchenanrichte liegt – zusammen mit all den anderen Rechnungen, die sie nicht bezahlt hat.

Die Frau mit den zwei hyperaktiven Enkeln, die hinter ihr steht, seufzt ungehalten und klopft genervt mit einem Fuß auf den gefliesten Boden, während sie die Kinder ermahnt, Ruhe zu geben, *sonst bring ich euch zu eurem Vater*. Die ganze Sache wäre nicht so peinlich, wenn in diesem McDonald's mehr los wäre, wenn mehr Leute hinterm Tresen bedienen würden. Der Highschool-Bubi vor ihr, der wahrscheinlich mehr Geld in der Tasche hat als McKenzie auf ihrem Konto, ist schon total genervt.

Derek hat mal gesagt, dass eine Kindheit in Armut ihn zu dem gemacht hat, der er heute ist. Schön für ihn. Für sie ist Armsein das Allerletzte, und sie weiß, dass ein Abschluss in Kunst nichts an ihrer Situation ändern wird. Klar würde sie gern von sich behaupten, dass Geld ihr nichts bedeutet, so wie die meisten ihrer Künstlerfreunde es tun. Aber wenn man in Studienkrediten und Kreditkartenschulden ertrinkt und dazu noch eine Mutter hat, die Alzheimer im Frühstadium hat und in einem Heim lebt, das zwar nicht mal das teuerste, aber trotzdem *echt scheißteuer* ist, dann ist Geld der Unterschied zwischen McDonald's und Instant Ramen aus dem Dollar-Shop. Denn Fast Food ist noch lange nicht das unterste Niveau.

Sie öffnet ihr Portemonnaie in der Hoffnung, dass der Zwanzig-Dollar-Schein, den sie für Notfälle immer in einem Geheimfach stecken hat, noch da ist. Sie kann sich nicht erinnern, ob sie den schon ausgegeben hat oder nicht. Sie ist sich auch nicht sicher, ob die Tatsache, dass ihre Kreditkarte bei McDonald's nicht akzeptiert wird, ein echter Notfall ist, aber im Moment fühlt es sich so an. Ihre Großmutter hat ihr immer eingeschärft, stets ein bisschen Bargeld einzustecken, weil es jederzeit passieren könne, dass eine Kreditkarte nicht funktioniert oder einfach kein Geldautomat in der Nähe ist. Grand-mère hatte recht, denkt Kenzie, und plötzlich fehlt ihre Großmutter ihr so sehr, dass sie tief durchatmen muss.

Mist, Mist, Mist.

Sie findet den säuberlich gefalteten Zwanziger zwischen einer alten Kundenkarte von Sears und der von Sephora VIB, die sie beide nicht benutzt, weil Sears dichtgemacht hat und sie sich bei Sephora VIB nichts leisten kann. Die Rechnung beläuft sich auf 14,68 Dollar. McKenzie überlegt, ob sie statt ihres McChicken Classic zwei einfache Hamburger nehmen soll, aber die Frau hinter ihr seufzt schon wieder, und McKenzie muss wohl oder übel akzeptieren, dass es ihr zu peinlich ist, etwas zu sagen. Sie faltet den Zwanziger auseinander und reicht ihn dem Kassierer. Er gibt ihr einen Fünfer und ein paar Münzen zurück. Sie steckt das Wechselgeld ein und versucht, nicht daran zu denken, dass das Geld jetzt für den Rest der Woche reichen muss.

Derek blickt nicht auf, als sie mit dem Essen kommt, er ist immer noch auf sein Handy konzentriert. Er klebt an seinem Handy wegen der Arbeit – so wie sie an ihrem Handy klebt wegen allem, was nichts mit Arbeit zu tun hat –, und er mag es nicht, wenn er dabei gestört wird, deshalb sagt sie nichts. Beim Hinsetzen schielt sie auf das Display, um zu sehen, womit er beschäftigt ist, aber das spürt er natürlich und dreht das Handy weg, sodass sie nichts sehen kann.

Sie kann es nicht ausstehen, wenn er das macht. Es erinnert sie daran, dass er Geheimnisse hat. Eigentlich müsste sie es wissen. Schließlich ist sie eins davon.

Sie wickelt ihren Chickenburger aus und beißt hinein. Während er sich weiterhin so benimmt, als wäre sie nicht da, lenkt sie sich mit ihrem Instagram-Account ab. Auf der Fahrt zum Hotel hat sie ein Foto gepostet, einen Schnappschuss von ihren Füßen auf dem Armaturenbrett, den sie gerade rechtzeitig gemacht hat, bevor er ihr gesagt hat, sie solle die Füße runternehmen. Sie wusste vorher, dass es ihn stören würde, obwohl sie die Schuhe ausgezogen hatte. Sie kennt ihn besser, als er wahrhaben möchte. Wahrscheinlich würde es ihn auch ärgern, wenn er wüsste, dass er manchmal auf ihren Instagrambildern zu sehen ist, auch wenn sie nie seinen Namen nennt oder sein Gesicht zeigt oder andere Dinge, anhand derer man ihn identifizieren könnte. Andererseits, was spielt das für eine Rolle, wenn er sowieso keine sozialen Medien nutzt und ihre Posts nie sehen würde?

Geistesabwesend greift er nach einer Fritte. Er bedankt sich nicht für das Essen, und das braucht er natürlich auch nicht – schließlich bezahlt er dauernd für alles, blättert locker mal hundert Dollar für ein Abendessen hin. Aber nachdem Kenzie fast fünfzehn Piepen für das Essen bei McDonalds ausgegeben hat, ist sie total blank. Außerdem kann sie sich nicht erinnern, wann er zuletzt versucht hat, ihr gegenüber höflich zu sein. In der ersten Zeit war er die Höflichkeit in Person. Ein echter Gentleman.

Aber inzwischen ist nichts mehr davon übrig. Ein halbes Jahr Heimlichtuerei hat ihn verändert. Andererseits hat sie keinen Grund, sich darüber aufzuregen, denn es hat auch sie verändert. Früher hatte sie alles im Griff, aber jetzt hat sie das Gefühl, dass er ihr mehr und mehr entgleitet. Heute in einem Hotel zu übernachten, mag sein Vorschlag gewesen sein, aber sie ist nicht blöd. Es besteht ein großer Unterschied zwischen einem Mann, der um ihretwillen mit ihr zusammen sein will, und einem Mann, der bloß nicht nach Hause gehen will.

»Alles in Ordnung?«, fragt sie, als er sein Handy weglegt.

»Alles gut.« Aber er lächelt nicht, und Kenzie fragt sich, ob das etwas mit seinem Handy zu tun hat oder mit ihr. Sie hakt nicht nach; das tun sie nicht. Sie versuchen nicht, in den Gefühlen des anderen zu bohren. Ihre Beziehung hat keinen *Tiefgang*. Das war nie vorgesehen, obwohl sie es versucht hat. Er betrachtet das Essen auf dem Tisch und runzelt die Stirn. Dann öffnet er die Schachtel seines Burgers, und die Stirnfalten werden noch tiefer. »Ich hab gesagt, einen Quarter Pounder.«

»Du hast Big Mac gesagt.« Sie weiß, dass er Big Mac

gesagt hat. Sie weiß es genau, weil sie nämlich in dem Moment, als er es gesagt hat, dachte: *Normalerweise nimmst du immer einen Quarter Pounder*. Daran, wie er die Augen hin und her bewegt, sieht sie, dass er überlegt, ob es sein kann, dass er tatsächlich Big Mac gesagt hat. Aber Derek kann es nicht ausstehen, im Unrecht zu sein, und die Kunst, noch eins draufzusetzen, beherrscht er wie kein anderer. Also wird er leugnen, Big Mac gesagt zu haben, und ihnen damit den ganzen Abend verderben.

»Wann hab ich jemals einen Big Mac gegessen?«, fragt er, doch er klingt nicht überzeugt. Er schaut Kenzie an, als könnte sie diese Frage beantworten. Ihr ist klar, dass er nach der langen Autofahrt von Portland bis Seattle müde ist, aber immerhin hat sie ihm angeboten, bis zum Hotel zu fahren, als er sie abgeholt hat, und das hat er abgelehnt. Sie wissen beide, dass er sie seinen kostbaren Maserati nicht fahren lassen will. Wenn er schon nicht erlaubt, dass sie ihre (sauberen) bestrumpften Füße auf das Armaturenbrett legt, wird er den Teufel tun und sie ans Steuer seines unverschämt teuren Sportwagens lassen. Derek glaubt, dass der Maserati sie anmacht, und so war es anfangs tatsächlich, aber die Karre macht ihn auch zum Deppen.

Außerdem ist er nicht der Einzige, der müde ist. Sie ist seit dem frühen Morgen auf den Beinen und hat den ganzen Tag im Green Bean gekellnert, bis Marin Machado reinspaziert ist, mit einem Blick, als wollte sie Kenzie ihre perfekten Zähne in die Kehle schlagen. Dabei hat sie es trotzdem geschafft, elegant und absolut umwerfend auszusehen.

Kenzie weiß natürlich genau, wer Dereks Frau ist.

Es hat sie jede Menge Selbstbeherrschung gekostet, sich nichts anmerken zu lassen, so zu tun, als wäre die Ehefrau ihres Liebhabers eine ganz normale Kundin. Dass es ihr gelungen ist, verdankt sie der Tatsache, dass sie im Grundstudium in Idaho Schauspiel als Wahlfach belegt hat. Wenn es einen Preis für die beste Darstellung einer Café-Kellnerin gäbe, hätte Kenzie ihn heute Morgen gewonnen. Es war kaum auszuhalten, jeden Augenblick damit rechnen zu müssen, dass Marin über den Tresen langen und sie erwürgen oder vor allen Leuten lauthals beschimpfen und bedrohen würde. Kenzie ist sogar an ihren Tisch gegangen und hat ihr Kaffee angeboten, um ihr Gelegenheit zu geben, genau das zu tun – besser, es in einem Moment hinter sich zu bringen, den man selbst bestimmt –, doch Marin hat nichts gesagt. Sie ist einfach in ihrer Ecke sitzen geblieben, hat sie bei der Arbeit beobachtet und sie angesehen wie Ungeziefer, das sie am liebsten zertreten würde.

Kenzie kennt Marin von Fotos. Das ganze Internet ist voll davon – auf den Homepages von Modezeitschriften und Wohltätigkeitsveranstaltungen. Außerdem nutzt Dereks Ehefrau Facebook und Instagram sowohl für berufliche Zwecke als auch privat. Aber Marin Machado in Fleisch und Blut ist etwas ganz anderes. Erstens sieht sie aus wie Salma Hayek (deren Haar sie laut *InStyle* gestylt hat). Sie hat einen Schlafzimmerblick, Supertitten, einen Knackarsch und eine Wespentaille, und sie trägt Designerklamotten, die ihr auf den Leib geschneidert scheinen. Als Marin am Tresen vor ihr stand, kam Kenzie sich total spillerig vor, wie ein Teenager mit viel zu langen

Gliedmaßen. Am liebsten wäre sie auf die Toilette gerannt, um ihr Make-up aufzufrischen. Marin Machado hat weiche Kurven, wo Kenzie flach und kantig ist. Äußerlich könnten die beiden Frauen unterschiedlicher nicht sein.

Deswegen hat sie Derek das Nacktselfie geschickt. Sie brauchte Bestätigung.

Marin Machado ist klug. Sie ist erfolgreich. Sie hat drei Friseursalons, und sämtliche Angestellten scheinen sie zu bewundern. Sie hat sich ihr Unternehmen selbst aufgebaut, sie gibt der Gesellschaft etwas zurück, und ihre Hashtags lauten immer #girlboss und #womanowned und #empowerwomen, sie ist so ziemlich alles, was Kenzie in ihrem Leben selbst gern erreichen würde.

Kenzie hat keine Ahnung, was die Frau vorhat. Offensichtlich weiß Marin genau, wer Kenzie ist. Aber sie hat keine Konfrontation gesucht und offenbar auch Derek nichts gesagt, denn wenn sie das getan hätte, würde Kenzie jetzt nicht hier mit ihm sitzen.

Derek sagt immer noch nichts, weshalb Kenzie weiter über Marin nachdenkt, während sie ihre Fritten isst. Nachdem sie seine Frau gesehen hat, versteht sie einiges. Jeder sieht auf seinen Instagramfotos gut aus, dafür gibt es Filter und Facetune. Aber jemanden in natura zu sehen ist etwas ganz anderes. Für Derek muss Kenzie wie die reinste Schlampe aussehen, verglichen mit seiner durchgestylten Frau. Sie ist nach der Arbeit nach Hause gerast, um sich kurz zu duschen, und Derek hat bei ihrem Anblick das Gesicht verzogen.

»Ist es zu viel verlangt, dass du dir die Haare föhnst?«, hat er gefragt.

»Ich lasse sie normalerweise an der Luft trocknen.«

Daraufhin hat er hinter sich gelangt, in seiner Sporttasche gekramt, die auf dem Rücksitz stand, und ein Mikrofaserhandtuch herausgenommen. »Beug dich vor«, hat er gesagt und das Handtuch über die Rücklehne gelegt.

»Meine Haare sind sauberer als dein Handtuch«, hat sie bemerkt.

»Meine Ledersitze sind mehr wert als deine Haare.«

Darauf ist ihr keine Antwort eingefallen. Eine Frau wie Marin würde vermutlich niemals das Haus mit nassen Haaren verlassen, denkt sie, oder ohne einen halben Zentimeter Make-up im Gesicht.

Derek kommt auch nicht in ihre Wohnung hoch, wenn er sie abholt. Wenn sie nicht an der Straßenecke steht und auf ihn wartet, schickt er ihr eine Textnachricht. Er steigt nicht mal aus seinem Scheißauto, um zu klingeln. »Ich bin doch kein verdammter Uber-Fahrer«, hat er sie einmal angefaucht, was beweist, dass er sich noch nie ein Uber bestellt hat, sonst wüsste er nämlich, dass die Fahrer auch nicht aussteigen.

Dann sind sie eine halbe Stunde in dem unbequemen, schicken Auto durch die Gegend gefahren, bis Kenzie vorgeschlagen hat, bei McDonald's zu essen. Normalerweise speist Derek in Nobelrestaurants, aber er ist genau wie sie mit Fast Food aufgewachsen, und sie weiß, dass er einen industriell hergestellten Hamburger nie verschmäht. Außerdem hatte er eine Stinklaune, und sie hoffte, dass er sich beim Essen entspannen würde. Leider ist das Gegenteil der Fall, und jetzt hocken sie hier in dieser klebrigen Nische, und er meckert über den Burger, den sie ihm von ihrem Notgroschen spendiert hat.

Ihr fällt auf, dass er seinen Big Mac immer noch nicht angerührt hat. »Wenn es dir so wichtig ist, kann ich fragen, ob sie den Burger umtauschen«, sagte Kenzie. Sie legt ihren Chickenburger aufs Tablett und stößt einen übertrieben theatralischen Seufzer aus.

Ladies and Gentlemen, die Kontrahenten haben jetzt die Wer-ist-der-Stärkste?-Runde des Rededuells erreicht, in der die Punkte mental gezählt werden, bis einer gewinnt. Wer wird als Sieger aus dem Duell hervorgehen? Kenzie hofft auf den Sieg, denn sie gewinnt genauso gern wie er, aber wenn es ihr nicht gelingt, den Burger kostenlos umzutauschen, muss sie von den allerletzten fünf Dollar, die ihr geblieben sind, einen neuen kaufen. Was bedeutet, dass sie am Ende verliert.

»Geht schon in Ordnung«, sagt Derek. Je ein Punkt für beide.

Er beißt kräftig in den Burger, von dem er behauptet, dass er ihn nicht bestellt hat, was einen weiteren Punkt für ihn bedeutet, weil er etwas isst, was er eigentlich nicht essen will. Dann verzieht er das Gesicht, um zu zeigen, dass ihm der Burger nicht schmeckt, was einen Punkt für sie bedeutet, weil er behauptet hat, es ginge in Ordnung. Aber er schluckt den Bissen herunter, was, verflucht, noch einen Punkt für ihn bedeutet, weil er das Ding tatsächlich verspeist.

»Willst du meinen Chickenburger? Ich kann den Big Mac essen, es macht mir überhaupt nichts aus.« *Ding ding ding*. Sie hört das Klingeln, als ihr Punktestand nach oben schnellt. Das Angebot, die Burger zu tauschen, ist sicher drei Punkte wert und bringt Kenzie einen satten Vorsprung ein. Na also, auch sie beherrscht das Spiel.

»Ich hab gesagt, es geht in Ordnung.«

Entweder verliert sie einen Punkt, oder er gewinnt einen, sie ist sich nicht sicher. Sie essen in mürrischem Schweigen, und am Ende gewinnt keiner. Bei diesem Spiel gewinnt nie einer. Sie fragt sich, warum sie es überhaupt spielen. Sie weiß nicht mal, warum er sich heute Abend überhaupt mit ihr treffen wollte. Wenn er einfach keine Lust gehabt hat, nach Hause zu fahren, hätte er genauso gut in Portland bleiben können.

Zehn Minuten später sitzen sie wieder im Auto. Er dreht die Musik laut, was er immer macht, wenn er nicht in der Stimmung zum Reden ist, was in letzter Zeit immer häufiger vorkommt. Früher hat er an einem Streifen geredet. So sind sie überhaupt zusammengekommen. In den ersten Monaten haben sie fast die ganze Zeit geredet, bis sie schließlich im Bett gelandet sind und festgestellt haben, dass Sex ihnen noch mehr Spaß machte.

Seine Playlist hat sich in dem halben Jahr, seit sie ihn kennt, nicht geändert, und seine Lieblingsbands sind Soundgarden, Pearl Jam, Alice in Chains und Nirvana. Alles tolle Bands aus Seattle, klar, aber es ist Musik aus einer anderen Zeit, sie erinnert Kenzie an ihren Vater, der diese Stücke immer laut gehört hat, bis zu dem Sommer, als er ausgezogen ist. Außerdem erinnern sie Kenzie daran, dass Derek viel älter ist als sie, was anfangs den besonderen Reiz ausgemacht hat, aber inzwischen für beide so sehr zum Problem wird, dass die Beziehung anfängt, sich aufzulösen.

Aber sie darf sich nicht auflösen. Dafür hat Kenzie viel zu viel in diese Sache investiert.

Die Cedarbrook Lodge liegt eine halbe Stunde außerhalb von Seattle, gleich neben dem Flughafen. Als Derek ihr zum ersten Mal davon erzählt hat, dachte sie, es wäre ein typisches Flughafenhotel. Aber überraschenderweise ist sie richtig nett. Sie hat ein ziemlich gutes Restaurant und ein Luxus Spa, und die Suite, die Derek immer bucht, ist fast so groß wie die Wohnung, die Kenzie sich mit Tyler teilt, dazu hat sie einen offenen Kamin. Die Gartenanlage um das Gebäude herum ist gut gepflegt und fast ein bisschen romantisch. Aber das sind nicht die Gründe, warum Derek das Hotel mag. Sie steigen hier ab, weil es unwahrscheinlich ist, dass er jemandem über den Weg läuft, der ihn kennt, und falls es doch mal passieren sollte, kann er immer behaupten, er hätte am nächsten Morgen einen extrem frühen Flug.

Egal, was sie machen, nichts hat je irgendwas mit Romantik zu tun.

Derek fährt auf den Parkplatz und sagt Kenzie, sie solle im Auto warten, bis er eingecheckt hat. Wenige Minuten später kommt er mit den Schlüsselkarten zurück.

»Wir nehmen den Seiteneingang«, sagt er lächelnd und auf einmal richtig gut gelaunt, um sie davon abzulenken, dass er nicht mit ihr an der Rezeption gesehen werden will. Sie nehmen jedes Mal den Seiteneingang, und sie findet es kränkend, dass er meint, sie immer noch darauf hinweisen zu müssen, als wäre sie ein Kind, dem man alles hundertmal sagen muss.

Sie gehen ins Hotel, Derek trägt seine Reisetasche, sie ihre. Anfangs hat er immer beide Taschen getragen, und Kenzie fand das so galant. Irgendwann hat er damit aufgehört. Als sie einmal eine Bemerkung dazu gemacht hat, hat er sie ausgelacht.

»Echt jetzt, Kenz. Du bist ein Millennial und bezeichnest dich selbst als Feministin. Da erwartest du doch wohl nicht, dass ein Mann dir die Tasche trägt.«

Vielleicht hat er ja recht, aber mit Erwartungen hat das nichts zu tun. Leider weiß sie nicht, wie sie ihm das erklären soll, ohne die Sache unnötig aufzublasen. Sie wünscht sich, dass Derek der Mann sein *möchte*, der ihr die Tasche trägt, wenn sie ein Hotel betreten. Sie wünscht sich, dass er mit ihr Hand in Hand durch die Stadt schlendert, dass er zu ihr in die Wohnung hochkommt, wenn er sie abholt, mit ihr in Restaurants essen geht, wo seine Freunde verkehren, dass er Selfies von ihnen beiden macht, die sie auf Instagram posten kann.

Kenzie wünscht sich eigentlich so vieles, das sie nicht von ihm bekommt, aber sie weiß nicht, wie sie ihn darum bitten soll, weil sie es sich bis jetzt nie gewünscht hat.

Sie wusste von Anfang an, dass er reich ist. Und dass er verheiratet ist. Sie wusste, dass sein kleiner Sohn vermisst wird. Sie wusste, dass er anfällig für eine Affäre war, offen für alles, was den Schmerz betäubt. Und sie wusste, dass ihm das Geld locker sitzt.

Kurz gesagt: Er war die perfekte Beute.

Als sie ihm den Flur hinunter folgt, fragt sie sich zum hundertsten Mal, wie alles dermaßen schieflaufen konnte. Sie hätte sich nie in ihn verlieben dürfen, das war nicht vorgesehen. Und wenn sie sich nicht sehr bald überlegt, wie ihr nächster Schritt aussehen soll, wird sie den ganzen verdammten Plan vermasseln.

Kapitel 11

Kenzies Nacktselfie ist Marins Display-Hintergrund.

Jedes Mal, wenn sie jetzt ihr Handy nimmt, sieht sie Kenzie Lis Titten. Jedes Mal, wenn sie nach der Uhrzeit schaut, sieht sie McKenzie Lis Schritt. Sie betrachtet das Kirschblütentattoo, das sich von der Hüfte bis zur Brust am gertenschlanken Oberkörper der jungen Frau hochwindet. Selbst Marin, die so gut wie nichts über Tattoos weiß, muss anerkennen, mit welcher Kunstfertigkeit die leuchtend roten und pinkfarbenen Blüten aufgebracht wurden, fast wie mit Wasserfarben gemalt. Nur einer Vierundzwanzigjährigen mit einem solchen Körper macht es nichts aus, all die Stunden halb nackt auf einem Klapptisch zu liegen und sich von irgendeinem Fremden mit Nadel und Tinte ein solches Kunstwerk in die Haut ritzen zu lassen.

Das Foto macht Marin wütend, und sie schaut es sich immer wieder an. Wut ist besser als Traurigkeit. Wut ist besser als Taubheit. Diese Frau ist alles, was Marin nicht ist, und sie kann nur annehmen, dass es genau das ist, was Derek an ihr gefällt.

Es ist fast Mitternacht, Marin sitzt in einer Mittelnische im Frankenstein und wartet auf einen Mann, dessen Gesicht sie nie gesehen und dessen Stimme sie nie gehört hat. Sie weiß nur, dass er Julian heißt, und dass es anscheinend nichts Besonderes für ihn ist, sich um Mitternacht mit unbekannten Frauen in Restaurants zu treffen.

Das Frankenstein ist ein altmodischer Diner mitten im University District. Als Studenten waren Sal und sie dauernd in dem Laden – hier haben sie sich sogar getrennt. Nischen mit zerkratzten Holztischen und abgenutzten Kunstlederbänken sind an den Wänden entlang und als Mittelreihe angeordnet, und über jeder hängt sehr niedrig eine Lampe, die schwaches Licht verbreitet. Der Linoleumboden ist klebrig von verschüttetem Kaffee und Ahornsirup. Die Toiletten wurden irgendwann renoviert, sind aber immer noch ekelhaft, und aus Angst, sich irgendetwas einzufangen, hat sie sich nicht getraut, sich auf die Klobrille zu setzen.

Das Essen im Frankenstein ist fettig, die Portionen sind groß, und alles ist billig. Der Diner zieht Obdachlose an, hauptsächlich Männer, die in Gruppen still um einen Ecktisch hocken und sich eine große Portion von irgendetwas teilen, das sie zum Sonderpreis bekommen. Der Besitzer des Frank war früher selbst obdachlos, bis er sein Leben auf die Reihe bekam und einen Job fand. Eine klassische Seattle-Geschichte, die es sogar in die Fernsehnachrichten geschafft hat; ein Standbild aus dem Bericht hängt in einem Bilderrahmen neben dem Eingang. Das Frankenstein ist auch beliebt bei den Angestellten der nahe gelegenen Universitätsklinik und bei den Studenten der drei örtlichen Colleges, wozu auch das College gehört, an dem McKenzie Li Kunst studiert.

Frauen wie Marin gehen nicht in solche Läden. Jedenfalls jetzt nicht mehr. Ein Mann mit fauligen Zähnen grinst sie auf dem Weg zur Toilette an, und einen Moment lang wird sie von seiner Duftwolke eingehüllt, einer Mischung aus Urin und Schweiß und dem Dreck des Lebens auf der Straße. Instinktiv zieht sie die Handtasche, die neben ihr auf der Bank steht, näher an sich heran. Hat Sal diesen Ort gewählt, oder war es Julian?

An Sal zu denken, tut weh, dabei hat sie noch nicht einmal angefangen zu verarbeiten, was heute zwischen ihnen passiert ist. Sie ist seit fast zwanzig Jahren mit Derek verheiratet und hat ihren Mann noch nie betrogen, ist nicht einmal in Versuchung gekommen. Sie holt tief Luft, um die Erinnerung an den Nachmittag aus dem Kopf zu bekommen. Diese Tür hätte sie nie öffnen dürfen, und die Vorstellung, wie es jetzt zwischen ihr und Sal weitergeht, macht ihr Angst. Sie will ihn nicht verlieren. Sie weiß nicht, wie sie einen weiteren Verlust überstehen sollte.

Je länger sie dort sitzt, desto verrückter kommt ihr das alles vor. Vielleicht ist sie ja dabei, den Verstand zu verlieren.

Aber jedes Mal, wenn sie ihre Entscheidung, hierherzukommen, infrage stellt, leuchtet ihr Handy auf, weil irgendeine Nachricht eingeht. Und jedes Mal, wenn das passiert, sieht sie McKenzie Li wieder vor sich, jung und frisch und hemmungslos, straff, wo Marin schlaff ist, spitzbrüstig, wo Marin … es nicht ist. Wahrscheinlich ist sie auch fruchtbar, mit voll funktionsfähigen Eierstöcken, bereit, ein oder zwei Kinder zu produzieren, falls es das ist, was Derek möchte.

Aber kann das sein? Dass Derek sich noch ein Kind wünscht? Denn das ist das Einzige, von dem Marin ganz sicher weiß, dass sie es ihm nicht geben kann. Bei ihrem letzten Versuch einer In-vitro-Befruchtung wurde ihr letzter lebensfähiger Embryo eingesetzt, und daraus ist Sebastian entstanden.

Dass Frauen miteinander konkurrieren, ist das älteste Klischee der Welt, Marin hingegen ist eigentlich stolz auf ihre Fähigkeit, andere Frauen aufzurichten. Was auch immer McKenzie tut, es ist Derek, der Marin betrügt. Aber Marin hat ihren Mann auch verletzt. Wenn Derek ihr wegen Sebastian verzeihen kann – und das hat er hundertmal betont –, dann wird sie ihm wohl auch seinen Fehltritt verzeihen können.

Und damit bleibt für die Rolle der Bösen in dieser Geschichte nur McKenzie. Sie hat nichts investiert, und doch versucht sie, alles an sich zu reißen. Und das kann Marin nicht zulassen.

»Möchten Sie noch Kaffee?«

Die raue Stimme der Kellnerin reißt Marin aus ihren Gedanken, und sie zuckt leicht zusammen. Die Frau hält eine Kaffeekanne in der einen, einen Krug mit Wasser in der anderen Hand und lächelt Marin freundlich an. Ein winziges Stückchen korallenroter Lippenstift klebt an einem ihrer Schneidezähne, was Marin an die Kellnerin in dem Familienrestaurant erinnert, in das ihre Eltern jeden Sonntag nach dem Gottesdienst mit ihr gegangen sind. Die Kellnerin hieß Mo, eine Abkürzung von Maureen. Als sie als Studentin einmal zu Thanksgiving auf Besuch zu Hause war, ist sie mit ihren Eltern ins Golden Basket gegangen und hat um einen Tisch gebeten, an dem Mo bediente, nur um zu erleben, wie die Empfangsdame plötzlich ernst wurde und ihnen mitteilte, dass Marins Lieblingskellnerin einen Monat zuvor verstorben war.

»Ich hatte mir vorgenommen, es dir zu erzählen«, flüsterte ihre Mutter, als sie zum ersten Mal nach mindestens zehn Jahren an einem anderen Tisch Platz nahmen.

»Hast du aber nicht«, sagte Marin. »Und jetzt hab ich ein Scheißgefühl. Und die Kellnerin auch.«

Woraufhin ihre Mutter die Lippen schürzte und sagte: »Wie *redest* du denn!«

Die verwaschene grüne Uniform hängt der Kellnerin an ihrem knochigen Körper, und auf ihrem Namensschildchen steht *BETS* in Schrägschrift. Marin fragt sich, ob da ursprünglich mal BETSY stand und das Y mit der Zeit verschwunden ist. Sie blinzelt, als ihr bewusst wird, dass die Frau immer noch auf eine Antwort von ihr wartet.

»Von beidem noch einen Schluck, bitte.«

Bets/Betsy füllt Tasse und Glas auf, ohne einen Tropfen zu verschütten. Ihre Fingerknöchel sehen aus wie Ingwerwurzeln.

»Möchten Sie was essen?«, fragt die Kellnerin. »Oder warten Sie noch auf jemand?«

Die Eingangstür geht auf, und ein Pulk lärmiger Studenten schiebt sich herein, gefolgt von einem kalten Windstoß. Es gibt keine freien Plätze mehr. Marin hat keinen Appetit, aber sie hat ein unangenehmes Gefühl dabei, eine ganze Nische zu besetzen und nur Kaffee zu trinken.

Sie schaut über Bets'/Betsys Kopf hinweg auf die Tafel

über der Durchreiche zur Küche, auf der mit Kreide das Tagesmenü steht. »Einmal das Monster-Special, bitte. Aber mit Rührei ohne Eigelb und ohne Pancakes, Toastbrot oder Hash Browns. Haben Sie Putenspeck?«

Bets/Betsy hebt eine nachgezogene Braue. »Das hat nicht mehr viel mit dem Monster-Special zu tun. Das Rührei ohne Eigelb kostet extra, und Sie bezahlen für Zeug, das Sie gar nicht essen. Außerdem haben wir keinen Putenspeck.« Bei dem Wort Putenspeck runzelt sie die Stirn, als wäre allein die Vorstellung schon eine Blasphemie. Was es vermutlich tatsächlich ist, denn nur ein Volltrottel geht in einen rund um die Uhr geöffneten Diner, der dafür bekannt ist, dass man dort jederzeit frühstücken kann, und verlangt gesundes Essen.

Marin lächelt die Kellnerin an. »Wissen Sie, was, dann nehme ich einfach zwei beidseitig gebratene Spiegeleier. Dazu Sauerteigtoast und den ganz normalen Frühstücksspeck, der bei Ihnen köstlich ist, wenn ich mich recht erinnere.«

Die Kellnerin erwidert das Lächeln. »Wollen Sie für einen Dollar extra einen Pancake dazu?«

Sie wird höchstens die Hälfte von all dem essen, aber das ist jetzt auch egal. »Klar, warum nicht?«

Bets/Betsy macht sich keine Notizen. Marin fragt sich, was dazu geführt hat, dass eine Frau in ihrem Alter in einem schmuddeligen Laden wie diesem die Nachtschicht schiebt. Mo hat immer gesagt, sie würde es genießen, dass die Kunden im Golden Basket wie Freunde und die Kollegen wie eine Familie seien, aber die Nachtschicht hier im Frankenstein ist etwas ganz anderes.

Es ist jetzt Punkt Mitternacht, und Sals »Kontakt«

ist immer noch nicht da. Marin hat keine Möglichkeit, Julian anzurufen oder ihm eine Textnachricht zu schicken, um ihn zu fragen, ob er vorhat zu kommen. Sal hat ihr versichert, dass sie sich gut mit dem Mann verstehen würde. Mehr weiß sie eigentlich nicht. Aber was, wenn Julian nicht auftaucht?

Ihr Handy gibt ein Pling von sich. Es ist eine Textnachricht von Sal. *Lebst du noch?*

Er ist noch nicht da, schreibt sie mit zitternden Fingern. *Meine Nerven liegen blank. Ich weiß nicht, ob ich das durchziehen kann.*

Sals Antwort kommt sofort. *Ganz ruhig. Bleib, wo du bist. Du brauchst nur mit ihm zu reden.*

Um sich die Zeit zu vertreiben, öffnet sie ihre Instagram App. Sie beschäftigt sich kaum mit den sozialen Medien; Sadie und die Geschäftsführerinnen der Salons pflegen ihre Instagram- und Facebook-Seite. Aber heute kann Marin gar nicht aufhören, sich die neuesten Posts anzusehen, denn zu ihrem Erstaunen haben die jungen Leute heutzutage offenbar keine Hemmungen, ihr komplettes Leben im Internet auszubreiten. Und wenn man genau hinsieht, kann man über jeden fast alles in Erfahrung bringen.

Dereks Mätresse stellt jeden Tag etwas bei Instagram ein. Jeden. Gottverdammten. Tag.

Jetzt ist schon wieder ein neues Foto da, und darauf zu sehen sind … Füße? Lange Füße mit schmalen Fesseln, bekleidet mit pinkfarbenen Socken mit weißen Pünktchen, lässig übereinandergelegt auf einem Armaturenbrett. Das Foto ist geschickt in einem Winkel aufgenommen, der das Lenkrad mit der Krone erkennen lässt, dem unverwechselbaren Maserati-Logo. Eine eindeutig männliche Hand liegt auf dem Lenkrad, und die Bildunterschrift lautet: *Geile Karre, geiler Typ*, gefolgt von einem Emoji mit Sonnenbrille.

Es gibt über hundert Kommentare zu dem Foto, aber McKenzie hat nur auf den ersten reagiert.

sugarbaby1789: bitch, wer ist das???
kenzieliart: mein habibi, süssmo! 😗

Wieder muss Marin im Internet nachsehen. *Habibi* heißt so etwas wie Schatz, und Süßmo ist ein Kosewort für jemanden, den man mag.

Totale Erniedrigung.

Ein Mann setzt sich auf die abgewetzte Bank ihr gegenüber. Vor Schreck lässt Marin beinahe ihr Handy fallen. Sie war mal wieder so in ihre Gedanken vertieft, dass sie sein Kommen gar nicht bemerkt hat. Sie hat nicht gesehen, wie er zu ihrem Tisch gekommen ist, und hat auch den kalten Luftzug nicht gespürt, als er den Diner betreten hat. Die lärmenden Studenten stehen immer noch an der Tür herum.

Anscheinend ist der Mann durch einen anderen Eingang gekommen, vielleicht durch die Hintertür oder durch die Küche.

Ihr Herz pocht, und ihre Hände sind feucht. Reflexhaft streckt sie ihm eine Hand hin, doch er macht keine Anstalten, sie zu schütteln. Stattdessen gibt er der Kellnerin ein Zeichen, die sofort mit einer sauberen Henkeltasse und der Kaffeekanne erscheint.

»Das Übliche, Bets«, sagt er, und sie nickt.

Sie heißt also tatsächlich Bets, und offensichtlich kennen sich die beiden. Wenn er die Hintertür benutzt, kommt er vermutlich häufig hierher. Marin legt die Hände in den Schoß, damit er nicht sieht, wie sie zittern.

Kann es wirklich sein, dass sie das hier macht?

Es fällt ihr schwer, seinem Blick standzuhalten, er dagegen wirkt total entspannt. Er holt eine Packung feuchte Tücher aus seiner Jackentasche, öffnet die Lasche und zieht ein Tuch heraus. Sie sieht ihm dabei zu, wie er sich die Hände gründlich abwischt, jeden Finger einzeln. Als er fertig ist, zerknüllt er das Tuch und wickelt es in eine Papierserviette, die er auf der Ecke des Tischs ablegt.

Dann mustert er sie in aller Ruhe. Sein Blick wandert über ihr Gesicht, ihr Haar, ihre Halskette, ihre Bluse, die Ringe an ihrer linken Hand, den Armreif an ihrem rechten Handgelenk. Er lächelt nicht, aber sein Gesichtsausdruck ist freundlich. Was hat Sal ihm erzählt? Marin fragt sich, ob sie so aussieht, wie er es erwartet hat.

Sie fragt sich, wie oft er das schon gemacht hat.

Endlich spricht er. »Ich bin Julian. Kein Grund, nervös zu sein, Marin. Wir reden nur.«

Erst als sie ausatmet, merkt sie, dass sie die ganze Zeit die Luft angehalten hat.

»Hallo«, sagt sie. »Danke, dass Sie gekommen sind.«

Julian – falls er denn tatsächlich so heißt – ist etwa in ihrem Alter, vielleicht ein paar Jahre älter. Dunkle Augen, dichte Brauen, große Nase, rasierter Schädel. Abgenutzte schwarze Motorradjacke über einem schwarzen T-Shirt mit V-Ausschnitt. Extrem muskulös, soweit sie es sehen kann. Kräftige Hände, keine Armbanduhr und kein Ehering, wobei es eher merkwürdig wäre, wenn er in einer solchen Situation einen Ehering trüge. Er sieht nicht aus wie einer, der einen Schreibtischjob hat, aber auch nicht wie ein – wie hat Sal sich auch noch ausgedrückt? – ein *Problemlöser*.

Nicht dass sie auch nur die leiseste Ahnung hat, wie ein professioneller Problemlöser aussieht. Sie hat keine einzige Folge von *Ray Donovan* gesehen.

Er beobachtet sie dabei, wie sie ihn mustert. Nach einer Weile sagt er: »Sie waren es also, die Sal das Herz gebrochen hat?«

Sie blinzelt. Mit so einer Frage hat sie nicht gerechnet.

»Na ja … irgendwie schon.« Da sie nicht wissen kann, was genau Sal ihm erzählt hat, ist sie unsicher, wie sie es ihm erklären, wie sehr sie ins Detail gehen soll. »Wir waren als Studenten zusammen. Das ist lange her.«

»Und Sie haben ihn wegen dem Mann, den Sie geheiratet haben, sitzen lassen?«, fragt Julian, aber es klingt eher wie eine Feststellung.

Herrgott noch mal, Sal, was hast du diesem Typen erzählt? »Nicht … direkt.«

»Sal ist ein anständiger Kerl«, sagt Julian. »Haben Sie es jemals bereut? Dass Sie Ihrem Mann den Vorzug gegeben haben?«

»Ich …« *Wow*. Was soll sie darauf antworten? Auf solche Fragen ist sie nicht vorbereitet, erst recht nicht, dass er dermaßen mit der Tür ins Haus fällt, aber Small Talk scheint ihm nicht zu liegen. Nicht mal zu einem *Hallo* hat er sich hinreißen lassen. »Äh, natürlich nicht. Das weiß Sal. Wir sind Freunde.«

»Ich möchte nur wissen, wie gut Sie einander kennen.« Um Julians Augen herum bilden sich kleine Fältchen, und sie merkt, dass er lächelt. Oder es versucht. »Ob Ihre Geschichte mit Sals übereinstimmt. Schließlich sind wir beide uns noch nie begegnet, und ich muss mich vergewissern, dass Sie die Person sind, zu der er mich geschickt hat.«

»Sal ist mein bester Freund.« Es ist die einfachste Erklärung, und die treffendste. »Wir kennen uns seit Ewigkeiten. Ich kann Ihnen meinen Ausweis zeigen, wenn Sie wollen.«

Mist. Das war dumm. Sie will ihm ihren Ausweis nicht zeigen, denn dann würde er alles über sie erfahren, sogar ihre Adresse, und das kommt ihr irgendwie ... gefährlich vor.

Er schüttelt den Kopf. »Nee, nicht nötig. Alles gut.«

»Und woher kennen *Sie* Sal?«, fragt sie.

Er hebt grinsend eine Braue. »Was hat er Ihnen denn erzählt?«

»Er hat gesagt, Sie hätten schon mal für ihn gearbeitet. Ein- oder zweimal.«

»Stimmt.« Etwas funkelt in seinen dunklen Augen. »Aber so haben wir uns nicht kennengelernt. Wir haben mal zur selben Zeit im MCC gewohnt.«

Marin schaut ihn erwartungsvoll an, doch er verzichtet auf weitere Erläuterungen. Dann fällt der Groschen. MCC steht für Monroe Correctional Complex. Das ist ein Gefängnis. *Großer Gott.* Im Alter von neunzehn Jahren ist Sal mal verhaftet worden, weil er mit Marihuana gedealt hat. Es war eher ein Bagatelldelikt, aber schon das zweite Mal, dass man ihn erwischt hatte, und sein Vater war so sauer, dass er sich weigerte, die Kaution für ihn zu zahlen. Also musste Sal für dreißig Tage in Untersuchungshaft, bis seine Verhandlung stattfand. Dem Richter reichte die abgesessene Zeit als Strafe, und er ließ Sal laufen. Das alles war in der Zeit, bevor sie sich kennengelernt haben, und Sal redet nie darüber, deswegen hatte sie völlig vergessen, dass er mal im Gefängnis gesessen hat.

»Wir sind immer in Kontakt geblieben. Als er mit Ihnen zusammen war, hat er viel von Ihnen erzählt. Tut er immer noch«, sagt Julian. »Er bezeichnet Sie als diejenige, die davongekommen ist.«

»Das ist ja interessant, denn von Ihnen hat er mir noch nie erzählt«, platzt es aus ihr heraus, dann spürt sie, wie sie rot anläuft. Ihre Worte waren ziemlich plump.

Aber das scheint Julian nicht zu stören. Er zuckt die Achseln. »Ich bin kein Typ, von dem man seinen Freunden erzählt.«

»Normalerweise erzählt er mir alles«, sagt sie.

»Wirklich?«, fragt Julian mit einem angedeuteten Lächeln, und ehe sie ihn fragen kann, wie er das meint, fügt er hinzu: »Wir sehen uns nicht oft. Wenn er mich braucht, ruft er mich an. Ich bin auf Probleme spezialisiert, die eine ganz bestimmte Behandlung erfordern.«

»Was für Probleme?« Mit angehaltenem Atem wartet sie auf seine Antwort.

»Was auch immer Ihr Problem ist, Marin.«

Mehr sagt er nicht dazu, und eine Weile schweigen sie ein bisschen verlegen, bis Marins Handy aufleuchtet. Es ist eine Textnachricht von Sal, der wissen will, wie es ihr geht. Marin würde am liebsten im Erdboden versinken, als Julians Blick auf das Display und McKenzies nackten Körper fällt. Hastig nimmt sie das Handy vom Tisch. Außer ihr soll niemand dieses Hintergrundbild sehen.

»Eine Nachricht von Sal.« Sie spürt, wie die Hitze sich von ihren Wangen bis zum Hals ausbreitet. »Er will wissen, ob alles glattläuft.«

Julian trinkt einen Schluck Kaffee und lehnt sich zurück. »Kein Problem. Antworten Sie ihm ruhig.«

Sie tippt schnell eine Nachricht, dann steckt sie das Gerät in ihre Handtasche.

»Tut mir leid, Marin«, sagt Julian, »aber das muss auf dem Tisch liegen bleiben.«

»Wirklich?«

»Entsperren Sie es bitte für mich.« Sein Ton ist freundlich, aber es besteht kein Zweifel daran, dass das keine Bitte, sondern ein Befehl ist.

Sie drückt mit dem Daumen den Home-Knopf, und der Startbildschirm öffnet sich.

Er nimmt das Handy und schließt nacheinander alle Apps, die aktiv waren. Dann legt er das Handy wieder auf den Tisch, und McKenzie lächelt in all ihrer nackten Pracht, bis das Display sich ausschaltet.

»Ich wollte mich nur vergewissern, dass Sie nichts von unserem Gespräch aufnehmen«, sagt Julian.

»Das würde ich nie tun.«

Sie hätte weiß Gott keinen Grund, irgendetwas aufzunehmen. Egal, was hier heute Abend passiert, sie möchte nicht, dass irgendjemand außer Sal davon erfährt oder davon, dass sie überhaupt über diese Sache nachgedacht, sie ernsthaft in Erwägung gezogen und sich auf ein Gespräch mit jemandem eingelassen hat, der sich um die Sache kümmern könnte.

»Da kommt das Essen«, sagt Julian.

Bets, die Kellnerin, stellt zwei riesige Teller mit bergeweise fettigem Essen auf den Tisch. Marin fällt auf, dass Julian fast genau das Gleiche bestellt hat wie sie, bis hin zu dem zusätzlichen Pancake, nur mit Weizentoast anstelle von Sauerteigtoast.

»Wollen wir zuerst essen und dann reden? Was halten Sie davon?« Er nimmt seine Gabel und sticht in das Eigelb, sodass es sich über die Hash Browns ergießt. »Gespräche über Mord lassen sich leichter mit vollem Bauch führen, meinen Sie nicht auch?«

Kapitel 12

Eine Zeit lang kann Marin sich beinahe vorstellen, sie wären zwei Leute, die sich zu einem Blind Date getroffen haben, was in gewisser Weise sogar zutrifft. Schließlich wurden sie von einem gemeinsamen Freund verkuppelt.

Außer dass alles an dieser Sache illegal ist.

»Das ist sie also?« Julian legt seine Gabel ab. »Auf Ihrem Display? Ist das die Frau, mit der Ihr Mann Sie betrügt?«

Er hat seinen Teller zu zwei Dritteln leer gegessen und sie ihren zur Hälfte, und anscheinend sind sie beide satt. Bets sieht, dass sie fertig sind, kommt aber nicht an den Tisch. Es ist, als wüsste sie, dass sie erst kommen darf, wenn Julian ihr ein Zeichen gibt, und der schaut im Moment nicht in ihre Richtung. Er schaut Marin in die Augen, und es fühlt sich an, als würden seine dunklen Augen tief in ihr Inneres sehen. Diesen Mann könnte sie nicht anlügen, selbst wenn sie es wollte.

Als sie zu sprechen beginnt, sprudelt alles nur so aus ihr heraus. Es ist beinahe, als fühle sie sich endlich frei, all die schrecklichen Dinge auszusprechen, die ihr seit Langem durch den Kopf gehen, die sie niemals vor Leuten sagen, höchstens ihrem Therapeuten anvertrauen würde. Julian ist ein Fremder, und vielleicht ist genau das der Grund. Weil sie weiß, dass er sie nicht beurteilen wird.

»Die Affäre geht schon seit einer Weile. Jetzt gerade sind sie in einem Hotel irgendwo in der Stadt.« Die Scham treibt ihr wieder die Röte ins Gesicht.

»Zeigen Sie mir das Foto.«

Als sie ihm das Handy gibt, schlägt die Scham in Wut um. Er betrachtet das Foto lange, bis das Display sich ausschaltet, ein vages Lächeln umspielt seine Lippen. Was ist das mit Männern und nackten Frauen? Sal hat genauso auf das Foto reagiert. Amüsiert und zugleich ein bisschen ... lüstern.

»Haben Sie Kinder?«

»Das spielt keine Rolle.«

Ihre Reaktion überrascht ihn. Fragend hebt er die Brauen, doch sie geht nicht weiter auf das Thema ein. Mit diesem Mann wird sie niemals über ihren Sohn sprechen, und sie ist heilfroh, dass Sal es auch nicht getan hat. Sebastian ist tabu.

»Erzählen Sie mir alles, was Sie über diese Frau wissen«, sagt Julian.

Das ist einfach. Im Gegensatz zu Derek regt sich bei ihr nur ein einziges Gefühl bei dem Gedanken an die andere Frau. Es fängt mit *H* an und hört mit *ass* auf.

Julian hört ihr zu, ohne sie zu unterbrechen. Zum Schluss hat sie einen trockenen Hals. Als sie nach ihrem Wasserglas greift, stößt sie aus Versehen ihre Kaffeetasse um. Die ist zum Glück fast leer, und nur ein paar Tropfen ergießen sich auf den Tisch. In Nullkommanichts ist Bets mit einem Lappen da. Sie räumt ihre Teller ab und fragt, ob sie die Reste mitnehmen wollen. Beide verneinen.

»Tut mir leid.« Marin wischt ein bisschen Kaffee auf, das die Kellnerin übersehen hat. »Normalerweise bin ich nicht so nervös.«

»Sie sind eben normal«, sagt Julian. »Und dieses Gespräch ist alles andere als normal. Entspannen Sie sich. Ich bin hier, um Ihnen zu helfen, nicht, um Ihnen das Leben noch schwerer zu machen.«

Das sind unerwartet freundliche Worte, und Marin ruft sich in Erinnerung, dass das hier nur ein Treffen ist. Bloß weil sie jetzt mit ihm hier sitzt, muss sie die Sache nicht durchziehen. Im Augenblick müssen keine Entscheidungen getroffen werden.

Sie kann es sich immer noch anders überlegen.

Er mustert sie wieder, aber jetzt, nachdem sie ihre Geschichte erzählt hat und er weiß, was sie hierhertreibt, empfindet sie seinen Blick anders. Sie hat ihm Geheimnisse anvertraut. Die Situation fühlt sich seltsam vertraut an.

»Sal hat immer gesagt, Sie seien eine schöne Frau, Marin«, sagt Julian, und sie spürt, dass sie schon wieder errötet. »Womit er recht hat. Und erfolgreich sind Sie auch, wie ich höre. Ich habe solche Situationen schon oft gesehen, und ich kann Ihnen mit ziemlicher Sicherheit sagen, dass das, was Ihr Mann tut, sehr wenig mit Ihnen zu tun hat.«

Falsch. Es hat alles mit ihr zu tun.

»Haben Sie irgendwelche Fragen?«, will Julian wissen.

Sie holte tief Luft. *Es geht los.* »Also … Also, der Preis

wäre eine wichtige Frage. Wie viel verlangen Sie? Und wie werden Sie es … was werden Sie …?« Sie schluckt.

»Meine Methoden sind nicht Ihre Sorge.« Das Funkeln ist in seinen Augen zurück. »Manches erledige ich persönlich, anderes … delegiere ich. Sie brauchen nur zu wissen, dass Ihr Problem gelöst wird. Aber mein Preis ist zweifünfzig. Und er ist nicht verhandelbar.«

»Zweihundertfünfzig*tausend*?« Sie weiß nicht, was sie erwartet hat. Sal hat ihr gesagt, der Mann sei teuer, aber das übertrifft ihre Befürchtungen bei Weitem.

»Sie bekommen, wofür Sie bezahlen.«

»Aber ich –« Sie hat so viele Fragen, weiß gar nicht, wo sie anfangen soll. Es ärgert sie, dass sie wie die naive Anfängerin klingt, die sie natürlich ist, und sie bereut es, dass sie darauf bestanden hat, sich allein mit Julian zu treffen. Sie wünschte, Sal wäre jetzt hier. »Kann ich … Kann ich Ihnen die Hälfte im Voraus zahlen?«

»Nein.« Sein Lachen ist kurz, eher wie ein Schnauben. »Sie zahlen die gesamte Summe im Voraus. In bar oder per telegrafischer Überweisung.«

»Es ist nur so … Ich weiß nicht, wie ich eine Zahlung von einer Viertelmillion Dollar erklären soll.« Sie hat das Geld, aber es liegt natürlich nicht auf einem Girokonto. Sie kann es nicht einfach ohne Erklärung ausgeben. »Wird das nicht Verdacht erregen?«

»Falls Sie das Geld telegrafisch überweisen wollen, gebe ich Ihnen die Kontonummer einer Wohltätigkeitsorganisation. Sie haben doch schon öfter Geld gespendet, oder?« Er wartet nicht auf eine Antwort, denn er kennt sie bereits. »Sie bekommen sogar eine Quittung von mir, sodass Sie das Geld von der Steuer absetzen können. Für das Finanzamt wird es so aussehen, als hätten Sie einem Frauenhaus eine sehr großzügige Spende zukommen lassen.«

»Im Ernst?«

Er trinkt einen Schluck Kaffee. Eine Antwort spart er sich. Offenbar wiederholt er sich nicht gern.

»Aber woher weiß ich, dass Sie tatsächlich –?«

»Dass ich den Auftrag ausführe? Das wissen Sie nicht. Sie müssen mir schon vertrauen.« Julian beugt sich vor. »In meinem Beruf spielt Vertrauen eine wichtige Rolle. Und das beruht auf Gegenseitigkeit, Marin. Ich muss auch Ihnen vertrauen. Und das tue ich, weil ich Ihrem alten Freund Sal vertraue.«

Sie braucht einen Moment, um das zu verarbeiten, und er wartet geduldig, während sie in Gedanken hundert verschiedene Möglichkeiten durchgeht. Schließlich flüstert sie: »Wenn ich das hier wirklich durchziehe, wie bald werde ich erfahren, wann Sie den Job erledigen wollen?«

»Gar nicht. Sie erfahren es, wenn der Auftrag erfüllt ist. Das kann ein paar Wochen dauern.«

»*Wochen*?«

Er stellt seine Tasse ab. »Je mehr Zeit zwischen diesem Gespräch und der Ausführung vergeht, desto besser. Dass so viele Leute erwischt werden, liegt daran, dass der Auftrag zu bald nach der Zahlung ausgeführt wird, und dass der Kunde zu viel über den Plan weiß. Je weniger Sie wissen, desto besser.«

Sie sagt nichts. Was für sie unvorstellbar ist, scheint für ihn Routine zu sein. Sie verhandeln tatsächlich über diese Sache. Sie sitzt tatsächlich hier an diesem Tisch.

»Sie bezahlen mich nicht dafür, jemanden zu töten, Marin«, sagt Julian im Plauderton. Anscheinend macht er sich überhaupt keine Sorgen, dass jemand mithören könnte. »Wenn es Ihnen nur um das Töten ginge, könnten Sie das selbst erledigen, vorausgesetzt, Ihre Wut ist groß genug. Oder Sie könnten irgendeinen Penner dafür bezahlen, dann würden Sie wesentlich billiger wegkommen. Das Töten ist der leichteste Teil.«

Sie blinzelt. In ihrem ganzen Leben hat sie noch nie jemanden so etwas sagen hören.

»Sie bezahlen mich dafür, dass die Sache auf keinen Fall mit Ihnen in Verbindung gebracht werden kann.« Julian trinkt einen Schluck Kaffee. »Dafür, dass es aussieht wie ein Autounfall oder ein zufälliger Raubüberfall, der übel gelaufen ist, oder vielleicht, dass die Person durch eine schlimme Krankheit, einen Hausbrand oder bei einem Badeunfall ums Leben gekommen ist. Damit das glaubwürdig ist, müssen Sie genauso schockiert sein wie alle anderen, Sie müssen sich weit entfernt vom Ort des Geschehens aufhalten, und die Nachricht muss Sie vollkommen unvorbereitet treffen. Am besten wäre es sogar, wenn Sie nichts von der Affäre wüssten.« Er schürzt die Lippen. »Weiß er, dass Sie im Bilde sind?«

»Nein.« Marins Stimme zittert. Sie zittert am ganzen Körper. Dass er all das aufzählt, als handle es sich um harmlose Optionen und nicht um verschiedene Möglichkeiten, jemanden ... *umzubringen* ... Sie weiß nicht, wie sie darauf reagieren soll.

»Wie haben Sie rausgefunden, dass er Sie betrügt?«

»Privatdetektivin«, stammelt sie. Seine Augen werden schmal.

»Wer?«

Sie schüttelt den Kopf. »Das spielt keine Rolle.«

Aus irgendeinem Grund möchte Marin Vanessa Castros Namen nicht preisgeben. Castro ist zufällig auf die Affäre gestoßen, während sie wegen Sebastians Verschwinden ermittelt hat, über den zu reden Marin sich ebenfalls weigert. All das geht Julian überhaupt nichts an.

»Wenn Sie mir wichtige Einzelheiten vorenthalten, erschweren Sie mir die Arbeit«, sagt er.

»Wenn Sie so gut sind, wie Sie behaupten, dürfte das nichts ausmachen«, kontert sie.

Seine Kiefermuskeln spannen sich kurz an. »Wer weiß sonst noch Bescheid? Ihr Therapeut?«

»Woher wissen Sie, dass ich einen Therapeuten habe?« Fühlt er ihr auf den Zahn? Oder hat Sal es ihm gesteckt?

»Frauen wie Sie haben meistens einen Therapeuten.«

»Ich habe jedenfalls keinen mehr.« Marin hat nicht die Absicht, ihm Dr. Chens Namen zu nennen. Sie fühlt sich von Julian eingeschüchtert, und sie hat das Bedürfnis, ihr nahestehende Menschen vor ihm zu schützen. »Und wenn Sie mich jetzt nach jedem Menschen in meinem Leben ausquetschen, dem ich von der Affäre erzählt haben könnte – von der ich übrigens erst heute erfahren habe –, dann werden wir noch eine ganze Weile hier sitzen.«

Ein Lächeln huscht über Julians Gesicht. Falls das ein Test war, hat sie ihn offenbar bestanden.

»Die Detektivin müssen Sie zurückpfeifen«, sagt Julian. »Und zwar sofort.«

»Wird gemacht«, sagt Marin, obwohl sie es nicht ernst meint. Verständlicherweise kann Julian es nicht gebrauchen, dass eine Detektivin die Person beschattet, die er töten soll, aber Marin wird Castro auf keinen Fall anweisen, ihre Ermittlungen einzustellen. Sie wird ihr nur sagen, dass sie sich nicht weiter um die *Affäre* zu kümmern braucht. Aber an ihrer Suche nach Sebastian soll sich nichts ändern.

»Also gut. Dann kommen wir jetzt zur Hauptsache.« Julian beugt sich vor. »Sobald Sie mir das Geld überwiesen haben, steht der Vertrag. Dann geht alles seinen Gang. Falls Sie ein paar Tage später die Krise kriegen und es sich anders überlegen, kein Problem. Aber das Geld ist weg. Sie bekommen es nicht zurück. Ist das klar?«

»Ja.« Sie fängt wieder an zu zittern, was ihr albern vorkommt, jetzt, wo sie so weit gegangen ist. Ihre schlechteste Seite hat sie ihm schon gezeigt, die Seite, die sie Sal nur im Scherz oder betrunken zeigen konnte, die Seite, die sie in die Hölle bringen könnte.

Oder, schlimmer noch, ins Gefängnis. Denn jemandem, der bereits in der Hölle lebt, kann man nicht mit der Hölle drohen.

»Sie könnten sich auch einfach scheiden lassen«, sagt Julian. »Das ist nicht der kürzeste Ausweg, aber immerhin würden Sie kein Risiko eingehen. Ich kenne einen großartigen Anwalt, mit dem ich Sie in Verbindung bringen könnte, gegen eine Gebühr, versteht sich. Er gräbt jeden Dreck aus, den Ihr Mann am Stecken hat, und sorgt dafür, dass Sie alles bekommen, was Ihnen zusteht.«

Sie blinzelt. »Wovon reden Sie?«

Sie wird sich *nicht* von Derek scheiden lassen. Eine Scheidung ist etwas Hässliches, und letztlich wäre er dann frei, sich ganz mit McKenzie zusammenzutun – oder mit irgendeiner anderen. Marin wäre die Einzige, die bei einer Scheidung verlieren würde. Und sie hat keine Lust, am Ende mit weniger dazustehen, als sie jetzt hat, so wie Tia. Sie hat schon zu viel verloren.

»Ich meine nur, dass es eine Möglichkeit wäre«, fährt Julian fort. »Denn wenn Sie diesen Weg einschlagen, gehen Sie ein hohes Risiko ein. Selbst wenn es nachher wie ein Unfall aussieht, ist sie tot, und der betrogene Ehepartner wird immer zuerst verdächtigt. Die Polizei könnte sich einschalten. Es könnte eine Autopsie angeordnet werden. Es könnte Fragen geben. Und Ihr Mann ist eine bekannte Persönlichkeit …«

»Entschuldigen Sie, aber wovon reden Sie?« Sie sollte ihm nicht ins Wort fallen, aber sie ist total verwirrt. »Ich bin nicht wegen Derek hier. Er ist mein *Mann.*« Um ein Haar hätte sie hinzugefügt *und der Vater meines Sohnes*, doch sie beißt sich rechtzeitig auf die Zunge.

Diesmal wirkt Julian verwirrt. Es ist, als hätte sie ihn kalt erwischt, und als würde ihm das nicht oft passieren. »Sie wollen nicht, dass Ihr Mann stirbt?«

»Natürlich nicht.« Sie pocht mit dem Finger auf ihr Handy, bis das Nacktselfie wieder erscheint. »Derek ist nicht das Problem. *Sie* ist das Problem.«

Julian lehnt sich zurück und mustert sie. »Sal hat mir etwas anderes gesagt.«

»Dann hat unser gemeinsamer Freund mich falsch verstanden.«

Sal, du Idiot. Klar hofft Sal, dass sie Derek aus dem

Weg räumen lässt. Aber Dereks Tod ist das Letzte, was Marin sich wünscht. Er ist Sebastians Vater. Egal, was passiert, sie könnte Sebastians Vater niemals etwas zuleide tun. Sie starrt das Selfie an, bis das Display sich ausschaltet, und verflucht Sal dafür, dass er es vermasselt hat.

»Ist das ein Problem für Sie?«, fragt sie.

»Nein«, sagt Julian, und das Lächeln kehrt zurück. »Eigentlich macht es die Sache einfacher.«

Eine Weile sitzen sie schweigend da, aber jetzt sieht er sie anders an. Er ist in der Annahme hergekommen, sie wünschte den Tod eines Mannes, aber es ist eine Frau, die ihr das Leben ruiniert. Es ist eine Frau, die versucht, ihr das letzte bisschen Familie zu nehmen, das ihr geblieben ist. Wenn das sie zu einem Ungeheuer macht, bitte sehr. In den vergangenen vierzehn Stunden hat sie sich McKenzies Tod in allen Variationen ausgemalt – wie sie von einem Bus überfahren wird, aus einem Fenster stürzt, in eine tiefe Grube fällt, von einer verdammten Klippe geschubst wird –, und jedes Szenario hat sie erleichtert aufatmen lassen.

Aus der Nische in der Ecke, wo die lärmenden Studenten sitzen, ertönt ausgelassenes Gelächter. Sie sind gerade mit dem Essen fertig. Es sind fünf, zwei davon Frauen, und Marins Blick fällt auf eine von ihnen, die mit dem langen, braunen Haar und den leuchtenden Augen, die offensichtlich total verliebt ist in den gut aussehenden jungen Mann, der neben ihr sitzt. Sie hätte Marin vor zwanzig Jahren sein können. Und eins steht fest: Die meisten der vergangenen zwanzig Jahre waren gut. Nur das letzte war die Hölle.

»Ich liebe ihn immer noch«, sagt sie mehr zu sich selbst als zu Julian.

Er zieht eine glänzende Broschüre aus der Innentasche seiner Jacke. Es ist ein Informationsprospekt über Rise, das Frauenhaus in der Nähe, in dem Frauen, die Opfer häuslicher Gewalt wurden, mit ihren Kindern Zuflucht finden können. Marin meint sich zu erinnern, dass sie dem Haus schon einmal eine Spende hat zukommen lassen. Sie ist sich sogar ziemlich sicher, dass sie jedes Jahr eine Weihnachtskarte von Rise bekommt. Auf die Rückseite des Prospekts hat Julian eine sechzehnstellige Nummer geschrieben, vermutlich die Kontonummer.

Marin erschaudert. Er muss gute Kontakte haben, wenn er in der Lage ist, über eine anerkannte Wohltätigkeitsorganisation Geld zu waschen.

»Nach diesem Gespräch werden wir uns nie wieder sehen oder sprechen«, sagt Julian. »Mit der Überweisung des vollen Betrags erklären Sie sich mit dem weiteren Prozedere einverstanden. Sie werden nichts über die Einzelheiten erfahren. Nichts über den Zeitpunkt. Und vergessen Sie nicht, es gibt kein Geld zurück. Haben Sie das verstanden?«

Es ist das erste Mal, dass er ihr etwas zweimal erklärt. »Ja, ich habe verstanden.«

»Ich gebe Ihnen etwas Bedenkzeit. Wenn das Geld bis morgen früh neun Uhr nicht auf dem Konto ist, betrachte ich das als ein Nein.«

»Was ist, wenn ich mich nicht so schnell entscheiden kann?«

Er mustert sie, dann umspielt ein Lächeln seine Lippen. »Sie haben sich schon entschieden, Marin, sonst säßen Sie jetzt nicht hier. Es geht nur noch darum, ob Sie in der Lage sind, den Abzug zu betätigen.« Er grinst. »Schlechter Witz. Das ist mein Job, nicht Ihrer.«

Die nächsten Minuten verbringen sie schweigend. Um sie herum steigt der Geräuschpegel. Die Kneipen und Bars in der University Avenue schließen nach und nach, und Studenten strömen herein, auf der Suche nach billigem fettigem Essen, das all das Bier aufsaugt, das sie intus haben.

Die Kellnerin bringt die Rechnung, und Julian knallt einen Hundertdollarschein auf den Tisch. Es ist viel zu viel, außerdem war Marin darauf eingestellt zu bezahlen, aber Bets mit dem korallenroten Zahn steckt den Schein mit einem Lächeln ein und gibt kein Wechselgeld heraus.

»Bleiben Sie, so lange Sie wollen«, sagt sie.

Die Studentinnen am Nachbartisch lachen hysterisch, und in der Nische daneben hocken ein paar Neuankömmlinge, die anzügliche Witze über ein Video reißen, das einer von ihnen auf seinem Smartphone herumzeigt. An einem anderen Tisch erzählt ein Obdachloser lauthals einem anderen Obdachlosen eine Geschichte über einen dritten Obdachlosen. Marin kann die beiden Männer riechen, ihre vom Dreck der Straße schmierige Kleidung, den kalten Schweiß ihrer ungewaschenen Körper.

Nichts von alledem stört Marin. Im Gegenteil, der Lärm gibt ihr Sicherheit. Niemand kann das Gespräch zwischen ihr und Julian hören. Niemand kann all das Schreckliche hören, das sie gesagt hat, und das, was sie noch zu sagen hat. Der Einzige, der sie verurteilen könnte, sitzt ihr gegenüber, aber dessen Mangel an moralischen Prinzipien macht seine Meinung sowieso irrelevant.

»Es hat mich gefreut, Sie kennenzulernen, Marin«, sagt Julian und beendet damit das Treffen. »Kommen Sie gut nach Hause.«

Sein Ton ist locker und unaufdringlich. Wie vollkommen normal er doch wirkt, denkt Marin, wie vernünftig, wie attraktiv.

Sie nimmt ihre Handtasche, steht auf und schlüpft in ihre Jacke. »Wie kann ich Sie kontaktieren?«

»Gar nicht.« Er blickt auf, bleibt aber sitzen und reicht ihr auch nicht die Hand. »Von jetzt an läuft alles über Sal.«

Der Abschied ist so kurz und knapp wie die Begrüßung.

Es regnet, als sie aus der Tür tritt. Sie schaut in den schwarzen Himmel hoch, lässt die Regentropfen ihr Gesicht benetzen, ihre Schminke verschmieren, ihre Sünden wegwaschen.

Sie kann nicht fassen, dass es so weit gekommen ist.

Sie hat ihren verdammten Verstand verloren.

Kapitel 13

Anfangs fand Kenzie es aufregend. Jede Affäre ist anfangs aufregend. Aber als sie jetzt im Hotelbett neben dem schnarchenden Derek liegt, merkt sie, dass der Lack längst ab ist.

Verheiratete Männer sind anstrengend. Es ist, als würden sie allen Sauerstoff aus einem Raum saugen, in dem man sich mit ihnen aufhält. Man ist immer auf Abruf, muss stets damit rechnen, dass sich Treffpunkt oder Uhrzeit ändern. Es gibt nur ganz wenige bestimmte Orte, die man überhaupt aufsuchen kann, und auch das nur für eine bestimmte Zeit, denn sie haben immer noch einen anderen Termin. Die Familie hat immer Vorrang. Und die Geliebte gehört nun mal nicht zur Familie.

Die Geliebte ist Beiwerk. Sie muss die Löcher stopfen. Ihre Stimme zählt nicht.

Hierherzukommen war reine Zeitverschwendung. Die letzte Verabredung ist noch nicht lange genug her. Derek fängt an, alles zu selbstverständlich zu nehmen, und wenn er erst aufhört, sich nach ihr zu sehnen, ist die Beziehung so gut wie zu Ende. Seiner Frau gegenüber steht er in der Pflicht, für Kenzie gilt das nicht. Sie streben kein gemeinsames Leben an. Wenn er Kenzie satthat, wird er sie fallen lassen. Und so weit ist sie noch nicht.

Sie nimmt ihr Handy. Am liebsten würde sie J. R. eine Textnachricht schicken, ihn fragen, was er am Abend vorhat. Er war ihr einziger Lover, der keine Ehefrau hatte, aber am Ende wollte er sie nicht. Sie sind immer noch Freunde, und hin und wieder haben sie auch Sex, was ihr manchmal guttut. Aber manchmal geht es ihr hinterher noch schlechter, nur weiß sie leider vorher nie, wie es laufen wird. Sie legt ihr Handy wieder weg, heute will sie es nicht rausfinden. Bei verheirateten Männern weiß man wenigstens, woran man ist.

Als sie gestern Abend aufs Zimmer kamen, meinte Derek, er hätte noch Arbeit zu erledigen, also hat Kenzie sich auf einem Bezahlsender allein einen Film reingezogen. Als er zu Ende war, ist sie eingeschlafen. Irgendwann muss Derek dann auch eingeschlafen sein, geweckt hat er sie nicht.

Wieso hat er sie überhaupt eingeladen, wenn nicht wegen Sex?

Sie schlüpft aus dem Bett, geht barfuß zum Fenster und zieht die Vorhänge einen Spaltbreit auf. Die Sonne geht gerade auf und taucht die schöne Gartenanlage in warmes Licht. Als Kenzie ihr Spiegelbild in der Fensterscheibe sieht, stellt sie entsetzt fest, dass ihre rosa Haare total strähnig aussehen. Sie muss sich die Haare noch mal waschen und diesmal trocken föhnen. Innerlich fluchend geht sie zum Bad und lässt auf dem Weg dahin ihre Sachen auf den Boden gleiten.

Sie macht sich keine Illusionen über ihr Aussehen. Sie ist groß und dünn und schön muskulös, und sie hat großartige Beine. Aber ihr Gesicht ist so lala. Sie sieht ganz hübsch aus, wenn sie sich schminkt, aber meistens ist sie zu faul, um mehr als Wimperntusche und ein bisschen Lipgloss zu benutzen. Jetzt, wo sie Mitte zwanzig ist, hat wenigstens das mit den Pickeln im Gesicht aufgehört.

Ihr größtes Kapital ist ihr exotischer Einschlag. Vater Hawaiianer, Mutter Kanadierin ... auf so was stehen die Männer. Sie ist nicht so schön, dass sie sich eingeschüchtert fühlen, aber hübsch genug, um ihr Interesse zu wecken. Sie weiß, was sie zu bieten hat. Das hat sie kapiert, als sie mit J. R. zusammen war, da war sie siebzehn. Und dann wieder, als sie mit neunzehn Sean kennengelernt hat. Dann kam Erik. Und dann Paul, dessen Frau gedroht hat, sie umzubringen. Und jetzt Derek.

Bei allen fängt es gleich an, nämlich mit dem »Funken«, wie sie es nennt. Wenn die Männer sie noch nicht wahrgenommen haben, tun sie es spätestens nach dem Funken. Manchmal ist es ein kurzer Flirt – freundlich, anzüglich –, manchmal ein längerer Blick. Wenn der verheiratete Mann nicht an mehr interessiert ist, passiert nichts, und der Funke erlischt. Niemand kommt zu Schaden. Falls er offen ist für mehr, muss er den ersten Schritt machen.

Das Verführungsritual kann sich über Wochen hinziehen, sich ganz langsam entwickeln, während der Mann mit seinen Gelüsten kämpft, bis er den Kampf am Ende verliert (das tun sie sowieso alle). Es ist ganz wichtig, dass der Mann glaubt, *er* würde *sie* verführen, das gibt ihm ein Gefühl von Macht, es beweist ihm, dass er es immer noch draufhat, was auch immer »es« sein soll.

Der erste Sex muss spektakulär sein, und das geht nur, wenn die Spannung vorher langsam aufgebaut wird. Die Jagd ist das A und O.

Wenn der Mann erst einmal süchtig nach ihr ist, nach dem rauschhaften ersten Sex, kann sie anfangen, die Affäre zu ihrem Vorteil zu nutzen. Nicht dass sie die Männer, mit denen sie sich einlässt, nicht mögen würde – sie fühlt sich zu jedem hingezogen. Schließlich ist sie keine Nutte, verdammt. Professionelle Geliebte *vielleicht*. Außerdem soll es, wie in jeder anderen Beziehung auch, nicht langweilig werden.

An dem Punkt ist sie jetzt mit Derek angelangt. Sie sind ein halbes Jahr zusammen, die längste Beziehung, die sie je hatte, und sie spürt, dass es anfängt, fad zu werden. Er wird allmählich apathisch, und sie weiß nicht, wie sie darauf reagieren soll. Anfangs ist er richtig aufgeblüht, wenn sie zusammen waren. Jetzt zieht er sich in den Abgrund der Traurigkeit zurück, in dem er vermutlich lebt, wenn er mit seiner Frau zusammen ist, und so etwas hat sie noch nie erlebt. Aber es bedeutet, dass er das Interesse an ihr verliert, dass die Zeit, die er mit ihr verbringt, weniger wertvoll für ihn wird und sich zu einem Problem entwickelt, das er wahrscheinlich bald schon loswerden will.

Sie wäscht sich die vom Hotel zur Verfügung gestellte Haarspülung aus und stellt all die kleinen Fläschchen auf die Ablage, damit sie nicht vergisst, sie einzustecken. Das Zeug ist besser als das, was sie sich normalerweise leisten kann, wenn ihr nicht jemand teure Pflegeprodukte spendiert.

Als sie zwanzig Minuten später aus dem Bad kommt,

ist Derek auf und gerade dabei, seinen Laptop einzupacken. Ihre Kleider, die sie auf den Boden hat fallen lassen, liegen säuberlich gefaltet auf ihrer Reisetasche. Es ärgert und amüsiert sie zugleich, dass er hinter ihr aufräumt.

»Fühlt sich an, als wären wir gerade erst angekommen«, sagt sie, um Konversation zu machen. Sie haben kaum ein Wort gewechselt, seit er sie gestern abgeholt hat.

Er sieht sie nicht an. »Fertig mit Duschen?«

Er schiebt sich an ihr vorbei, dann hört sie das Wasser rauschen. Als sie sich mit dem Hotel-Föhn vor dem Schreibtischspiegel die Haare trocknet, bemerkt sie, dass das Rosa dabei ist zu verblassen. Sie muss sich überlegen, ob sie es nachfärben will. Die Haarfarbe, die sie benutzt, kostet acht Dollar pro Färbung, ein Luxus, den sie sich nicht oft leisten kann, wenn sie ihre Studiengebühren, die Miete, Lebensmittel, Katzenfutter, Strom, Gas und Künstlerbedarf bezahlen will. Mit dem Studentendarlehen und dem, was sie im Green Bean verdient, würde sie normalerweise auskommen, aber das Heim, in dem ihre Mutter wohnt, kostet fast dreitausend im Monat, und die Abfindung, die sie letztes Jahr von Paul bekommen hat, ist fast aufgebraucht.

Deswegen muss sie jetzt höllisch aufpassen. Sie kann es sich nicht leisten, Derek zu verlieren. Jetzt kommt es auf das Timing an.

Sie föhnt sich die Haare über die Rundbürste, damit Derek nicht schon wieder eine abfällige Bemerkung über nasse Haare macht. Heute muss alles gut laufen; wenn er geht, muss er glücklich und zufrieden sein und sich wünschen, sie möglichst bald wiederzusehen. Sie öffnet ihr kleines Schminktäschchen, tuscht sich die Wimpern, legt ein bisschen Rouge und etwas Lipgloss auf. Dann zieht sie sich einen schwarzen Stringtanga und Leggings an, darüber ein weites T-Shirt, das ihr lässig von der Schulter rutscht. Keinen BH. Sie braucht keinen.

Ihr gefällt ihr Spiegelbild: Sie sieht aus wie sie selbst, aber ein bisschen zurechtgemacht. Vor dem Spiegel macht sie mehrere Selfies. Das beste wählt sie aus und postet es auf Instagram unter den Hashtags #rosahaaregal und #hotelleben. Von den fünfzigtausend Leuten, die ihr auf den sozialen Medien folgen, würde sie nur sechs oder sieben als richtige Freunde betrachten, die wissen, dass sie normalerweise nicht in Hotels absteigt.

Aber es geht nicht darum, was echt ist. Es geht darum, wie es *aussieht.*

Sie startet Instagram neu und sieht zu, wie die Likes eintrudeln. Wenn es weniger als tausend werden, ist ihr Foto langweilig oder der Hashtag schlecht gewählt. Sie hat einen Filter benutzt, der das Rosa ihrer Haare leuchtender aussehen lässt, als es ist, was für positive Reaktionen sorgt, was sie an den vielen Double Taps sieht.

Derek steht nicht auf ihre rosa Haare. Sie wechselt die Farbe häufig, und als sie sich kennengelernt haben, war sie blond. Als sie sich die Haare zum ersten Mal rosa gefärbt hat, hat er gelacht. Als dächte er, sie wollte ihm einen Streich spielen, ihn ein bisschen provozieren. Wie schockiert er war, als sich herausstellte, dass sich das Rosa nicht auswaschen ließ und auch nicht über Nacht wegging, und dass sie die Absicht hatte, bei der Farbe zu bleiben, schließlich ist sie Künstlerin, und schließlich sind es verdammt *ihre* Scheißhaare, und sie findet die Farbe megacool.

Derek geht dauernd davon aus, dass sich alles um ihn dreht. So sind diese reichen Typen – je mehr Geld sie haben, desto mehr beziehen sie alles auf sich und desto weniger sind sie es gewöhnt, dass man Nein sagt. Als sie letzten Monat an fünf Abenden hintereinander im Green Bean gearbeitet hat, dachte er, sie würde das tun, weil sie sich gestritten hatten und sie sauer auf ihn war und ihn nicht sehen wollte. So ein Blödsinn ist einfach das Letzte. Sie hat die zusätzlichen Schichten übernommen, weil sie in der Woche die Miete und die Studiengebühren bezahlen musste. Pech, wenn ihr blöder Job seine Pläne durchkreuzt.

Kenzie zuckt zusammen, als ihr Handy bimmelt. Sie hat ihren Kontakten unterschiedliche Klingeltöne zugeordnet, und dieser ist Tylers Ton. Sie hat ihrem Mitbewohner nicht gesagt, dass sie die Nacht mit Derek verbringen würde. Sie hat absichtlich vergessen, es zu erwähnen, weil sie keine Lust auf den Stress hatte, den sie unweigerlich bekommen, wenn sie über Derek reden. Ty ist Derek nie begegnet, aber er kann ihn nicht ausstehen.

Die Badezimmertür geht auf. »Wer ist das?«, fragt Derek mit einem Blick auf ihr Handy, als er in der Unterhose aus dem Bad kommt. Eine Wolke aus Wasserdampf wabert hinter ihm her.

Sie gibt ihm keine Antwort. Wenn sie ihn nicht fragen darf, wer ihm Textnachrichten schreibt, darf er das auch nicht. Sie geht zum Fenster. Sie verzieht das Gesicht, als sie Tylers Nachricht liest.

Wo steckst du? Dachte, wir frühstücken zusammen …

Am liebsten würde sie nicht darauf antworten. Aber

wenn sie es nicht tut, wird er nicht lockerlassen. Besser, sie bringt es gleich hinter sich.

Bin noch bei D, schreibt sie. *Komme in ein paar Stunden, aber dann muss ich arbeiten. Hab 'ne zusätzliche Schicht übernommen.* Sie drückt auf Senden und wappnet sich.

Seine Antwort kommt prompt. *WTF??? Ich hätte ausschlafen können! Bin heute Nacht um 3 nach Hause gekommen, du Pfeife! Wusste nicht mal, dass du nicht in deinem Zimmer bist! Wollten wir uns nicht heute Nachmittag Hill House reinziehen???*

Er hat recht, das hatten sie vor. Kenzie hat versucht, sich die erste Folge von *Spuk in Hill House* anzusehen, aber es war ihr zu gruselig, deswegen hat sie Ty überredet, die Serie mitzuschauen, obwohl er Horrorfilme eigentlich nicht ausstehen kann. Und weil sie nach ein paar Folgen süchtig geworden waren, haben sie verabredet, sich heute Nachmittag, bevor Ty zur Arbeit muss, die letzten drei Folgen am Stück anzusehen.

Aber als Derek sich bei ihr gemeldet hat, hat sie Ty ganz vergessen. Und auch, als ihre Kollegin sie gefragt hat, ob sie die Nachmittagsschicht übernehmen kann. Sie braucht einfach das Geld.

Sorry, hast recht, bin 'ne Scheißfreundin, schreibt sie ihm. Eine ganze Minute vergeht.

Schon gut, antwortet er schließlich, woran sie erkennt, dass gar nichts gut ist. *Viel Spaß mit deinem verheirateten alten Sack.*

Ich mach das wieder gut, antwortet sie. *Am Wochenende. Versprochen. Sobald ich meine Kohle krieg. Hühnchencurry und Hill House und Mango Margaritas!*

Whatever, schreibt er zurück.

Sie atmet erleichtert auf. *Whatever* ist Tys Wort für ja. *Whatever* heißt bei ihm aber auch *Wenn du mich noch mal hängen lässt, war ich die längste Zeit dein Freund.* Sie darf es also nicht vermasseln. Normalerweise hat sie ihren Terminplan gut im Griff, aber seit einem halben Jahr dreht sich alles um Derek. Es ist nicht einfach, im Orbit eines verheirateten Mannes zu leben.

Frustriert schließt sie die App und wirft ihr Handy aufs Bett. Derek öffnet den Mund, so als wollte er sie noch mal fragen, mit wem sie Nachrichten ausgetauscht hat, doch dann legt er einen anderen Gang ein. Er kommt zu ihr. Massiert ihr die Schultern. Küsst ihr den Nacken. Sie weiß genau, was das bedeutet, und wohin es führen soll. Er ist eigentlich nur dann zärtlich, wenn er Sex will. Sie geht wieder in Richtung Fenster, entfernt sich aus seiner Reichweite.

Wie immer geht er davon aus, dass ihr Frust nur mit ihm zu tun hat. In diesem Fall liegt er sogar richtig, also soll er sich ein bisschen anstrengen.

»Babe, tut mir leid, dass ich in so 'ner Stinklaune war«, sagt er.

Sie spürt, wie er näher kommt, und merkt, dass er sich noch nicht angezogen hat. Er legt die Arme um ihre Taille und drückt sich mit dem ganzen Körper von hinten an sie. Er wühlt sein Gesicht in ihre Haare und atmet ein, was sie daran erinnert, wie sehr es ihr gefällt, dass er größer ist als sie, selbst dann noch, wenn sie High Heels trägt. Er schmiegt seine Wange an ihre, und er riecht fantastisch. Er trägt das Eau de Parfum, das sie gemeinsam bei Nordstrom entdeckt haben, das teure, das sie ausgesucht hat, weil der Duft so sexy war. Anscheinend hat er sich nach dem Duschen etwas davon auf den Hals gespritzt.

»Es war blöd von mir, so über den Burger zu meckern und dir so ein Scheißgefühl zu machen. Wahrscheinlich hab ich ihn tatsächlich bestellt, weil ich abgelenkt war und nicht richtig aufgepasst hab, das war total uncool. Tut mir echt leid.«

Sie spürt, wie sie schon anfängt, sich erweichen zu lassen. Sie war noch nie mit einem Mann zusammen, der es so gut verstanden hat, sich zu entschuldigen, und der weiß, dass es zu einer richtigen Entschuldigung gehört, den Scheiß, den man gebaut hat, zu benennen und zu kapieren, was dieser Scheiß beim anderen ausgelöst hat.

»Ich hab in letzter Zeit im Job viel um die Ohren, und die Geldgeber werden allmählich nervös. Es gibt im Moment eine Menge Leute, die von mir Dinge verlangen, über die ich keine Kontrolle habe. Aber es war nicht okay, meinen Stress an dir auszulassen.« Er wirkt ehrlich zerknirscht, und das stimmt sie versöhnlich. »Tut mir wirklich leid, Kenz.«

»Schon gut«, sagt sie und schmiegt sich endlich an ihn. Seine starken Arme umschlingen sie ein bisschen fester, und sie spürt seine Lippen und seinen heißen Atem an ihrem Nacken.

Auf einmal tut es ihr leid, dass er so zerknirscht ist, und sie möchte es wiedergutmachen, gleichzeitig ärgert es sie, dass es ihr überhaupt etwas ausmacht, denn normalerweise tut es das nicht. Es ärgert sie, dass sie immer mehr für ihn empfindet. Sie weiß so viel über ihn – dass er sich nach seinem Sohn sehnt, dass er dauernd traurig ist, und es nervt sie inzwischen, dass sie womöglich noch zu seinem Stress beigetragen hat, indem sie ihm den falschen Scheißburger bestellt hat. Wo sie doch weiß, dass er immer einen Quarter Pounder nimmt. *Das weiß sie ganz genau.* Sie hätte ihm einfach einen bestellen sollen, denn sie hat gleich vermutet, dass er sich vertan hatte. Aber sie war sauer gewesen, weil er im Auto kein Wort mit ihr geredet hatte, und weil er sie wegen ihrer Füße auf dem Armaturenbrett angepflaumt hatte.

Es gehört zu ihrem gemeinsamen Muster. Er ist grob zu ihr, sie fühlt sich gekränkt, was ihm ein schlechtes Gewissen macht, woraufhin es ihr ganz elend geht und sie bereit ist, alles zu tun, um ihn zu trösten. So funktioniert es zwischen ihnen, und sie weiß nicht, wie sie es ändern soll. Als sie mit Derek noch eine simple Affäre hatte, war alles einfacher. Aber es fühlt sich mehr und mehr wie eine richtige Beziehung an, was die Sache komplexer macht, und darauf ist sie nicht vorbereitet. Ihre Gefühle trüben ihren Verstand, und das ist ihr seit J. R. nicht mehr passiert.

Dereks Hand wandert am Taillengummi ihrer Leggings vorbei nach unten, während er ihr weiter den Hals küsst und ins Ohr flüstert, wie leid es ihm tut, und dann ist seine Hand zwischen ihren Beinen und streichelt sie dort. Ihr ganzer Körper fängt Feuer, sein Daumen und sein Zeigefinger wissen genau, was sie zu tun haben, und der Stoff ihrer Leggings und ihres Tangas ist dünn, und sie spürt alles, was er tut, und sie will mehr davon. Sie lehnt sich gegen ihn, drückt ihren Hintern gegen seine Erektion, atmet immer schwerer und zeigt ihm, dass sie nicht mehr sauer ist und dass sie alles mit sich machen lassen will.

Alles.

Sie versucht, sich umzudrehen, um ihn zu küssen, aber das lässt er nicht zu, und das macht sie noch mehr an. Seine Hand gleitet in ihre Leggings und in ihren Tanga, und er stöhnt auf, als er fühlt, wie nass sie ist, und es gefällt ihr, wie sehr ihn das jedes Mal überrascht, wie er jedes Mal froh und dankbar dafür ist, dass er sich nicht anzustrengen braucht, um sie so weit zu bringen. Dass sie immer für ihn bereit ist. Sie weiß, dass er sich dann wie ein Gott fühlt, und es gefällt ihr, dass sie ihm dieses Gefühl geben kann, und dass er alles tun würde, ihre Erregung immer weiter zu steigern, denn er ist geduldig und unbeirrt, wenn es darum geht, sie zum Orgasmus zu bringen.

Seine Finger sind in ihr, und das Gefühl ist himmlisch, aber sie will noch mehr. Sie zieht sich die Leggings herunter und beugt sich vor, lehnt sich gegen das Fenster und stützt die Hände gegen die kalte Scheibe. Es ist ihr egal, ob irgendjemand, der draußen vorbeigeht, sie sieht. Sein Gesicht ist jetzt da, wo seine Hände waren, seine Zunge ist überall, erkundet alles, und es ist so gut und so abgefahren, und er stöhnt vor Lust, so als wäre sie es, die das alles mit ihm macht.

Und genau das macht es so anders mit ihm. Es ist der Sex, ja, aber vor allem das Gefühl, das sie dabei hat. Beim Sex mit ihm kann sie alles sein, was sie will. Sie kann alles sagen, was sie sagen will. Sie ist so hemmungslos, wie sie es noch bei keinem war. Sie weiß vielleicht nicht, wie sie ihn darum bitten soll, mit ihr in der Öffentlichkeit Hand in Hand zu gehen, aber sie weiß genau, wie sie ihn dazu bringt, seine Zunge tiefer in sie hineinzuschieben. Sie kommt wie verrückt, und sie reibt sich an seinem Gesicht, und er hört erst auf, als sie fertig ist und ihm sagt, dass es gut ist.

Als sie sich umdreht, ist er dabei, sich die Unterhose runterzuziehen, aber sie will ihn in sich spüren, also drückt sie ihn aufs Bett und steigt auf ihn, sodass sie ihm in die Augen sehen und ihn küssen und sich selbst an seinen Lippen schmecken kann, und es dauert nur ein paar Minuten, weil er dermaßen aufgegeilt ist, und sie reitet ihn so hart, wie sie es aushält, bis er ihren Namen schreit und ihm die Augen aus dem Kopf treten und die Vene an seiner Stirn fast platzt.

Es gibt zweierlei, was sie an diesem Augenblick liebt. Erstens ist es der einzige Moment, in dem Derek hässlich aussieht, normalerweise ist er immer schön. Immer. Selbst wenn er sich bei McDonalds wie ein Arsch aufführt oder über seine Altmännermusik quatscht oder sie wegen ihrer Füße auf seinem Armaturenbrett anpflaumt, ist er schön. Zweitens ist es der einzige Moment in ihrer Beziehung, den sie voll unter Kontrolle hat. Normalerweise diktiert er alles, was passiert, und dafür zu sorgen, dass er so kommt – hemmungslos, ohne sich zurückzuhalten, bis sie gekommen ist –, ist das Einzige, was sie bestimmen kann.

Aber inzwischen gibt es etwas an diesem Moment, das sie frustriert. Sie wird jedes Mal daran erinnert, dass ihre gemeinsame Zeit ein Verfallsdatum hat. Wenn der Moment vorbei ist, geht Derek wieder zur Arbeit, und sie kehrt zurück in ihr beschissenes kleines Apartment, zu ihrem übellaunigen Mitbewohner und der verwahrlosten Katze, zu den Küchenschränken, die vollgestopft sind mit Geschirr, wo nichts zusammenpasst, zu Instant Ramen aus dem Dollar-Store, und dann fühlt sie sich leerer, als sie sich gefühlt hat, bevor das hier angefangen hat, denn jeden Tag, den sie mit Derek verbringt, jedes Mal wenn sie Sex haben, verliert sie einen Teil von sich selbst.

Nach dem Sex kuscheln sie nicht. Stattdessen liegt sie befriedigt auf dem Bett und sieht ihm dabei zu, wie er sich anzieht, wie er sorgfältig das Hemd zuknöpft und in die Hose stopft, wie er sich akkurat die Schuhe zubindet, die mehr gekostet haben, als sie und Ty zusammen für ihre Miete bezahlen. Das weiß sie, weil sie die Schuhe gegoogelt hat.

»Ich kann dich nicht nach Hause fahren, ich muss sofort zur Arbeit«, sagt er. »Bleib einfach noch. Gönn dir ein ordentliches Frühstück. Und eine Massage, wenn du Lust hast. Lass alles aufs Zimmer schreiben. Ich lasse dir Geld für ein Taxi da.«

Sie setzt sich auf. »Du kannst nicht mit mir frühstücken?«

Sie spürt, dass er sich gern neben sie aufs Bett setzen würde, sie sieht es an seiner Körpersprache, aber er beherrscht sich. Ihr ist jetzt schon ein paarmal aufgefallen, dass er neuerdings beim Abschied zögert. Als wäre da noch was, das er gern sagen würde. Als wüsste er, dass er die Sache beenden müsse, *jetzt gleich*, und als würde er es nicht fertigbringen.

»Ich hab eine Besprechung«, sagt er. »Aber du kannst dir Zeit lassen, und wenn du gehst …«

»Nimm den Seitenausgang.«

Er nickt, und sie lässt sich wieder aufs Bett sinken, als er zu ihr kommt und ihr einen Abschiedskuss gibt. Er küsst sie auf die Lippen, aber es ist ein keuscher Kuss. So keusch, dass sie sich fragt, ob sie ihn je wiedersehen wird. In den ersten Monaten war der Abschied so einfach.

Jetzt nicht mehr.

Er nimmt seine Reisetasche, dann ist er weg. Sie geht ans Fenster, betrachtet die herrlichen Bäume und den verhangenen Himmel, versucht, ihre letzten Momente im Hotel zu genießen, in diesem luxuriösen Zimmer, das wahrscheinlich pro Nacht mehr kostet, als sie in einer Woche im Green Bean an Trinkgeld einnimmt. Es ist deprimierend. Doch dann knurrt ihr Magen vernehmlich und reißt sie aus ihren düsteren Gedanken – zumindest steht ihr noch ein Frühstück zu, und hier im Hotel gibt es köstliche pochierte Eier mit Avocado-Toast.

Auf dem Weg zum Bad sieht sie das Geld auf der Kommode liegen und bleibt stehen. Derek hat ihr Geld dagelassen, und zwar viel mehr, als sie für ein Taxi braucht. Es ist ein ganzer Stapel Scheine, lauter Zwanziger und Fünfziger. Sie nimmt das Geld und zählt es, und ihr fällt die Klappe herunter.

Er hat ihr fünftausend Dollar dagelassen.

Klar, er hat ihr schon öfter Geld gegeben. Einmal hat sie beiläufig erwähnt, dass sie nicht genug habe, um die Miete zu bezahlen, woraufhin er dreihundert Dollar aus der Hosentasche gezogen hat, als wäre es Wechselgeld. Einmal hat sie ihn gebeten, kurz beim Supermarkt zu halten, weil sie noch Hähnchenfleisch kaufen wollte, weil sie fürchtete, keins mehr zu bekommen, wenn sie zu spät hinging, woraufhin er gespielt angewidert den Kopf geschüttelt, ihr zweihundert Dollar in die Hand gedrückt und gesagt hat, sie solle zum Bioladen gehen und sich einen Vorrat an Fleisch von frei laufenden Hähnchen kaufen, weil das viel gesünder sei.

Er bezahlt jedes Mal das Hotel, fast immer das Essen im Restaurant, er hat ihren Flug nach New York spendiert und Eintrittskarten für *Hamilton*. Bei Bloomingdale's hat er ihr eine Handtasche von Dolce & Gabbana gekauft, die zweitausendzweihundert Dollar gekostet hat. *Zweitausendzweihundert*. Er wollte sie dazu überreden, sich für die bunte zu entscheiden, auf die sie zu Anfang geflogen war, aber am Ende hat die Vernunft gesiegt, und sie hat die schwarze genommen, die zu allem passt, schließlich war ihr klar, dass sie sich vielleicht nie wieder eine so edle Handtasche wird leisten können.

»Willst du das wirklich tun?«, hat Kenzie ihn gefragt und ihn am Arm gefasst, als sie an der Kasse standen und die Verkäuferin grinste. Die Frau erlebte so etwas offenbar nicht zum ersten Mal.

»Ja.« Derek reichte der Verkäuferin seine Kreditkarte. »Willst du auch die mit den Blumen?«

»Blumenmuster sind im Moment total in«, sagte die Verkäuferin und grinste noch breiter.

»Nein«, hat Kenzie lachend geantwortet. »Ich brauch wirklich nur eine.«

Der Blick der Verkäuferin ist ihr nicht entgangen, die unausgesprochene Botschaft, die der Frau ins Gesicht geschrieben stand: *Sei nicht dumm, Schätzchen, nimm auch die geblümte*. Die Frau hatte keine Ahnung. Sie hat nur Kenzies rosa Haare und ihr Kichern gesehen. Aber Kenzie brauchte keine zweite Handtasche von Dolce & Gabbana. Kenzie hatte höhere Ziele.

Und fünftausend Dollar sind weit entfernt von der

Ziellinie. Mit fünftausend Dollar könnte sie das Heim ihrer Mutter keine zwei Monate bezahlen, und sie hat nicht sechs Scheißmonate lang mit einem verheirateten Mann gevögelt, nur um sich am Ende mit läppischen fünftausend abspeisen zu lassen.

Sie muss wissen, was das Geld zu bedeuten hat. Also nimmt sie ihr Handy vom Nachttisch und schickt Derek eine Textnachricht.

Hey Süßer, hast du was vergessen?

Er antwortet nicht. Wahrscheinlich sitzt er gerade am Steuer. Sie geht ins Bad, um noch kurz zu pinkeln, bevor sie ins Restaurant runtergeht. Vielleicht ist es nur ein Geschenk. Kenzie hat in letzter Zeit ziemliche Geldsorgen – wann hat sie die nicht? –, und vielleicht will er ihr einfach ein bisschen unter die Arme greifen.

Vielleicht ist es ja noch nicht vorbei.

Erst als sie im Restaurant sitzt und die Eier mit dem Avocado-Toast vor ihr stehen, antwortet er. Sie malt sich aus, dass er gerade auf den Parkplatz des Bürogebäudes gefahren ist.

Das ist für dich. Ich wollte nichts sagen, weil ich dachte, du würdest es nicht annehmen.

Ha. Von wegen.

Aber okay, sie spielt das Spiel mit. Sie wird so tun, als wäre es keine große Sache. *Total süß von dir. Aber nicht nötig! Ich geb's dir beim nächsten Mal zurück.*

Seine Antwort kommt schnell. *Es wird kein nächstes Mal geben*, schreibt er. *Das ist ein Abschiedsgeschenk. Tut mir leid, dass ich es auf diese Weise tun muss, aber es geht einfach nicht so weiter. Danke für die schöne Zeit. Ich wünsche dir alles Gute, Kenzie.*

Ihre Hände zittern so sehr, dass ihr beinahe das Handy herunterfällt. *Du Feigling.* So macht er Schluss? Per Textnachricht? Und gibt ihr fünftausend Dollar – für was? Um sie zu trösten und die Trennung leichter zu machen? Leichter für wen? Für ihn?

Und wie kommt er auf die Idee, er könnte sich hier so einfach mit fünftausend Dollar freikaufen? Paul konnte das nicht und Derek kann es erst recht nicht. Kommt überhaupt nicht infrage. Schon gar nicht, nachdem sie ein halbes Jahr lang all ihre Zeit und Energie in diesen Mann investiert hat, der ungefähr so gefühlvoll ist wie ein schwarzes Loch.

Sie zwingt sich, mehrmals tief einzuatmen. Jetzt kommt es auf ihre Antwort an. Sie beginnt zu tippen, ihre Daumennägel klopfen laut auf das Display ihres Handys.

Derek, bitte. Ich liebe dich. Tu mir das nicht an. Sprich mit mir.

So billig wird er nicht davonkommen, der Mistkerl.

Sie versucht es noch einmal. *Wenn das heißen soll, dass du mich nie wiedersehen willst, und wenn du das wirklich ernst meinst, okay. Dann lasse ich dich in Frieden. Aber ich will dich, Derek. Ich will mit dir zusammen sein. Ich brauche dich.*

Du bist mein Ruin, antwortet er.

O Gott. Es ist vorbei. Sie hat es unweigerlich vermasselt.

Während die Kellnerin ihr Wasserglas nachfüllt, denkt Kenzie an den Stapel Geldscheine, den sie in ihre D&G-Handtasche gestopft hat, bevor sie das Zimmer verlassen hat. Wie kann es sein, dass sie es nicht kommen gesehen hat? Eine Affäre lebt vom Flitterwochengefühl, und sie hätte merken müssen, dass das Gefühl schon seit zwei Monaten verflogen ist. Seitdem ist er immer stiller geworden. Seitdem fällt er nicht mehr sofort über sie her, sobald sie ein Hotelzimmer betreten. Seitdem ist er immer kritischer, übellauniger, in sich gekehrter geworden.

Sie hätte es merken müssen, stattdessen hat sie sich immer mehr in ihn verliebt und sich der Hoffnung hingegeben, dass es vielleicht eine richtige Beziehung werden würde. Sie hat die Lage komplett falsch eingeschätzt. Und jetzt ist es vorbei, und alles, was sie für ihre Mühen vorzuweisen hat, ist ein gekränktes Ego, eine Designer-Handtasche und ein kleiner Stapel Geldscheine.

Und ein gebrochenes Herz ... wenn sie es sich erlaubt, es zu fühlen.

Ihr Telefon piept in ihrer Hand, und sie schaut hin. Es ist Derek, und sie muss die Nachricht zweimal lesen, um sie zu verarbeiten. Als sie das geschafft hat, schmilzt sie vor Erleichterung dahin.

Vergiss alles, was ich eben geschrieben hab. Ich bin ein Arsch. Verzeih mir, Kenzie. Ich möchte nicht, dass es vorbei ist. Ich brauche dich auch.

Es ist zwar kein *Ich liebe dich*, aber es reicht ihr. Verdammt, das war knapp.

Sie antwortet: *Ich gehe nicht weg. Aber jag mir bitte nicht noch mal so einen Schrecken ein. Das hab ich nicht verdient.*

Mach ich nicht, schreibt er. *Und du hast vollkommen recht. Tut mir leid.* Dann schickt er noch ein Herzchen-Emoji.

Sie schickt ihm auch ein Herzchen-Emoji, und wie

aufs Stichwort fängt ihr Magen an zu knurren. Sie legt das Handy weg und nimmt die Gabel in die Hand.

Zeit, sich ein Frühstück zu gönnen. Eine Frau muss schließlich essen.

Kapitel 14

Marin hat die ganze Nacht auf dem Laken gelegen, auf dem sie und Sal miteinander Sex hatten. Sie hat kein Auge zugetan.

Um sieben Uhr steht sie auf und duscht lange und heiß. Sie schminkt sich. Sie zieht ein Kleid an, das seidene von Rachel Roy mit den weiten Ärmeln. In der Küche drückt sie eine vorprogrammierte Taste an der professionellen Espressomaschine, die Derek vor ein paar Monaten in einem plötzlichen Kaufrausch angeschafft hat, und drei Minuten später enthält ihre Henkeltasse einen perfekten Soja-Vanille-Latte mit einem Extraschuss Espresso. Sie setzt sich damit ans Fenster und ruft ihre E-Mails ab.

Um viertel vor neun liest sie die Textnachrichten, die Derek mit seiner Mätresse ausgetauscht hat. Liest seinen Versuch, die Sache ein für alle Mal zu beenden. Ihre Bemühungen, ihn umzustimmen. Die offenbar ihre Wirkung getan haben.

Sie trifft ihre Entscheidung.

Der Anruf dauert ganze fünf Minuten. Marin tauscht ein paar Nettigkeiten mit ihrem persönlichen Finanzberater aus, dann kommen sie zum Geschäftlichen. Sie gibt die Kontonummer durch, die Julian ihr genannt hat, und bestätigt den Betrag. Falls ihr Finanzberater sich wundert, lässt er es sich nicht anmerken. Er stellt keine Fragen. Er berät ausschließlich wohlhabende Kunden und ist klug genug, nicht nachzuhaken. Zweihundertfünfzigtausend Dollar sind eine sehr große Spende für eine einzelne Wohltätigkeitsorganisation, aber Marin und Derek spenden dauernd große Summen, vor allem sie hat im Lauf des letzten Jahres ihre Spendenbeträge deutlich erhöht.

Es ist beinahe, als glaubte sie, sie könne sich mit gutem Karma ihren Sohn zurückkaufen.

Aber in Wirklichkeit gibt es kein Karma, oder? Ständig passieren schreckliche Dinge, die manchmal zu noch größeren Katastrophen führen.

Sie beendet den Anruf und gibt sich ein paar Minuten lang ihren Gedanken hin, bis ihr Handy piept. *Lebst du noch?*

Sie nimmt das Gerät und ruft Sal an. Er geht nach dem ersten Klingeln ran.

»Hey«, sagt er.

»Hey«, sagt sie und spürt eine Verlegenheit, die gestern Morgen noch nicht da war. Als es in der Leitung knistert, fällt ihr wieder ein, dass er draußen auf dem Weingut ist, wo er schlechten Handyempfang hat.

»Alles gut gelaufen gestern Abend?«, fragt er.

Marin zögert. Fast möchte sie es ihm nicht erzählen. Es fühlt sich so komisch an zu sagen: *Ja, alles ist super gelaufen. Ich hab gerade eine Viertelmillion Dollar an eine Wohltätigkeitsorganisation überwiesen, die Geld für den Problemlöser wäscht, den du mir empfohlen hast, damit er die Mätresse meines Mannes umlegt.*

»Ich habe mich dafür entschieden«, sagt sie schließlich. »Ich will sie … weghaben.«

»Ich dachte, du meintest Derek.« Selbst bei der schlechten Verbindung ist Sals Schock nicht zu überhören.

»Ich habe nie von Derek gesprochen. Das hast du Julian auch gesagt. Derek ist der Vater meines Sohnes. Es muss … es muss die Freundin sein.«

Lange sagt keiner von beiden etwas. Im Hintergrund hört sie den Fernseher. Gerade läuft *TODAY*, sie hört leises Lachen, sowohl vom Publikum als auch von Sals Mutter. Sie kann sich vorstellen, wie die beiden im Wohnzimmer sitzen und Kaffee trinken. Am Abend werden sie eine Flasche extrem teuren Merlot oder Cabernet Sauvignon aus ihrem Weinkeller aufmachen, wo die Reste der Weinsammlung von Sals Vater lagern.

»Wow.« Offenbar fällt ihm nichts Besseres ein. »Aber du weißt, dass es eigentlich nicht um sie geht, oder?«

»Das ist mir egal. Sie will alles zerstören, was von meiner Familie geblieben ist.« Wieder herrscht Stille. »Hast du mir etwa nicht zugetraut, dass ich es tun würde?«

»Ich hab schon vor langer Zeit gelernt, dich nicht zu unterschätzen«, sagt Sal leise. Die Fernsehgeräusche wurden leiser. Sie stellt sich vor, wie er in die Küche geht. »Aber du weißt, dass es jetzt kein Zurück mehr gibt, oder? Wenn du ihn bezahlt hast, ist das Geld weg.«

»Das weiß ich. Lässt sich jetzt nicht mehr ändern.« Diesmal ist sie es, die schweigt. »Weißt du … Hast du irgendeine Ahnung, wie er es machen will?«

»Nein.« Sals Antwort kommt schnell und entschieden. »Solche Fragen stelle ich ihm nicht. Das ist für dich nicht wichtig, glaub mir.«

»Das hat er auch gesagt.«

»Er wird dafür sorgen, dass es passiert. Es wird keine Verbindung zu dir geben. Deswegen ist er so teuer.«

Marin ist nicht besonders wohl bei dem Gedanken, wie sehr Sal auf Julians Fähigkeiten vertraut. Sie fragt sich, welche seiner Dienste er wohl schon einmal in Anspruch genommen hat.

»Was meinst du, wie lange es dauern wird?«, fragt sie, aber eigentlich meint sie: *Wie lange kann ich's mir noch anders überlegen, falls ich morgen früh aufwache und in Panik gerate?*

»Keine Ahnung«, sagt Sal. »Aber bestimmt nicht lange. Moment mal.« Sie hört ihn etwas zu seiner Mutter sagen, dann ist er wieder in der Leitung. »Sorry. Sie kam nicht an die Fernbedienung.«

»Wie geht es Lorna?«, fragt Marin.

»Besser. Einigermaßen mobil.«

»Freut mich. Dann geh mal wieder zu ihr.«

»Mar …« Sal zögert. »Willst du einen Rat von mir? Vergiss das Ganze. Vergiss das Treffen im Diner, vergiss das Geld. Schüttel es ab, als wäre es nie geschehen, und leb dein Leben. Denk nicht mehr an Julian. Und vergiss vor allem Dereks Freundin. Diese Menschen existieren für dich nicht mehr, okay? Nur so kommst du über alles weg. Und pfeif die Privatdetektivin zurück, Herrgott noch mal. Stell dir bloß vor, sie findet es raus.«

Sie nickt. Dann fällt ihr ein, dass Sal sie gar nicht sehen kann. Im Hintergrund hört sie Lorna nach ihm rufen.

»Ich muss auflegen«, sagt er. »Ich bin heute Abend wieder in der Stadt, falls du … reden willst. Kannst gern rüberkommen.«

Marin weiß, was er meint, es geht nicht um Julian. Er geht um sie beide und das, was gestern zwischen ihnen vorgefallen ist. Worüber sie bisher noch nicht gesprochen haben. Das müssen sie tun, aber nicht jetzt. Vorerst nicht. Sie kann sich nicht damit auseinandersetzen.

»Fahr vorsichtig«, sagt Marin und legt auf.

Sal kümmert sich rührend um seine Mutter, und die kann froh sein, einen Sohn wie ihn zu haben. Lorna hat nach dem Tod ihres Mannes vor zwanzig Jahren nicht wieder geheiratet, und seit einigen Jahren geht es ihr gesundheitlich immer schlechter. Sie hat Knie- und Rückenprobleme, und als sie vor knapp anderthalb Jahren eine neue Hüfte bekommen hat, hat Sal sie gepflegt; er musste sich fast einen Monat lang in seiner Kneipe vertreten lassen. Marin kann sich an den genauen Zeitpunkt erinnern, weil das wenige Wochen vor Sebastians Verschwinden passiert ist, damals hat sie Sals Mutter zuletzt gesehen.

Als Marin nach Lornas Entlassung aus dem Krankenhaus bei Sal angerufen hat, um sich zu erkundigen, wie es ihm ging, war der arme Kerl völlig fertig. Die Operation war gut verlaufen, aber Lorna konnte nichts allein machen, und im Haus lagen dringende Reparaturen an. Obwohl Sal und Lorna ihr versicherten, dass sie zurechtkämen, ist Marin zu ihnen rausgefahren, um ein paar Tage zu helfen.

»Aber Marin, du hast doch so viel zu tun«, sagte Sals Mutter erfreut und zugleich besorgt, als Marin nach der mehr als dreistündigen Fahrt müde vor der Tür stand. »Dein Kleiner braucht dich mehr als wir«, fügte sie hinzu und lächelte, sodass die Narbe an ihrer Wange sich kräuselte.

»Der ist bei seinem Daddy gut aufgehoben«, erwiderte Marin. »Die beiden freuen sich, mal unter Jungs zu sein.«

»Aber so kurz vor Weihnachten hast du doch bestimmt was Besseres zu tun, als dich um eine alte Frau ...«

»Ich freue mich wirklich, hier zu sein, Lorna.« Marin beugte sich vor und gab Lorna einen Kuss auf die Wange, spürte die weiche Narbe an ihren Lippen. Die Narbe hat sie zurückbehalten, nachdem ihr Mann mal wieder gewalttätig geworden war und sie halbtot geprügelt hatte. Woraufhin sie endlich die Scheidung eingereicht hatte. Sie hat nie über den Vorfall gesprochen, und er wurde nie verhaftet, aber Sal weiß es trotzdem. Alle wissen es. »Wie lange kennen wir uns jetzt schon? Du bist wie eine Mutter für mich, das weißt du doch.«

»Gott segne dich.« Lorna schaute Marin mit den sanften braunen Augen an, die Sal von ihr geerbt hat. »Ich wünschte, mein Sohn würde auch endlich heiraten und Kinder kriegen, solange ich noch da bin und mich an ihnen erfreuen kann. Ich werde nicht ewig leben. Es macht mich ganz krank zu denken, dass er ganz allein ist.«

Marin legte ihr eine Hand auf den Arm. »Er ist nicht allein, mach dir keine Sorgen. Egal, was passiert, ich bin ja da. Wo ist er denn überhaupt?«

»Im Keller«, sagte sie mit funkelnden Augen. »Er sucht einen guten Wein für heute Abend aus. Er hat sich so gefreut, als du gesagt hast, du würdest kommen.«

»Ich geh nach unten und begrüße ihn.« Marin konnte es nicht erwarten, ihn zu sehen, aber auch, Lorna zu entkommen. Die alte Frau konnte einem mit ihrer gefühlsduseligen Art ein bisschen auf die Nerven gehen.

Sals Mutter ist eine ganz liebe Frau, aber sie ist seelisch, körperlich und mental versehrt. Sie liebt Sal abgöttisch, es ist beinahe, als versuche sie, alles an Liebe nachzuholen, was sie ihm als Kind nicht gegeben hat. Und seit einiger Zeit verschlechtert sich ihr geistiger Zustand zunehmend. Ihr Arzt vermutet, dass sie beim letzten Mal, als ihr Mann sie verprügelt hat, einen Hirnschaden davongetragen hat, der damals nicht diagnostiziert wurde, dessen Spätfolgen jedoch immer deutlicher zutage treten. Sie kann sich kaum konzentrieren, selbst simple Tätigkeiten fallen ihr schwer, und Marin hört sie Selbstgespräche führen, Satzfetzen in einer Mischung aus Italienisch und Englisch, die kein Mensch versteht, wie Sal sagt.

Marin kann sich nicht vorstellen, was Sal und seine Mutter durchgemacht haben. Sal senior war ein Tyrann, der den Haushalt und das Weingut mit eiserner Faust geführt hat, und wehe dem, der es wagte, sich ihm zu widersetzen. Er hatte eine Schusswaffe im Safe im Schlafzimmer und besaß einen Waffenschein. Zwar hat er die Waffe nie benutzt, doch er ließ jeden wissen, dass sie da war, und manchmal lief er demonstrativ damit auf dem Grundstück herum, um seine Leute »auf Trab zu halten«. Von Sal weiß Marin, dass die männlichen Angestellten seine Wutanfälle fürchteten und die weiblichen Angestellten es tunlichst vermieden, auch nur einen Moment lang mit ihm allein zu sein.

Als Jugendlicher bekam Sal in der Regel die Prügel des Alten ab, aber er beklagte sich nicht, denn er wusste, wenn es nicht ihn traf, würde es seine Mutter treffen. Damals war Lorna eine sanfte Frau, die es immer allen recht machen wollte und ihren Mann so sehr liebte, wie sie ihn fürchtete. Eigentlich ist sie immer noch sanft und gefallsüchtig, nur dass sie jetzt keinen Mann mehr hat.

»Er ist ein guter Junge, nicht wahr?«, hat Lorna einmal zu Marin gesagt. Es war der letzte Nachmittag, den Marin auf dem Weingut verbracht hat.

Sie waren in der großen Küche, Lorna saß in einem Sessel, den Sal aus dem Wohnzimmer geholt hatte, damit sie bequem sitzen konnte, während Marin einen Imbiss für alle zubereitete. Durch das große Fenster auf der Rückseite des Hauses, von wo man einen Blick auf das Grundstück hatte, beobachtete Lorna ihren Sohn dabei, wie er einen Baum stutzte, dessen Äste zu dicht ans Haus ragten.

Der größte Teil des Weinguts – über zwölf Hektar – war zehn Jahre zuvor an ein großes Unternehmen verkauft worden. Da die neuen Eigentümer keine Verwendung für das Wohnhaus hatten – sie waren nur an den Weinbergen interessiert –, hatte Lorna das Haus samt Probierstube, Weinkeller und einem Hektar mit Weinstöcken behalten. Und sie war entschlossen, bis zu ihrem Tod dort wohnen zu bleiben. Aber seit es mit ihrer Gesundheit bergab geht, schafft sie es nicht mehr, das Haus in Schuss zu halten, sodass Sal gezwungen ist, mehr Zeit in Prosser zu verbringen, als ihm lieb ist.

Hinter dem Baum, den Sal stutzte, war am Ast eines anderen Baums eine Schaukel zu sehen, ein einfaches, an zwei Seilen befestigtes Brett. Einer der Angestellten hatte Sal damit überrascht, als er ein kleiner Junge war, vielleicht, um sich bei seinem Chef einzuschmeicheln, vielleicht, um Sal davon abzulenken, dass seine Mutter häufig blaue Flecken hatte. So oder so, Sal hatte sich riesig gefreut. Einmal hat er Marin erzählt, dass das Erlebnis eine seiner glücklicheren Kindheitserinnerungen ist. Es gibt nicht viele davon.

»Ja, er ist wirklich ein guter Junge«, sagte Marin und schaute ihrem alten Freund beim Arbeiten zu. Diesen Sal bekam sie nicht oft zu sehen, den Mann, der hier aufgewachsen war, der Äste absägte und sich beim Arbeiten die Hände schmutzig machte. Für sie war er immer der Städter gewesen, der Mann mit der Kneipe, der Junggeselle mit einer Eigentumswohnung in Belltown. Sie musste sich eingestehen, dass sie diesen Sal ziemlich attraktiv fand – den *Bauernjungen*, das genaue Gegenteil des jungen Mannes, mit dem sie als Studentin zusammen gewesen war.

»Warum habt ihr eigentlich nie geheiratet?« In Lornas Stimme lag kein Vorwurf, nur Enttäuschung. »Er hat dich so sehr geliebt.«

Lorna brachte das Thema jedes Mal auf, wenn Marin zu Besuch war, und Marin beantwortete die Frage genau wie immer. »Es hat einfach nicht sein sollen. Wir waren so jung damals«, fügte sie hinzu, ohne zu erwähnen, dass sie sich eine Woche nach der Trennung von Sal mit Derek zusammengetan hat.

»Liebst du deinen Mann?«

»Natürlich«, sagte Marin überrascht. Diese Frage hatte Lorna ihr noch nie gestellt. »Derek und ich sind schon so lange zusammen.«

»Ist er ein guter Ehemann?«, wollte Lorna wissen. »Und ist er deinem Sohn ein guter Vater?«

»Natürlich.« Marin stellte die Scones auf den Tisch, die sie gebuttert hatte, und setzte sich neben Lorna. »Warum? Was hat Sal dir erzählt?«

Lorna beobachtete ihren Sohn durchs Fenster. »Er kann deinen Mann nicht leiden.«

Das war nichts Neues.

»Sal sagt, er ist nicht gut zu dir.« Lorna riskierte einen kurzen Blick in Marins Richtung. »Er sagt, er betrügt dich.«

Marin schloss die Augen und unterdrückte einen Seufzer. Derek war ein einziges Mal fremdgegangen, zu Beginn ihrer Schwangerschaft, und sie konnte es nicht glauben, dass Sal seiner Mutter davon erzählt hatte. Es ging ihn nichts an, und Lorna noch weniger.

»Derek hat einen Fehler gemacht«, sagte sie und spürte, wie ihre Wangen zu glühen begannen. »Es wird nicht wieder vorkommen.«

»Verzeihen ist wichtig«, sagte Lorna mit einem nachdrücklichen Kopfnicken. »Du bist ein gutes Mädchen, Marin. Aber eins hab ich aus meiner langen Ehe gelernt: Eine Mutter muss ihre Kinder beschützen. Immer. Das ist das Allerwichtigste, und ich habe meinen Sohn nicht beschützt. Er hat mich beschützt, obwohl es eigentlich umgekehrt hätte sein müssen. Ich glaube, das ist der Grund, warum er heute keinem vertraut. Außer dir«, fügte sie mit einem schwachen Lächeln hinzu. »Du musst ein Auge auf ihn haben in der Stadt. Aufpassen, dass er nicht einsam ist.«

Marin drückte Lornas Arm. »Wir passen beide aufeinander auf.«

Eine Stunde später war sie bereit zum Aufbruch. Im Kofferraum stand neben ihrer Reisetasche eine Kiste mit ausgesuchten Weinen aus Lornas Keller. Sal ließ sie nie ohne Wein aus Prosser wegfahren.

»Arbeite nicht zu viel«, sagte sie zu Sal, nachdem sie sich von Lorna verabschiedet hatte. Es tat ihr leid, die beiden allein zu lassen, aber sie freute sich auf Seattle. Das alte Haus war umgeben von Weinbergen, keine Nachbarn in Sichtweite, und der Handyempfang war sehr schlecht. Marin sehnte sich nach der Geschäftigkeit der Großstadt, nach den Bequemlichkeiten ihres Hauses. Und natürlich nach ihren Jungs.

Sal umarmte sie herzlich. Er roch angenehm nach Gras und frischer Luft. »Danke fürs Kommen. Du warst mir eine große Hilfe.«

»Sehen wir uns nächste Woche?«

Er schüttelte den Kopf. »Ich hab hier noch zu viel zu tun, und ich muss fertig werden, bevor der Schnee kommt. Ich bleibe über Weihnachten hier. Wir sehen uns im Januar.« Er drückte sie noch einmal an sich. »Ich wünsche dir ein schönes Weihnachtsfest, Mar.«

Fünf Tage später, drei Tage vor Weihnachten, ist Sebastian verschwunden. An dem Tag sind ihr Lornas Worte wieder eingefallen, sie waren wie ein Schlag ins Gesicht: *Eine Mutter muss ihre Kinder beschützen. Das ist das Allerwichtigste.*

Aber in dem Punkt hat Marin versagt. Auf schreckliche Weise versagt.

In dieser Hinsicht ist sie nicht besser als Lorna. Nach den vielen Therapiesitzungen ist ihr bewusst, dass jede Person das Ergebnis dessen ist, was sie durchgemacht hat. Marin ist mit einer extrem kritischen Mutter aufgewachsen, weswegen es ihr schwerfällt, um Hilfe zu bitten, und weswegen sie sich für alles die Schuld gibt. Derek ist in bitterer Armut aufgewachsen, weswegen es ihm so wichtig ist, Geld zu haben und alle *wissen zu lassen*, dass er welches hat. Und Sal ist mit einem gewalttätigen, alkoholkranken Vater aufgewachsen. Er war erst einundzwanzig, als sein Vater am Abend seines fünfzigsten Geburtstags vom Balkon seiner Wohnung im sechzehnten Stock gefallen ist.

So lautet zumindest die offizielle Geschichte. *Offiziell* war niemand dabei, als es passiert ist, und die Theorie ist absolut plausibel. Sal senior war ein notorischer Säufer, schludrig und boshaft und nicht gerade bekannt für vernünftiges Verhalten.

Sal spricht nie über jenen Abend, nicht einmal mit Marin, die ebenfalls auf der Party war und, nachdem die letzten Gäste weg waren, noch lange geblieben ist, um ihm beim Aufräumen zu helfen. Nach dem letzten schrecklichen Streit, dessen Ergebnis Lornas Kopfverletzung war, hatten Sals Eltern sich endlich getrennt, und Sals Vater hatte sich eine Wohnung in der Stadt gemietet, in die er sich zurückziehen konnte, wenn auf dem Weingut nicht so viel zu tun war. Als Marin Sals Vater kennengelernt hat, war er voll im Junggesellenmodus. Zu seinem Fünfzigsten hat er eine riesige Party geschmissen, um mit seinen neuen Freunden aus der Stadt zu feiern – hauptsächlich Männern, mit denen er Poker spielte. Zu dieser Party hat er auch seinen Sohn eingeladen. Marin hat Sal gut zugeredet hinzugehen, weil sie dachte, es wäre eine gute Gelegenheit für Vater und Sohn, einander wieder näherzukommen. Außerdem wollte sie Sals Vater kennenlernen – und konnte nicht ahnen, was auf sie zukam.

»Menschen ändern sich«, hat sie damals zu Sal gesagt, was im Rückblick eine dumme Bemerkung war.

»Du hast doch selbst gesagt, dass er sich seit der Trennung gebessert hat. Er hat dir eine Tür geöffnet. Jetzt brauchst du nur noch durchzugehen.«

»Du kennst ihn nicht, Mar.«

»Stimmt«, sagte sie. »Aber vergiss nicht, ich werde die ganze Zeit bei dir sein.«

Als sie ankamen, war Sal senior schon nicht mehr nüchtern. Als um zwei Uhr die letzten Gäste gingen, lieferte er sich sturzbetrunken einen heftigen Streit mit Sal. Marin, die in der kleinen Küche dabei war, gebrauchte Pappteller und Plastikbecher in einen Müllsack zu stopfen, hörte, wie die beiden sich auf dem Balkon anbrüllten. Die Schiebetür stand offen, und eine kühle Brise wehte in die Wohnung. Als sie gerade den Müllsack zuband, hörte sie Sal sagen: »Ich sollte Mom die Scheidung ersparen und dich einfach kaltmachen, du Schwein.«

Sie hörte Sal senior lachen. Er lachte, als hätte sein Sohn gerade den besten Witz aller Zeiten gerissen. Dann sagte er etwas, das Marin nicht verstehen konnte, leise und drohend. So drohend, dass Marin es mit der Angst bekam. Kurz entschlossen ging sie zum Balkon. Sie hätte Sal nie überreden sollen, die Einladung seines Vaters anzunehmen. Was hatte sie sich überhaupt dabei gedacht? Sie mussten weg, und zwar sofort, ehe die Sache völlig aus dem Ruder lief.

Aber als sie auf den Balkon trat, war dort nur Sal.

Wenn ein Körper auf dem Pflaster landet, hört man vom sechzehnten Stock aus nichts. Man stellt sich vor, was es für ein Geräusch macht, wenn die Knochen auf dem Asphalt brechen, wenn der Schädel birst, aber aus so großer Höhe kann man es nicht hören. Marin hat den Sturz nicht gesehen, hat den Aufprall nicht gehört, aber sie konnte nur mit Mühe einen Schrei unterdrücken, als sie über die Brüstung schaute und den winzigen Körper unten auf dem Gehweg liegen sah. Es war beinahe unwirklich.

Wenn der Mann nicht aus so großer Höhe gestürzt wäre – vielleicht nur aus dem sechsten Stock und bei Tageslicht –, dann hätte sie womöglich deutlicher gesehen, auf welch grauenvolle Weise Sal senior gestorben war, und hätte eine andere Entscheidung getroffen. Aber es war mitten in der Nacht. Und um zwei Uhr morgens war die Straße menschenleer.

»O Gott, Marin, o Gott, was hab ich getan …« Sal schluchzte so heftig, dass er kaum sprechen konnte.

»Schsch«, machte Marin, während ihr langsam bewusst wurde, was geschehen war. Sie legte Sal einen Finger auf die Lippen und zog ihn in die Wohnung. »Sag das nie wieder, verstanden. Hör mir zu, Sal. Hörst du mir überhaupt zu?«

Er nickte. Seine Augen waren glasig. Er hatte ein paar Bier getrunken, aber das war schon Stunden her. Er war nicht betrunken. Er stand unter Schock.

»Wir waren im Wohnzimmer, und du wolltest noch mal aufs Klo, bevor wir uns auf den Weg machten. Ich bin auf den Balkon gegangen, um mich von deinem Vater zu verabschieden, und als er da nicht war, hab ich über die Brüstung geschaut und ihn unten liegen sehen. Ich hab den Notruf gewählt und …«

»Nein, Marin …«

»*Ich hab den Notruf gewählt*«, wiederholte sie, während sie das Telefon aus der Basisstation nahm, »weil ein schrecklicher Unfall geschehen ist. Dein verdammter betrunkener Vater ist von seinem verdammten Balkon gefallen. Du warst nicht mal in der Nähe des Balkons, als es passiert ist. Kapiert?«

Er nickte, sie machte den Anruf, und die Polizisten kauften ihnen die Geschichte ab. Später sagten mehrere Partygäste aus, dass Sals Vater volltrunken gewesen und umhergewankt war. Er hatte im betrunkenen Zustand schon diverse Unfälle gehabt – als Sal noch auf die Highschool ging, war er einmal, als niemand zu Hause war, in einen Spiegel gestürzt und hatte sich das ganze Gesicht zerschnitten.

Einen Monat später haben Sal und Marin sich getrennt. Sie konnten sich beide nicht eingestehen, dass ihre Beziehung am Tod von Sals Vater zerbrochen ist. Wie auch, wenn Sal sich weigerte, darüber zu reden? Aber es war der Tropfen, der das Fass zum Überlaufen brachte und eine Beziehung beendete, die nicht hatte sein sollen, wie Marin es Lorna gegenüber ausgedrückt hatte.

Ein Ping kündigt den Eingang einer E-Mail an und reißt Marin aus ihren Gedanken. Es ist die Bestätigung ihres Finanzberaters, dass das Geld auf dem Zielkonto eingegangen ist. Jetzt ist es offiziell. *Kein Geld zurück*, wie Julian ihr erklärt hat.

Mitten im Gewühl eines Weihnachtsmarkts die Hand ihres kleinen Sohnes loszulassen ist das Schlimmste, was Marin je getan hat. Und das jetzt ist das Zweitschlimmste. Aber das jetzt hat sie mit Absicht getan.

Sie überprüft die Shadow App. Keine neuen Textnachrichten zwischen Derek und seiner Mätresse, seit er versucht hat, die Affäre zu beenden, nur um es sich wenige Minuten später wieder anders zu überlegen. Daraus muss die Trauer sprechen, denn der Derek, der mit einer Vierundzwanzigjährigen schläft, ist nicht der Derek, den Marin geheiratet hat. Jeder geht mit einem schlimmen Verlust anders um. Marin hat Mist gebaut. Derek hat Mist gebaut. Sie kann ihren Fehler nicht wiedergutmachen. Aber sie kann Dereks Fehler korrigieren.

Was hat Lorna zu ihr gesagt? *Verzeihen ist wichtig.*

McKenzie Li ist es nicht wert, dass Marin noch mehr Zeit und Energie auf sie verschwendet, keine Sekunde mehr. Marin drückt auf das Icon der Shadow App, bis das kleine »x« auftaucht. Dann öffnet sich ein Fenster.

Soll Shadow-App gelöscht werden?
Mit dem Löschen der App werden auch die Daten gelöscht.

Sie drückt auf Löschen. Dann schickt sie Vanessa Castro eine kurze E-Mail.

VC – Sie brauchen der Affäre nicht mehr nachzugehen. Das übernehme ich selbst.
Danke,
MM

Die Detektivin antwortet sofort.

Verstanden – VC

Und dann, weil sie schon geduscht und angezogen ist, und weil sie nichts ungeschehen machen kann, geht Marin zur Arbeit.

TEIL ZWEI

I'm only faking when I get it right

Soundgarden

Kapitel 15

Während Kenzie im Topf rührt, behält sie den Timer im Auge, damit die Nudeln nicht zerkochen. Schon zehn Sekunden können zu viel sein. Sie hat noch neun Packungen Ramen im Schrank, weil es beim Discounter immer fünf für einen Dollar gibt, und die müssen für eine Woche reichen. Geschmacksrichtung heute: Rind.

Von den Nudeln kriegt sie am nächsten Tag immer geschwollene Augen, aber das ist ihr egal. Sie hat von der Nacht im Hotel noch mindestens drei Instagram-taugliche Fotos auf ihrem Handy, und keins davon ist ein Selfie. Sie kennt ihre Schokoladenseite und kann gut mit dem Selbstauslöser umgehen. Sie braucht die Fotos nur noch ein bisschen zu bearbeiten, dann können sie gepostet werden.

Derek hat sie mal gefragt, was das alles soll, warum sie so viel Wert darauf legt, von fünfzigtausend Wildfremden gelikt zu werden. Manche Leute hassen einen, weil man berühmt ist, aber sie interessieren sich trotzdem dafür, was man macht, mit wem man zusammen ist, was man anzieht, wo man hingeht. Besser ein Hasskommentar als gar keiner. Es geht darum, beachtet zu werden, um die Sichtbarkeit. Wer man im Internet ist,

ist heutzutage fast so wichtig, wie wer man im richtigen Leben ist.

»Aber warum?«, hat Derek verwirrt nachgehakt. »Verdienst du damit Geld?«

»Manchmal kriege ich ein paar Produkte gratis«, hat sie gesagt. »Aber wenn ich es schaffe, hunderttausend Follower zu bekommen, kann es sein, dass ich Geld für Werbung bekomme. Ich kenne eine Influencerin, die zwei Millionen Follower und damit so viel Geld verdient hat, dass sie ihre ganze Hochzeit und die Flitterwochen davon bezahlen konnte. Und sie brauchte nur alles zu fotografieren und alle Produkte zu markieren.«

Es war komisch, das jemandem zu erklären, noch dazu jemandem, der in den sozialen Medien so gut wie gar nicht aktiv ist. Die meisten Leute, die sie kennt, verstehen das umfassende Instagram-Ökosystem aus Influencern, Followern und Firmen, die versuchen, ihnen einen besseren Lebensstil zu verkaufen. Oder den Anschein eines besseren Lebensstils. Dereks Firma hat natürlich bei allen sozialen Medien einen Account, er kümmert sich nur nicht darum. Das macht ein Praktikant in der Marketingabteilung.

»Im Internet kann ich sein, wer ich will«, sagte sie. »Ich hab die vollkommene Kontrolle darüber, wie die Leute mich wahrnehmen. Ich erzähle die Geschichte selbst.«

»Und warum ist das wichtig?«

»Darum«, sagte sie. »Auf diese Weise erinnern wir die anderen daran, dass es uns gibt.«

»Stellst du deine Kunst auch ins Netz?«

»Nein, nie«, sagte sie. »Meine Kunst geb ich nicht umsonst raus.«

Derek sah sie komisch an. »Kapier ich nicht«, sagte er. Dann knuffte er sie in die Rippen, und sie merkte, dass er sie auf den Arm nahm.

Sie hat ihm mit dem Kopfkissen eins übergezogen. »Halt die Klappe! So machen das die coolen Kids nun mal, du alter Sack!«

Der Timer klingelt, Kenzie schaltet den Herd aus und schiebt den Kochtopf auf eine kalte Herdplatte. Sie reißt das Gewürzpäckchen mit den Zähnen auf, schüttet den Inhalt in den Topf, rührt ein letztes Mal um und gibt die Nudeln in eine Schale. Die Mahlzeit, die sie sich einverleiben wird, hat null Nährwert, aber genauso wie die Barenaked Ladies sich auch dann noch Kraft Dinner reinziehen würden, wenn sie eine Million Dollar hätten, wird Kenzie weiterhin Ramen-Nudeln essen, falls sie Derek jemals heiratet.

Krass. Hat sie das tatsächlich gerade gedacht? Derek *heiraten*? Was zum Teufel ist mit ihr los?

Es war wirklich und wahrhaftig nicht vorgesehen, dass es so weit kommt.

Als sie sich vor einem halben Jahr zum ersten Mal begegnet sind – offiziell jedenfalls –, hatte Derek keine Ahnung, wer Kenzie ist. Er erinnerte sich nicht an sie. Bis zu dem Tag, an dem er das Green Bean betrat, hat sie für ihn nicht existiert.

Es war nicht viel los, und Kenzie erinnert sich, wie sie einen metallic-schwarzen Maserati beobachtet hat, der vor dem Eingang in zweiter Reihe parkte. Im University District, wo hauptsächlich Studenten und Krankenhausangestellte die Cafés bevölkern, fällt ein Maserati auf, selbst wenn er keine auffällige Farbe hat.

Dann kam Derek herein, groß und elegant in seinem maßgeschneiderten Anzug und den blank polierten schwarzen Schuhen, die Haare perfekt frisiert, eine lederne Laptoptasche über der Schulter, das Abbild eines erfolgreichen Geschäftsmanns. Kenzie hat ihn sofort erkannt.

Er war der Typ vom Markt.

Etwa ein Jahr lang war er alle zwei Wochen an den Stand von Taquitos Hermanos am westlichen Ende des Pike Place Market gekommen, wo Kenzie eine Weile gearbeitet hat, nachdem sie fürs Studium nach Seattle gezogen war. Carlos und Joey bezahlten sie am Ende jeder Schicht in bar, und sie arbeitete überall, wo der Wagen aufgestellt wurde – auf Food Festivals, auf Konzerten, sogar hin und wieder auf einer Hochzeitsparty unter freiem Himmel. Es war eine angenehme Art, Geld zu verdienen, ohne Steuern bezahlen zu müssen, und das Beste war, dass sie essen konnte, was und so viel sie wollte. Samstags hatte der Wagen einen festen Standort auf dem Pike Place Market.

»Einmal Skirt Steak mit extra Guacamole, extra Käse und extra Tomaten«, sagte Derek jedes Mal.

Der Taco kostete vier Dollar, und er bezahlte regelmäßig mit einem Fünfer und steckte den Rest in die Trinkgelddose. Damals wusste sie noch nicht, dass er stinkreich war. In Jeans und Windjacke sah er aus wie alle anderen. Manchmal brachte er auch seinen Sohn mit, und dann kaufte er dem Kleinen einen Churro.

Dann wurde sein Sohn entführt, und er kam nicht mehr. Und irgendwann hat Carlos den Taco-Wagen verkauft.

Kenzie wusste natürlich von der Entführung. Es stand in allen Zeitungen, kam ständig in den Nachrichten, und die Polizei suchte den ganzen Markt ab. Ein Polizist kam zum Wagen und fragte alle, ob irgendjemand einen kleinen Jungen in einem Pullover mit Rentier gesehen habe. Carlos und Joey hatten nichts bemerkt. Sie waren mit Kochen beschäftigt und hatten keinen Kontakt mit der Kundschaft. Als der Polizist Kenzie das Foto von dem Kleinen zeigte, hat sie den Kopf geschüttelt. Derek hätte sie erkannt, wenn man ihr ein Foto von ihm gezeigt hätte, aber kleine Kinder waren praktisch unsichtbar. Sie hatte Dereks Sohn nie richtig wahrgenommen.

Später, zu Hause, hat sie den Link zu der Vermisstenmeldung auf Facebook gesehen, und da war wieder das Foto, das der Polizist ihr gezeigt hatte. Dasselbe Kind, derselbe Pullover. Weiter unten auf der Seite war eine Aufnahme von den Eltern, und da fiel der Groschen.

»Kuck mal, Ty.« Sie hat den Laptop so gedreht, dass ihr Mitbewohner den Bildschirm sehen konnte. Er saß neben ihr auf dem Sofa und hantierte mit seinem Handy. »Das ist der kleine Junge, nach dem die mich heute gefragt haben. Der auf dem Markt entführt worden ist.«

Ty warf einen kurzen Blick auf den Bildschirm und murmelte etwas, das dem Ton nach zu urteilen mitfühlend klang. Aber er war in seine eigene kleine Welt vertieft und wie besessen mit einer Angebeteten beschäftigt, die seine Textnachrichten ignorierte.

Derek und seine Frau hatten gerade im Fernsehen eine Erklärung abgegeben und die Öffentlichkeit gebeten, bei der Suche nach ihrem Sohn zu helfen. Die Geschichte war total verrückt, schrecklich und zugleich spannend, genau der Stoff, aus dem Netflix eines Tages einen Dokumentarfilm machen würde. Die Schlagzeilen lauteten: »Sohn von PowerOrganix CEO am helllichten Tag entführt« und »Star-Stylistin bittet die Öffentlichkeit um Mithilfe bei der Suche nach ihrem vermissten Kind«.

Als Belohnung für Hinweise, die zum Auffinden des Kindes führen würden, wurde ein Million Dollar geboten. Aber der Kleine blieb verschwunden.

Als Derek sich neun Monate später im Green Bean dem Tresen näherte, sah er okay aus. Normal. Nicht anders als all die Male, die Kenzie ihm auf dem Markt einen Taco verkauft hatte. Aber aus der Nähe wirkte er ... leer. Als wäre er um zehn Jahre gealtert, nicht im Aussehen, aber im Auftreten.

Kenzie hat ihn freundlich angelächelt in der Erwartung, dass er sie wiedererkennen und irgendetwas sagen würde wie »Hey, du arbeitest jetzt hier?«, aber er hat sie gar nicht angesehen, sondern über ihren Kopf hinweg das Angebot an der Wand hinterm Tresen studiert. Er bestellte einen Becher Kaffee, schwarz, dunkle Röstung. Seine Rechnung belief sich auf 2,20 Dollar, er hat ihr einen Zehner gegeben und gesagt, sie solle den Rest behalten.

»Das ist viel zu viel«, protestierte sie und gab ihm das Wechselgeld.

Er lächelte abwesend, ihre Blicke begegneten sich ganz kurz, dann ließ er das ganze Geld ins Trinkgeldglas fallen.

Er setzte sich an einen der kleinen Tische am Fenster, klappte seinen Laptop auf und arbeitete noch immer, als eine halbe Stunde später ihre Pause anfing. Sie nahm einen Cookie aus dem Glas, legte ihn auf einen Teller und brachte ihn an den Tisch.

»Der Cookie des Tages«, hat sie gesagt. »Chocolate Chip. Schmeckt köstlich und ist die Sünde absolut wert. Ich wünschte, ich könnte sagen, er geht auf mich, aber bei dem dicken Trinkgeld würde das ein bisschen komisch rüberkommen.«

Er blickte überrascht auf. Sie hatte ganz vergessen, wie gut er aussah, sein kantiges Gesicht war glatt rasiert, in seinen dunklen Augen spiegelte sich golden das Sonnenlicht, das durchs Fenster hereinfiel. Manche Männer altern nicht gut; sie kriegen eine Wampe von zu viel fettigem Essen oder ein rotes Gesicht von zu viel Alkohol. Derek nicht. Er ähnelt eher Bradley Cooper als Russell Crowe.

»Das war aber nicht nötig«, sagte er.

»Wenn Sie ihn nicht essen, dann tue ich es, allerdings hatte ich schon zwei.«

Er lächelte, aber das Lächeln erreichte seine Augen nicht. »Wollen wir ihn uns teilen?«

»Nein, danke, der ist für Sie.« Sie wollte schon gehen, drehte sich aber noch mal um. »Sie erinnern sich nicht, stimmt's?«

Er legte den Kopf schief. »Sie kommen mir schon irgendwie bekannt vor …«

Kenzie ist nicht dumm, sie merkt es, wenn man ihr Honig um den Bart schmiert.

»Blödsinn. Sie haben keine Ahnung, wer ich bin. Und das ist total okay«, hat sie hinzugefügt, als er den Mund aufgemacht hat, um zu widersprechen. »Schön zu wissen, dass ich so einen Eindruck hinterlassen hab, nachdem wir uns ein Jahr lang jedes Wochenende gesehen haben.« Leicht übertrieben, aber egal.

»Haben Sie gerade zu einem Kunden *Blödsinn* gesagt?«

»Wollen Sie mich verpetzen?« Diesmal hat sie den Kopf schief gelegt. »Wir haben auf dem Tresen einen Meckerkasten, da können Sie einen Zettel reinwerfen und sich über meine Ausdrucksweise beschweren.«

»Wirklich?«

»Nein«, hat sie mit einem Lächeln geantwortet. »Nicht wirklich.«

Er hat sich zurückgelehnt und sie angeschaut, als würde er sie zum ersten Mal sehen. Sie merkte, wie sie den Atem anhielt. Manche Männer mögen freche Frauen. Andere fühlen sich eingeschüchtert. Kenzie war sich ziemlich sicher, dass Derek zur ersten Sorte gehörte. Ein Typ in so einem teuren Anzug, der so ein Auto fährt, ist es nicht gewöhnt, dass eine ihm frech kommt. Die meisten würden sich so etwas nicht trauen.

Es funktionierte.

»Okay, ich geb's auf«, sagte Derek. »Woher kennen wir uns?«

»Taquitos Hermanos.« Keine Reaktion. »Der Taco-Stand auf dem Pike Place Market? Sie haben immer das Gleiche bestellt. Carne asada, extra scharf, extra Guacamole, mit Käse.«

Er wirkte immer noch ratlos, dann musste sie lachen. »Wow. Entweder können Sie sich einfach keine Gesichter merken, oder ich bin einfach so leicht zu vergessen.«

»Moment. Jetzt fällt's mir ein.« Seine Miene verdüsterte sich ein bisschen. »Ich bin nur ... so lange nicht mehr auf den Markt gegangen. Ich erinnere mich an Sie. Ihre Haare waren anders …«

»Die waren blau damals«, sagte sie und wickelte sich eine Strähne um einen Finger.

»So sehen sie viel besser aus«, sagte er, und als sie die Brauen hob, wurde er rot. »Sorry, so hab ich das nicht gemeint …«

»Wie haben Sie's denn gemeint?«

»Es sieht … *Scheiße*. Ich meine … blond, blau … sieht beides gut aus.«

»Haben Sie gerade zu einer Kellnerin *Scheiße* gesagt? Dabei hab ich Ihnen sogar einen Gratis-Cookie gebracht.«

»Jetzt ist er auf einmal gratis? Ich dachte, Sie hätten ihn von dem dicken Trinkgeld bezahlt, das ich Ihnen gegeben habe.«

»*Wow.*«

»Wissen Sie, was, ich glaube, ich halte jetzt einfach die Klappe.«

»Klingt gut.«

Dann haben sie sich in die Augen gesehen und mussten plötzlich laut lachen.

»McKenzie«, hat sie gesagt und ihm die Hand hingehalten. »Sie können mich Kenzie nennen. Zumindest für heute. Denn sobald Sie durch die Tür gehen, höre ich sowieso auf, für Sie zu existieren.«

»Derek.« Dann haben sie sich die Hand geschüttelt, und er hat ihre ein bisschen länger als nötig festgehalten. »Ich glaube nicht, dass das jetzt noch möglich ist.«

Ein bisschen zögernd ließ er ihre Hand los. Ihr fiel auf, dass er einen Ehering trug. Er merkte, dass es ihr aufgefallen war, und ließ daraufhin seine Hand auf den Schoß sinken, sodass sie sie nicht mehr sehen konnte. Er hätte sich keine Sorgen zu machen brauchen.

Es ist ein Mythos, dass ein Ehering eine Frau davon abhält, einen Mann anzubaggern. Im Gegenteil, manche Frauen fühlen sich von einem Ehering angezogen wie Motten vom Licht. Für diese Frauen ist der Ring genau das, was sie suchen.

Nach der ersten Begegnung kam Derek alle paar Tage ins Green Bean, dann jeden zweiten Tag, und Kenzie kam gar nicht darüber weg, wie sehr er sich von dem Mann unterschied, den sie vom Markt in Erinnerung hatte. Der Typ auf dem Markt war voller Leben und Energie gewesen. Seine ganze Art, sich zu bewegen, strahlte Vitalität aus.

Der neue Derek wirkte gequält. Einsam. Und er schien jemanden zu brauchen, mit dem er reden konnte, ohne sich fragen lassen zu müssen, was ihn quälte. Kenzie hatte ihm nicht gesagt, dass sie von der Sache mit seinem Sohn wusste. Sie hatten nur Vornamen ausgetauscht.

»Pause?«, fragte er ein paar Wochen später, als Kenzie ohne Schürze hinter dem Tresen hervorkam. »Setzen Sie sich doch zu mir.«

»Sicher? Ich wollte nicht stören.« Sein Laptop war aufgeklappt, und auf dem Bildschirm waren lauter Zahlen in einer Tabelle zu sehen.

»Stören Sie mich ruhig.« Wie um seine Worte zu unterstreichen, klappte er seinen Laptop zu, schob ihn zur Seite und zeigte auf den Stuhl ihm gegenüber.

Sie setzte sich, und sie lächelten einander an. Sie schaute ihm direkt ins Gesicht.

»Was ist?«, fragte er. »Hab ich was im Gesicht? Hab ich mich heute Morgen beim Rasieren geschnitten, und keiner hat's mir gesagt?«

»Sie kommen in letzter Zeit ziemlich häufig her«, sagte sie. »Meine Kollegin glaubt, Sie wären in mich verknallt.«

»Ich …« Er lief rot an. »Ich bin doch viel zu alt für Sie.«

»Und zu verheiratet.«

Er betrachtete seinen Ehering und drehte ihn hin und her. »Ja. Das auch.« Er lächelte sie wehmütig an. »Ich komme gern her. Als Student habe ich hier um die Ecke gewohnt. Der Laden erinnert mich an … weniger komplizierte Zeiten. Aber das ist eine Million Jahre her.«

»Ach? Und was für Themen hatten die Kurse damals? Bei Regen Feuer machen? Das Paarungsverhalten des Wollhaarmammuts?«

Er lachte. »Ich habe Betriebswirtschaft und Mathe studiert.«

»Klingt ja furchtbar.« Ihr Blick fiel auf den Maserati vor dem Fenster, und sie musste lachen. »Aber vermutlich ist das der Grund, warum Sie das Batmobil fahren und ich den Bus nehme.«

»Was haben Sie gerade gesagt?«

»Batmobil.« Sie verdrehte die Augen. »Also wirklich, in Ihrem Alter müssen Sie Batman doch …«

»Mein Sohn hat mein Auto immer so genannt«, sagte Derek und betrachtete sein Auto. »Das Batmobil. Als ich zum ersten Mal mit dem Wagen nach Hause kam, hat er sich gefreut wie ein Schneekönig. Meine Frau war entsetzt, sie hat ihn als Angeberauto bezeichnet. Ich hatte ein verdammt gutes Jahr gehabt und hab ihn spontan gekauft. Aber als sie Sebastians leuchtende Augen gesehen hat, ist sie dahingeschmolzen. Deswegen bringe ich es nicht fertig, mich von der Karre zu trennen.«

Zuerst wusste Kenzie nicht, was sie darauf sagen sollte. Es fühlte sich falsch an, so zu tun, als wüsste sie nichts von Sebastian, aber sein Schmerz war so deutlich zu spüren, dass sie Angst hatte, etwas Falsches zu sagen.

»Er ist Robin, und Sie sind Batman«, hat sie schließlich gesagt. »Ich glaube ganz bestimmt, dass er eines Tages wieder in dem Auto fahren wird.«

Ruckartig hat er den Kopf gehoben. »Sie wissen von meinem Sohn?«

Sie nickte langsam. »Es stand ja in allen Zeitungen. Ich ... Ich war sogar auf dem Markt an dem Tag, als es passiert ist. Die Polizei hat uns ein Foto von ihm gezeigt, aber keiner von uns ... Keiner von uns hat was gesehen.« Sie biss sich auf die Lippe. »Es tut mir so leid, Derek. Ich wusste nicht, wie ich es ansprechen sollte. Oder ob ich es überhaupt ansprechen sollte. Als Sie hier reingekommen sind, hab ich mich sofort an Sie erinnert.« Beinahe hätte sie hinzugefügt *und an Ihren Sohn*, aber das wäre zu viel gewesen. Und es wäre eine Lüge gewesen.

Er schaute sie an. »Danke jedenfalls, dass Sie's mir gesagt haben.«

»Wir müssen nicht darüber reden, wenn Sie nicht wollen.« Kenzie wandte sich ab und betrachtete wieder den Maserati. »Aber ich kann Sie gut verstehen. Das Batmobil muss bleiben.«

Das entlockte ihm ein Lächeln. »Und was studieren Sie, wenn ich fragen darf?«

»Kunst. Ich mache ein Masterstudium in Möbeldesign, aber mein Lieblingsfach ist die Malerei.«

»Und in Malerei gibt es keinen Master?«

»Doch, klar«, sagte sie, »aber eine gute Malerin wird man durchs Malen. Kunst ist subjektiv. Entweder sie berührt einen oder nicht. Ich brauche nicht mehr Ausbildung, ich brauche mehr Übung.«

»Das erklärt auch, warum Sie mich immer so ansehen«, sagte Derek. »Sie sind eine Beobachterin. Eine wahre Künstlerin.«

»Woher wollen Sie das wissen? Sie haben ja meine Sachen doch gar nicht gesehen ... noch nicht.« Sie lächelte ihn an. »Aber das ist nicht der Grund, warum ich Sie so anschaue.«

Er schluckte.

»Jedenfalls hab ich für heute Feierabend«, sagte sie. »Ich brauche ein Mittagessen. Haben Sie schon gegessen?«

Er schüttelte den Kopf.

»Ich weiß nicht, ob Sie auf kubanische Küche stehen, aber hier in der Nähe ist ein cooles kleines Restaurant. Mittags muss man richtig lange Schlange stehen, aber das Essen ist ...«

»Meinen Sie das Fénix?«

Kenzie lächelte überrascht. »Kennen Sie das etwa? Das Pulled-Pork-Sandwich, das die dort machen, ist absolut göttlich.«

»Ob ich das Fénix kenne? Ich hab in den Laden investiert. Gehen wir.«

»Soll das ein Witz sein?«

»Mir gehören fünfundzwanzig Prozent.«

»O mein Gott.« Sie stand auf und wartete, bis er seinen Laptop eingepackt hatte. »Heißt das, Sie können dort gratis essen?«

»Nein, ich bezahle für mein Essen. Aber ich muss nicht Schlange stehen«, sagte er mit einem Augenzwinkern. Auf dem Weg zur Tür nahm er sein Handy heraus und rief im Restaurant an. »Hey, Jeremy, hier ist Derek ... Alles gut, Mann. Und bei dir? ... Super. Ich hätte gern zweimal das Pulled Pork mit extra Jalapeños und Maniok-Fritten. Falls draußen noch ein Tisch zu haben ist, halt ihn für mich frei ... einen kleinen für zwei Personen. Wir sind in fünf Minuten da.«

Ihre Schulter streifte seine Brust, als sie das Green Bean verließen. So nahe war sie ihm noch nie gekommen, und zum ersten Mal wurde ihr bewusst, wie viel größer er war als sie. Dabei war sie mit einsfünfundsiebzig nicht gerade klein.

»Pulled-Pork-Sandwich und nicht Schlange stehen ... Ich glaub, ich liebe dich«, flüsterte sie vor sich hin, laut genug, dass er es hören konnte, als er ihr die Tür aufhielt.

»Was bin ich doch für ein Glückspilz«, sagte Derek.

Da war der Funke.

Und sie wusste, dass sie ihn an der Angel hatte.

Kapitel 16

Als Kenzie von der Arbeit im Green Bean nach Hause kommt, ist es still in der Wohnung. Tylers Tür ist zu. Sie legt das Ohr an das dünne Türblatt und hört ihn schnarchen. Als sie sich am Morgen um kurz vor fünf für die Arbeit fertig gemacht hat, hat sie ihn kommen hören, aber sie haben nicht miteinander gesprochen. Wenn er erst um diese Zeit nach Hause gekommen ist, hat er vermutlich in der Bar jemanden abgeschleppt.

Ihr Mitbewohner ist offensichtlich sauer auf sie, und sie kann es ihm nicht verdenken, nachdem sie auch noch den gemeinsamen *Hill House*-Marathon hat sausen lassen. Sie teilen sich eine fünfundsechzig Quadratmeter große Wohnung, und trotzdem sehen sie sich kaum noch. Er fehlt ihr. Und sie fühlt sich einsam.

Sie hat seit zwei Tagen nichts von Derek gehört.

So gern sie es tun würde, sie kann ihm keine Textnachricht schicken. Sie muss auf eine Nachricht von ihm warten. In Beziehungen mit verheirateten Männern gelten bestimmte Regeln, und sie werden sauer, wenn man sie nicht einhält.

Mit einem Brownie, den sie im Green Bean geklaut hat (das machen alle), setzt sie sich aufs Sofa und schaltet den Fernseher ein. Wenn sie nachmittags um zwei zu Hause ist, sieht sie sich immer *Schatten der Leidenschaft* an. Es geht ihr nicht darum, die Geschichte zu verfolgen, aber als sie klein war, hat sie sich die Serie immer zusammen mit ihrer *grand-mère* angesehen. Buford springt ihr auf den Schoß, er schnurrt vor Freude, dass sie da ist, und sie krault ihm das Fell. Der Kater bietet ihr nicht ganz so viel Trost wie ihre Großmutter, aber fast.

»Warum siehst du dir das an?«, hat sie ihre Großmutter gefragt, als sie zehn war. Sie fand es verwirrend, dass all die reichen Leute, die immer perfekt geschminkt und perfekt frisiert waren, nicht glücklich sein konnten, egal, was sie taten. »Die fallen sich dauernd gegenseitig in den Rücken. Die sind ganz anders als wir.«

»Die sind genauso wie wir, *ma chère*«, hat ihre Großmutter geantwortet und ihr bedeutet, zu ihr unter die Decke zu krabbeln, die sie auf dem Sofa liegen hatte, seit Kenzie denken konnte. »Der einzige Unterschied ist, dass sie Geld haben.«

»Aber er ist so gemein zu ihr.« Kenzie zeigte auf den Bildschirm, wo gerade der reichste Mann in der Geschichte etwas Hässliches zu der Frau sagte, die hoffte, seine Ehefrau zu werden. Und zwar zum zweiten Mal. »Er ist grausam.«

»Ach, *ma petite ange.*« Ihre Großmutter zog sie an sich und knuddelte sie. »Arme Männer können genauso grausam sein. Ein armer Mann kann einer Frau genauso leicht das Herz brechen wie ein reicher. Wir wissen, wie es ist, arm zu sein, nicht wahr? Armut macht keine besseren Menschen aus uns. Such dir einen reichen Mann, wenn du groß bist. Dann hast du bessere Überlebenschancen, wenn er dich verlässt.«

Wo auch immer J.R. jetzt ist, vermutlich sitzt er auch vor der Glotze und guckt *Schatten der Leidenschaft*. Manchmal schicken sie sich während der Sendung Textnachrichten. Aber das haben sie schon eine ganze Weile nicht mehr gemacht. Seit Kenzie mit Derek zusammen ist, hat J.R. sich ziemlich zurückgezogen. Das tut ihr weh, aber sie kann es auch verstehen.

Das mit Derek ist anders. Und ausnahmsweise mischt J.R. sich nicht ein. Ihre anderen verheirateten Liebhaber hat er immer als »erbärmliche, gelangweilte reiche Säcke« bezeichnet, aber bei Derek hält er sich mit seiner Meinung zurück. Sie hat J.R. von ihrem Neuen erzählt, als sie sich vor ein paar Monaten nach einem Besuch bei ihrer Mutter in ihrer Heimatstadt auf ein Bier getroffen haben.

»Welches Arschloch ist es denn diesmal?«, hat er sie gefragt.

Als sie ihm Dereks Namen genannt hat, war er schockiert. »Der Typ, dem die Firma gehört, die diese Proteinsnacks herstellt, die man bei Safeway kaufen kann? Der, dessen Kind entführt wurde?«

»Genau der.«

»Heilige Scheiße, M.K.«, hat er gesagt. Alle nennen ihn J.R., aber er ist der einzige Mensch auf der Welt, der sie M.K. nennt, was ihr insgeheim immer gefallen hat. »Einen Typen wie Paul auszunehmen ist eine Sache – der Typ ist ein komplettes Arschloch –, aber einen Mann mit einem vermissten Kind? Also, das ist …«

Er hat den Satz nicht beendet, aber das brauchte er auch nicht. Er hatte recht.

»Ich weiß«, sagte sie. »Es wird nichts passieren. Er ist ... Ich weiß auch nicht.« *Kaputt* war das Wort, das ihr in den Sinn kam, aber sie mochte Derek. Es auszusprechen, wäre ihr illoyal erschienen.

»Er trauert eben«, sagte J.R.

Eine Weile haben sie schweigend dagesessen. Während er nachdenklich in sein Bier schaute, hat sie sich gefragt, ob er vielleicht später mit ihr ins Bett gehen würde. Als er ablehnte – sanft, aber bestimmt –, hätte sie sich dafür ohrfeigen können, dass sie es immer wieder versuchte, obwohl J.R. keinen Zweifel daran ließ, dass sie nicht die Richtige war.

Ihre *grand-mère* hatte recht. Wenn einem schon das Herz gebrochen wird, dann besser von einem reichen Mann.

Kenzie wurde zweimal das Herz gebrochen. Das erste Mal an dem Tag, als ihr Vater ihre Mutter verlassen hat, da war Kenzie zwölf. Er hat sie und ihre Mutter für eine Frau sitzen lassen, die halb so alt war wie er. Ihre Mutter, die seit Kenzies Geburt Hausfrau gewesen war, musste eine Arbeit annehmen, die sie verabscheute. In einer Kleinstadt ist es nicht leicht, einen Job zu finden, und Kenzies Mutter musste sich als Putzfrau durchschlagen und nachts die Büros großer Firmen reinigen.

Vor zwei Jahren ist Kenzies Vater an einem Herzinfarkt gestorben. Sie hat es über Facebook erfahren, als ihre Tante, von der sie sich entfremdet hatte, ihr die Todesanzeige schickte, die ihre »Stiefmutter« zusammen mit der Einladung zur Trauerfeier gepostet hatte. Kenzie ist nicht hingegangen. Sie hatte sich schon vor langer Zeit von ihrem Vater verabschiedet.

Der zweite Mann, der ihr das Herz gebrochen hat, ist J.R. Sie waren nie ein Paar, aber er war ihre erste große Liebe, ein Junge aus ihrer Heimatstadt, die Familien kannten sich. Sie waren zusammen in dem Sommer, bevor sie zum Studieren weggegangen ist. Auf einer Decke am Flussufer, unter dem Sternenhimmel, hat er sie entjungfert, und es war in jeder Hinsicht so romantisch wie ein Country-Song.

»Sehen wir uns wieder?«, hat sie ihn gefragt, während sie sich ihre Unterhose und ihre Shorts wieder anzog. Es tat alles ein bisschen weh, aber es fühlte sich gut an, so erwachsen. Das Laub der Bäume über ihnen raschelte leise im Wind. Die Mondsichel spendete fast kein Licht, dafür leuchteten die Sterne umso heller.

»Klar«, sagte er. »An Thanksgiving sind wir beide wieder hier. Und bis dahin bleiben wir in Kontakt.«

Aber so ist es nicht gekommen. Er hat den Kontakt nicht gehalten. Am nächsten Tag zog sie aus ihrer Heimatstadt weg, und einen ganzen Monat lang reagierte J.R. nicht auf ihre Anrufe und Textnachrichten. Nur ein einziges Mal ging er ans Telefon, und das auch nur, weil sie das Handy ihres Mitbewohners benutzte. Er gab sich höflich überrascht, von ihr zu hören, blieb aber distanziert.

Kenzie hat den Wink verstanden. Es war vorbei, was auch immer »es« gewesen war. Es war klar, dass J.R. keine Beziehung wollte, und obwohl sie sich die größte Mühe gab, sich keine Hoffnungen zu machen, wäre sie beinahe an der Erkenntnis zerbrochen. Der Schmerz brachte sie halb um. Sie wusste nicht, dass es so wehtun konnte, sich jemandem hingegeben zu haben, der sie so einfach fallen lassen konnte. Es fühlte sich noch schlimmer an, als von ihrem Vater verlassen zu werden. Ihr einziger Trost war, dass sie weit voneinander entfernt wohnten und sie ihn wahrscheinlich nie würde wiedersehen müssen.

Und dann sah sie ihn doch wieder. Am Thanksgiving-Wochenende stand er plötzlich bei ihrer Mutter vor der Tür und lud sie ein, eine Spritztour zum Flussufer zu machen, ganz so, als hätte er ihr nicht zwei Monate zuvor das Herz aus der Brust gerissen und darauf herumgetrampelt. Sie nahm die Einladung an, denn sie hatte ihm einiges zu sagen, und das war die Gelegenheit.

»Du hast mich benutzt.« Der Fluss sah Ende November anders aus als damals im August. Sie saßen auf derselben karierten Decke, nur diesmal in dicker Jacke und Stiefeln, anstatt in Shorts und T-Shirt, und tranken Kaffee mit Baileys anstatt kühles Bier. Die Bäume, deren Laub im August leise geraschelt hatte, waren jetzt kahl. Nackt und ungeschützt. Genauso fühlte sich Kenzie.

Der süßliche Geruch von J.R.s Joint stieg ihr in die Nase. Er hielt ihr den Joint hin, sie nahm einen tiefen Zug und reichte ihn zurück.

»Inwiefern hab ich dich benutzt?«, fragte er. »Hab ich dich angelogen? Hab ich dir was versprochen und nicht gehalten?«

»Du hast gesagt, wir würden in Kontakt bleiben.«

Er winkte ab. »Ja, okay, das liegt mir einfach nicht. Ich hätte dich warnen sollen. Ich konzentriere mich normalerweise auf das, was ich direkt vor der Nase hab, und es war irgendwie …«

»… aus den Augen, aus dem Sinn?«

»Ja, so in etwa.« Er bot ihr den Joint wieder an. Sie schüttelte den Kopf. Mehr als einen Zug verträgt sie nicht, es macht sie paranoid. »Aber wirf doch wegen deiner Gefühle nicht etwas weg, was richtig gut ist. Was wir haben, ist perfekt, so wie es ist.«

»Und was haben wir?«

»Wir sind Freunde«, sagte er, und sie zuckte innerlich zusammen. Das Wort *Freunde* hatte für sie noch nie so geringschätzig geklungen. »Und wir werden immer Freunde bleiben.«

»Aber ich will mit dir zusammen sein!« Kaum waren die Worte aus ihr herausgesprudelt, fühlte sie sich elend. Sie hatte so hart daran gearbeitet, über ihn wegzukommen, und auf einmal waren alle Gefühle wieder da. Sie wusste nicht, was sie mit ihnen anfangen sollte, alles war so verwirrend.

»Du *bist* doch mit mir zusammen.« Er drückte seinen Joint aus, fasste ihr Kinn mit beiden Händen und drehte ihr Gesicht zu sich. »Du kapierst es nur nicht. Wenn ich hier bin, bin ich *hier*.«

»Und wenn nicht, dann nicht.«

»Sag das nicht so, als wäre es was Schlechtes. Du hast dein ganzes Leben vor dir. Du hast dein Studium, du hast Freunde, wahrscheinlich sind jede Menge Typen hinter dir her. Soll ich dir einen Rat geben? Lass dich ein. Auf alles. Lass dir wegen mir nichts entgehen. Du hast mehr verdient als mich, als das hier.« Er machte eine Handbewegung in Richtung Fluss. »Dass du unbedingt aus diesem Kaff hier wegwolltest, hat einen Grund. Lass dich von nichts hierher zurücklocken. Nicht mal von mir.«

»Aber ich liebe dich.« Kenzie ist über ihre eigene

Stimme erschrocken. Sie klang zaghaft, wie eine Kinderstimme.

J.R. lächelte. Dieses Lächeln wird sie nie vergessen. Es war voller Weisheit, Zynismus und Enttäuschung. »Du wirst drüber wegkommen. Glaub's mir.«

Da hat sie die Hände vors Gesicht geschlagen und ist in Tränen ausgebrochen. »Du lässt mich genauso im Stich wie mein Vater.«

»Red keinen Stuss«, hat er sie angefaucht. »Du hörst, was du hören willst, nicht, was ich dir sage. Ich sag dir ganz offen, was für mich geht und was nicht. Das hat dein Scheißvater nie getan – er hat dir Versprechungen gemacht, die er nicht eingehalten hat. Du bist achtzehn, du bist erwachsen für dein Alter, M.K. Benutz deinen Verstand, nicht dein Herz. Du musst lernen, auf dich selbst aufzupassen, sonst gehst du in dieser verfickten Welt unter. Mach dich nicht von mir abhängig, hörst du? Mach dich von niemand abhängig.«

»Ich hab das Gefühl, dich zu verlieren.«

»Das ist faktisch unmöglich«, sagte er sanft und beugte sich vor. Sie konnte den Kuss kommen sehen, sie hätte das Gesicht abwenden können, hat es aber nicht getan. Sie wollte seine Lippen auf ihren spüren, wollte die Verbindung. »Weil du mich nie gehabt hast.«

Ihre Lippen berührten sich, und es war das Schönste und zugleich das Schrecklichste, das sie je gespürt hat.

Seitdem weiß Kenzie, dass es, wenn man jemanden liebt, der die Liebe nicht erwidert, zwei Möglichkeiten gibt. Man lernt jemand Neues kennen und versucht es noch mal. Und so weiter und sofort, bis man mit viel Glück eines Tages dem Richtigen begegnet, einem, der die Liebe erwidert und sich ein gemeinsames Leben wünscht. Aber es gibt keine Garantie, dass man so jemanden findet, und selbst wenn, gibt es keine Garantie, dass die Beziehung hält.

Oder man versucht es nie wieder. Man akzeptiert, dass die Liebe ein Scheißdreck ist. Dass die Liebe mehr nimmt, als sie gibt, also wozu es versuchen? Man hört besser auf, sie zu suchen. Man tut sich zusammen mit wem man will, ohne Erwartungen und in dem Bewusstsein, dass nur eins zählt, nämlich der Moment.

Nachdem sie J.R. gegenüber alle Erwartungen aufgegeben hatte – diesmal wirklich –, lernte sie die Freundschaft mit ihm schätzen. Um sie herum durchlebten Freundinnen furchtbar schmerzhafte Trennungen, und sie war jedes Mal froh, dass sie so etwas nie wieder erleben würde. J.R. hatte es auf den Punkt gebracht: Man kann nichts verlieren, was man nie gehabt hat.

Während der vier Jahre, die sie in Boise studiert hat, hielten J.R. und sie unregelmäßig Kontakt, und wenn sie sich zufällig am selben Ort aufhielten, verbrachten sie jede freie Minute zusammen. Als sie nach Seattle zog, um dort ihr Hauptstudium zu absolvieren, wohnte sie bei ihm, bis sie eine eigene Bleibe fand. Sie gehen nach wie vor miteinander ins Bett, nicht immer, aber manchmal, wenn es gerade passt. Sie reden über ihre Beziehungen, das heißt, vor allem erzählt Kenzie von ihren Männern, denn sie hat keine Lust, sich anzuhören, was J.R. über den Sex mit anderen Frauen zu berichten hat. Er gibt ihr ständig Ratschläge.

Zum Beispiel, als sie mit Paul zusammen war, hat er ihr Ratschläge gegeben, die ziemlich nützlich waren.

Als sie J. R. das letzte Mal gesehen hat, wollte er wissen, wie es mit Derek lief. Ihre Abenteuer mit verheirateten Männern machen ihn an – je mehr Einzelheiten sie ihm erzählt, desto wahrscheinlicher ist es, dass er hinterher mit ihr ins Bett will –, aber von Derek scheint er besonders fasziniert zu sein. Das liegt an dem vermissten Kind.

Das kann Kenzie verstehen. Es ist schwer, Derek losgelöst von dieser Geschichte zu sehen, über die in allen Medien berichtet wurde. Wegen all der Firmen aus der Fortune 500-Liste, die ihren Hauptsitz in Seattle haben – Amazon, Microsoft, Starbucks, Costco, Nordstrom –, ist die Stadt voll mit Millionären. Normalerweise würde ein Mann wie Derek überhaupt nicht auffallen.

Wenn nicht sein Kind vermisst würde.

»Gibt er dir Geld?«, hat J. R. gefragt.

»Manchmal. Hier ein bisschen, da ein bisschen. Wenn er weiß, dass ich blank bin.«

»Er müsste dir mehr als ein bisschen geben. Der Typ ist stinkreich. Er hat 'ne Million Dollar als Belohnung für denjenigen ausgesetzt, der sein Kind findet.« Er hat etwas auf seinem Handy gegoogelt, dann hat er ihr das Display hingehalten, damit sie es sehen konnte. Es war ein Artikel aus einem Wirtschaftsblatt über PowerOrganix. »Seine Firma hat letztes Jahr dreihundert Millionen Umsatz gemacht.«

»Lass sehen.« Sie wollte ihm das Handy wegnehmen, aber er zog es schnell weg. Das wunderte sie nicht. Männer haben so ein Ding mit ihren Handys.

»Er müsste dir 'ne Eigentumswohnung spendieren«, sagte J. R., und sie konnte regelrecht sehen, wie die grauen Zellen in seinem Kopf arbeiteten. »Damit du wenigstens was hast, wenn es irgendwann vorbei ist. Das wär 'ne Art Profit, ohne dass es sich so anfühlt, wenn du verstehst, was ich meine.«

»So ist es nicht mit Derek«, hat Kenzie geantwortet. »So weit sind wir noch nicht, und vielleicht kommen wir auch nie dahin. Er ist nicht wie Paul, der nie genug von mir kriegen konnte. Derek meldet sich nur, wenn es für ihn passt, und ich weiß höchstens einen oder zwei Tage im Voraus, wann wir uns wiedersehen.«

»Weil du es ihm überlässt, darüber zu bestimmen. Du bist zu verfügbar. Solche Typen verlieren den Spaß an der Sache, wenn es keine Herausforderung mehr ist, wenn sie wissen, dass sie dich jederzeit haben können.« J.R. war wieder dabei, irgendwas auf seinem Handy zu suchen. »Wie läuft es denn mit seiner Frau?«

»Er redet fast nie über sie, aber anscheinend sehen sie sich kaum. Er hat mal erwähnt, dass sie nicht damit zurechtkommt, dass der Kleine immer noch vermisst wird. Ich glaub, deswegen fährt er so ungern nach Hause. Weil er damit nicht umgehen kann. Mit ihr.«

»Warum trennen die sich nicht einfach?«

»Er hat Angst, dass sie sich dann umbringt.«

»Wirklich?«, fragte J.R. entgeistert. »Hat er das gesagt?«

»Nicht direkt. Aber es geht ihr wirklich scheiße. Als wir einmal ziemlich viel getrunken hatten, hat er mir erzählt, dass sie ein paar Monate in der Psychiatrie war, nachdem der Kleine verschwunden ist. Sie hatte jede Menge Tabletten geschluckt und sich in die Badewanne gelegt. Er hat sie gerade noch rechtzeitig gefunden. Sie war fünf Tage auf der Geschlossenen.«

Sie konnte J. R.s Gesichtsausdruck nicht deuten, hatte aber ein ungutes Gefühl. »Was ist?«

»Die bleiben niemals zusammen«, sagte J. R., eher zu sich selbst als zu ihr. »Die haben einfach zu viel durchgemacht. Irgendwann trennen die sich. Hört sich ganz so an, als wären sie auf dem besten Weg dahin. Das könnte vielleicht ...« Er schien sich seine Worte genau zu überlegen. »Das könnte vielleicht 'ne Gelegenheit für dich sein.«

»Was zum Teufel willst du damit sagen?«

»Vielleicht ist Derek ja der Richtige für dich.«

Kenzie musste lachen. »Wie bekifft bist du eigentlich? Seit wann hast du's denn mit dem Heiraten?«

»Ich hab's nicht mit Heiraten, aber ich hab's mit Geld. Und der Typ hat jede Menge davon. Viel mehr als die anderen alle.«

»Ich liebe ihn nicht, J. R.«, hat sie daraufhin gesagt, aber was sie eigentlich gemeint hat, war: *Er liebt mich nicht.* Nur dass sie das nicht laut aussprechen wollte. J. R. sollte nicht wissen, dass sie sich in Wirklichkeit in Derek verliebt hat.

Er zuckte die Achseln. »Na und? Um die legendäre Tina Turner zu zitieren: What's love got to do with it? – Was hat das mit Liebe zu tun?«

»Ich bin nicht darauf aus, seine Familie zu zerstören.«

»Aber du bist hinter seinem Geld her. Kommt aufs selbe raus.«

Nein, für sie ist das nicht dasselbe. Kenzie ist keine, die es darauf anlegt, eine Familie zu zerstören. Und die Frau, wegen der ihr Vater sie und ihre Mutter sitzen gelassen hat, war es auch nicht.

Männer zerstören ihre Familien selbst.

J. R. will ihr nur helfen, so viel wie möglich aus dieser Sache rauszuholen, das begreift Kenzie, denn eines Tages wird auch diese Affäre ein Ende finden. So wie jede Affäre es auf die eine oder andere Weise tut. Entweder verwandelt sie sich in eine »richtige« Beziehung, dann würde Derek sich von seiner Frau trennen und Kenzie bitten, für immer mit ihm zusammenzubleiben, oder sie verläuft im Sand, dann bleibt Derek mit der Frau zusammen, die er geheiratet hat. So oder so wird das, was jetzt ist, irgendwann vorbei sein. Es ist nicht zukunftsfähig.

Vor allem, weil Derek seine Frau immer noch liebt.

Derek spricht fast nie mit Kenzie über seine Frau und seinen Sohn, aber er träumt von den beiden. Als sie in New York waren, hat er im Schlaf so laut nach Sebastian gerufen, dass sie erschrocken aufgewacht ist. Als sie das Licht eingeschaltet hatte, wälzte Derek sich im Bett hin und her, seine Haare waren nass geschwitzt. *Sebastian. Sebastian. Komm zu Daddy. Bitte.*

Sie hat ihn an der Schulter gepackt und geschüttelt. »Derek, aufwachen! Du hast einen Albtraum!«

Er hat die Augen aufgerissen und sie verzweifelt angesehen. »Gott, ich bin nicht an ihn rangekommen. Er war da, aber ich kam einfach nicht an ihn ran.«

»Schsch …« Sie hat das Licht wieder ausgeschaltet und sich an ihn gekuschelt. »Es ist alles gut. Es war nur ein Traum. Versuch weiterzuschlafen.«

Am nächsten Morgen haben sie nicht über den Vorfall gesprochen. Sie war sich nicht mal sicher, ob er sich überhaupt daran erinnerte, und sie hat ihn auch später nicht darauf angesprochen.

Manchmal sagt er im Schlaf auch Marins Namen. Nicht oft. Hin und wieder. Das erste Mal, dass Kenzie ihn den Namen seiner Frau hat aussprechen hören, war in der Nacht nach dem Albtraum. Sein Ton war gequält, seine Worte aber klar und deutlich.

Es tut mir leid, Marin. Gott, Marin, es tut mir so leid.

Kapitel 17

Nach drei Tagen immer noch keine Nachricht von Derek.

Kenzie denkt an ihn, während sie den Tisch am Fenster mit einem Desinfektionsmittel abwäscht, auf den sich ein kleines Kind übergeben hat. Für sie ist das Dereks Tisch, weil er immer dort sitzt. Von seinem Platz aus kann er in aller Ruhe »Leute gucken«, was er gern macht, und gleichzeitig sein Auto im Auge behalten. Auch wenn er es nie zugeben würde, genießt er es, wenn Leute seinen Maserati bestaunen. Als Kenzie einmal bei ihm am Tisch saß, sind zwei Studentinnen auf dem Gehweg stehen geblieben und haben sich kurz umgesehen. Nachdem sie sich gegenseitig vor dem Maserati fotografiert hatten, sind sie kichernd weitergezogen, zweifellos glücklich über ein tolles Foto, das sie später auf Instagram posten konnten.

Sie wirft einen Blick auf ihr Handy, ignoriert aber die Mail vom Pflegeheim ihrer Mutter, mit der sie an die fällige monatliche Zahlung erinnert wird. Sie hat vor, mit dem Geld, das Derek ihr gegeben hat, ihre Kreditkarten auszugleichen und ihre offenen Rechnungen zu bezahlen. Sobald ihre Visakarte nicht mehr gesperrt ist, kann sie auch das Heim bezahlen. Es könnte schlimmer sein. Es war schon schlimmer.

Eigentlich könnte sie ihm jetzt eine Textnachricht schicken. Drei Tage ohne Lebenszeichen sind eine lange Zeit, da würde jeder normale Mensch nachhaken. Die Ungewissheit macht sie ganz wuschig. Schließlich schickt sie Derek die harmloseste Nachricht, die ihr einfällt. Ein Wort.

Hey.

Sie wartet. Nichts. Mit einem schweren Seufzer lässt sie das Handy wieder in ihre Tasche gleiten.

Der Tisch riecht nach Desinfektionsmittel, aber zumindest ist er jetzt sauber. Wie kriegen Eltern das hin? Die Mutter des kleinen Mädchens, das sich übergeben hat, hat sich zwar mit Händen und Füßen entschuldigt, aber sie hatte kein Problem damit, Kenzie das Aufwischen zu überlassen. Zumindest wird sie dafür bezahlt. Was hat man davon, Eltern zu sein? Katzen sind viel praktischer als Kinder, sie kommen mit einem Selbstreinigungsprogramm auf die Welt.

»Weißt du, wie es ist, ein Kind zu haben?«, hat Kenzies Mutter mal gefragt, als sie acht war. Kenzie hatte wissen wollen, ob sie bei ihrer besten Freundin Becca übernachten dürfe. »Es ist, als würde das eigene Herz auf zwei Beinen aus dem Haus gehen, verletzlich und ungeschützt. Es macht schreckliche Angst.«

Ja, vielen Dank auch. Das Leben ist auch so schon hart genug, da muss man nicht auch noch ein winziges, bedürftiges Menschlein in die Welt setzen.

Sie hat seit Jahren nicht mehr an Becca gedacht. Die engen Freundinnen, die sie im Leben gehabt hat, kann

Kenzie an einer Hand abzählen. Becca in der Grundschule. Janelle in der Highschool. Und Isabel während des Grundstudiums.

An Isabel denkt sie oft. Sie haben sich während der Einführungswoche kennengelernt, als Izzy mit einem Koffer ins Zimmer im Studentenheim kam, von dem Kenzie später erfuhr, dass er zur Hälfte mit Schminkkram und Haarpflegeprodukten gefüllt war. Izzy hatte ein Tanzstipendium, und ihr einziges Ziel im Leben war es, einen reichen Mann zu heiraten.

»Es ist nicht so, dass ich kein Selbstvertrauen hätte«, hat Izzy am Abend beim Pizza-Essen gesagt. Sie stopfte die Pizza gierig in sich hinein, nur um sie später wieder auszukotzen, wie Kenzie bald herausfand. »Mein Traum ist es, Profitänzerin zu werden. Aber ich könnte mir schon morgen das Sprunggelenk brechen. Und dann? Was anderes kann ich nicht. Deswegen hab ich David. Er ist mein Plan B.«

Eins hatten Izzy und Kenzie gemeinsam, und das waren ältere Männer. Izzys Freund war ein dreiundvierzigjähriger Chirurg, und Kenzie war damals mit Sean zusammen, einem neununddreißigjährigen Immobilienhändler, den sie beim Yoga kennengelernt hatte. Aber im Gegensatz zu David war Sean verheiratet.

»Ich würde mich nie mit 'nem verheirateten Typen einlassen«, verkündete Izzy und rümpfte verächtlich ihre perfekte Nase. »Aber mach, was du willst. Du bist du.«

Nach dem ersten Studienjahr sind Kenzie und Izzy aus dem Wohnheim ausgezogen und haben sich eine kleine Wohnung in der Stadt gesucht. Da war Kenzie noch immer mit Sean zusammen, aber bei ihm zu Hause lief es nicht gut, denn seine Frau hatte gedroht, ihn zu verlassen und die Kinder mitzunehmen. Kenzie spürte, dass er allmählich das Interesse an ihr verlor.

Izzy hatte mittlerweile einen neuen älteren Liebhaber, Rick. Rick reiste gern, und in den Ferien nahm er sie mit nach Mexiko, Barbados, Paris, einmal sogar auf eine Mittelmeerkreuzfahrt, die Izzy allerdings furchtbar langweilig fand, weil das Durchschnittsalter der Passagiere »zehn Millionen Jahre« war.

»Nie wieder eine Kreuzfahrt«, stöhnte Izzy, als sie nach Hause kam. »Alle lagen um neun im Bett. Und wie sieht's bei dir aus? Wie geht's Sean?«

»Ich bin mir ziemlich sicher, dass er Schluss gemacht hat«, brummte Kenzie missmutig. »Beim Abendessen neulich hat er gesagt, er braucht ein bisschen Luft, muss sich um die Kinder kümmern. Dann hat er mir tatsächlich Geld gegeben. Hat sich angefühlt wie … 'ne Abfindung.«

»Wie viel?«

»Tausend.« Kenzie wusste nicht recht, was sie davon halten sollte. »Er hat ein Bündel Scheine rausgezogen, die Rechnung bezahlt und mir den Rest rübergeschoben.«

»Und was hast du gesagt?«

»Danke.«

»O mein Gott, was hab ich dir beigebracht?« Izzy verdrehte die Augen. »Du darfst niemals das erste Angebot annehmen. Du musst *verhandeln*. Wenn er dich loswerden will, muss er dafür bezahlen. Tausend … *Scheiße*. Die hat David mir jeden Monat gegeben, einfach so.«

»Was hätte ich denn tun sollen?«

»Du hättest sein Ego ein bisschen streicheln sollen, ein bisschen auf die Tränendrüsen drücken, an seinen Beschützerinstinkt appellieren. Du hättest so was sagen können wie ›O mein Gott, damit hab ich überhaupt nicht gerechnet.‹« Izzy machte es mit theatralisch piepsiger Stimme und übertrieben entgeistertem Gesichtsausdruck vor. »›Ich will dich nicht verlieren. Ich liebe dich, und ich kann nicht ohne dich leben!‹«

Kenzie musste laut lachen. »Übertreib's nicht. So was könnte ich niemals mit einem ernsten Gesicht sagen.«

Izzy lachte nicht. »Dann fängst du am besten sofort an, es zu üben. Die Trennung hätte ihn viel mehr als tausend kosten müssen. Als David Schluss gemacht hat, hat er mir zehn gegeben.«

»Zehn*tausend*?«

»Das sind Peanuts für solche Typen. So viel verlieren sie an einem Wochenende beim Pokern.« Izzy seufzte und schüttelte den Kopf. »Wenn du dich schon mit verheirateten Männern einlässt, dann solltest du wenigstens Kapital daraus schlagen. Für Typen mit Ehefrau steigt der Preis für eine professionelle Geliebte. Sie haben mehr zu verlieren.«

Es war das erste Mal, dass Kenzie den Ausdruck *professionelle Geliebte* gehört hat.

»Wie gesagt, es ist Verhandlungssache.« Izzy beugte sich vor. »Du musst deinen Wert kennen und entsprechend viel verlangen.«

»Und wie zum Teufel macht man das?«

»Genau das ist die Kunst.« Izzy überlegte einen Moment. »Du musst es so machen, dass er es nicht merkt. Er muss es dir *anbieten.*«

Das musste Kenzie erst einmal verdauen.

»Bei Sean hast du's jedenfalls vermasselt.« Izzy lehnte sich wieder zurück. »Aber merk's dir fürs nächste Mal. Du hast mehr Macht, als du glaubst. Solange du dich nicht verliebst.«

Während der Zeit, die sie zusammenwohnten, hat Kenzie von Izzy eine Menge darüber gelernt, was es bedeutet, eine »professionelle Geliebte« zu sein. Es habe nichts mit Prostitution zu tun, betonte sie immer wieder. Eine professionelle Geliebte müsse den Mann ehrlich mögen, und die Beziehung sei immer exklusiv. Izzy hatte nie mehr als einen Liebhaber. Wenn sie mit jemandem zusammen war, hatte sie nur Augen für ihn und behandelte ihn, wie es sich für eine Geliebte gehörte. Im Bett gab sie alles, um den Mann zu befriedigen, aber sie erwartete dasselbe von ihm. Es gehe nicht nur um ihn, erklärte sie Kenzie.

Aber die Männer mussten sich ihre Gunst leisten können. Sie war extrem anspruchsvoll und brauchte ausreichend Kohle, um sich jede Woche die Nägel, alle zwei Wochen die Wimpern und einmal im Monat die Haare machen zu lassen, außerdem ein Spray Tanning nach Bedarf. Sie reiste gern, aber nur erster Klasse oder mindestens Business Class. Sie erwartete Geschenke, und zwar am liebsten solche, die in kleinen, mit blauem Samt ausgeschlagenen Schachteln mit weißen Schleifen überreicht wurden. Im Gegenzug bekam ihr Liebhaber eine hingebungsvolle Geliebte und treue Reisebegleiterin, die ihn nach Strich und Faden verwöhnte und immer dafür sorgte, dass sie sich gut amüsierten.

Aber Izzy wollte nicht auf ewig in der Kategorie Geliebte bleiben. Sie wollte einen Ring am Finger. Sie wollte eine Hochzeit, ein Haus, einen Namen. Sie wollte finanzielle Sicherheit.

»Typen, die reich geerbt haben, meide ich wie die Pest«, hat sie einmal zu Kenzie gesagt. »Erstens sind sie im Bett totale Nieten. Zweitens hatten Typen, die in reiche Familien geboren sind, von Anfang an ein Sicherheitsnetz, die mussten in ihrem ganzen Leben noch nie für irgendwas arbeiten. Und außerdem wollen sie immer Kinder.« Bei dem Gedanken musste sie sich schütteln. »Am besten ist ein reicher, geschiedener Selfmademan. Solche Typen sind es gewohnt, hart zu arbeiten, die Nummer mit den Kindern haben sie hinter sich, und jetzt brauchen sie eine Frau, mit der sie sich in jeder Hinsicht amüsieren und die sie verwöhnen können. Und da sind sie bei mir genau richtig.«

Dann kam Mike. Mike war nicht geschieden. Mike war nicht reich. Mike war nur drei Jahre älter als Izzy, und die beiden hatten sich in einem Fitnessstudio kennengelernt. Die Beziehung mit Rick war gerade vorbei, und Izzy war unruhig, also ließ sie sich zum Kaffee einladen, weil Mike »süß« war. Auf den Kaffee folgten Cocktails, auf die Cocktails folgte ein Abendessen, und Izzy kam erst am nächsten Tag nach Hause.

»Mich hat's erwischt«, sagte sie und ließ sich aufs Sofa fallen.

»Im Ernst jetzt?«, fragte Kenzie.

»Ja. Er arbeitet in der IT-Branche und fährt einen sechs Jahre alten Toyota Camry. Einen *Camry*, Kenz. Und heute Morgen haben wir bei IHOP gefrühstückt. *IHOP*. Aber weißt du, was?«

»Was denn?«

»Der Sex war göttlich. Und die Pancakes waren köstlich. Was ist bloß mit mir los?«

Kenzie musste lachen. Es fiel ihr schwer, sich Izzy in einem IHOP vorzustellen, in der Hand eine laminierte Speisekarte. »Das war dann also ein One-Night-Stand … richtig?«

»Richtig.« Die Antwort kam ein bisschen zu nachdrücklich, sodass Kenzie sich fragte, ob Izzy sie oder sich selbst überzeugen wollte. »Aber er hat mich dermaßen zum Lachen gebracht! Ich hatte ganz vergessen, wie gut es tut, mit jemand richtig lachen zu können. Ich hatte die ganze Zeit das Gefühl, dass ich bei ihm ich selbst sein kann. Es war egal, ob mir vom Nieselregen die Wimperntusche verlief oder die Haare nass wurden. Ich hab sogar das Frühstück bezahlt, weil er mich gestern zu den Cocktails und zum Abendessen eingeladen hat. Wann hab ich so was zum letzten Mal gemacht?«

»Triffst du dich wieder mit ihm?«

»Ich weiß nicht.« Izzy wirkte verwirrt. »Ich wünschte, er wär nicht so … hinreißend.«

Ein halbes Jahr später war sie immer noch mit Mike zusammen, und Kenzie war nach einer kurzen Affäre mit einem Restaurantbesitzer namens Erik bei Paul gelandet – verheiratet, Mitte vierzig, drei kleine Kinder. Paul war Partner in einer Anwaltskanzlei in Boise, und weil er häufig bis spät abends arbeitete, hatte er eine Wohnung in der Innenstadt. Seine Familie wohnte in einem Vorort, wo er die Wochenenden verbrachte – wenn er nicht mit Kenzie zusammen war.

Paul hat sie irgendwann mal gefragt, ob sein Bankkonto für sie das Attraktivste an ihm sei. »Wärst du auch mit mir zusammen, wenn ich, sagen wir, Hausmeister wäre?«

Sie gab die Frage an ihn zurück: »Wärst du mit mir zusammen, wenn ich vierzig, übergewichtig und Mutter von drei Kindern wäre?«

Ohne zu wollen hatte sie seine Frau beschrieben, was ihn offensichtlich kränkte. »Touché«, sagte er.

»Sorry. Ich wollte dich nicht …«

»Kein Problem. Wo wollen wir zu Abend essen?«

In ihrem letzten Studienjahr war sie vier Monate lang mit Paul zusammen und verbrachte die meisten Nächte in seiner Wohnung im Zentrum von Boise. Währenddessen übernachtete Izzy meistens bei Mike; er besaß ein kleines Haus mit einem hübschen Garten. Weder Kenzie noch Izzy wollten sich eingestehen, dass ihre enge Freundschaft immer mehr zerbröselte, jetzt wo Izzy sich von ihrem Leben als professionelle Geliebte verabschiedet hatte, wenn auch unabsichtlich. Was vollkommen in Ordnung gewesen wäre – was ging das Kenzie an? –, aber Izzy fing an, an Kenzies Lebensstil herumzukritteln. Ein Lebensstil, den Izzy selbst gerade erst aufgegeben hatte.

»Wie hältst du das immer noch aus?«, fragte sie Kenzie eines Abends.

Es war wenige Wochen vor ihrem Abschlussexamen, sie drängten sich in ihrem winzigen Bad vor dem Spiegel. Kenzie hatte sich eins von Izzys hautengen Kleidern geliehen und machte sich für einen Abend mit Paul zurecht – Essen und anschließend Disco. Izzy trug Jeans und Sweatshirt. Im Spiegel sahen sie aus, als hätten sie die Rollen getauscht.

»Paul ist verheiratet«, sagte Izzy, so als wüsste Kenzie das nicht. »Er hat Kinder. Eine Frau. Er hat Familie. Macht dir das kein schlechtes Gewissen?«

»Nein«, sagte Kenzie. Wie oft wollte Izzy noch darauf rumreiten? »Kein bisschen.«

Izzy wandte sich ihr zu. »Das ist nicht in Ordnung, Kenz.«

»Seit wann interessiert dich das?«, hat Kenzie ihre Freundin angefaucht. »Ich bin ich, und du bist du, erinnerst du dich?«

»Ja, okay, hab ich mich eben geirrt«, sagte Izzy. »Menschen ändern sich. Sehnst du dich nicht nach richtiger Liebe?«

Es war das erste Mal, dass Kenzie das Wort *Liebe* aus Izzys Mund hörte, und sie war ziemlich verblüfft. Sie hatte nicht gedacht, dass Izzy so tickte. Sie hatte angenommen, dass Liebe auf Izzys Prioritätenliste ganz unten stand, und auf einmal war Kenzie ziemlich sauer. Nicht jeder hat das Glück, Liebe zu finden.

Sie schaute wieder in den Spiegel. »Ich zerstöre seine Familie nicht, Izzy. Das macht er selber. Schließlich ist es seine Familie. Wenn bei ihm zu Hause alles in Ordnung wäre, würde er mich nicht mit dem Arsch angucken.«

»Weißt du, wie Mike und ich uns kennengelernt haben?«

»Ja, im Fitnessstudio.«

»Eigentlich haben wir uns schon vorher kennengelernt. Er hat mich in einem Buchladen angequatscht, weil ihn ein Buch interessierte, das ich in der Hand hatte. Anscheinend haben wir ziemlich lange gequatscht, aber ich hatte das komplett vergessen, bis er mich bei unserem ersten Date daran erinnert hat. Und ein paar Monate später – da waren wir noch gar nicht richtig zusammen – hat er mir genau das Buch zum Valentinstag geschenkt.« Sie lächelte bei der Erinnerung. »Er hat sogar in einem speziellen Buchladen eine signierte Ausgabe aufgetrieben. Und ich hab gedacht: Dieses Buch kostet nicht mal zwanzig Dollar, aber es ist das schönste Geschenk, das ich je bekommen hab.«

Izzy schob sich an Kenzie vorbei aus dem Bad. Einen Augenblick später war sie wieder da und hielt ihr das Buch *Der große Trip* von Cheryl Strayed unter die Nase. Mike hatte ihr eine Widmung hineingeschrieben: *Wenn du dich ausgetobt hast, warte ich auf dich. – Mike.*

»Das Buch musst du unbedingt lesen«, sagte Izzy. »Es handelt von einer Frau, die Drogen nimmt, ihren Mann betrügt und dann eine lange Wanderung unternimmt, und all das nur, um den Tod ihrer Mutter zu überwinden. Es hat mich total berührt, und ich habe viel darüber nachgedacht, was bei *mir* der Grund für mein Verhalten war, und auf einmal konnte ich mich selbst nicht mehr leiden. Ich gebe Mike eine Chance, Kenz.«

»Ich hab's schon gelesen.« Kenzie wandte sich wieder dem Spiegel zu. »Und ich freue mich für dich. Aber ich mag Paul. Und warum soll ich mit 'nem armen Typen zusammen sein, wenn ich 'nen reichen haben kann?« Kenzie merkte, dass sie schon wie ihre *grand-mère* redete.

»Es sagt doch niemand, dass du nicht mit einem älteren, reichen Mann zusammen sein sollst«, entgegnete Izzy. »Ich wär auch lieber reich als arm. Aber ich bin auch lieber glücklich als reich. Such dir einen, der nicht verheiratet ist, Kenz.«

»Seine Frau ist nicht mein Problem. An die denk ich

nicht mal. Für mich existiert sie überhaupt nicht.« Kenzie zuckte die Achseln. »Außerdem gehen sowieso alle Männer fremd. Und in ein paar Jahren, wenn du fett und mit Mike verheiratet bist, ein paar Kinder hast und ihr 'ne Hypothek abbezahlen müsst, dann fängt er an, sich zu langweilen, und geht auch fremd. Du machst dich nur verletzlich, wenn du dich auf diese Beziehung einlässt. Und vergiss nicht: Du bist doch diejenige, die mir beigebracht hat, wie ich es machen soll. Aber egal. Du bist du, und ich bin ich.«

Es war, als hätte Kenzie ihre Freundin geohrfeigt. Sie sah es in Izzys Gesicht, wie ihre Wangen schlaff wurden, wie sie den Blickkontakt abbrach. Sie sah immer noch umwerfend aus, auch in Jeans und Sweatshirt. Sie hätte jeden Mann haben, ein glamouröses Leben führen können. Was für eine Verschwendung.

Nach diesem Gespräch hielt Kenzies Affäre mit Paul noch drei Wochen. Und zwar genau bis zu dem Moment, als seine Frau vor Kenzies Abschlussfeier mitten in der Nacht an ihre Tür trommelte. Mrs. Paul – Kenzie hatte keine Ahnung, wie die Frau hieß – war betrunken und suchte nach ihrem Mann. Als Kenzie die Tür aufmachte, versuchte sie, in die Wohnung einzudringen.

»*Du dreckige Hure wo ist mein verdammter Mann du Schlampe wo ist Paul?*«, schrie sie ohne Punkt und Komma. Ihre Schminke war total verschmiert, ihre Augen blutunterlaufen, und ihre perfekt manikürten Fingernägel waren wie Klauen, mit denen sie versuchte, Kenzie das Gesicht zu zerkratzen.

Kenzie wollte die Tür zumachen, aber die Frau hatte einen Fuß in die Tür gestellt.

»Ich kenne keinen Paul. Ich wohne hier«, hat sie beteuert, in der Hoffnung, die Frau davon zu überzeugen, dass sie nicht mit ihrem Mann schlief.

Pauls Frau war einen guten Kopf kleiner als Kenzie, aber stinkwütend und betrunken. Sie presste ihr Gesicht gegen die Tür wie Jack Nicholson in *Shining*, und Kenzie zweifelte nicht daran, dass sie sie in ihrer Raserei umbringen oder zumindest zu Brei schlagen würde.

»Izzy, hilf mir!«, rief sie in die Wohnung.

»Sag deiner Mitbewohnerin, sie soll die Finger von meinem Mann lassen!«, schrie die Frau Kenzie an. Ihr Gesicht war tiefrot angelaufen, die Haare klebten nass an ihren Wangen. Immer wieder warf sie sich gegen die Tür. »Sie ist eine dreckige Fotze, ihr seid beide dreckige Fotzen, und ich hasse Weiber wie euch, ihr Schlampen!«

»*Izzy*!« Kenzie war verzweifelt. Allein hatte sie keine Chance gegen die wütende Frau. »Komm mir helfen! Sofort!« Zu der Frau sagte sie: »Hören Sie auf, gegen die Tür zu drücken, ich lasse Sie nicht rein!«

Izzys Tür ging auf, und Izzy kam aus ihrem Zimmer, die Haare hochgesteckt, die Brille auf der Nase. Sie trug einen weiten Trainingsanzug. Ungeschminkt, ohne High Heels und mit ihren ängstlich aufgerissenen Augen sah sie aus wie ein Kind. Als Pauls Frau sie hinter Kenzie erblickte, blieb ihr der Mund offenstehen. Offensichtlich glaubte sie, Izzy wäre Pauls Geliebte. Was auch immer sie wissen mochte, sie hatte jedenfalls noch kein Foto von Kenzie gesehen. Und ihren Namen kannte sie auch nicht.

»O mein Gott. Wie alt bist du? Neunzehn?« Der Frau versagte die Stimme, und sie begann zu schluchzen. »Du bist ja noch ein *Kind*! O mein Gott, ich fass es nicht, ich kann einfach nicht glauben …«

»Sag ihr, sie soll verschwinden!«, sagte Izzy zu Kenzie, und das war das Schlimmste, was sie tun konnte, denn jetzt besann sich die Frau wieder ihrer Wut. »Wir rufen die Polizei, du durchgeknalltes Miststück!«

»Du nennst *mich* ein Miststück?«, schrie die Frau. »*Ihr* ruft die Polizei? Gute Idee! Dann sag ich denen, was du treibst! Du gehörst ins Gefängnis, du schwanzlutschende Hure!« Ihr Gesicht war mit roten Flecken übersät, und sie spuckte beim Sprechen. Speicheltröpfchen trafen Kenzies Gesicht, als die Frau sich mit neuer Energie gegen die Tür warf, und diesmal hätte sie es fast in die Wohnung geschafft.

»Glaubt ihr etwa, ich würde meinem Mann nicht den Schwanz lutschen?«, schrie sie. »Ich würde es tun, wenn er zur Abwechslung mal zu Hause wäre! Ich hasse dich! Fahr zur Hölle, du Schlampe! Wenn ich dich auf der Straße sehe, schütte ich dir Säure ins Gesicht, du Nutte!«

Entsetzt flüchtete Izzy in ihr Zimmer, und Kenzie hörte, wie sie die Tür zuknallte und den Schlüssel umdrehte.

Kenzie warf sich mit solcher Kraft gegen die Wohnungstür, dass die Frau ins Treppenhaus flog. Ein Nachbar hatte den Hausmeister gerufen, und in diesem Moment kam Gary im Schlafanzug aus dem Aufzug, in einer Hand einen Baseballschläger, in der anderen sein Handy. Als er sah, dass es sich um eine Frau handelte, noch dazu um eine kleine, zierliche, ließ er den Baseballschläger sinken.

»Wenn Sie nicht mit dem Geschrei aufhören, rufe ich

die Polizei, Ma'am«, sagte Gary. Er hatte eine Halbglatze, und was von seiner Haarpracht übrig war, stand ihm in Büscheln vom Schädel ab. »Bitte, gehen Sie. Ich möchte Ihnen keinen Ärger machen.«

Die Frau schaute erst ihn, dann Kenzie an.

»Er ist mein *Mann.*« Ihr Kinn bebte. »Wir sind seit achtzehn Jahren zusammen. Wir haben Kinder.«

»Tut mir leid«, sagte Kenzie. Etwas anderes fiel ihr nicht ein.

»McKenzie, gehen Sie rein und machen Sie die Tür zu«, sagte Gary.

Kenzie schloss die Tür und verriegelte sie. Sie drückte ein Ohr an die Tür. Sie hörte Pauls Frau im Treppenhaus jammern, während Gary sie zum Aufzug schob. Kenzie zitterte am ganzen Körper. Solche Wut hatte sie noch nie erlebt. Rasende, ungehemmte, blutrünstige Wut.

Von da an haben Izzy und Kenzie nicht mehr miteinander geredet. In der Nacht ist ihre Freundschaft zerbrochen. Kenzie konnte Izzy nicht verzeihen, dass sie ihr nicht geholfen hat, und Izzy konnte ihr nicht verzeihen, dass sie um Hilfe gebeten hat. Ein paar Wochen sind sie einander schweigend aus dem Weg gegangen, bis Kenzie eines Tages nach Hause kam und Izzys Sachen weg waren. Kein Abschiedsbrief, nur ein Scheck auf der Küchenanrichte für die Miete, die sie noch schuldig war. Später stellte sie fest, dass Izzy sie sowohl auf Facebook als auch auf Instagram entfreundet hatte.

Im Zeitalter der sozialen Medien sagte das alles.

Nachdem die Beziehung mit Paul bald darauf zu Ende ging – übel natürlich, wie sonst? –, brauchte Kenzie einen Tapetenwechsel. Zurück nach Hause zu gehen war keine

Option. Sie bewarb sich für einen Studienplatz in Seattle und wurde angenommen. J. R. bot ihr an, in seinem Gästezimmer zu schlafen, bis sie etwas Eigenes fand.

Ihr Handy vibriert in der Hosentasche und reißt sie aus ihren Gedanken. Es ist eine Textnachricht. Von Derek. Endlich. Kenzie liest sie hastig, liest sie noch einmal, spürt, wie sich ihr Magen zusammenzieht. Bei Paul oder Erik oder Sean hat es nicht wehgetan. Bei Derek schon. Wie damals bei J. R.

Es geschieht ihr recht. So weit hätte es nie kommen dürfen.

Diesmal ist es wirklich vorbei, schreibt Derek. *Es tut mir leid. Bitte schreib mir nicht mehr.*

Kapitel 18

Irgendwo hinter ihr knackt ein Zweig. Jemand folgt ihr.

Kenzie fährt herum und rechnet damit, einem massigen, schwarz gekleideten Fremden mit wahnsinnigem Blick und großen Händen gegenüberzustehen. Aber da ist niemand. Der einzige Mensch in der Nähe ist eine Frau, die ein Stück entfernt auf der anderen Straßenseite auf einen Bus wartet. Doch sie spürt, dass jemand in ihrer Nähe herumschleicht, sich in dunkle Ecken drückt. Der Körper reagiert auf Gefahr schneller als der Verstand, es fühlt sich an, als würde jemand in ihren Nacken atmen, ihr die Haare wegschieben, um ihr etwas ins Ohr flüstern zu können. Aber es ist niemand, den sie kennt, und es ist nichts, was sie hören möchte.

Noch fünf Blocks. Kenzie holt ihr Handy heraus. Sie muss eine vertraute Stimme hören. Nach dem zweiten Klingeln geht J. R. ran.

»Hey«, sagt er. »Alles in Ordnung?« Er klingt besorgt. Es kommt selten vor, dass sie ihn anruft. Normalerweise schickt sie ihm Textnachrichten.

»Ich bin auf dem Heimweg von der Arbeit.« Kenzie bleibt an der Kreuzung stehen. Die Fußgängerampel ist gerade auf Rot gesprungen. »Ich glaube, ich werde verfolgt.«

»Hast du jemanden gesehen?«

»Nein, aber ich kann es spüren.«

J.R. seufzt. »M.K., hör zu. Es ist alles in Ordnung. Geh zügig, und halt dich an beleuchtete Wege. Ich bleib am Telefon, bis du zu Hause bist.«

»Hast du Lust, noch rüberzukommen?« Die Fußgängerampel springt auf Grün, und sie geht los. »Wir könnten uns was zu essen holen, vielleicht einen Film gucken …«

»Wo ist dein Mitbewohner?«

»Der geht mir aus dem Weg«, sagt sie. »Und heute arbeitet er.«

Er zögert eine Sekunde zu lange, was bedeutet, dass er Nein sagen wird. »Heute kann ich nicht«, sagt J.R. »Ich … hab jemand kennengelernt.«

Kenzie ist so verblüfft, dass sie um ein Haar mitten auf der Straße stehen geblieben wäre. »Was soll das heißen, ›jemand kennengelernt‹?«

Es ist mehr als merkwürdig, ihn so reden zu hören. J.R. lernt dauernd jemand kennen – Kenzies Mutter hat ihn immer als Schürzenjäger bezeichnet, sie mochte ihn überhaupt nicht – aber wenn er sich jetzt so ausdrückt, dann heißt das wohl, dass er eine Beziehung hat, und das ist etwas ganz anderes.

»Ja. Ich hätte es dir sagen sollen, als wir das letzte Mal zusammen gechillt haben, aber ich weiß ja, dass du dir nicht gern von anderen Leuten erzählen lässt.« In J.R.s Stimme schwingt ein Unterton mit, den sie ebenfalls nicht gewohnt ist, so als wäre er verlegen. »Ich hoffe, dass es was Ernstes ist, deswegen … du weißt schon.«

Er *hofft*? »Ach so.« Kenzie zwingt sich, ganz normal

zu sprechen. »Seit wann geht das denn schon? Und wer ist sie? Wie heißt sie überhaupt? Wie habt ihr euch kennengelernt?«

»Interessiert es dich wirklich, wie ...«

»Willst du mich verarschen?« Ihre Stimme steigt um eine Oktave, als ihr endlich die ganze Tragweite dessen bewusst wird, was er ihr eröffnet hat. »Seit wann seid ihr zusammen? Du hast doch immer gesagt, Beziehung ist nichts für dich, oder hab ich das falsch in Erinnerung?«

»M.K. ...«

»Weißt du, was, vergiss es einfach. Ich bin fast zu Hause. Du bist erlöst.«

»Warte«, sagt er, und sie wartet. »Ich geb zu, ich hätte es dir eher sagen sollen, aber hör zu. Du bist gestresst, weil Derek sich rarmacht, und das macht dich total dünnhäutig. Sobald er sich meldet, ist alles wieder normal. Glaub mir. Dann können wir über ... meine Sachen reden.«

Er hatte schon immer einen Hang dazu, ihr zu erklären, wie sie sich fühlte und warum.

»Derek ruft nicht mehr an«, sagt sie. »Er hat mir 'ne SMS geschickt, als ich gerade Feierabend gemacht hab. Es ist vorbei.«

»Das hat er schon mal gesagt.«

»Ich bin mir ziemlich sicher, dass er es diesmal ernst meint. Die Nachricht war ... kurz und knapp.«

Sie blinzelt die Tränen der Wut und der Trauer weg. Zuerst schickt Derek sie in die Wüste, und jetzt lässt J.R. sie auch noch fallen, weil er auf einmal eine *Freundin* hat. In solchen Momenten wird ihr bewusst, wie wenige

Menschen es in ihrem Leben gibt, auf die sie sich verlassen kann. Fünfzigtausend Follower in den sozialen Medien, und niemand, der sie besucht, wenn es ihr schlecht geht.

»Ich ruf dich morgen an«, sagt J.R. »Wir finden eine Lösung, eine andere Möglichkeit, das Geschäft über die Bühne zu bringen.«

Sie trennt die Verbindung, behält das Handy aber in der Hand. Was für eine Lösung? Anscheinend dachte J.R., sie könnte von Derek das Gleiche bekommen wie von Paul, aber vielleicht hatte das von Anfang an nicht sein sollen. Auf jeden Fall hat sie die Geschichte gehörig vermasselt.

Das Haus, in dem sie wohnt, macht von außen nichts her, aber der Eingangsbereich und die Treppenhäuser sind immer beleuchtet. Als sie die Haustür erreicht und den Schlüssel ins Schloss steckt, ist das Gefühl, beobachtet zu werden, immer noch da. Erst als die schwere Tür wieder hinter ihr ins Schloss fällt, erlaubt sie sich auszuatmen. Sie hat zwar niemanden gesehen, aber das bedeutet noch lange nicht, dass niemand da war.

Die Aufzüge funktionieren, aber sie sind langsam, und sie wohnt im ersten Stock. Sie rennt die Treppe hoch und ist fast oben, als ihre Wohnungstür geöffnet wird. Es ist Tyler. Wie es aussieht, ist er auf dem Weg zur Arbeit; er trägt seine guten Jeans und ein weißes T-Shirt, das seine braune Haut gut zur Geltung bringt. Er ist Barmann und arbeitet abends, sie ist Barista und arbeitet vormittags. Wenn sie nicht arbeiten, sind sie an der Uni. Trotzdem haben sie es früher immer geschafft, Zeit füreinander zu finden. Tyler nervt es, dass Derek verheiratet ist.

Verheiratete Männer machen Freundschaften kaputt.

»Hey.« Tyler schiebt sich an ihr vorbei, darauf bedacht, ihre Schulter nicht zu streifen. Er weicht ihrem Blick aus.

»Hey.« Kenzie bleibt auf der obersten Stufe stehen und schaut ihm nach. Das ist lächerlich. Sie wohnen jetzt schon seit zwei Jahren zusammen, verdammt. Sie nimmt sein Haargel. Er isst ihre Müsliriegel. Sie benutzen beide immer noch den Netflix-Account seines Exfreunds. Sie müssten sich doch versöhnen können. Sie möchte ihm von Derek erzählen. Aber nicht hier, nicht im Treppenhaus. »Ich schulde dir noch ein Frühstück. Hast du morgen Zeit?«

Er bleibt stehen und schaut zu ihr hoch. »Frühstück? Im Ernst?«

»Oder lieber Mittagessen?«

Er schüttelt den Kopf und geht weiter die Treppe runter. »Buford hat auf dein Bett gekotzt. Dein ganzes Bettzeug ist versaut, du musst es waschen. Ich glaube, er hat von den Blumen gefressen.«

Sie stöhnt. Der Kater kotzt nur, wenn er sich überfressen hat. »Moment. Was für Blumen?«

»Jemand hat dir heute Morgen Blumen geschickt. Ich hab sie in dein Zimmer gestellt.« Er bleibt wieder stehen und dreht sich um. »Vergiss Frühstück und Mittagessen. Morgen führst du mich zum Abendessen aus, und zwar in ein richtig geiles Restaurant.«

Sie sieht noch sein Grinsen, bevor er um die Ecke verschwindet, und schon fühlt sich alles nicht mehr so schrecklich an. Die Freundschaft mit Ty wird sie nicht vermasseln. Er will ein geiles Restaurant? Soll er haben.

Sie wird etwas von dem Geld nehmen, das Derek ihr gegeben hat, und ihn ins Metropolitan Grill einladen. Sie werden Steak essen und Cocktails trinken und sich zum Nachtisch eine Portion flambierte Bananen teilen. Sie wird sich von Tyler anhören, was für ein Arschloch sie im letzten halben Jahr gewesen ist, und wenn sie schon mal dort sind, kann sie auch gleich eine Bewerbung dalassen, die Kellner dort werden zugeworfen mit Trinkgeld.

Kaum betritt sie die Wohnung, fängt Buford an zu jaulen. Also füttert sie ihn, bevor sie in ihr Zimmer geht. Auf ihrem Bett befinden sich mehrere große Kleckse Katzenkotze, und sie sehen grünlich aus. Der Grund für die grünliche Farbe ist schnell ausgemacht: ein Strauß Frühlingsblumen auf der Kommode. Die Blumen sind hübsch, aber nicht direkt romantisch. Vielleicht ist Derek nicht der Typ für ein Dutzend rote Rosen. Mit klopfendem Herzen zieht sie das kleine weiße Kärtchen aus dem Strauß hervor. *Bitte, bitte, bitte, lass die Blumen von ihm sein.* Die Handschrift auf der Karte ist elegant – jemand im Blumenladen hat eine ruhige Hand –, aber die Botschaft ist deprimierend. Und sie ist nicht von Derek.

Alles Gute zum Geburtstag, meine Süße. Du fehlst mir. Alles Liebe, deine Mom.

Augenblicklich bekommt sie ein schlechtes Gewissen. Ihr Geburtstag ist erst in vier Monaten, was bedeutet, dass sich der Zustand ihrer Mutter verschlimmert hat. Sharon Li wohnt jetzt schon seit zwei Jahren im Seniorenheim Oak Meadows in Yakima; sie hat sehr früh Alzheimer bekommen, und ihre Krankheit scheint immer schneller voranzuschreiten. Das ist der zweite Geburtstagsblumenstrauß, den sie Kenzie in drei Monaten geschickt hat.

Der Kater springt auf die Kommode, und Kenzie kann gerade noch verhindern, dass er die Vase umstößt.

»Buford!«, fährt sie ihn an, worauf der Kater nur majestätisch mit dem Schwanz wedelt. Sie sieht, wo er die Blätter und Stängel angefressen hat. »Deswegen hast du auf mein Bett gekotzt, du kleines Mistvieh. Jetzt muss ich schon wieder das ganze Bettzeug waschen! Das hab ich erst vor ein paar Tagen gemacht.«

Sie sollte den Kater nicht anschnauzen. Im Moment ist er der einzige Freund, der ihr geblieben ist. Sie zieht das Bettzeug ab und wirft es in den Wäschekorb. Dann packt sie die schmutzigen Sachen aus der Wäschetruhe dazu und geht mit dem Korb nach unten.

Die Waschmaschinen stehen in den »Eingeweiden« des Gebäudes, wie Tyler den Keller nennt, nicht, weil es da unten stinkt, sondern weil es dunkel und feucht ist und man jedes Mal froh ist, wenn man wieder raus ist. Außerdem ist der Keller unheimlich. Die Beleuchtung hier unten ist nur halb so hell wie im Rest des Gebäudes, und in dem langen Flur, der vom Treppenhaus zum Waschraum führt, gibt es lauter dunkle Ecken und scheppernde Geräusche, die Kenzie nervös machen. Wieder verursacht ihr das Gefühl, beobachtet zu werden, eine Gänsehaut, aber wenn sie sich umdreht, ist niemand da.

Zum Glück ist der Waschraum hell erleuchtet. Sie rettet sich hinein und atmet erleichtert auf, als die Tür hinter ihr ins Schloss fällt. Die Waschmaschine ganz hinten ist frei; sie stopft ihre Wäsche hinein und schiebt ihre Chipkarte in den Schlitz. Das Lämpchen neben dem Schlitz blinkt rot. Eigentlich müsste es grün leuchten.

»Scheiße«, murmelt sie.

Das Display zeigt ein Guthaben von zwei Dollar an. Ein normaler Waschgang kostet 3,25 Dollar, und das bedeutet, dass sie noch mal nach oben muss, um ihre Kreditkarte zu holen und damit am Automaten in der Ecke ihre Chipkarte aufzuladen. Aber ihre Visakarte und ihre Mastercard sind beide am Limit, sie hat sie mit dem Geld von Derek noch nicht ausgeglichen. Und natürlich nimmt keine der Maschinen Bargeld an. Manchmal nervt Technik total. Heutzutage geht nichts mehr ohne Kreditkarte.

»Scheiße«, murmelt sie noch einmal, während sie überlegt, was sie machen soll.

»Karte leer?«, fragt eine raue Stimme. Um ein Haar hätte Kenzie laut aufgeschrien.

Als sie herumfährt, steht Ted Novak direkt hinter ihr, der Hausmeister, der im Erdgeschoss wohnt. Sie hat ihn nicht hereinkommen hören und auch nicht, wie er näher gekommen ist. Es ist nicht erkennbar, was er hier zu suchen hat, er hält nichts in den Händen – kein Handy, keinen Wäschekorb, keinen Weichspüler, keinen Schlüsselbund. Er steht einfach nur da wie ein Scheißpsychopath.

Kenzie mag Ted nicht. Sie hat ihn nie gemocht. Seit sie hier wohnt, ist er ihr unheimlich, auch wenn sie nicht sagen könnte, warum. Er tut ihr nichts, quatscht sie nicht dumm an. Er reißt keine dreckigen Witze und grinst nicht anzüglich. Aber wenn man mit ihm redet, dann … fehlt irgendwas. Seine Augen wirken leblos. Wenn er lächelt, was selten vorkommt, erscheint es nicht echt. Und wenn er lacht – was noch seltener vorkommt –, klingt es blechern, beinahe gezwungen, so als würde er nur lachen, weil die Etikette es in dem Moment verlangt, aber ohne zu verstehen, was eigentlich zum Lachen ist.

»Ich muss meine Karte aufladen«, sagt sie und geht rückwärts in Richtung Tür. *Bin gleich wieder da*, hätte sie beinahe hinzugefügt, aber sie konnte sich rechtzeitig auf die Zunge beißen. Was, wenn er auf sie wartet?

Er macht einen Schritt auf sie zu, während er etwas aus seiner Gesäßtasche zieht. Seine Chipkarte. »Hier. Sie können meine benutzen. Dann brauchen Sie nicht extra nach oben zu laufen. Sie können sie wieder aufladen, wenn Sie runterkommen, um den Trockner anzuwerfen.«

»Nein, nein, ich –« Aber er hat ihre Karte schon herausgezogen und seine in den Schlitz geschoben. Das Lämpchen leuchtet grün, und auf dem Display erscheint ein Betrag von fast hundert Dollar.

»Na los«, sagt er und tritt zur Seite. »Wählen Sie Ihr Programm.«

Es bleibt ihr wohl nichts anderes übrig, als mitzuspielen. Bei jedem anderen wäre sie für die nachbarliche Hilfe dankbar gewesen. Aber es ist niemand anders, es ist Ted, und zu allem Überfluss liegt auch noch ein pinkfarbener Tanga ganz oben auf dem Wäschestapel. Sie drückt auf den Knopf für das Standardprogramm, knallt den Deckel zu, und die Maschine startet.

»Danke.« Sie ringt sich ein Lächeln ab. »Ich schulde Ihnen drei fünfundzwanzig.«

Sie versucht, sich an ihm vorbeizuschieben, aber Ted steht noch immer am selben Fleck und rührt sich nicht.

»Ach was«, sagt er. Dann lächelt er eine Sekunde zu spät, und es sieht gezwungen aus. »Sie können mir ja im Green Bean irgendwann einen Kaffee spendieren. An welchen Tagen arbeiten Sie normalerweise?«

Sie wird den Teufel tun und Ted ihre Arbeitszeiten verraten. Es nervt sie schon, dass er überhaupt weiß, wo sie jobbt, und sie wüsste gern, woher er das hat.

»Wir, äh, wir kriegen Ärger, wenn wir Leuten was umsonst geben.« Das ist halb gelogen. Sie kriegen nur Ärger, wenn sie erwischt werden, was nicht passiert, weil sie es alle machen. Seine Freunde umsonst Kaffee trinken zu lassen ist der halbe Spaß an dem Job. Freunde muss man sich warmhalten. Aber Ted ist kein Freund. »Ich schieb Ihnen das Geld unter der Tür durch.«

»Nicht nötig, Kenzie«, sagt er, und seine leblosen Augen verraten nichts. Sie hat keine Ahnung, ob er freundlich sein will, oder ob er beleidigt ist, weil sie ihm nicht sagt, an welchen Tagen sie arbeitet. Es nervt sie, dass er sie Kenzie nennt. Das klingt so, als wären sie Freunde, was sie nicht sind. Wenn überhaupt, müsste er sie mit McKenzie anreden. »Wir sind doch Nachbarn. Da hilft man sich gegenseitig. Außerdem bin ich älter als Sie. Wenn wir zusammen wären, würde ich immer bezahlen, oder? Das ist doch Ihr Ding, oder? Ältere Männer, die für alles bezahlen?«

Kenzie schaut ihn nur an, aber er weicht ihrem Blick nicht aus. Unmöglich zu sagen, ob er ernst meint, was er sagt. Er blinzelt nicht, und er spricht tonlos. Sie weiß nicht, ob sie über seine Worte lachen soll, ob sie empört reagieren oder einfach darüber hinweggehen soll.

»Danke noch mal, Ted.« Sie macht einen großen

Schritt, um an ihm vorbeizukommen, flüchtet aus dem Waschraum in den Flur und die Treppe hoch, froh, dass sie mit ihren langen Beinen zwei Stufen auf einmal nehmen kann.

Als sie atemlos ihre Wohnungstür aufschließt, rechnet sie fast damit, Teds Hände von hinten zu spüren, ehe sie es in die Wohnung schafft und die Tür hinter sich abschließen kann. In vierzig Minuten muss sie wieder in den Keller, um ihre Wäsche in den Trockner zu packen. Wenn sie Glück hat, ist Ted dann weg.

Deprimiert und zerschlagen wühlt Kenzie in ihrem vollgestopften Kühlschrank zwischen Plastikdosen mit Pizza und Thai-Gerichten herum (alles Reste von Ty), bis sie ganz hinten ein Sixpack Cider findet. Mit einer Dose lässt sie sich aufs Sofa fallen und trinkt einen großen Schluck, während Buford auf ihren Schoß springt und es sich dort bequem macht. Sie klickt die Postmates-App an und bestellt sich etwas zu essen, das sie mit dem kleinen Guthaben bezahlt, das von einer kürzlich schiefgelaufenen Bestellung übrig ist.

Nach zwölf Versuchen gelingt ihr ein hübsches Selfie von sich mit Buford und dem Cider auf dem Sofa, dazu schreibt sie: *Nirgendwo möchte ich lieber sein.* Was kompletter Schwachsinn ist. Sie wäre jetzt überall lieber als total frustriert allein zu Hause mit ihrem Kater, aber sie postet es, kurz bevor sie losmuss, um ihre Wäsche in den Trockner zu packen. Die Likes und die Kommentare, die sie bekommt, nehmen ihr ein bisschen die Angst vor dem Keller. Komplimente von Leuten, die sie gar nicht kennt, sind nicht das Gelbe vom Ei, aber besser als nichts. Ihre Fotos von Buford sind immer sehr beliebt.

Aber letztlich hilft überhaupt nichts. Selbst der Typ von Postmates, der ihr California Rolls und gebratenen Reis bringt, hat Mitleid mit ihr, als sie im Sweatshirt und mit dem Kater auf dem Arm die Tür öffnet.

»Soloparty?«, fragt er mit einem mitfühlenden Lächeln.

Vielleicht ist es an der Zeit, ihren Lebensentwurf zu überdenken. Denn wenn sie das nicht tut, läuft sie Gefahr, dass es bis zum bitteren Ende so weitergeht. Dass sie sich allein in ihrer Scheißwohnung die Kante gibt und außer dem Kater niemand dabei ist, wenn sie ihr Leben aushaucht. Und wahrscheinlich knabbert Buford, wenn sie tot ist, auch noch an ihrem Gesicht, weil keiner mehr da ist, der ihn füttert.

Als Kenzie die letzte Dose Cider aus dem Kühlschrank intus hat, ist sie betrunken und dabei, Marin Machados Instagram-Seite auszuspionieren, obwohl sie sich geschworen hatte, das niemals zu tun. Ihr bleibt fast das Herz stehen, als sie das neueste Foto sieht.

Marin ist in Whistler, British Columbia. Und zwar mit Derek.

Whistler liegt fünf Autostunden von Seattle entfernt, und auf dem Foto, das vor ein paar Stunden gepostet wurde, stehen Marin und Derek auf einem Berg. Sie tragen Skikleidung und umarmen einander. Die Bildunterschrift lautet: *Das haben wir gebraucht.*

Das Foto hat fünfzig Likes und vier Kommentare.

furmom99: Gut gemacht!
hawksfan1974: Viel Spaß, ihr Schneehasen!

sadieoxxx: Hey, ihr zwei!!!! Freut mich riesig für euch! <3 <3 <3
steph_rodgers89: Wie hast du es bloß geschafft, Derek zu einem Urlaub zu überreden??? Du bist eine Superheldin, MM! Lol

O Gott. O mein Gott.

Kenzie scrollt zurück, um sich noch mehr Fotos anzusehen. Sie sind seit drei Tagen in Whistler, was erklärt, warum Derek sich überhaupt nicht meldet. Er ist in *Kanada.* Im *Urlaub.* Mit seiner *Frau.* Den Hashtags nach zu urteilen wohnen sie im Four Seasons. Sie haben sich Paarmassagen gegönnt. Sie haben Steak und Hummer gegessen. Sie sitzen abends im Bademantel am offenen Kamin und trinken Champagner. Keinen Sekt, sondern echten Scheißchampagner. Aus Frankreich.

Sie feiern ihren zwanzigsten Hochzeitstag.

Deswegen hat Derek Schluss gemacht. Er versucht, seine Ehe wieder in Schwung zu bringen. Da bleibt natürlich für Kenzie kein Platz mehr in seinem Leben.

Kenzie betrachtet das Display ihres Handys, ihr Blick ist ganz besonders auf einen Kommentar fixiert. Er steht unter dem ersten Foto aus Whistler, das Marin vor drei Tagen gepostet hat.

furmom99: Wann kommt ihr zurück? Wollen wir uns auf einen Kaffee treffen?
marinmachadohair: @furmom99 Sonntag! Klar, machen wir! Melde mich nach dem WE! xx

Sonntag. Vier ganze Tage im Four Seasons, schneebedeckte Bergkuppen, prasselndes Kaminfeuer und Champagner. Während Kenzie wie gebannt das Foto anstarrt, wird ihr dreierlei bewusst:

Mit Derek ist es wirklich vorbei.

Das Haus der beiden steht bis morgen leer.

Sie kennt den Türcode.

Kapitel 19

Wenn man sich die Kante gibt, kommt unvermeidlich der Punkt, an dem man so betrunken ist, dass man eine schlechte Idee richtig gut findet. Kenzie hat diesen Punkt überschritten.

Sie bestellt kein Uber, um zu Dereks Haus zu fahren, weil die Fahrer kein Bargeld akzeptieren, sie aber im Moment nichts anderes hat. Stattdessen hält sie auf der University Avenue ein Taxi an. Da auf den Straßen fast nichts los ist, braucht sie nur eine Viertelstunde. Die Adresse, die sie angegeben hat, gehört zu einem Haus in Dereks Nachbarschaft. Der Fahrer verlangsamt das Tempo und schaut die ganze Zeit hin und her zwischen dem GPS-Display und den Hausnummern, die bei dem Regen kaum zu erkennen sind.

»Verzeihen Sie, welches Haus ist es?«, fragt er.

»Äh, Sie können mich hier rauslassen.« Eigentlich muss sie noch ein paar Häuser weiter, aber sie will nicht, dass der Fahrer mitbekommt, wohin genau sie geht. Sie ist ganz benebelt vom Alkohol.

Der Fahrer hält am Bordstein. »Ich kann warten, bis Sie drinnen sind«, sagt der Mann und lächelt sie im Rückspiegel an, während sie sich abschnallt. Er ist im

Rentneralter, ein großväterlicher Typ, freundlich. Normalerweise hätte Kenzie sein Angebot angenommen, aber diesmal nicht.

»Nicht nötig.« Dass sie jemand dabei beobachtet, wie sie sich in das Haus ihres Exliebhabers schleicht, ist das Letzte, was sie jetzt brauchen kann. »Ich geh immer hintenrum rein, da können Sie mich von der Straße aus nicht sehen. Trotzdem danke.«

Sie gibt ihm das Geld, sagt, er solle das Wechselgeld behalten, und öffnet die Tür.

»Vergessen Sie nicht Ihre Quittung.« Er reicht ihr einen kleinen Zettel.

»Ah, ja.« Sie ist schon lange nicht mehr mit einem normalen Taxi gefahren. Sie steckt den Zettel ein.

Ehe der freundliche Fahrer noch etwas sagen kann, springt sie aus dem Wagen und tut so, als würde sie eine Textnachricht schreiben, bis die Rücklichter des Taxis um die Ecke verschwinden. Dereks Haus steht auf der anderen Straßenseite, ein riesiger Kasten mit großer Veranda. Er hat ihn mal als »nicht besonders groß« beschrieben. Der Bungalow, in dem Kenzie aufgewachsen ist, hatte knapp 84 Quadratmeter, und in etwas Größerem hat sie noch nie gewohnt.

Als sie hinter sich ein Knirschen hört, fährt sie mit pochendem Herzen herum. Sie rechnet damit, einem Raubtier in die funkelnden Augen zu sehen, aber es ist nur ein Eichhörnchen, das mit zuckendem Schwanz vor einem Baumstamm hockt und sie neugierig beäugt. Die Straße ist wie ausgestorben. Trotzdem wird sie das Gefühl nicht los, dass sie nicht allein ist.

Was natürlich vollkommen lächerlich ist. Sie ist betrunken, und der Alkohol macht sie paranoid, was zwei gute Gründe sind, warum sie jetzt nicht hier sein sollte.

Den Haustürcode hat Kenzie ganz zufällig mitbekommen. Als sie und Derek vor ein paar Monaten nach New York wollten, ist ihm auf dem Weg zum Flughafen aufgefallen, dass er seine Brieftasche nicht dabeihatte. Er hatte sie in seiner Sporttasche vergessen, die noch zu Hause stand, soweit er sich erinnerte. Daraufhin ließ er den Fahrer umkehren.

Als sie sich seinem Haus näherten, wandte er sich ihr zu und strich ihr die Haare aus dem Gesicht. Sie dachte, er wollte sie küssen, stattdessen flüsterte er ihr ins Ohr: »Macht es dir was aus, nach unten zu rutschen, Babe?«

»Was?«, flüsterte sie zurück.

»Du weißt schon, Tarnmanöver.« Derek lachte gezwungen, als wäre sie ein Kind und als ginge es um ein lustiges Spiel. Sie sah, wie der Fahrer sie im Rückspiegel beobachtete. Vermutlich dachte er sich sein Teil über dieses merkwürdige Paar. Zuerst hatte er Derek hier im vornehmen Viertel Capitol Hill abgeholt, dann sie vor dem heruntergekommenen Wohnblock im University District. Vielleicht hätte sie dankbar sein sollen, dass Derek sie überhaupt abgeholt hatte. Er hätte sich genauso gut am Flughafen mit ihr verabreden können.

Sie konnte sich unmöglich widersetzen, ohne einen Riesenaufstand zu machen. Sie rutschte auf dem Ledersitz nach unten, als der Fahrer in die Einfahrt einbog. Kaum war Derek ausgestiegen, setzte sie sich trotzig wieder auf und bemerkte sofort den missbilligenden Blick des Fahrers im Rückspiegel. Durch das getönte Fenster des Autos konnte sie deutlich erkennen, welchen Code

Derek in das Tastenfeld eingab. 2-0-1-1. Zwanzigster November. Der Geburtstag seines Sohnes.

Je länger Kenzie im Regen steht, desto nüchterner wird sie. Sie ist sich nicht sicher, ob sie das gut oder schlecht finden soll. Dereks Haus hat zwei Stockwerke und große Fenster, rechts und links stehen riesige Eichen und Ahornbäume. Die breite Veranda erstreckt sich über die gesamte Hausfront. Grüne, gut gepflegte Sträucher heben sich hübsch gegen die erdigen Farben des Hauses ab. Es ist kein protziges Haus, und es ist auch keins von diesen modernen, kitschig bunten Häusern, die man in Gegenden sieht, wo viele Neureiche wohnen. Es ist ein Familienhaus in Capitol Hill.

Soweit Kenzie weiß, haben Derek und Marin das Haus während des Immobiliencrashs zu einem Spottpreis ergattert. Zehn Jahre später platzte er immer noch vor Stolz, als er ihr erzählte, wie er die früheren Besitzer runtergehandelt hatte, die wegen eines zwielichtigen Hypothekenkredits für den Kauf des Hauses kurz vor der Zwangsvollstreckung standen.

»Hattest du denn kein schlechtes Gewissen?«, hat Kenzie ihn gefragt. »Das war doch für alle eine ganz schlimme Zeit.«

»Du bist vielleicht naiv«, hat Derek geschnaubt. »Bei jeder Verhandlung gibt es einen Gewinner und einen Verlierer. Die konnten sich das Haus von Anfang an nicht leisten. Das war ja das Problem.«

Was Kenzie vorhat, ist total verrückt. Wenn sie es durchzieht, muss sie sich beeilen, und sie muss es mit Überzeugung tun. Sie darf nicht zaudern und nicht in Panik geraten. Sie überquert die Straße und geht direkt auf die Haustür zu. Das Gebäude ist von außen beleuchtet. Falls ein Nachbar sie sieht, wird sie sagen, dass sie in einem von Marins Salons arbeitet und nur eben was vorbeibringt.

Aber anscheinend sieht sie keiner. Sie ist immer noch so betrunken, dass es ihr schwerfällt, sich zu konzentrieren, doch es gelingt ihr, den vierstelligen Code einzugeben: 2-0-1-1. Das Tastenfeld klickt, sie schiebt die Tür auf, und im nächsten Augenblick ist sie drinnen. Sie schließt die Tür hinter sich und verriegelt sie wieder.

Ausatmen. Tief einatmen. Ausatmen.

Im Haus ist es still bis auf ein leises, kaum hörbares Piepen, das von irgendwo im Innern kommt. Der Fußboden ist blitzblank, und Kenzie zieht ihre nassen Schuhe aus. Dann stopft sie sie in einen Schuhschrank, da es ihr irgendwie nicht richtig erscheint, sie auf der Fußmatte an der Tür stehen zu lassen. Auf Socken geht sie durch das halbdunkle Haus in Richtung Küche, woher das Piepen kommt.

Verdammt. Sie haben eine Alarmanlage.

In der Küche, neben der Tür zum Windfang, durch die sie vermutlich immer ins Haus kommen, da sie beide in der Garage parken, hängt ein weiteres Tastenfeld. Kenzie schätzt, dass die Alarmanlage jetzt seit etwa zwanzig Sekunden piept. Sie hat keine Ahnung, wie viel Zeit ihr bleibt, bis das Ding losschrillt. Aber sie muss jetzt unbedingt etwas probieren, und zwar schnell, bevor die Polizei über den Alarm verständigt wird und Dereks und Marins Handys in Kanada klingeln.

Sie gibt den gleichen Code ein wie an der Haustür: 2-0-1-1. Ein rotes Lämpchen blinkt. *Mist, Mist, Mist.*

Nachdenken. Gott, es war echt idiotisch, im betrunkenen Zustand hier einzusteigen. Panisch gibt sie die einzige Ziffernfolge ein, die ihr in den Sinn kommt: das heutige Datum, Derek und Marins Hochzeitstag. Das Lämpchen leuchtet kurz grün auf. Das Piepen verstummt.

Meine Fresse.

Ihre Achseln sind nass geschwitzt, das Adrenalin scheint den ganzen Alkohol verbrannt zu haben, den sie noch im Blut hatte. Das Herz schlägt ihr bis zum Hals, und sie stirbt vor Durst. Auf der Anrichte neben dem Kühlschrank steht ein leeres Wasserglas. Sie drückt es gegen den Wasserspender und füllt es bis oben hin.

Dann holt sie ihr Handy heraus, um sich auf Instagram zu vergewissern, dass Derek und Marin immer noch in Whistler sind. Sind sie. Sie sind gerade beim späten Abendessen und sitzen nebeneinander in einer runden, in Samt gehaltenen Nische, ein Glas Rotwein in der Hand und vor sich Teller mit Steak und Gemüse. Die weiße Tischdecke ist mit Glitzerkonfetti bestreut – Herzchen und Blümchen, soweit Kenzie es erkennen kann. Der Text unter dem Foto lautet: *20 Jahre hinter uns, 40 vor uns? Das muss der Himmel sein.*

Sie sind ein Glamourpaar, und so sehen sie auch aus. Kenzie spürt, wie ihr die Tränen kommen.

Klar, sie hat immer gewusst, dass er einer anderen gehört. Aber bis jetzt dachte sie, es wäre ihr egal. Es tut weh, die beiden so zu sehen.

Das Foto hat nur einen Kommentar, denn Marin hat es erst vor einer Viertelstunde gepostet, und er kommt von einem Account, von dessen Existenz Kenzie bisher nichts wusste:

sebastiansdad76: Ich liebe dich so sehr, Baby.
Auf uns. Viel Glück zum Hochzeitstag, mein Schatz.
Auf 40 weitere Jahre!

Baby. Derek nennt Marin *Baby*. Zu Kenzie sagt er *Babe*. Sie hätte nie gedacht, was für einen Unterschied ein einziger Buchstabe in einem ganz normalen Kosewort machen kann.

Kenzie muss aufhören, sich das Foto anzusehen. Sie muss sich von Instagram losreißen. Sie muss raus aus dem Haus der beiden.

Außerdem muss sie pinkeln.

Was soll's. Bei der Gelegenheit kann sie sich auch noch kurz das Bad ansehen.

Das Haus wurde komplett umgebaut, und der angehenden Möbeldesignerin in Kenzie entgehen die klaren Linien und die geschmackvolle Raumaufteilung nicht. Alles ist gleich wichtig, ob es dekoriert ist oder nicht. Das Haus ist gediegen gestaltet, aber mit einem modernen Flair.

»Ich bin in einem Trailer-Park aufgewachsen«, hat Derek ihr erzählt, nachdem sie das erste Mal miteinander geschlafen hatten. Das war in der Cedarbrook Lodge, und sie lagen nackt nebeneinander, die Beine ineinander verschränkt. »Wir hatten nichts. Weniger als nichts. Mein Vater ist abgehauen, als ich zwei war, und hat meine Mutter mit drei kleinen Jungs sitzen lassen. Ich war der jüngste. Wir hatten nie neue Klamotten. Nie ein neues Fahrrad. Überhaupt nie irgendwas Neues. Wir hatten immer Hunger. Es gab nie genug zu essen für alle.«

»Wow«, sagte Kenzie und fuhr mit dem Finger über seine Uhr. Eine Rolex. »Unglaublich, wenn man bedenkt, wer du heute bist.«

»Deswegen lege ich so großen Wert auf meinen Lebensstil.« Derek nahm ihre Hand und küsste jede einzelne Fingerkuppe. »Ich stehe auf teure Klamotten. Ich fahre gern ein schickes Auto. Ich habe gern jede Menge Bargeld in der Tasche, obwohl ich alles mit Kreditkarte bezahle. Es gefällt mir, nicht arm zu sein, das ist ein wunder Punkt bei mir.« Er schwieg eine Weile. »Aber dieser wunde Punkt ist auch mein Antrieb. Ihm verdanke ich, dass ich da bin, wo ich heute stehe.«

»Und was hat dich *hierher* getrieben?«, fragte Kenzie und deutete auf das Bett, das Zimmer, sich selbst.

Da legte er sich auf sie und schmiegte den nackten Körper in seiner ganzen Länge an ihren. Automatisch spreizte hat sie die Beine. Sie hatten schon miteinander geschlafen, aber er wollte noch einmal. Er schaute ihr direkt in die Augen.

»Es gefällt mir, dass du diesen Teil von mir nicht kennst«, sagte er. »Es gefällt mir, dass du nur den Mann kennst, zu dem ich geworden bin, nicht den, der ich mal war. Wenn ich mit dir zusammen bin, habe ich keine Geschichte, und das ist schön.«

Das konnte sie verstehen. Vollkommen. Sie weiß, was es bedeutet, sich neu erfinden zu wollen, und dass das nicht immer einfach ist, vor allem, wenn Verwandte und Freunde es persönlich nehmen.

»Wenn ich mit dir zusammen bin, muss ich nicht auf zwanzig Jahre Fehler zurückblicken«, flüsterte er, und sie spürte, wie er in sie hineinglitt. Sie öffnete die Schenkel noch weiter, legte die Hände auf seine Arschbacken und schob ihn noch tiefer in sich hinein. »Du bist für mich ein unbeschriebenes Blatt, und du ahnst gar nicht, wie sehr ich das brauche.«

Kenzie brauchte keine Psychologin zu sein, um zu begreifen, dass sie für ihn eine Zuflucht ist. Wenn er bei ihr ist, braucht er an nichts zu denken, nicht an seine Frau, nicht an seinen vermissten Sohn, nicht an sein Haus und nicht an all das, wozu er verpflichtet und wofür er verantwortlich ist.

Das Problem ist nur, dass Kenzie überhaupt nicht verstehen kann, warum jemand das Bedürfnis haben könnte, vor all dem zu flüchten. *Ach, du armer, trauriger reicher Mann.* Das Haus ist wunderschön. Drei Meter hohe Decken, glänzende Holzfußböden, eine Beleuchtung, die wahrscheinlich mehr kostet als Kenzies Miete.

Hier riecht es regelrecht nach Geld.

Zuerst vermutet sie das Badezimmer neben dem Windfang, aber dort befindet sich der Waschraum, und etwas so Extravagantes hat sie noch nie gesehen: Waschmaschine und Trockner in Übergröße, Einbauschränke für alles Unansehnliche wie Waschmittel, Wäschebeutel, Putzmittel. Was für ein Luxus, einen eigenen Waschraum zu besitzen, den man sich nicht mit hundert anderen Mietern teilen muss, noch dazu so einen schönen.

Im Windfang gibt es drei Fächer. An jedem hängt ein handgemaltes, hölzernes Schild. Auf dem linken steht MARIN. Auf dem rechten steht DEREK. Und auf dem in der Mitte SEBASTIAN.

Sebastian. Wow. Sein Anorak hängt immer noch da, darunter stehen seine Gummistiefel ordentlich nebeneinander, und in dem Fach ganz unten liegt ein kleiner, mit Hunden bedruckter Rucksack. *Paw Patrol*. Spontan streckt Kenzie eine Hand aus, um den Anorak zu berühren, zieht sie jedoch erschrocken wieder zurück. Nein. Sie darf den Anorak nicht anfassen. Das wäre nicht richtig.

Ihre Blase droht zu platzen, und sie setzt die Hausbesichtigung fort. Auf der Suche nach dem Badezimmer überlegt sie, was sie anders einrichten würde, wenn sie hier mit Derek wohnte, und muss sich eingestehen, dass es nicht viel wäre. Marin hat einen erlesenen Geschmack.

Auf dem Weg in den ersten Stock bleibt sie auf der geschwungenen Treppe stehen und betrachtet die gerahmten Fotos an der Wand. Lauter Aufnahmen von Dereks und Marins Sohn, jede zeigt ihn in einem anderen Alter.

Die letzte, die ganz oben hängt, scheint die neueste zu sein. Auf dem Foto trägt Sebastian den Pullover mit dem Rentier, den er auch auf dem Vermisstenposter anhat, aber auf diesem Foto hier sitzt der kleine Junge strahlend auf dem Schoß des Weihnachtsmanns. In dem Moment wird Kenzie bewusst, wie entsetzlich diese ganze Geschichte ist. Normalerweise denkt sie kaum darüber nach, da Derek sich weigert, über das Thema zu sprechen, aber hier in diesem Haus begegnet sie einer Seite von ihm, die ihr bisher unbekannt war.

Er ist Vater. Er hat sein Kind verloren. Er ist mit einer Mutter verheiratet. Die ihr Kind verloren hat.

Während Kenzie das Foto betrachtet, fällt ihr ein, dass Sebastian am letzten Samstag vor Weihnachten verschwunden ist. Natürlich hatten sie einen Weihnachtsbaum, der vermutlich im Wohnzimmer stand, am Fenster zur Straße, sodass alle Nachbarn ihn sehen konnten. Wahrscheinlich hatten sie schon sämtliche Weihnachtseinkäufe erledigt, die Geschenke verpackt und versteckt, um sie am Weihnachtsmorgen unter den Baum zu legen.

Aber als sie am Weihnachtsmorgen aufgewacht sind, haben sie nicht das Tapsen von kleinen Füßen gehört, die über den Flur und dann die geschwungene Treppe hinunterliefen, und auch nicht das freudige Jauchzen angesichts all der bunten Geschenke unter dem Baum. Da war nur Stille. Es war kein kleiner Junge mehr im Haus, der all die Geschenke hätte öffnen können. Hier wohnt kein kleiner Junge mehr.

Die Erkenntnis dreht Kenzie den Magen um, und sie atmet mehrmals tief ein und aus.

Ganz oben, wo die Treppe aufhört, hängt ein Schwarz-Weiß-Foto von Derek und Marin am Strand. Es ist ihr Hochzeitsfoto. Sie trägt eine Art Boho-Chic-Hochzeitskleid und er eine helle Hose und ein weißes Hemd, dessen Ärmel hochgekrempelt sind. Sie halten einander lachend an der Hand, der Wind weht ihnen die Haare ins Gesicht. Auf dem Foto ist Marin jünger als Kenzie jetzt, und sie ist atemberaubend schön.

Langsam geht Kenzie durch den Flur im ersten Stock. Sie kommt an einem Zimmer vorbei, das vermutlich Sebastians ist, denn an der Tür klebt ein bunter Sticker. Sie beugt sich vor und sieht, dass es sich wieder um eine Figur aus *Paw Patrol* handelt. Bis auf diese eine stehen alle Türen offen.

Sie öffnet sie nicht.

Das einzige Zimmer, das Kenzie sehen will, ist das Elternschlafzimmer. Es befindet sich am Ende des Flurs hinter einer doppelflügeligen Tür, und es ist mit Teppichboden ausgelegt, aber nicht mit so billigem Zeug wie in ihrer Wohnung, sondern mit einem hellen, hochflorigen Teppich, auf dem nie Fuß- oder Staubsaugerspuren zu sehen sind. Das Zimmer hat wahrscheinlich so viele Quadratmeter wie Kenzies und Tys gesamte Wohnung. Das majestätische Doppelbett wird von dazu passenden Nachttischen mit Spiegeltüren flankiert. Auf einem Nachttisch liegt ein kleiner Stapel Bücher – ein paar Ratgeber, ein paar Romane. Auf dem anderen liegt nur ein Handyladegerät. Kenzie ist klar, wer auf welcher Seite schläft. Derek ist kein Leser.

Sie geht in das angeschlossene Bad, das nach Lavendel duftet und aussieht wie auf den Hochglanzfotos eines exklusiven Wohnmagazins. Im Fischgrätmuster verlegte Bodenfliesen. Eine Duschkabine mit Glaswänden, groß genug für zwei Personen. Ein Waschtisch, so riesig, wie sie noch nie einen gesehen hat. Und vor dem Fenster steht eine Badewanne mit Klauenfüßen, die so tief ist, dass man einen kleinen Hocker braucht, um hineinzusteigen. Die Toilette befindet sich in einem Extraraum hinter einer Tür neben der Dusche, und Kenzie stürzt hinein, um sich endlich zu erleichtern.

Der begehbare Kleiderschrank ist unglaublich. Auf Dereks Seite hängen jede Menge Anzüge, das überrascht nicht. Aber Marins Seite … Die Frau hat dermaßen viele Klamotten. Kleider, Mäntel, Kostüme, Hosen, Blusen. Alles nach Stil und Farben sortiert. In der Mitte – in der Mitte! – steht eine Kommode mit Schubladen für Socken, Strümpfe und Unterwäsche, für Trainingssachen und Jeans, und eine komplette Wand wird von einem

Regal nur für Schuhe und Handtaschen eingenommen. Gott, wie Kenzie sich angestellt hat, als Derek ihr in New York die Handtasche von Dolce & Gabbana gekauft hat, die einzige Designerhandtasche, die sie besitzt und die so schön ist, dass sie sie nur benutzt, wenn sie mit Derek ausgeht ... Seine Frau dagegen besitzt ausschließlich Designerhandtaschen. Gucci. Ferragamo. Chanel. Vuitton. Und eine nicht ganz so teure von Tory Burch, ziemlich abgenutzt, offenbar eine Lieblingshandtasche.

Kenzie nimmt ihr Handy heraus. Sie kann der Versuchung nicht widerstehen, ein Selfie von sich in dem spektakulärsten Schrank zu machen, den sie je gesehen hat. Während sie aus verschiedenen Winkeln mehrere Fotos macht, fragt sie sich, was passieren würde, wenn sie die auf Instagram postet. Würden Derek und Marin je davon erfahren? Sachen wie diesen begehbaren Kleiderschrank hat sie bisher nur bei *Million Dollar Listing – Hollywoods Luxusmakler* gesehen, einer Sendung, nach der sie und Ty letzten Sommer regelrecht süchtig waren.

»Warum zum Teufel sehen wir uns das eigentlich an?«, hat sie Ty einmal gefragt, den Mund voll Popcorn, während auf dem Bildschirm ein reiches Pärchen um die dreißig vor laufender Kamera erklärte, dass ihre zweihundert-Quadratmeter-Wohnung in Manhattan ein bisschen zu eng für sie beide und ihren Bichon frisé werde. »Das gibt mir nur das Gefühl, dass mein Leben scheiße ist.«

»Weil es uns *anspornt*«, hat Ty geantwortet, und er hatte recht. »Wir sehen uns das an, weil wir uns wünschen, wir wären wie diese Leute.«

Kenzies Blick fällt auf ein Paar rote High Heels von Christian Louboutin. Es sind reinste Kunstwerke, schwarzer Satin mit einer Schleife aus Kristall an der Spitze, zehn Zentimeter hohe Absätze. Größe 39. Kenzie hat 39½. Dürfte hinhauen. Sie zieht sich die Socken aus und schlüpft in die Schuhe. Sie sind ein bisschen eng, aber ein Foto macht sie trotzdem. Sie stellt die Schuhe zurück ins Regal, dann überlegt sie sich, dass sie vor der Handtaschensammlung noch glamouröser wirken. Sie arrangiert die Schuhe raffiniert vor den Handtaschen und macht noch ein paar Fotos. Warum? *Weil es sie anspornt.*

Sie geht zurück ins Schlafzimmer. Ihre Füße machen auf dem dicken Teppichboden kein Geräusch. Sie stellt sich vor, wie Marin lesend im Bett liegt und Derek neben ihr unter die Decke schlüpft, früher, in glücklicheren Zeiten, als ihr kleiner Sohn in seinem Zimmer schlief und die beiden endlich ein bisschen Zeit füreinander hatten. Marin trägt einen Schlafanzug oder vielleicht ein altes T-Shirt von Derek aus dessen Studentenzeit. Er trägt alte Basketballshorts, sonst nichts, seine Haut ist vielleicht noch feucht vom Duschen nach einem langen Tag. Vielleicht schlafen sie miteinander. Vielleicht kuscheln sie auch nur. Vielleicht reden sie ein bisschen, erzählen einander von ihrem Tag, entspannt, leise, bis einer einschläft. Derek würde als Erster die Augen zumachen, und wenn er das tut, schläft er schnell ein. Marin würde länger brauchen, wie alle Frauen, ihr gehen noch die tausend Sachen durch den Kopf, die am Tag passiert sind, und die tausend Sachen, die sie am nächsten Tag erledigen muss.

Hier gehört Kenzie nicht hin. Zeit zu verschwinden.

Kapitel 20

Da Kenzie keine Ahnung hat, wie man die Alarmanlage wieder einschaltet, kümmert sie sich nicht weiter darum. Sie verlässt das Haus auf demselben Weg, wie sie hineingekommen ist, still und leise. Was sie getan hat, war dumm und leichtsinnig, so etwas darf ihr nie wieder passieren.

Nach dem Regen riecht die Luft frisch, und sie entschließt sich, ein Stück zu laufen, um wieder einen klaren Kopf zu bekommen. Ihr letzter Liebhaber, Paul, wohnte in Boise in einem ähnlichen Viertel – ruhig, protzig, weiß. Drei Wochen, nachdem seine betrunkene Frau versucht hat, in ihre Wohnung einzudringen, hat sie ihn das letzte Mal gesehen. Paul hatte vorher schon versucht, Schluss zu machen – per Telefon –, und als sie protestierte, hat er ihr zehntausend Dollar als Abschiedsgeschenk angeboten.

Von wegen.

Ein paar Tage später ist Kenzie zu ihm gegangen. Es war schon Abend, seine Frau und seine Tochter waren zu Hause, und als er ihr aufgemacht hat, ist er erbleicht. Er kam raus, zog die Tür hinter sich zu und zerrte sie um die Ecke, wo es dunkel war und sie zwischen den Sträuchern vor Blicken geschützt waren. Kenzie tat, als wäre sie betrunken und verzweifelt, und flehte ihn weinend an, sie nicht zu verlassen.

»Was zum Teufel soll das?«, zischte Paul.

Er packte sie so fest am Arm, dass seine Finger blaue Flecken hinterließen, wie sie später feststellte. So wütend hatte sie ihn noch nie erlebt. Er war ihr gegenüber immer einfühlsam gewesen ... richtig sanft. Kenzie fand es erstaunlich, wie viel Kraft jemand aufbrachte, wenn er sich bedroht fühlte.

»Du tust mir weh«, jammerte sie und er ließ sie los.

»Du darfst nicht herkommen.« Paul durchbohrte sie mit einem wütenden Blick. »Ich habe Familie, McKenzie.«

»Ich will mit dir zusammenbleiben. Ich liebe dich.« Sie nahm seine Hand. »Und du liebst mich auch.«

»Es hatte nie etwas mit Liebe zu tun«, sagte er und wich vor ihr zurück. »Das ist mir jetzt klar. Ich war unglücklich und brauchte das Gefühl, geliebt zu werden. Leah und ich haben eine Paartherapie angefangen, wir wollen es noch einmal versuchen. Tut mir leid, okay? Und jetzt geh bitte. Meine Kinder sind zu Hause.«

»So ist das also?«, konterte sie. »Du bist fertig mit mir und wirfst mich einfach weg? Wie ein Stück Abfall?«

Sein Gesichtsausdruck wurde weicher, und einen Moment lang fürchtete Kenzie, es übertrieben zu haben. Sie hatte null Interesse, die Beziehung mit Paul fortzuführen, und war nicht gekommen, um ihn umzustimmen. Was auch immer sie an ihm attraktiv gefunden hatte, hatte sich in Luft aufgelöst, als seine besoffene Frau sie angebrüllt und angespuckt hatte. Aber sie wollte eine Trennung zu ihren Bedingungen.

Er sollte ihr eine angemessene Abfindung zahlen.

Paul straffte sich, sein Gesichtsausdruck wurde wieder härter. »Was auch immer ich von dir gebraucht habe, Kenzie, ich brauche es nicht mehr. Ich will dir nicht wehtun, aber ich kann dir nichts geben. Und jetzt geh bitte.«

Sie schaute an seinem riesigen Haus hoch, dann zur Einfahrt hinüber, wo seine Autos standen, ein Jaguar und ein BMW. »Macht wohl Spaß, mit Mädels ins Bett zu gehen, die halb so alt sind wie du, und sie fallen zu lassen, sobald deine Frau Wind davon kriegt«, sagte sie. »Erst mit Geld um dich werfen, die Mädels schön verwöhnen und sie dann wie Nutten behandeln.«

»Wieso *sie*?« Paul runzelte die Stirn. »Was soll das? Es gab nur dich, und ich hätte nie ...«

»Du hast mir zehntausend Dollar angeboten, wenn ich gehe. Wie soll ich mich denn fühlen?«

Er wirkte zerknirscht. »Stimmt, das hätte ich nicht sagen sollen ...«

»Ich will fünfzigtausend.«

Er blinzelte. »Was?«

»Fünfzigtausend«, sagte Kenzie. »Dann hörst du nie wieder von mir. Ich finde, das ist das Mindeste, was du tun kannst, nach allem, was du mir zugemutet hast. Ganz zu schweigen davon, was deine Frau mir zugemutet hat, die meine Freundin und mich im Treppenhaus angeschrien hat wie eine Irre, so als wäre *ich* die Übeltäterin. *Du* hast damit angefangen. Du hast Familie. Du bist der Betrüger, nicht ich, und du bist erwischt worden. Weißt du, was wir beide jetzt tun würden, wenn deine

Frau dir nicht auf die Schliche gekommen wäre? Dann hätten wir jetzt Sex, Paul. Gut und schön, dass ihr beide es noch mal versuchen wollt, aber so einfach kommst du aus der Sache nicht raus.«

Paul wirkte vollkommen verblüfft, doch dann siegte die Selbstgerechtigkeit. »Das soll wohl ein Witz sein. Ich zahle doch keine fünfzigtausend …«

Kenzie drehte sich auf dem Absatz um und marschierte über den nassen Rasen in Richtung Haustür. Im allerletzten Moment – sie hatte die Hand gehoben und wollte gerade auf die Klingel drücken – holte er sie ein, packte sie am Arm und riss sie herum.

»Okay, du kriegst das Geld«, zischte er. »Aber mach, dass du hier wegkommst.«

»Cash auf die Kralle. Morgen. Wo ist deine Bank?«

Nachdem er ihr den Namen seiner Bank genannt hatte, sagte sie: »Wir treffen uns an der Ecke vor dem Eingang. Um Punkt halb zehn. Wenn du nicht aufkreuzt, fahr ich hierher und warte vor dem Haus, bis deine Frau nach Hause kommt. Und wenn deine Nachbarn mich fragen, was ich hier mache, sag ich ihnen, wer ich bin. Und dann zeig ich ihnen Fotos. Ich hab massenhaft Fotos, Paul, wusstest du das? Ich bin eine von diesen schwachköpfigen Millennials, die dauernd alles fotografieren, und ich hab dich fotografiert, wie du neben mir liegst und schläfst. Nackt. Hast du nicht mitgekriegt, stimmt's? Ich werde jeden Tag ein Foto auf Facebook und Instagram posten und dein Leben ruinieren, genauso, wie du meins ruiniert hast. Du hast mir das Herz gebrochen, du Arschloch.«

Dann hat sie ihn einfach stehen lassen, wohl wissend,

dass nichts von dem, was sie gerade gesagt hatte, der Wahrheit entsprach. Sie würde nie wieder zurückkommen. Es gab keine Fotos. Er hatte ihr nicht das Herz gebrochen. Es würde funktionieren oder nicht, und ihr blieb nichts anderes übrig als abzuwarten, ob er sich bluffen ließ.

Am nächsten Morgen um Punkt halb zehn haben sie sich vor seiner Bank getroffen. Er hat ihr wortlos einen braunen Umschlag in die Handgedrückt, ohne ihr in die Augen zu sehen.

»Lass mich in Frieden, McKenzie«, sagte er und ging.

Mit pochendem Herzen machte Kenzie sich auf den Heimweg. In ihrer Wohnung angekommen, schüttete sie das Geld aus dem Umschlag auf ihr Bett. Hastig zählte sie die Scheine, dann ganz langsam noch einmal und schließlich genüsslich noch ein drittes Mal. Fünfzigtausend Dollar. So viel Geld hatte sie noch nie gesehen, und es fühlte sich großartig an.

Sie rief J.R. an.

»Er hat gezahlt«, sagte sie, als J.R. sich meldete.

Sie konnte sich sein Grinsen ausmalen. »Gut gemacht«, sagte er. »Gib nicht alles auf einmal aus.«

Sie legte fünfzehntausend für ihre Lebenshaltungskosten und die Studiengebühren für das kommende Semester beiseite, vom Rest bezahlte sie die Heimkosten ihrer Mutter für ein ganzes Jahr.

Drei Monate später sah sie Paul zufällig auf dem Seattle Food Festival, wo sie am Taco-Stand arbeitete. Seine Eltern wohnen in Seattle, vermutlich war er deswegen in der Stadt. Er wurde ganz blass, als er an den Wagen trat und seine Bestellung aufgab, bezahlte aber seine sechs Tacos und tat so, als hätte er sie nicht erkannt. Sie schaute ihm nach, als er zurück zu seiner Frau und seinen Kindern ging und die Tacos verteilte.

Er drehte sich nicht um.

Kenzie atmet tief aus, um die Gedanken an Paul abzuschütteln. Sie muss sich jetzt auf Derek konzentrieren, der noch reicher ist als Paul, der auf einmal ebenfalls einen neuen Versuch mit seiner Frau startet und der noch nicht mal den Mumm hatte, ihr ins Gesicht zu sagen, dass Schluss ist.

Wenn er will, dass Schluss ist, bitte sehr. Aber die Verhandlungen fangen erst an.

Sie ist schon ein ganzes Stück gegangen. Am Broadway will sie sich ein Taxi nehmen. Je näher sie der stark befahrenen Straße kommt, desto kleiner werden die Häuser. Das unheimliche Gefühl, beobachtet zu werden, ist wieder da. Sie holt ihr Handy heraus und behält es in der Hand. Plötzlich hört sie hinter sich etwas rascheln. Erschrocken fährt sie herum, aber auch diesmal ist niemand da.

Aber es fühlt sich so an, als wäre da jemand, verdammt noch mal. Die ungebetenen Blicke verursachen ihr eine Gänsehaut. Sie geht weiter, diesmal schneller.

Eine Stimme ertönt in der Dunkelheit. »Hey.«

»Wer ist da?«, fragt Kenzie. Es ärgert sie, dass ihre Stimme so piepsig klingt, so ängstlich. »Hallo?«

Etwas kommt auf sie zu, ein großer, langer Schatten, der sich in einen Menschen verwandelt. Kenzie ist stocksteif, doch dann sieht sie im schwachen Licht der Straßenlaterne, dass sie den Mann kennt.

»Julian«, sagt sie überrascht. Vor Erleichterung bekommt sie ganz weiche Knie. »Herrgott noch mal, du hast mich zu Tode erschreckt. Was machst du hier?«

»Dich suchen«, sagt er.

Sie kann sich nicht erinnern, wann sie Julian das letzte Mal gesehen hat – vielleicht vor einem Jahr, vielleicht ist es auch länger her. Er macht einen Schritt auf sie zu, die Arme ausgebreitet, als wollte er sie umarmen. Das ist so merkwürdig, dass sie instinktiv zurückweicht. *Was hat er vor?* Sie haben sich noch nie umarmt – der Typ schüttelt einem nicht mal die Hand, weil er eine Bakterienphobie hat. Ihr fällt wieder ein, dass er immer ein Päckchen von diesen Desinfizierungstüchern dabeihat.

Er trägt Handschuhe. Dabei ist es überhaupt nicht kalt.

»Ist J. R. bei dir?«, fragt Kenzie.

Julian antwortet nicht. Er lächelt nur.

Das Letzte, was sie mitbekommt, ist eine behandschuhte Faust, die sie am Kinn trifft, dann geben die Beine unter ihr nach, und alles wird schwarz.

TEIL DREI

Down in a hole and I don't know if I can be saved

Alice in Chains

Kapitel 21

Dereks linke Hand liegt auf dem Lenkrad, seine rechte auf Marins Knie. Es ist eine Kleinigkeit, eine winzige Geste, aber seine Hand auf ihrem Knie sagt alles darüber aus, wie es heute zwischen ihnen steht.

Er hatte recht – dieses Wochenende haben sie gebraucht. Whistler war seine Idee, und er hatte alles ohne ihr Wissen geplant. Am Abend, nachdem Marin zweihundertfünfzigtausend Dollar an einen Mann überwiesen hat, der die Mätresse ihres Mannes töten soll, hat Derek ihr eine Glückwunschkarte zu ihrem Hochzeitstag überreicht und sie gefragt, ob sie bereit sei, einen Neuanfang mit ihm zu wagen.

Sie wusste nicht, was plötzlich anders war. Am Tag zuvor hatte er mit McKenzie Schluss gemacht und seine Entscheidung gleich wieder rückgängig gemacht. Aber in der kurzen Zeit, die seitdem vergangen war, musste irgendetwas passiert sein. Derek wirkte verändert. Als er ihre Hand nahm, war er wieder der Derek, den sie in Erinnerung hatte, der Derek, den sie geheiratet hat.

»Zwanzig Jahre sind es jetzt, Marin«, sagte er mit gequältem Gesichtsausdruck. »Wenn du die Zeit zurückdrehen könntest, würdest du alles wieder genauso machen?«

Würde sie es tun? Natürlich. Sie haben zwanzig Jahre miteinander verbracht, und es waren fast nur gute Jahre, abgesehen von Dereks einem Fehltritt während ihrer Schwangerschaft. Bis auf die letzten schrecklichen sechzehn Monate – an denen sie allein die Schuld trägt – war ihre Beziehung stabil. Ein Wochenendausflug, um ihren Hochzeitstag zu feiern, mochte ein bisschen plötzlich kommen, aber irgendwo muss man schließlich wieder ansetzen. Und hat sie nicht genau das gewollt? Geht es nicht genau darum?

»Ja, ich würde es wieder tun«, hat sie gesagt. Und sie hat es ehrlich gemeint.

Eine Stunde später waren die Taschen gepackt, die Skier auf dem Autodach festgeschnallt, Sadie war benachrichtigt, und sie waren auf dem Weg in die Berge.

Keiner von beiden ist perfekt. Keiner von beiden ist ohne Schuld. Nichts ist geklärt. Aber endlich fühlt es sich so an, als hätten sie ein neues Kapitel ihrer Ehe begonnen. Sie merkt es daran, dass ihr Mann ihr eine Hand aufs Knie legt und mitsingt, als Nirvana im Radio läuft. Sie merkt es daran, dass sie bei seiner Berührung nicht zusammenzuckt. Es fühlt sich an, als wären sie wieder ein Paar. Sie hat das Gefühl, wieder sie selbst zu sein. Es fühlt sich an wie die Möglichkeit eines Neuanfangs.

Aus der Verzweiflung führt kein gerader Weg hinaus. Es ist nicht so, als würde eine gute Sache passieren, und plötzlich ist alles wieder gut, Halleluja, und die düstere Zeit liegt hinter einem. Zumindest für Marin ist es nicht so. Aber heute ist ein guter Tag, und den will sie sich nicht entgehen lassen, nachdem sie so viele Monate in einem schwarzen Loch verbracht hat.

Derek hält in der Einfahrt, weil er den anderen Wagen nehmen will. Er hat ihr bereits gesagt, dass er nicht mit ins Haus kommt, dass er noch ins Büro muss, um ein paar wichtige Dinge für eine Besprechung zu erledigen, die für den nächsten Morgen angesetzt ist. Damit hat sie kein Problem; sie weiß, dass er in seiner Arbeit aufgeht. Sie weiß, dass die Arbeit ihm hilft, sein Leben zu strukturieren.

Ihre Salons sind sonntags geschlossen, Marin hat also heute keine Verpflichtungen. Ihr untrainierter Körper schmerzt nach vier Tagen auf der Skipiste, und sie freut sich auf ein heißes Bad und ein gutes Buch.

»Ich bin gegen acht zurück.« Derek dreht die Musik leiser. »Ich kann was vom Griechen mitbringen. Hähnchen-Souvlaki zum Beispiel? Oder lieber was vom Inder? Tikka Masala mit Knoblauch-Naan vielleicht?«

»Hört sich an, als hättest du jetzt schon Hunger«, sagt sie, und er lacht.

Er reibt ihren Schenkel, und ein Kribbeln überläuft sie. »Was soll ich sagen? Am Wochenende hab ich reichlich Kalorien verbrannt.«

Er meint nicht das Skilaufen. Marin und ihr Mann haben sich in den vergangenen Tagen wiedergefunden. Auf jede erdenkliche Weise.

»Lass uns was grillen«, sagt sie, plötzlich voller Tatendrang. »Ich mariniere ein paar Steaks, die werfen wir auf den Grill, wenn du nach Hause kommst.«

»Wirklich?«

»Ja. Ich könnte Rosenkohl dazu machen. Oder brauchst du Kohlehydrate? Ich hab mich schon lange nicht mehr in der Küche ausgetobt.«

Was sie eigentlich meint, ist, dass sie schon lange keine Lust mehr verspürt hat, etwas zu kochen. Geröstete Blumenkohlröschen mit Speck und geriebenem Parmesan sind die perfekte Beilage zu gegrilltem Steak. Es ist nicht die gesündeste Art, Rosenkohl zuzubereiten, aber richtig lecker, sogar Sebastian mochte …

Sie unterdrückt den Gedanken und wappnet sich für den unausweichlichen Schlag in die Magengrube, der jedes Mal folgt, wenn sie an ihren Sohn denkt. Aber nichts passiert. Der Gedanke kommt und geht, und sie merkt, sie fühlt sich … okay.

Derek schaut sie voller Mitgefühl an. Es ist, als wisse er genau, was ihr gerade durch den Kopf gegangen ist, wahrscheinlich, weil er das Gleiche gedacht hat.

Sie steigen aus. Derek verstaut ihre Skier in der Garage und trägt ihre Koffer ins Haus.

»Ich liebe dich.« Er nimmt ihre Hand und drückt ihr einen Kuss auf die Handfläche. Es ist eine intime Geste, sie kann sich gar nicht erinnern, wann er das zum letzten Mal gemacht hat.

»Ich liebe dich auch«, sagt sie.

Er geht nach draußen, aber ehe sie dazu kommt, die Haustür hinter ihm zu schließen, ist er wieder drinnen, drückt sie gegen die Wand, sein Mund sucht ihre Lippen, seine Finger sind in ihren Haaren, und alles fühlt sich natürlich und romantisch und richtig an.

Sie schaut ihm nach, bis sein Wagen um die Ecke verschwindet, dann schließt sie die Tür, verriegelt sie und macht sich daran, alles zu erledigen, was sie normalerweise tut, wenn sie ein paar Tage weg waren. Sie geht die Post durch. Sie gießt die wenigen Pflanzen im Erdgeschoss. Sie schaut nach der Orchidee, die auf dem Küchentisch steht.

Die Orchidee steht seit anderthalb Jahren an derselben Stelle; sie erinnert sich noch genau an den Tag, an dem sie sie bekommen hat. Derek war mit Sebastian zum Schwimmunterricht gegangen, es war November, der letzte Samstag vor Thanksgiving. Nach der Schwimmstunde fuhren die beiden noch kurz bei Whole Foods vorbei, um etwas von dem kandierten Speck zu kaufen, den sie alle so gern mochten. Sebastian war immer ganz begeistert davon, mit ihnen im Supermarkt einkaufen zu gehen, weil er mit aussuchen durfte und sie ihm selten einen Wunsch abschlugen, solange er sich etwas Gesundes wünschte. Marin hatte gerade ihren Kaffee ausgetrunken, als sie hörte, wie das Garagentor aufging, und im nächsten Moment kam Sebastian mit einer riesigen rosa Orchidee in einem grauen Keramikübertopf in die Küche gestürmt.

»Mommy, guck mal!«, krähte er voller Stolz. »Daddy hat gesagt, wir sollten dir eine Blume kaufen! Das ist deine Lieblingsfarbe! Ich hab sie ganz allein ausgesucht!«

»Oh, wie schön!« Sie nahm ihm die Blume ab, bevor er sie fallen lassen konnte. »Ist das ein Geschenk für mich?«

»Daddy hat gesagt, wir sollen dir eine schöne Blume kaufen, weil du so schön bist, und ich hab die hier ausgesucht, weil Rosa deine Lieblingsfarbe ist.« Sebastian strahlte.

Marin beugte sich hinunter und drückte ihm einen Kuss auf die Nase. »Ganz genau, Rosa ist meine Lieblingsfarbe. Vielen Dank, mein Schatz. Wo soll ich sie hinstellen?«

»Hier auf den Küchentisch! Und du musst sie jeden Tag gießen, sonst stirbt sie, hat die Frau im Blumenladen gesagt.« Er zog sich den Anorak aus und ließ ihn auf den Boden fallen.

»Nein, nicht jeden Tag«, sagte Marin lachend. »Wenn ich sie jeden Tag gieße, stirbt sie ganz bestimmt. Moment mal, junger Mann, wo gehört dein Anorak hin?«

Er rannte in den Windfang, um seinen Anorak aufzuhängen, während Derek mit den Einkäufen hereinkam und die übervollen Tüten auf die Arbeitsfläche stellte. Marin sah Steaks, Avocados, Bananen, frische Bagels, Haferflocken-Rosinen-Cookies und Schokoladencroissants. Als sie Derek mit hochgezogenen Brauen anschaute, grinste er verlegen.

»Du weißt doch, dass ich es nicht schaffe, nur eine Sache einzukaufen«, sagte er, und hielt ihr die Wange für einen Begrüßungskuss hin. »Wir konnten uns einfach nicht bremsen.«

»Ich hab Mommy die Blume gegeben, Daddy«, sagte Sebastian.

»Stimmt.« Marin nahm ihren Sohn auf den Arm, und er wickelte seine Beine um ihre Taille und seine Arme um ihren Hals. Sie bedeckte seine Wange mit Küssen, froh, dass er immer noch in einem Alter war, in dem Küsse von Mommy willkommen waren. »Ich werde gut auf sie aufpassen, mein Schatz, das verspreche ich dir.«

Und Marin hat ihr Versprechen gehalten. Orchideen sind robust, aber auch launisch. In den ersten Wochen nach Sebastians Verschwinden hat sie die Blume nicht mehr gegossen, und alle Blüten sind abgefallen. Derek wollte sie schon wegwerfen, aber da ist sie ausgerastet.

»Nein!«, hat sie ihn angeschrien, als sie sah, wie er sie in den Mülleimer werfen wollte. »Wag es nicht, die Orchidee wegzuwerfen!«

»Ich wollte …«

»Gib sie her!« Sie riss sie ihm so grob aus den Händen, dass er vor ihr zurückwich. Sie war wie von Sinnen, die Haare fielen ihr ins Gesicht. Sie hatte seit Tagen kaum geschlafen und nicht geduscht. »Die Stiele sind immer noch grün, bestimmt blüht sie wieder. Ich muss sie nur gießen …«

Dann sank sie zu Boden, die Orchidee an die Brust gedrückt, und konnte nicht mehr aufhören zu schluchzen. Derek stand wie versteinert da, er starrte sie nur an und wusste nicht, was er tun sollte. Irgendwann wandte er sich ab, ging in die Garage, setzte sich in sein Auto und verschwand. Verschwand einfach, wie alles, was ihr lieb war.

Diese Phase haben sie überwunden. Marin ist nicht mehr hysterisch und untröstlich, und Derek ist nicht mehr versteinert und hilflos. Marin weiß selbst nicht genau, wie sie diese neue Phase nennen soll. Es ist zwar nicht wie früher, aber immerhin besser als noch vor einer Weile. Dr. Chen würde sagen: »Jeder Millimeter nach vorn ist ein Fortschritt.«

Auch die Orchidee macht Fortschritte. Als sie nach Whistler gefahren sind, waren die Stiele grün und kräftig, so wie seit einem Jahr, aber jetzt …

Marin beugt sich vor, um sich zu vergewissern, dass sie richtig gesehen hat. Und sie hat sich nicht geirrt. Da ist eine Knospe, ein winziges Eckchen einer rosa Blüte ist schon zu sehen. Die Orchidee, die Sebastian ihr geschenkt hat, blüht wieder. Hoffnung durchfährt sie wie ein Messerstich.

Die hab ich ganz allein ausgesucht, Mommy.

Ihr Handy bimmelt und kündigt eine Textnachricht an. Sie nimmt es von der Anrichte. Es ist eine Nachricht von Sal.

Lebst du noch?

Marin könnte auf hundert verschiedene Arten antworten, denn diesmal ist die Frage nicht so unschuldig wie sonst. Sie haben miteinander geschlafen, und irgendwann werden sie darüber reden müssen. Sal weiß, dass sie mit Derek in Whistler war, und er fragt sich wahrscheinlich, was das für sie beide bedeutet. Und mit *sie beide* meint sie nicht sich und Derek, sondern sich und Sal.

Aber diesmal entscheidet sie sich für die einfache Variante. Sie antwortet wie ein Teenager es tun würde, ohne Worte. Sie schickt ihm nur ein Emoji.

Ein Herz.

Die Leute aus der Trauergruppe kommunizieren zwischen den Treffen per Textnachrichten, allerdings nur, wenn sie das Gefühl haben, dass jemand das braucht. Die Gruppe funktioniert am besten, wenn sie abgeschottet bleibt. Nur im Schutz des Raums hinter Frances' Donut-Laden schüttet man einander das Herz aus, und dort lässt man seine Gefühle zurück, wenn man in seinen Alltag zurückkehrt. Die Gruppenmitglieder gehen nach dem Treffen nicht auf einen Drink in die Kneipe, mit Gruppenmitgliedern trifft man sich nicht zum Abendessen. Niemand aus der Gruppe schickt einem eine E-Mail, nur um »mal zu hören«.

Aber jetzt ruft Simon aus der Gruppe an. Er schickt keine Textnachricht, er ruft an. Marin hat das Handy nicht klingeln hören, weil sie Badewasser einlaufen lässt, aber sie sieht Simons Namen auf dem erleuchteten Display, als sie ein Handtuch aus dem Regal nimmt.

Sie betrachtet ihr Handy und überlegt, ob sie rangehen soll. Worüber auch immer Simon mit ihr reden will, es kann nichts Gutes sein, und sie weiß nicht, ob sie damit umgehen kann. Zum ersten Mal seit langer Zeit fühlt Marin sich … normal. *Ausgeglichen.* Und sie möchte dieses Gefühl behalten. Wenigstens für heute.

Doch dann fällt es ihr wieder ein. Simons Kind wird vermisst. Es gibt nur eine Handvoll Menschen auf der Welt, mit denen er darüber reden kann, und Marin gehört dazu. Sie nimmt das Handy, und auf dem Weg ins Schlafzimmer wischt sie über das grüne Icon, um den Anruf anzunehmen.

»Danke, dass du rangehst, Marin«, sagt Simon. »Ich hab's vor ein paar Minuten schon mal probiert.«

Seine Stimme klingt ganz anders. Nicht traurig, nicht deprimiert … Simon klingt aufgeregt. Beinahe überdreht.

»Hallo, Simon. Was ist los?« Sie setzt sich auf die Bettkante, um sich die Socken auszuziehen. Die doppelflügelige Tür zum Bad steht offen, und sie hat die Badewanne im Blick. Die Wanne ist noch nicht voll, sie ist riesig, Marin hat noch ein paar Minuten, bis sie aufstehen und das Wasser abdrehen muss. »Alles in Ordnung?«

»Frances hat gerade angerufen. Sie haben … Thomas gefunden, Marin.«

Sie hört die Worte, aber ihr Verstand kann sie nicht

verarbeiten. Sie erstarrt mitten in der Bewegung, eine Socke baumelt in ihrer Hand. »Was hast du gesagt?«, krächzt sie.

»Frances hat heute Morgen einen Anruf von der Polizei bekommen. Sie haben Thomas gefunden.« Simons Stimme ändert sich nach dem ersten Satz. Sie wird leiser.

Und dann begreift sie. Die Nachricht triff sie wie ein Schlag. Ihre Kehle schnürt sich zusammen.

»O mein Gott.« Marin bringt die Worte kaum heraus. »Ach, Simon. O nein.«

»Sie haben seine Leiche in Stockton in einem Crackhaus gefunden.«

»In *Kalifornien*?«

»Ich weiß noch keine Einzelheiten, aber … er hat eine Überdosis genommen. Und er hat schon ein paar Tage da gelegen, bis … Ich glaube, die anderen dachten, er schläft. Er hatte keine Papiere bei sich, aber er hatte sich Frances' Namen aufs Handgelenk tätowieren lassen, und ein paar von den anderen Junkies haben gesagt, dass sie ihn Tommy genannt haben.«

»Wann hat man ihn …« Sie bringt es nicht fertig, die Frage zu Ende auszusprechen.

»Vor zwei Wochen«, sagt Simon. »So lange hat die Polizei gebraucht, um seine Identität festzustellen. Es hatte wahrscheinlich keine Priorität.«

Sie spürt, wie sie vom Bett auf den Boden rutscht. Ihr Hintern kommt geräuschlos auf dem weichen Teppichboden auf. Sie hat kaum noch die Kraft, sich das Handy ans Ohr zu halten. Es ist, als wäre ihr ganzer Körper zu Pudding geworden. *O Gott. Ach, Frances. Die arme Frances.*

»Warum hat Thomas sie denn nicht angerufen? Warum ist er nicht einfach nach Hause gekommen?«, fragt sie, aber Simon und sie wissen beide, dass sie keine Antwort auf ihre Frage erwartet. Denn es gibt keine Antworten. Es gibt nur noch mehr Fragen. Und mehr Schmerz.

»Ich weiß es nicht.« Simon versagt die Stimme. »Ich weiß es nicht, Marin.«

»Wo ist Frances jetzt?«

»Sie hat mich vom Flughafen aus angerufen«, sagt Simon. »Sie ist auf dem Weg nach Stockton. Sie muss die Leiche offiziell identifizieren, und sie sagt …« Wieder versagt ihm die Stimme. »Sie will ihn nach Hause holen.«

Großer Gott. »Ich muss sie anrufen.«

»Sie war kurz davor, ins Flugzeug zu steigen, als sie angerufen hat. Aber versuch es ruhig. Sie freut sich bestimmt.«

»Weiß Lila Bescheid?«

»Ja. Ich hab sie eben angerufen.«

»Wir müssen für Frances da sein, wenn sie zurückkommt.« Marins Gedanken rasen. »Lass uns ein Treffen anberaumen. Sie braucht bestimmt Hilfe bei den Vorbereitungen für die Beerdigung …«

Sie bricht ab, als ihr der Horror ihrer Worte bewusst wird. Ihre rasenden Gedanken bündeln sich zu einem. Einem einzigen. Und dann brechen die Schleusen.

Sie schluchzt so heftig, dass sie kaum noch Luft bekommt, dass sie sich beinahe übergeben muss. Das Handy rutscht ihr aus der Hand und landet neben ihr auf dem Teppich. Sie weint, wie sie noch nie im Leben geweint hat, denn Frances' schreckliche Nachricht fühlt sich an, als wäre sie für sie bestimmt, als wäre sie für Simon und Lila bestimmt. Es ist die Nachricht, die sie alle seit dem Moment, wo ihr Kind verschwunden ist, am meisten fürchten. Der Schmerz ist so intensiv, dass sie das Gefühl hat, in Stücke zu zerbrechen.

Am anderen Ende der Leitung weint Simon genauso heftig wie sie. Denn das Einzige, was schlimmer ist als die Ungewissheit ist ... die Gewissheit.

»Marin? Bist du noch da?«, hört sie Simon fragen, aber sie kann nichts sagen. Sie kann überhaupt nichts mehr, sie kann mit der Situation nicht umgehen. Es ist alles zu viel.

Sie legt auf, ohne sich zu verabschieden. Simon wird es verstehen. Er wird heute nicht noch einmal anrufen.

Sie rafft sich auf und rennt ins Bad, wo immer noch das Wasser läuft. Die Wanne dampft wie ein Geysir. Sie schafft es gerade rechtzeitig zur Kloschüssel, um das Frühstück aus dem Four Seasons zu erbrechen.

Sie zieht sich aus und lässt sich in das fast kochendheiße Wasser gleiten. Die Hitze brennt ihr auf der Haut wie tausend Nadelstiche, aber der Schmerz ist ihr willkommen. Sie will sich die Haut verbrennen, alles loswerden, was wehtut, sie will eine andere sein, egal, wer, denn alles ist besser als das, was sie jetzt empfindet.

Frances tut ihr so leid. Thomas war erst vierundzwanzig. Erwachsen, ja, aber noch so jung, genauso jung wie Dereks Mätresse.

Marin setzt sich auf, springt aus der Wanne und rennt los, ohne sich in ein Badetuch zu wickeln. Wasser tropft auf die Fliesen und auf den Teppichboden. Sie bückt sich nach ihrem Handy. Sie schickt Sal eine Textnachricht.

Blas es ab. Das mit J.

Sal antwortet sofort. *Sicher? Du kriegst das Geld nicht zurück.*

Blas es ab, schreibt sie noch einmal. *Sofort. Ich mein es ernst.*

Okay, ich sag's ihm, schreibt Sal, und obwohl Marin weder sein Gesicht sehen noch seine Stimme hören kann, spürt sie seine Erleichterung.

So weit hätte es nie kommen dürfen. Es bestätigt nur einmal mehr, warum sie und Sal kein Paar sein können. Sie tun einander nicht gut. Er ist ihr Gegenpol, die magnetische Kraft, die ihren moralischen Kompass in die falsche Richtung lenkt.

Mag sein, dass sie McKenzie Li verabscheut, aber auch McKenzie Li ist jemandes Tochter. Es gibt jemanden, der sie liebt. Jemand wird um sie weinen, wenn sie tot ist. Und Marin möchte niemandem antun, was Frances angetan wurde, und was womöglich eines Tages ihr selbst angetan wird.

Sie geht zurück ins Bad und lässt sich wieder in die Wanne gleiten. Sie ist randvoll, es ist genug Wasser, um sich darin zu ertränken.

Kapitel 22

Natürlich wird Marin es nicht tun.

Aber sie denkt darüber nach, ständig. Sie spricht es nur nicht aus, denn das letzte Mal, als sie es getan hat, ist Derek in Panik geraten und hat sie wieder in die Psychiatrie gebracht, wo die Ärzte sie zwei Tage lang festgehalten haben, bis sie davon überzeugt waren, dass sie sich nichts antun würde.

Sie kann weder Derek noch den Ärzten einen Vorwurf machen. Schließlich hat sie schon einmal versucht, sich umzubringen. Einen Monat nach Sebastians Verschwinden, nachdem das FBI ihnen mitgeteilt hatte, dass die Suche ins Leere lief, hat sie eine ganze Packung Benzodiazepin mit einer Flasche Wein heruntergespült. Sie hat keine Erinnerung daran, wie Derek sie gefunden hat, wie er versucht hat, sie wiederzubeleben, wie der Notarzt gekommen ist, wie sie ins Krankenhaus gebracht wurde und wie man ihr dort den Magen ausgepumpt hat. Sie erinnert sich nur, dass sie am nächsten Morgen in einem Krankenhausbett aufgewacht ist. Derek schlief in einem Sessel neben ihrem Bett, durch die Jalousien fiel fahles Morgenlicht. Ihr erster klarer Gedanke war: *Mist, es hast nicht geklappt.*

Vor ein paar Monaten wurde in den Medien von einer Kinderleiche berichtet, die im Wald neben der zerstückelten Leiche einer jungen Frau lag, die nicht die Mutter des kleinen Jungen war. Marin las den Artikel auf der Arbeit. Kaum war sie zu Hause, hat sie angefangen zu trinken und auf den Anruf gewartet. Sie war davon überzeugt, dass das FBI sich melden und ihr mitteilen würde, dass es sich bei der Leiche um Sebastian handelte. Was dann Gott sei Dank nicht passierte. Aber bis die Identität des toten Kindes veröffentlicht wurde, hatte sie eine Flasche Merlot intus und durchwühlte Dereks Seite im Badezimmerschrank. Und sie fand, was sie suchte – ein frisches Päckchen von Dereks Rasierklingen, gut unter einem Stapel alter Lappen versteckt. Als sie das Päckchen gerade öffnen wollte, hörte sie Derek ins Haus kommen.

Hastig stopfte sie die Rasierklingen zurück in ihr Versteck, dann kam Derek auch schon ins Bad. Ob er bemerkt hat, dass sie betrunken war, weiß sie nicht, jedenfalls hat er nichts gesagt. Er wollte nur wissen, ob es ihr gut gehe. Auch er hatte die Berichte über den Fund der Kinderleiche gelesen. Auch er hatte einen schweren Tag gehabt. Sie sprachen über die Schreckensnachrichten, unterhielten sich ein paar Minuten lang, waren ein paar Minuten lang miteinander verbunden nach Monaten des Nebeneinanderherlebens.

An dem Abend hat Derek ihr zum zweiten Mal das Leben gerettet. Er weiß es nur nicht.

So sieht ihr Leben jetzt aus. Es besteht aus guten Momenten, furchtbaren Momenten und der Benommenheit dazwischen.

Als sie eine halbe Stunde später aus der Wanne steigt, ist ihre Haut so rosig wie die eines Neugeborenen. Nachdem sie sich einen Frotteebademantel übergezogen hat, macht sie den Anruf, vor dem sie sich so sehr fürchtet und den sie am liebsten gar nicht machen würde.

Sie atmet aus, als der Anruf wie erwartet auf der Mailbox landet. Im Moment weiß sie nicht, ob es ihr gelingen würde, die Fassung zu wahren, wenn sie mit Frances sprechen müsste.

»Ich hab dich lieb«, sagt Marin in die Stille hinein. »Ich bin für dich da, falls du mich brauchst, egal, zu welcher Uhrzeit. Es tut mir so leid, Frances, es tut mir so leid.«

Sie bittet Frances, sie zurückzurufen, sobald ihr danach ist. Sie fühlt sich so hilflos wie noch nie. Aber sie kann nicht mehr tun, als Frances ihre Unterstützung anzubieten. Niemand kann sich vorstellen, was Frances gerade durchmacht, welcher Cocktail an Gefühlen sie im Griff hat. Niemand weiß, was sie jetzt wirklich braucht. Für diesen Scheißdreck gibt es keine Gebrauchsanweisung.

Marin wirft ihr Handy aufs Bett. Die Rasierklingen liegen immer noch in ihrem Versteck im Badezimmerschrank. Sie könnte sich wieder in die Wanne legen. Sie könnte.

Aber sie tut es nicht. Es gibt andere Möglichkeiten, sich wehzutun.

Immer noch im Bademantel zieht sie das Ladekabel aus ihrem Laptop, setzt sich auf die Bettkante und loggt sich in eine Webseite ein, die sie schon seit einer ganzen Weile nicht mehr aufgerufen hat. Eigentlich soll sie das nicht tun. Sie hat Dr. Chen versprochen, es nicht zu tun. Sie könnte im Gefängnis landen. Das Darknet ist illegal, und es ist nicht von ungefähr, dass man jede Menge Rerouting und Passwörter benötigt, um auf die Seiten zu gelangen, wo man die Kinder findet.

Sebastian hat ein kleines, dunkelrosafarbenes, halbmondförmiges Muttermal auf der Innenseite des rechten Oberschenkels. In den Monaten nach seinem Verschwinden hat Marin wie besessen im Internet nach diesem Muttermal gesucht, hat sich ein schreckliches Foto nach dem anderen auf der Suche nach irgendeinem Hinweis angesehen, dass ihr Sohn eins von diesen Kindern sein könnte. Sie hat Sebastian nicht gefunden, aber auf der Suche nach ihm hat sie inneren Schaden genommen. Niemand kann sich solche Fotos ansehen, ohne dass ein Teil von ihm stirbt.

Es ist ein Ort für Ungeheuer.

Aber sie musste nachsehen. Sie konnte nicht anders. Wenn ihr Sohn eins von diesen grauenhaft misshandelten Kindern war, dann war *hinsehen* das Mindeste, was sie tun konnte.

Je intensiver sie gesucht hat, desto intensiver hat sie getrunken. Je mehr sie getrunken hat, desto mehr Tabletten hat sie geschluckt. So ging es monatelang, bis zu ihrer letzten Therapiesitzung, in der sie Dr. Chen ihr Geheimnis gebeichtet hat. Seine Reaktion war deutlich.

»Wenn Sie noch einmal das Bedürfnis verspüren, sich das anzusehen, halten Sie einen Moment inne und fragen Sie sich, was Sie dazu treibt«, sagte Dr. Chen. »Sie müssen akzeptieren, dass es Ihre Angst ist, die Ihnen vorgaukelt, Sie müssten das tun, um eine Situation kontrollieren zu können, über die Sie in Wirklichkeit nicht die geringste Kontrolle haben. Angst kann sehr überzeugend sein. Glauben Sie nicht, was sie Ihnen sagt. Denn sich diese Bilder anzusehen, wird Ihnen die Angst nicht nehmen, Marin. Es wird sie nur viel, viel größer machen. Was Sie da tun, ist selbstzerstörerisch, und das macht mir große Sorgen.«

Dr. Chen hat teilweise recht. Die Angst gaukelt einem etwas vor. Aber es stimmt nicht, dass Marin keinerlei Kontrolle über die Situation hätte. Während der Computer sich den Weg zu den entsprechenden Seiten sucht, betrachtet sie ihre Hände. Es sind normale Hände, kräftige Hände, Hände, die mit scharfen Scheren hantieren, die aus Haaren ein Kunstwerk machen können, Hände, die kochen, putzen, festhalten, zudrücken, streicheln und zärtlich sein können, Hände, die gestikulieren, wenn Marin emotional wird, Hände, die beschützen.

Hände, die am Samstag vor Weihnachten auf dem überfüllten Markt ihren kleinen Sohn losgelassen haben.

Sie hat über die Schrecken nachgedacht, die Sebastian in den Stunden durchgemacht haben muss, nachdem der Weihnachtsmann ihn mitgenommen hat. Sie hat die Statistiken gelesen, und sie weiß, dass Kinder in seinem Alter wahrscheinlich tot sind, wenn sie nicht innerhalb von vierundzwanzig Stunden gefunden werden. Und wenn sie nicht tot sind, erleben sie sicherlich grauenvolle Dinge.

Marin ist schuld. Sie allein. Auch an allem, was danach passiert ist. *Ihre gottverdammten Hände.* Vor ein paar Tagen war sie drauf und dran, sie sich abzuhacken, aber dann kam Derek mit der Glückwunschkarte zu ihrem Hochzeitstag und hat gefragt, ob sie bereit für einen Neuanfang sei.

»Du bist nach Hause gekommen«, war alles, was sie herausgebracht hat.

»Ich komme immer nach Hause«, sagte ihr Mann. »Und ich *werde* immer nach Hause kommen.«

Derek hat sie nie dafür abgestraft, dass sie auf ihre Weise trauert. Vielleicht sollte sie ihn auch nicht dafür bestrafen, dass er auf seine Weise trauert.

Die Gedanken verschwinden nie. Aber es sind nur Gedanken, und sie hat gelernt, sie für sich zu behalten. Wenn sie das nicht tut, fangen die Leute an, sich *Sorgen zu machen,* und glauben *einschreiten* zu müssen, um zu verhindern, dass sie sich *etwas antut* in ihrem *labilen Zustand*.

Nach ihrem Krankenhausaufenthalt hat sie Derek versprochen, nie wieder einen Selbstmordversuch zu unternehmen. Und in ihrer letzten Sitzung bei Dr. Chen hat sie diesem versprochen, nie wieder die Seiten im Darknet aufzusuchen.

Eins dieser beiden Versprechen hat sie gerade gebrochen.

Sie scrollt durch die Bilder, auf der Suche nach dem halbmondförmigen Muttermal. Auf der Suche nach ihrem Sohn. Sie kennt diese Kinder nicht, und doch weint sie um sie, weint um ihre Mütter, und später wird sie sich in den Schlaf weinen.

In ihren Träumen ist Sebastian manchmal bei einer neuen Familie. Irgendeine verzweifelte Frau, die keine Kinder bekommen kann, hat ihn vom Markt entführt und zieht ihn mit all der Liebe groß, die Marin und

Derek ihm gegeben hätten. Und mit jedem Tag, der vergeht, vergisst er Marin, mit jedem Tag liebt er seine neue Mutter mehr. Es geht ihm gut, er ist in Sicherheit, er ist gesund.

Und manchmal schreit Sebastian in ihren Träumen nach ihr. Aber egal, was Marin tut, sie kann ihn nicht erreichen. Ihr kleiner Sohn verschwindet einfach, löst sich in Luft auf. Erst ist er da, dann ist er fort, gestohlen von jemandem, dessen Gesicht sie nicht sehen kann, und der ihn an einen finsteren Ort bringt, wo Ungeheuer lauern.

»Siehst du, hier gibt es keine Monster«, hat sie einmal zu Sebastian gesagt, nachdem sie ihm *Das Monster am Ende dieses Buchs* vorgelesen hatte. Als Kind hat sie dieses Buch geliebt, es handelt von dem gutmütigen Grobi aus der *Sesamstraße*, der fürchterliche Angst vor einem Monster hat, von dem er glaubt, dass es am Ende des Buchs auftaucht, nur um festzustellen, dass er selbst dieses Monster ist. »Bloß weil jemand aussieht wie ein Monster, ist er noch lange keins.«

Und bloß weil jemand nicht wie ein Ungeheuer aussieht, heißt das nicht, dass er keins ist.

Falls Marin jemals den Anruf bekommt, den Frances erhalten hat, wird sie sich umbringen. Sie hat allen möglichen Leuten alles Mögliche versprochen.

Dieses Versprechen hat sie sich selbst gegeben.

Kapitel 23

Als sie am nächsten Morgen zur Arbeit kommt, hat sie eine Nachricht von Vanessa Castro auf der Mailbox.

Ihr erster Impuls ist, alles fallen zu lassen und Derek anzurufen, damit sie die schreckliche Nachricht gemeinsam entgegennehmen können. Doch dann fällt ihr ein, dass Derek immer noch nichts von der Privatdetektivin weiß. Wenn Marin es sich recht überlegt, ist es nicht allein Dereks Schuld, dass zwischen ihnen eine solche Distanz herrscht. Auch sie hat ihre Geheimnisse.

Sie braucht einen Moment, um sich zu sammeln, bevor sie die Detektivin zurückruft, und sie schließt die Bürotür, um nicht gestört zu werden. Sie denkt an das gestrige Abendessen. Als Derek von der Arbeit nach Hause kam, lagen keine fürs Grillen vorbereiteten Steaks auf der Arbeitsfläche, kein Rosenkohl war im Ofen. Er kam nach oben, wo sie mit ihrem Laptop auf der Bettkante saß, und sah wortlos zu, wie sie das Ding augenblicklich zuklappte. Er fragte nicht, was sie sich angesehen hatte. Ein Blick in ihr hohlwangiges, tränenüberströmtes Gesicht, und er wusste, dass seine Frau gerade die Hölle durchmachte. Er fragte nicht, warum, weil ihm der Grund klar war, auch wenn er die Einzelheiten nicht kannte.

Er drückte ihr einfach nur einen Kuss auf die Wange und fragte: »Indisch, griechisch oder Thai?«

»Egal«, hat sie gesagt. Sie wollte sich entschuldigen wegen der Steaks, aber ehe sie dazu kam, telefonierte er schon mit dem Lieferservice.

Vanessa Castro ruft nie einfach so an. Sie schickt immer vorher eine E-Mail, damit sie einen Telefontermin vereinbaren können. Heutzutage kann es niemand mehr leiden, wenn aus heiterem Himmel das Telefon klingelt; es fühlt sich aufdringlich an, deswegen hat auch niemand mehr ein Festnetztelefon, denn das kann nichts anderes als klingeln.

Castros Nachricht auf der Mailbox bestand aus sieben Worten: »Vanessa hier. Rufen Sie mich zurück. Danke.«

»Hier ist Marin«, sagt sie, als die Detektivin sich meldet.

»Hallo«, antwortet Castro. »Entschuldigen Sie den Überfall.«

»Sagen Sie mir einfach, worum es geht.«

»Es geht nicht um Sebastian«, sagt Castro, und Marin sackt vor lauter Erleichterung auf ihrem Stuhl zusammen. »Oh, Mist. Das hätte ich in meiner Nachricht deutlich sagen sollen. Tut mir leid, Marin, ich war ein bisschen zerstreut. Ich wollte Ihnen keinen Schrecken einjagen.«

»Schon in Ordnung.« Eigentlich ist es überhaupt nicht in Ordnung, aber es wird in Ordnung sein, sobald Marins Herz wieder normal schlägt und sie wieder Luft bekommt. »Was gibt's denn?«

»McKenzie Li«, sagt Castro. Marin richtet sich auf,

als der Name fällt. »Wissen Sie, dass sie verschwunden ist?«

Verschwunden? Marin atmet scharf ein. Ihr Herz schlägt wieder schneller.

»Verschwunden?«, wiederholt sie, bemüht, angemessen verwundert zu klingen, so als hätte sie nichts damit zu tun. Denn das kann ja gar nicht sein – schließlich hat sie es sich doch anders überlegt, warum zum Teufel ist McKenzie Li also auf einmal *verschwunden*? »Was ... was meinen Sie damit?«

»Ich habe sie ein bisschen im Auge behalten ...« Castro wirkt geistesabwesend, so als beschäftige sie sich noch mit etwas ganz anderem, als würde sie gleichzeitig etwas auf ihrem Computerbildschirm lesen. »Sie haben zwar gesagt, Sie würden die Situation selbst in die Hand nehmen, aber ich hatte schon angefangen zu recherchieren, und ich wollte noch eine Weile an der Sache dran bleiben ...«

Marin schließt die Augen. *Mist, Mist, Mist.* »Okay ...«

»... und vor ein paar Stunden hat ihr Mitbewohner auf Facebook geschrieben, dass sie verschwunden ist.«

Marin merkt, dass sie schon wieder die Luft anhält, und sie zwingt sich auszuatmen. Irgendetwas muss sie sagen, nur was? Ihr Herz pocht wie wild, und sie ist heilfroh, dass sie Castro jetzt nicht gegenübersitzt, denn die Schuldgefühle stehen ihr garantiert ins Gesicht geschrieben. »Wann ... wann ist das passiert?«

»Anscheinend ist sie zwei Nächte nicht nach Hause gekommen«, sagt Castro, »und ihr Mitbewohner macht sich Sorgen, weil sie gestern zum Abendessen verabredet waren.«

»Wir … Derek und ich sind erst gestern aus Whistler zurückgekommen. Wir waren übers Wochenende weg.«

»Ja, das hab ich auf Ihrem Instagram-Account gesehen«, sagt Castro abwesend. Bei ihren Worten zuckt Marin erneut zusammen. Die Detektivin, die sie angeheuert hat, verfolgt ihre Aktivitäten auf Instagram? »Ich wollte Sie nicht kontrollieren«, fügt Castro hinzu, als hätte sie Marins Gedanken gelesen. »Aber nachdem ich heute Morgen den Post von McKenzies Mitbewohner gelesen hatte, habe ich nachgesehen, weil ich wissen wollte, wo Derek ist. Hätte ja sein können, dass die beiden zusammen waren. Aber er war mit Ihnen zusammen.«

»Stimmt.« Marin zögert. Irgendwie versteht sie nicht, worauf Castro hinauswill. Und warum die Detektivin glaubt, Dereks Mätresse – *ehemalige* Mätresse – sei verschwunden, begreift sie auch nicht so richtig.

Und was genau meint sie überhaupt mit *verschwunden*? Dass McKenzie abgetaucht ist, ohne irgendjemandem Bescheid zu geben, und dass jetzt niemand weiß, wo sie steckt? Oder dass McKenzie tot in irgendeinem Straßengraben liegt, weil Julian sie erwischt hat, bevor Sal ihn erreichen konnte?

»Ja, Derek war mit mir zusammen«, sagt Marin. »Wir sind dabei, uns wieder zusammenzuraufen.« Sie holt tief Luft. »Glauben Sie, er könnte etwas damit zu tun haben, dass …«

»Nein, nein«, sagt Castro. Sie wirkt wieder mehr bei der Sache. »Überhaupt nicht. Aber jetzt, wo McKenzie verschwunden ist, gibt es schon zwei Menschen aus dem Umfeld Ihres Mannes, die vermisst werden. Das macht ihn zum gemeinsamen Nenner.«

»Ach so.« Auf die Idee ist Marin noch gar nicht gekommen. »Okay. Und was bedeutet das?«

»Das weiß ich noch nicht, aber es gefällt mir nicht. Dass eine Person aus Dereks Umfeld plötzlich verschwindet, ist eine Sache. Aber zwei ...« Castros Stimme verliert sich wieder, und Marin fragt sich, wo die Frau gerade sein mag – in ihrem Büro? Zu Hause? Im Auto? »Haben Sie zufällig die Shadow App auf Ihr Smartphone geladen? Ich bin mir ziemlich sicher, dass ich in Ihrer Akte einen Vermerk dazu gemacht habe.«

»Ja, hab ich.« Marin zwingt sich, ganz normal zu sprechen.

»Verfolgen Sie den Nachrichtenverkehr zwischen den beiden?«, will Castro wissen, was eine höfliche Art ist, Marin zu fragen: *Spionieren Sie Ihrem Mann und seiner Geliebten hinterher?*

Marin umklammert ihr Handy so fest, dass ihre Knöchel sich weiß abzeichnen. Dieses Gespräch raubt ihr den letzten Nerv. Sie hat Sal doch klipp und klar gesagt, er solle den Auftrag abblasen, und er hat ihr versichert, dass er dafür sorgen würde. Was zum Teufel ist also passiert? Hat sie zu spät reagiert? Bei dem Treffen im Diner hat Julian gesagt, so bald werde nichts passieren, er werde ein paar Wochen warten, um einen zeitlichen Abstand zwischen ihrem Gespräch und der Auftragsausführung herzustellen. Seitdem ist noch nicht einmal eine Woche vergangen. So schnell kann er McKenzie doch nichts angetan haben.

Es sei denn ... es hat sich eine günstige Gelegenheit ergeben. Es sei denn, Julian hat mitbekommen, dass sie und Derek übers Wochenende weg waren, was Marin –

und damit auch Derek – ein perfektes Alibi verschaffen würde. Und es ist wirklich perfekt. Niemand würde sie verdächtigen. Die Machados waren übers Wochenende in Whistler, über dreihundert Kilometer weit weg, es gibt Dutzende Zeugen, die sie gesehen haben, und einen Instagram-Account, auf dem die Highlights ihres Ausflugs dokumentiert sind – einschließlich Geotagging.

»Stand in den Textnachrichten irgendwas, woraus sich schließen ließe, dass McKenzie verreisen wollte?«

»Nein.« Marins Gedanken überschlagen sich. Sie versucht sich zu erinnern, was in den Textnachrichten stand, was genau sie zu Sal gesagt hat und was er ihr geantwortet hat, während sie sich gleichzeitig noch einmal fragt, worauf Castro hinauswill. Sie muss Castro eine Nasenlänge voraus bleiben, denn es stimmt, dass Derek der gemeinsame Nenner ist. Zwei Menschen, die ihm viel bedeuten, sind verschwunden.

Aber Castro scheint zu vergessen, dass auch Marin ein gemeinsamer Nenner ist. Sebastian ist auch ihr Sohn, und sie hat kürzlich erfahren, dass McKenzie eine Affäre mit ihrem Mann hat.

Großer Gott. Was, wenn Sal Julian nicht rechtzeitig erreicht hat? Was, wenn er erst mit Julian gesprochen hat, nachdem die Tat bereits ausgeführt war? Was, wenn McKenzie tot ist, weil das Timing nicht gestimmt hat?

Was, wenn Marin schuld ist an ihrem Tod?

Um Himmels willen, was hat sie getan?

Natürlich kann sie Castro nichts davon erzählen. Die Detektivin ist eine ehemalige Polizistin; sie mag sich vielleicht an den Grenzen der Legalität bewegen, aber sie würde Marin sofort anzeigen.

Es kann nicht sein, dass McKenzie tot ist. Es muss ein Zufall sein. Sie ist jung, flatterhaft, impulsiv. Wahrscheinlich ist sie irgendwohin gefahren und hat einfach vergessen, ihren Freunden Bescheid zu sagen. Oder?

»Marin?« Marin wird bewusst, dass Castro ihr eine Frage gestellt hat und auf eine Antwort wartet.

»Die letzte Textnachricht, die ich gelesen habe, kam vor unserem Wochenende in Whistler.« Sie schluckt, heilfroh, dass Castro nicht sehen kann, welche Mühe sie hat, ihre Fassung wiederzugewinnen.

»Könnten Sie mir diese Textnachrichten zukommen lassen?« Sie hört das Kratzen von Castros Stift auf Papier. Offenbar macht sie sich Notizen. »Sie können einfach Screenshots davon machen und mir aufs Handy schicken.«

»Das geht nicht. Ich habe die App gelöscht und damit auch alle Nachrichten.«

»Schade.« Das Kratzen von Castros Stift verstummt. »Das kann ich natürlich verstehen, aber diese Nachrichten wären hilfreich gewesen.«

Marin kommt ein Gedanke. »Vielleicht sind sie ja noch in meiner Cloud. Ich habe eine Backup-Cloud für alle meine Geräte. Soll ich mal nachsehen?«

»Ja, bitte. Wenn die Nachrichten noch da sind, schicken Sie sie mir alle. Ich vermute, dass es nicht viele sind. Sie hatten die App ja nur eine Woche.«

Nicht mal eine Woche.

»Kein Problem«, sagt Marin.

Wieder deutet die Detektivin ihren Ton falsch. »Machen Sie sich keine Sorgen. Es hat wahrscheinlich überhaupt nichts mit Sebastian zu tun, aber ich bin gern gründlich.

Ich schätze, Sie können Derek nicht fragen, ob er etwas über McKenzies Aufenthaltsort weiß …«

»Er weiß doch gar nicht, dass ich über sie im Bilde bin«, fällt Marin ihr ins Wort. »Wir haben nicht über die Affäre gesprochen, und ich habe auch nicht vor, das Thema anzuschneiden.«

Castro antwortet nicht gleich. »Sind Sie und Derek … Glauben Sie, dass er die Affäre beendet hat?«

»Ich spüre es.« Es ist die ehrlichste Antwort, die Marin ihr geben kann. »Natürlich kann ich es nicht mit Sicherheit sagen, aber wir hatten ein wunderschönes Wochenende. Er hat das alles geplant, und es fühlt sich an wie … ein Neuanfang.«

Castro sagt nichts. Marin kann nur raten, was die Frau denkt. Sie spürt regelrecht ihre Skepsis, als würde sie aus dem Handy triefen, denn so sind Frauen. Sie urteilen über andere Frauen. Und Castro denkt garantiert, dass sie Derek zu leicht hat davonkommen lassen. Umgekehrt würde Marin das Gleiche denken.

Das Schweigen wird ihr unangenehm. »Sagen Sie mir Bescheid, wenn Sie etwas herausfinden?«

»Selbstverständlich«, antwortet die Detektivin.

Sie verabschieden sich und legen auf. Marin klappt ihren Laptop auf. Sie kann sich nicht an den Namen von Kenzies Mitbewohner erinnern, aber sie weiß, dass er irgendwo in Castros Akte steht. Nach ein paar Minuten hat sie ihn gefunden. Sie öffnet Facebook und schreibt *Tyler Jansen* in das Suchfeld. Eine ganze Liste mit Tyler Jansens erscheint. Aber der, den Marin sucht, steht an erster Stelle, denn die unheimlichen Algorithmen von Facebook wissen, dass sie McKenzies Facebookseite schon mehrmals angeklickt hat, und als Mitbewohner gehört Tyler natürlich zu McKenzies Facebookfreunden.

Marin wusste nicht, dass Tyler Filipino ist, was mal wieder beweist, dass man aus dem Namen einer Person nichts schließen kann. Seinem Profilfoto nach zu urteilen sieht er gut aus, ist etwa Mitte zwanzig und gut gebaut. Offenbar arbeitet er als Barmann, und die Arbeit scheint ihm großen Spaß zu machen. Seine Einträge sind für alle sichtbar. Als Marin seine Seite anklickt, erscheint zuoberst der Post über das Verschwinden seiner Mitbewohnerin.

Er hat ein Foto von sich und McKenzie hochgeladen, auf dem sie nebeneinander auf einem Sofa sitzen, ihre Katze zwischen sich. Unter das Foto hat er geschrieben: *Falls einer von euch McKenzie gesehen hat, sagt ihr, sie soll sich bei mir melden, denn dieser Scheiß ist nicht lustig.*

Tyler hat das am frühen Morgen gepostet. Bis jetzt gibt es über zwei Dutzend Kommentare, und Marin überfliegt sie alle. Das hat Castro vermutlich auch getan, während sie telefoniert haben, denkt sie. Aus den Fragen verschiedener Freunde und aus Tylers Antworten darauf schließt Marin, dass McKenzie seit zwei Tagen von niemandem mehr gesehen wurde. Anscheinend kommt es öfter vor, dass sie eine Nacht oder zwei woanders verbringt, aber wenn sie ihm vorher nicht Bescheid sagt – was sie, wie er schreibt, meistens tut –, reagiert sie immer auf seine Textnachrichten. Sie hat ihn gestern Abend versetzt und heute Morgen auf keine seiner Nachrichten reagiert. Und das macht sie sonst immer, auch wenn sie weiß, dass er sauer auf sie ist.

Marin versteht das alles nicht. Wenn sie sich nicht bei

ihrem Mitbewohner meldet, scheint sie tatsächlich verschwunden zu sein.

Großer Gott.

Sie sieht bei Instagram nach. McKenzie hat zuletzt am Samstagabend etwas gepostet, und zwar ein Selfie mit Katze und etwas in der Hand, das aussieht wie eine Dose Bier, das sich aber bei näherem Hinsehen als eine Dose Cider entpuppt. Seitdem nichts. Und das ist nach Marins Erfahrung ebenfalls ein Grund zur Sorge, denn normalerweise postet McKenzie jeden verdammten Tag irgendetwas auf Instagram.

Marin loggt sich in ihrer Cloud ein, und nach einigen Minuten hat sie raus, wo die Daten der Shadow App gespeichert sind. Praktischerweise befinden sich alle Daten in einem Ordner, den sie Castro einfach komplett zumailt. Was auch immer die Detektivin über Derek denkt, mit McKenzies Verschwinden hat er nichts zu tun. Das geht allein auf Marins Kappe.

Sie muss unbedingt herausfinden, was Julian getan hat. Und der Einzige, der ihr weiterhelfen kann, ist Sal. Sie schickt ihm eine Textnachricht.

Lebst du noch?

Ha ha, antwortet er. *So gut das in Prosser möglich ist.*

Du bist schon wieder da draußen? Marin wundert sich. *Alles ok mit deiner Mutter?*

Sind im Krankenhaus, antwortet er. *Untersuchungen. Wegen der Kopfverletzung.*

Verdammt. Sie will ihn im Krankenhaus nicht mit Fragen nach Julian belästigen.

Grüß sie von mir, schreibt sie. *Wann fährst du nach Hause?*

Heute. Bin heute Abend in der Kneipe.

Ich komme vorbei, schreibt sie. *Wir müssen reden.*

Drei Pünktchen flimmern auf dem Display, verschwinden wieder, flimmern wieder auf. Sal kann sich anscheinend nicht entscheiden, was er darauf antworten will. Schließlich schreibt er: *OK.*

Was auch immer Sal über Julian und McKenzie weiß – falls er überhaupt etwas weiß –, muss erst mal warten.

Marins Terminkalender ist so voll, dass der Tag wie im Flug vergeht. Um acht Uhr verabschiedet sie ihre letzte Kundin, aber sie hat sich das Kleid mit Haarfarbe bekleckert, was bedeutet, dass sie zuerst nach Hause muss, bevor sie zu Sal fährt.

Jeans passen am besten für einen Besuch in Sals Kneipe. In ihrem begehbaren Schrank schlüpft sie schnell in ihre bequemsten und abgetragensten Jeans. Als sie ein Paar Stiefel aus dem Regal nehmen will, fällt ihr etwas Seltsames auf, etwas, das sie am Morgen, als sie sich für die Arbeit fertig gemacht hat, nicht bemerkt hat.

Ihre besten und teuersten Louboutins stehen nicht da, wo sie hingehören.

Die Designerschuhe hat sie sich in einem plötzlichen Kaufrausch angeschafft, wegen der kristallenen Schleifen. Für ganz besondere Anlässe. Normalerweise stehen sie ganz unten im Schuhregal, jetzt aber befinden sie sich auf Augenhöhe, vor ihrer Handtaschensammlung, und ein Schuh ist so gedreht, dass man die typische rote Sohle sehen kann. Das Ganze sieht aus wie für ein Foto arrangiert.

Hat Derek das getan? Oder Daniela? Marin überlegt. Derek interessiert sich nicht für ihre Schuhe, und Daniela hat in den zehn Jahren, die sie hier arbeitet, Marins persönliche Sachen noch nie angefasst. Marin hat diese Schuhe zuletzt vor über zwei Jahren getragen, zum Holiday Ball, lange vor Sebastians Verschwinden.

Als sie die Schuhe wieder an ihren Platz zurückstellt, entdeckt sie einen Zettel vor dem Schuhregal. Er ist zerknüllt, so als hätte ihn jemand verloren. Sie hebt ihn auf.

Es ist eine Taxi-Quittung. Von Sunshine Cab Co. Bestimmt ist sie Derek aus der Tasche gefallen. Er fährt oft Taxi und behauptet, er könne Uber nicht ausstehen, was Unsinn ist, denn er ist noch nie mit einem Uber gefahren. Dann fällt ihr Blick auf das Datum und die Uhrzeit.

Die Quittung wurde am vorletzten Abend ausgestellt, als sie und Derek in Whistler waren. Marin betrachtet den kleinen Zettel, der so harmlos wirkte, dass sie ihn um ein Haar weggeworfen hätte, ohne ihn genauer unter die Lupe zu nehmen. Es dauert einen Moment, bis ihr dämmert, was das alles bedeutet.

Jemand ist im Haus gewesen, als sie weg waren.

Kapitel 24

Für einen Montagabend ist richtig viel los in Sal's Bar. Die Mariners spielen zu Hause, was erklärt, warum alle Baseball-Sweatshirts tragen.

Marin kommt nur selten abends hierher. Sie ist es nicht mehr gewohnt, sich zwischen lärmenden Fans hindurchzuschieben, die ihre Mannschaft im Fernsehen anfeuern, und sich von anzüglich grinsenden Männern beglotzen zu lassen. Sie geht nicht gern allein in überfüllte Kneipen, aber sie hat Dereks Angebot, sie zu begleiten, abgelehnt.

Sie war gerade auf dem Sprung, als Derek nach Hause kam, und als sie ihm erklärte, wohin sie wolle, hat er sie überrascht.

»Ich komme mit«, antwortete er spontan, und auch daran erkennt sie, dass sich zwischen ihnen etwas verändert hat. Noch vor einer Woche hätte er sie einfach wortlos gehen lassen.

»Ich gehe nur kurz auf ein Bier vorbei, um ein bisschen mit Sal zu reden«, sagte sie mit klopfendem Herzen. »Seiner Mutter geht's nicht gut.«

Sie weiß, dass Derek Sal nicht leiden kann, auch wenn er das nie laut ausgesprochen hat. Sal kann ziemlich ruppig sein, was Derek irritiert, weil Sal in seinen Augen ziemlich privilegiert aufgewachsen ist. Das Weingut hatte einen guten Ruf, es war ein Traditionsbetrieb, und die Familie hatte Geld. Aber Sal wollte nichts damit zu tun haben, was Derek nicht verstehen kann, denn seine Familie hat ihm nie etwas gegeben.

»Du bist ihm eine gute Freundin«, meinte Derek. »Geh nur, ich hab sowieso noch ein paar Sachen zu erledigen.«

»Ich bleib nicht lange«, antwortete sie erleichtert und gab ihm einen Kuss auf den Mund.

Bevor sie sich abwenden konnte, zog er sie an sich und gab ihr noch einen Kuss. »Ich warte auf dich.«

Derek gibt sich Mühe, das ist nicht zu übersehen, und es ist zugleich wunderbar und verwirrend. Der Graben, der sich nach Sebastians Verschwinden zwischen ihnen aufgetan hat, ist immer noch da, aber er ist vielleicht nicht mehr ganz so breit. Trotz aller Wut und allem Groll sind wieder Liebe und Zuneigung da. Es wird Zeit brauchen, um nach all den Monaten, in denen sie sich von ihrem Mann abgekapselt hat, wieder eine solide Basis aufzubauen, aber jetzt hat sie zum ersten Mal seit Langem den Wunsch, das überhaupt zu tun. Zum ersten Mal seit dem Verschwinden ihres Sohnes ist ihre Ehe ihr wieder wichtig.

Zumindest heute. Weiß der Himmel, wie sie sich fühlt, wenn sie erst in Erfahrung gebracht hat, was mit McKenzie passiert ist.

Als sie sich zum Tresen vorarbeitet, sieht sie Ginny, die Kellnerin, mit der Sal derzeit schläft. Der Gedanke begeistert Marin nicht gerade, aber ihr alter Freund kann natürlich machen, was er will und mit wem er will.

Ginny schiebt sich, ein Tablett mit Biergläsern über dem Kopf, durch die Menge, und ihre Miene verfinstert sich, als sie Marin erblickt. Aus der Nähe erkennt Marin, dass Ginny viel jünger ist, als sie angenommen hat. Sie hatte sie auf Mitte dreißig geschätzt, aber sie ist wohl eher Mitte zwanzig. *Gottogott. Ernsthaft, Sal?*

Sie ringt sich ein Lächeln ab. »Ist Sal da?«

»Im Büro. Er hat gesagt, ich soll Sie nach hinten schicken.« Ginny macht eine Kopfbewegung in Richtung des Hinterzimmers und setzt ihren Weg fort.

Beim Baseballspiel ist offenbar etwas passiert, denn die Menge bricht plötzlich in Jubelrufe aus. Ein Mann, an dem sie vorbeikommt, hebt strahlend die Hand, Marin klatscht ihn ab und geht weiter.

Eine Tür am hinteren Ende des Schankraums führt in einen langen Flur. Links befinden sich die Toiletten, rechts die kleine Küche und dahinter Sals Büro. Wenn man das Kabuff, in das gerade mal ein Schreibtisch und zwei Stühle passen, denn als Büro bezeichnen kann.

Sal blickt auf, als sie anklopft.

»Hey«, sagt er. »Mach die Tür zu. Der Lärm macht mich wahnsinnig.«

Sie tut ihm den Gefallen, und sofort ist es nur noch halb so laut. Er bedeutet ihr, Platz zu nehmen, und mustert sie von oben bis unten.

»Hab ich dir gefehlt? Normalerweise sehe ich dich nicht zweimal in einer Woche. Ach, was red ich, auch nicht zweimal in einem Monat.«

Sal wirkt gereizt, doch dann wird ihr klar, dass er nervös ist. Es dauert einen Moment, bis ihr dämmert, warum. Er weiß nicht, dass sie gekommen ist, um über

McKenzie und Julian zu reden. Sie ist vor ein paar Tagen mit ihm, ihrem besten Freund, ins Bett gegangen, und vermutlich rechnet er damit, dass sie hier ist, um ihm zu sagen, was für ein Riesenfehler das war und dass es nie wieder passieren darf. Womit er mehr oder weniger recht hätte.

»Als Allererstes möchte ich dir sagen, dass ich es nicht bereue«, sagt sie sanft. Sals Augen weiten sich vor Überraschung.

»Ich auch nicht«, sagt er.

»Aber es darf nicht wieder vorkommen.« Sie lächelt, um ihren Worten die Härte zu nehmen. »Ich bin verheiratet, Sal, und zwar mit einem anderen. Du bist mein bester Freund. Und vorerst möchte ich an beidem nichts ändern.«

»Das heißt also, ihr beide rauft euch wieder zusammen?«, fragt Sal gepresst.

»Im Moment ja.«

Er nickt kurz. Einmal. Es ist ihr unangenehm zu sehen, wie sein Gesicht sich bei ihren Worten verzieht, so wie immer, wenn er etwas zu hören bekommt, das ihm wehtut. Er versucht es zu verbergen, aber sein ganzer Körper ist plötzlich angespannt, er presst die Hände auf den Schreibtisch, als koste es ihn all seine Willenskraft, nicht auf irgendetwas einzuschlagen.

»Derek und ich sind seit zwanzig Jahren zusammen«, sagt sie, so als wüsste Sal das nicht. »Wir haben beide große Fehler gemacht.«

»Und ich kenne dich noch länger«, entgegnet Sal. »Aber ich verstehe deine Entscheidung. Ich hatte nichts anderes erwartet.«

»Hättest du denn mehr gewollt?«

»Spielt das eine Rolle?« Einen Moment lang schweigen sie. Dann macht er eine wegwerfende Handbewegung. »Mach dir keine Gedanken. Ich hab's kapiert. Alles gut, Mar. Auch wenn es keinen Spaß macht, wegen demselben Typen abserviert zu werden. Zum zweiten Mal.«

Sie wissen beide, dass er nicht abserviert wurde. Weder damals noch jetzt. Aber sie gesteht ihm das letzte Wort zu dem Thema zu, das ist das Mindeste, was sie tun kann.

»War's das?« Er legt den Kopf schief. »Das hättest du mir auch am Telefon sagen können. Ich hätte es dir nicht übel genommen.«

»Nein, das ist nicht der einzige Grund, warum ich hier bin.« Marin beugt sich vor. Obwohl sie allein in dem Kabuff sind und sie bei dem Lärm in der Kneipe unmöglich jemand hören kann, flüstert sie: »Ich muss wissen, ob du Julian erreicht hast, nachdem ich dir gestern die SMS geschickt hab.«

»Julian? Ja, hab ich.« Sals dunkle Augen werden schmal. »Wieso?«

»McKenzie ist verschwunden.«

Er blinzelt. »Wer?«

»Die Frau, mit der Derek … was hatte.« Sie überlegt, ob sie Sal jemals McKenzies Namen genannt hat. Vermutlich hat sie ihm nur das Foto gezeigt, das Nacktselfie, das sie als Display-Hintergrund benutzt hat. Inzwischen hat sie es gegen ein Foto von sich und Derek in Whistler ausgetauscht. »Sie ist weg.«

Jetzt beugt Sal sich vor. »Was soll das heißen, sie ist weg?«

»Sie ist seit vorgestern nicht nach Hause gekommen. Ihr Mitbewohner hat etwas auf Facebook gepostet.« Sie nimmt ihr Handy heraus und zeigt Sal Tylers Seite.

»Spionierst du jetzt schon ihren Mitbewohner aus?« Mit zusammengekniffenen Augen betrachtet Sal das Display. Er braucht eine Lesebrille, aber ebenso wie Marin weigert er sich, eine zu benutzen.

»Klar.« Sie schüttelt den Kopf. »Ich hatte die Detektivin gebeten, wegen Dereks Affäre ein bisschen zu graben, was ich besser nicht getan hätte, wenn man bedenkt, dass ich um ein Haar Julian angeheuert hätte, um …« Sie spricht den Satz nicht zu Ende und räuspert sich. »Jedenfalls hat sie mich darauf aufmerksam gemacht, dass jetzt zwei Menschen aus Dereks Umfeld verschwunden sind. Sie sagt, Derek ist der gemeinsame Nenner.«

Sal erstarrt. »Die spioniert also immer noch Dereks Freundin hinterher?«

»Sie ist nicht mehr seine Freundin«, faucht Marin.

»Freundin, Geliebte, was auch immer.« Sal schnaubt. »Herrgott noch mal, Mar. Du solltest deine Detektivin anweisen, damit aufzuhören. Dass sie ihre Nase in Julians Aktivitäten steckt, ist das Letzte, was du gebrauchen kannst.« Er verzieht das Gesicht. »So was ist noch nie gut ausgegangen, glaub's mir.«

»Ich hab ihr gesagt, sie soll damit aufhören. Aber sie meinte, sie hatte schon angefangen nachzuforschen.«

»Und jetzt geht sie der Theorie nach, dass möglicherweise dieselbe Person die beiden hat verschwinden lassen? Wegen irgendwas, das mit Derek zu tun hat?«

»Na, was soll sie denn sonst denken?« Marin ist ungehalten, und ihre Worte kommen schärfer heraus als beabsichtigt. Sie holt tief Luft und fährt ruhiger fort. »Aber mach dir keine Sorgen. Wegen Julian, meine ich. Sie weiß nichts über ihn. Sie weiß nichts von dem, was ich tun wollte.«

»Du wolltest gar nichts tun«, sagt Sal nachdrücklich. »Kapiert? Du hast dich in einem Diner mit einem Kumpel von mir getroffen. Ihr habt was gegessen. Am nächsten Morgen hast du großzügigerweise und ohne jeden Bezug zu dem Treffen einer wohltätigen Organisation eine Menge Geld gespendet. Das ist alles, mehr ist nicht passiert. Klar? Zumindest ist das alles, was irgendjemand jemals darüber erfahren wird.«

»Und was ist mit dem, was Julian weiß?«

»Von dem erfährt keiner irgendwas«, sagt Sal. »Wenn ich dir sagen würde, für wie viele Leute er schon Geld gewaschen hat, würdest du dich wundern. Da sind Namen bei, die du kennst. Der Typ redet nicht. Für solche Leute gehört das zum Ehrenkodex.«

»Solche Leute? Wie viele solche Leute kennst du denn?«

»Ein paar.«

»Verdammt noch mal, Sal.«

Er langt über den Schreibtisch und nimmt ihre Hand. »Marin. Du hast nichts getan. Verstanden? Was auch immer mit Dereks Freundin passiert ist, hat nichts mit dir zu tun.« Er überlegt. »Hast du an dem Tag, als du zu ihr in dieses Café gegangen bist, mit Karte bezahlt?«

»Äh ...« Marin versucht sich zu erinnern. »Nein, in bar. Und das Wechselgeld hab ich in den Trinkgeldbecher geworfen. Warum? Glaubst du, die Polizei wird mich dazu befragen?«

»Nur, wenn die wissen, dass du in dem Café warst«,

sagt Sal. »Aber sie wissen es nicht. Wer sucht denn noch nach ihr, außer dem Mitbewohner?«

Marins Gedanken rasen. »Hast du Julian auch wirklich gesagt, dass ich's mir anders überlegt habe?«

»Ja, hab ich.«

»Und du bist dir auch ganz sicher, dass er deine Nachricht erhalten hat?«

»Mar, ich hab ihm keine Textnachricht geschickt, ich hab mit ihm gesprochen.« Sal verdreht die Augen, offensichtlich genervt, dass er ihr das alles erklären muss. »Ich hab ihm klipp und klar gesagt, dass du es dir anders überlegt hast. Ich will nicht lügen, er war ziemlich angepisst, weil er schon Vorbereitungen getroffen hatte. Aber er hat gesagt, kein Problem, ich soll dich nur dran erinnern, dass du dein Geld nicht zurückkriegst. Ich hab gesagt, dass du noch auf die Spendenquittung wartest.«

Sie atmet erleichtert auf. »Aber was hat das alles zu bedeuten? Es kann doch kein Zufall sein, dass sie jetzt verschwunden ist, oder?«

»Keine Ahnung.« Sal zuckt die Achseln. »Und ehrlich gesagt, geht mir das auch am Arsch vorbei. Mich wundert, dass dich das überhaupt interessiert. Die Kleine ist jung, wahrscheinlich total durchgeknallt. Vielleicht hat sie irgendeinen Typen aufgegabelt, hängt jetzt mit dem rum und hat vergessen, ihrem Mitbewohner Bescheid zu sagen. Du hast überhaupt nichts damit zu tun, wieso machst du dir so einen Kopf? Du wolltest doch, dass sie verschwindet. Jetzt ist sie weg. Du bist wieder mit Derek zusammen. Es ist, als hätte es sie nie gegeben.« Er beißt sich auf die Lippe. »Als wäre nie irgendwas passiert.«

»Redest du jetzt über die beiden oder über uns?«

Sal antwortet nicht. Er ist wütend. Das merkt sie erst jetzt.

»Bist du sauer auf mich, Sal?«

»Nein.« Er wendet sich ab, starrt einen Moment lang die Wand an, seufzt. »Also gut. Ein bisschen. Das heißt, ich bin eher verletzt. Ich fühle mich ein bisschen benutzt.«

»Sal!« Sie muss beinahe lachen. Das ist das Letzte, womit sie gerechnet hat. »Benutzt? Meinst du das ernst?«

»Ein bisschen, ja.« Er hebt die Brauen. »Ist das so schwer zu glauben? Glaubst du, ein Mann kann nicht auch das Gefühl haben, benutzt und dann weggeworfen worden zu sein wie eine alte Zeitung?«

»Ausgerechnet du? Bei all den beiläufigen Affären, die du hast ...?« Sie äfft seinen Gesichtsausdruck nach, um die Sache herunterzuspielen.

»Mit dir wollte ich nie was Beiläufiges«, sagt er leise. »Und das weißt du genau, und deswegen hast du es getan. Weil du wusstest, dass ich nicht Nein sagen würde. Weil du für mich das Gegenteil von beiläufig bist, Marin. Und das hast du ausgenutzt. Du hast mich benutzt. Aber ich kann es verstehen. Was hast du noch damals zu mir gesagt, nachdem mein Vater gestorben war? Menschen, die verletzt wurden, verletzen andere Menschen.«

Sie schauen einander an, und ein paar Sekunden lang, so lange, wie Sal es zulässt, steht ihm sein Schmerz ins Gesicht geschrieben.

»Ja, das hab ich schon mal in Oprah Winfreys Show gehört«, sagt sie, woraufhin sie beide losprusten. Das Lachen löst die Spannung, und sie können wieder normal atmen.

»Wahrscheinlich hast du recht«, sagt Marin. »Mit allem,

was du gesagt hast. Es war dumm von mir. Ich hab mich einfach nach Nähe gesehnt. Ich wollte mich begehrt fühlen, wollte, dass mich jemand wahrnimmt, mich schön findet. Und dieses Gefühl gibst du mir immer, Sal. Dafür werde ich dich immer lieben.«

»Als Freund«, stellt er klar.

»Du bist für mich mehr als ein Freund.« Es ist Marin wichtig, dass er das weiß, denn es ist die Wahrheit. »Viel mehr als ein Freund. Aber eben nicht wie ... ein Ehemann.«

Er nickt langsam. »Ja. Okay. Ich hab's kapiert.«

»Du gehörst zu meinem Leben, und daran soll sich nichts ändern. Schreib mich nicht ab, Sal. Sei wütend auf mich, okay, aber bitte schreib mich nicht ab. Das würde ich nicht überleben.«

»Das würde ich nie tun.« Er sucht keinen Blickkontakt, aber er drückt ihre Hand.

»Ist wieder alles gut?«

Endlich schaut er sie an, auch wenn sein Lächeln nicht die Augen erreicht. »Ich bitte dich. Es war immer alles gut.«

»Kannst du mir dann einen Gefallen tun?«, fragt sie. »Kannst du Julian noch mal anrufen, wenn ich weg bin, und dich vergewissern, dass er ihr ganz bestimmt nichts angetan hat? Bitte?«

»Ich hab dir doch schon gesagt ...« Er unterbricht sich. »Klar, mach ich das. Wenn du dann besser schläfst.« Er schluckt. »Was hat deine Detektivin denn sonst noch gesagt? Gibt's irgendwas Neues über Sebastian?«

»Nein, nichts.« Diesmal stößt Marin einen frustrierten Seufzer aus. »Wir haben noch nicht mal über ihn gesprochen. Aber als sie angerufen hat, wäre ich fast in Ohnmacht gefallen. Normalerweise schickt sie mir vorher eine E-Mail. Und als sie einfach so anrief, dachte ich, sie hätte schlechte Nachrichten.«

Eine Weile sitzen sie schweigend da. Dann bimmelt Marins Handy. Es ist eine Nachricht von Derek.

Wann kommst du? Ich mach Popcorn und hab keine Lust, mir Stranger Things ohne dich anzusehen.

Die Nachricht entlockt ihr ein Lächeln.

»Ich muss los«, sagt sie zu Sal.

Er kommt um seinen Schreibtisch herum und umarmt sie. Sie drückt ihn fester als er sie, und sie hat das Gefühl, dass sie ihm nach zwanzig Jahren zum zweiten Mal das Herz gebrochen hat. Sie nimmt innerlich zurück, was sie zu ihm gesagt hat, als sie hergekommen ist. Sie bereut es doch. Nicht, weil sie es getan haben, sondern weil es ihn so traurig macht.

Sie zieht die Bürotür hinter sich zu. Im Flur läuft sie Ginny über den Weg, die gerade aus der Toilette kommt. Sie hat ihren Lippenstift nachgezogen und sich die Haare gekämmt. Nach der Duftwolke zu urteilen, die sie begleitet, hat sie auch frisches Parfüm aufgelegt.

»Hey.« Ginnys Miene verfinstert sich, als sie Marin sieht. »Ist Sal noch da drin?«

»Ja, sicher.« Marin schiebt sich an Ginny vorbei. Der Flur ist so eng, dass sich ihre Schultern streifen. »Er gehört ganz Ihnen.«

»Soll das ein Witz sein?«, faucht die junge Frau. Marin dreht sich um. Ginnys Stimme klingt eisig, ihr Blick tödlich. »Sal wird nie irgendeiner Frau gehören, und daran sind Sie schuld.«

Kapitel 25

Die Trauerfeier für Thomas Payne findet in der Kirche St. Augustine statt, wo Marin Frances, Simon und Lila kennengelernt hat. Es ist eine große Kirche, in die bequem vierhundert Menschen passen. An diesem regnerischen Dienstagvormittag jedoch sitzen nur rund dreißig Trauergäste in den ersten Reihen.

Was soll man zu Frances sagen? Die inoffizielle Leiterin ihrer Trauergruppe begrüßt Marin, Lila und Simon. Die drei haben sich vor der Kirche verabredet, um diesen schweren Tag gemeinsam anzugehen. Frances ist blass, aber ihr Blick ist klar. Sie hat ein weites schwarzes Kleid, ein schwarzes Schultertuch und schwarze Clogs an und trägt ihre langen ergrauenden Locken offen. Zum ersten Mal, seit Marin sie kennt, hat sie sich die Lippen geschminkt, in einem kräftigen Rosa, das ihren Wangen Farbe verleiht. Frances umarmt sie nacheinander eine ganze Minute lang, lässt sie sagen, was sie zu sagen haben, und nimmt ihre Beileidsbekundungen mit einem Lächeln entgegen, mit dem sie ihre Freude darüber zum Ausdruck bringt, dass sie gekommen sind.

Marin setzt sich zu Simon und Lila in die zweite Reihe. Es fällt ihr schwer, nicht den glänzend lackierten braunen Sarg anzustarren, der vor dem Altar steht, geschmückt mit weißen Blumen und auf beiden Seiten flankiert von stark vergrößerten Fotos von Thomas.

»Frances macht das großartig«, flüstert Lila, während sie an ihrem Daumennagel knabbert. »Ich hätte gedacht, sie wäre vollkommen aufgelöst.«

»Das kannst du laut sagen.« Lila spricht Marin aus der Seele. Sie hat damit gerechnet, Frances in einem totalen Schockzustand anzutreffen, kaum in der Lage, die Fassung zu wahren, aber was sie sieht, ist das genaue Gegenteil.

Die drei betrachten den geschlossenen Sarg. Die beiden Fotos rechts und links davon sind extrem unterschiedlich. Das auf der linken Seite hat Marin schon mal gesehen. Es ist das Bild, das Frances immer zeigt, wenn sie über ihren Sohn spricht, und das sie jedes Jahr an seinem Geburtstag auf Facebook postet. Auf dem Foto ist Thomas fünfzehn, noch ein Jugendlicher, mit schönen Zähnen und Pickeln im Gesicht. Sein rotes Haar – er hatte die gleiche Haarfarbe wie seine Mutter als junge Frau – ist unter einer abgenutzten Baseballmütze verborgen, der Schirm so gebogen, dass er sich seiner Gesichtsform angepasst hat.

Auf dem Foto rechts ist Thomas erwachsen. Dieses Bild hat Marin noch nie gesehen, und sie fragt sich, woher Frances es hat und wo es aufgenommen wurde. Thomas' Gesicht ist kantig, aber hohlwangig, die Haare hat er sich bis fast auf den Schädel geschoren. Er steht an eine Backsteinwand gelehnt, trägt schmuddelige Jeans und ein schwarzes T-Shirt und ist total abgemagert. Seine Haut ist wettergegerbt, und zwischen den trockenen Lippen steckt eine Zigarette. Sein Blick wirkt gehetzt. Er ist vierundzwanzig, wirkt aber eher wie vierunddreißig. Zwar ist nicht zu übersehen, dass er ein gut aussehender Mann hätte sein können, wenn er nicht die letzten neun Jahre als obdachloser Junkie verbracht hätte, doch das Foto ist kein schöner Anblick. Vielleicht hat Frances es gerade deswegen ausgesucht. Marin ist noch nie einem Menschen begegnet, der so wahrhaftig ist, und sie kann verstehen, dass Frances nicht so tun will, als hätte ihr Sohn bis zuletzt ausgesehen wie der Teenager, der er bei seinem Verschwinden war.

»Kann ich mich zu euch setzen?«

Die Stimme reißt Marin aus ihren Gedanken. Jamie, die sich der Gruppe erst kürzlich angeschlossen hat, steht am Mittelgang. Marin hätte sie fast nicht erkannt. Sie trägt ein tailliertes schwarzes Kleid, Schuhe mit sieben Zentimeter hohen Absätzen und eine elegante Föhnfrisur, an der nichts an die nassen Strähnen erinnert, die ihr ins Gesicht hingen, als sie sie kennengelernt haben. Marin hat ihr nicht Bescheid gesagt, dass Thomas heute beerdigt wird – sie hatte die Frau völlig vergessen –, also muss Frances sie benachrichtigt haben, oder Jamie hat auf der Facebookseite der Gruppe davon gelesen.

»Natürlich.« Marin versucht, ihre Überraschung zu verbergen, und dreht sich zu Lila und Simon um. »Rückt ein Stück, Jamie ist da.«

Alle rücken, und Jamie quetscht sich zwischen Marin und die Armlehne.

»Wie geht es dir?«, fragt Marin.

»Ach, ich weiß nie, was ich auf diese Frage antworten soll«, flüstert Jamie, beugt sich leicht vor und winkt Simon und Lila zum Gruß. »Ich denke immer, wenn ich sage ›gut‹, dann fragen sich die Leute, warum es mir gut geht, wo doch mein Kind verschwunden ist. Und wenn ich sage ›schrecklich‹, haben die Leute Mitleid und werden verlegen und wünschten, sie hätten nicht gefragt.«

»Ich antworte immer ›Ich komme zurecht‹«, sagt Marin mit einem Lächeln. Sie weiß genau, was Jamie meint. »Es erinnert die Leute daran, dass ich schwere Zeiten durchmache, ohne dass es etwas darüber aussagt, ob es mir gut oder schlecht geht.«

»›Ich komme zurecht‹«, wiederholt Jamie, wie um die Worte auszuprobieren. »Das gefällt mir.« Nach einer Weile fügt sie hinzu. »Ich wäre um ein Haar nicht gekommen.«

»Das hätte Frances verstanden.«

»Aber ich musste es mit eigenen Augen sehen«, sagt Jamie mehr zu sich selbst als zu Marin. »Es gibt nur drei Möglichkeiten, wie das mit unseren Kindern enden kann: Sie bleiben für immer verschwunden, sie werden gesund und munter gefunden oder eben tot. Ich musste sehen, wie eine dieser Möglichkeiten aussieht. Um ... mich zu wappnen.«

Der Pianist spielt die ersten Takte von »Amazing Grace«, und in der Kirche kehrt Stille ein. Sie können alle ihre Gesangbücher aufschlagen und mitsingen, aber das braucht Marin nicht. Sie kennt den Text auswendig.

»Ich finde das grauenvoll«, flüstert Lila Marin zu, als der Pastor an den Altar tritt. »Ich weiß, es ist egoistisch, aber das hier ist der allerletzte Ort, an dem ich sein möchte. Ich wünschte, ich wäre jetzt nicht hier.«

»Ich weiß«, flüstert Marin. »Aber wir tun es für Frances. Es ist das Mindeste, was wir tun können.«

Der Leichenschmaus findet im Big Holes statt. Die Eingangstür ist zwar nicht abgeschlossen, aber ein Schild informiert die Kunden darüber, dass es sich um eine private Feier handelt. Frances hat Sandwiches und vegetarische Snacks kommen lassen; nichts davon ist so lecker wie ihre Donuts, aber fast alle essen. Unter den Gästen sind auch einige, an die Marin sich aus ihrer ersten Zeit in der Gruppe erinnert; sie grüßen freundlich und machen ein bisschen Small Talk, aber die alten Gruppenmitglieder interessieren sich nicht für die neuen. Egal, was sie zu dem Schritt bewogen hat, sie haben sich *entschieden*, nicht mehr an den Treffen teilzunehmen, und keiner von ihnen fühlt sich wohl auf dieser Trauerfeier. Sie bleiben auf der anderen Seite des Raums unter sich.

Frances' Exmann, den Marin nur von Fotos kennt, auf denen er jung und schlank ist, hat jetzt eine Glatze, einen Vollbart und einen Bauch. Er hockt in einer Ecke mit seiner zweiten Frau und ihrem gemeinsamen Sohn, einem stillen Jungen von vielleicht zwölf Jahren, der dem fünfzehnjährigen Thomas von dem Foto bis auf die roten Haare auf unheimliche Weise ähnelt. Der Exmann bricht immer wieder in Tränen aus, seine Schluchzer klingen rau und herzzerreißend, und seine Frau scheint nicht zu wissen, wie sie ihn trösten soll.

Marin sitzt mit Lila, Simon und Jamie an einem Tisch. Sie hat Sadie in einer Textnachricht mitgeteilt, wo sie den Vormittag verbringen würde, aber Derek nicht gesagt, wohin sie gehen wollte. Er weiß, wer Frances ist, aber die beiden sind sich nie begegnet. Derek ist zu keinem Gruppentreffen mitgegangen, und Marin hat keinen Sinn darin gesehen, ihm von der schrecklichen Nachricht zu erzählen.

Sie sind erst seit einer halben Stunde hier, und Marin hat schon aufgehört, die Donuts zu zählen, die Simon sich einverleibt. Jamie lässt sich gerade von ihm in Sachen Autokauf beraten – sie zieht in Erwägung, sich einen Highlander zuzulegen –, und Lila ist mit ihrem Handy beschäftigt – sie verfolgt seit einiger Zeit die Facebook-Aktivitäten einer Frau, von der sie glaubt, dass sie mit ihrem Mann schläft. Jamies Geschichte kennt Marin immer noch nicht, vielleicht erfährt sie sie ja beim nächsten Gruppentreffen.

Vorausgesetzt, es gibt ein nächstes Gruppentreffen, was womöglich infrage steht, wenn man bedenkt, warum sie heute hier sind.

»Also, die ist ja noch nicht mal hübsch.« Das sagt Lila jetzt schon zum dritten Mal. Sie zeigt Marin ein Foto der angeblichen Geliebten ihres Mannes. Marin gibt Lila recht, behält ihre Meinung jedoch für sich. Die Frau auf dem Foto ist weiß Gott kein Supermodel, aber warum sollte sie das auch sein? Sie ist eine ganz normale Frau mit schlechtem Geschmack. »Mal ehrlich – was findet Kyle an ihr?«

Dass sie nicht du ist, denkt Marin, behält aber auch das für sich. Das möchte Lila jetzt nicht hören. »Du siehst viel besser aus.«

»Und er streitet es immer noch ab, kannst du das glauben?« Lila kann ihren Blick gar nicht vom Handy losreißen. »›Wir sind nur gute Freunde, Schatz, entspann dich.‹

Aber mit einer Frau, die nur eine gute Freundin ist, geht man nicht bis in die Puppen in die Disco. Ich weiß genau, dass er sie vögelt. Ich weiß es einfach. Ich spüre es.«

»Wenn er es abstreitet, kannst du sie ja zur Rede stellen«, sagt Simon mit vollem Mund. »Vielleicht gibt sie es ja zu.«

»Blöde Idee. Was soll das bringen?« Marin sieht Simon durchdringend an, doch er zuckt nur die Achseln, als wollte er fragen *Hä?* Marin wendet sich Lila zu. »Es ist nicht nötig, dass Kyle es zugibt. Dein Bauchgefühl belügt dich nicht, und niemand kennt ihn so gut wie du. Aber vergiss nicht: Was auch immer er im Moment tut, es hat nichts mit ihr zu tun. Es geht nur um ihn selbst. Es geht um das, was zwischen euch ist. Sie kann irgendjemand sein. Sie spielt keine Rolle.«

Den Rat, den sie Lila gibt, hätte sie besser selbst beherzigen sollen. Was ist sie bloß für eine Heuchlerin; sie weiß genau, wie Lila sich fühlt. Sie hat Dereks Mätresse an ihrem Arbeitsplatz ausspioniert, verflucht noch mal, und am Ende mitten in der Nacht in einem schäbigen Diner mit einem Fremden an einem Tisch gesessen und über Mord gesprochen. Wenn man ertrinkt, macht man die verrücktesten Sachen. Wenn man unter Wasser ist, klammert man sich an alles, was greifbar ist, Hauptsache, man bekommt Luft. Dereks Affäre hin oder her, seit ihr Sohn verschwunden ist, hat Marin so viele schreckliche Entscheidungen getroffen, dass ihr allein bei dem Gedanken daran übel wird. McKenzie Li ist ungefähr so alt wie Thomas. Es hätte McKenzie Li sein können, die in dem Sarg liegt, wäre Marin nicht rechtzeitig zur Vernunft gekommen.

Irgendwie ist es in dem Donut-Laden auf einmal ganz warm, und sie merkt, dass sie schwitzt. Sie springt so abrupt auf, dass sie beinahe ihren Stuhl umwirft.

»Wo gehst du hin?«, fragt Lila und reißt den Blick kurz von ihrem Handy los. »Alles in Ordnung?«

»Ich muss mal an die frische Luft.« Marin bemüht sich, normal zu klingen, aber ihr ist unerträglich heiß. Ihr ist, als würden die Wände sich auf sie zu bewegen. Wenn sie nicht sofort hier rauskommt, wird sie die Nerven verlieren. Thomas ist tot, Sebastian ist immer noch verschwunden, McKenzie ist verschwunden, und sie sitzt hier mit zwei Freunden – und vielleicht noch einer neuen Freundin –, deren Kinder auch verschwunden sind. Es ist alles zu viel. »Ich bin gleich wieder da.«

Marin geht zur Hintertür und drückt sie mit beiden Händen auf. Kalte Morgenluft weht ihr entgegen. Die Kälte auf ihrer feuchten Haut ist auf schmerzhafte Weise belebend, wie eine dringend gebrauchte Ohrfeige.

Frances sitzt neben der Tür auf einem Klapptisch und raucht. Als ihre Blicke sich begegnen, bemerkt Marin, dass das, was Frances zwischen den Fingern hält, keine Zigarette ist. Der süßliche Geruch von Marihuana steigt ihr in die Nase.

»Tut mir leid«, stößt Marin hervor. Sie muss sich nach ihrer plötzlichen Flucht erst einmal fangen, und es ist ihr peinlich, in die Stille hineinzuplatzen, die eine trauernde Mutter hier draußen sucht. »Ich wusste nicht, dass du hier bist. Ich geh wieder rein.«

»Es muss dir nicht leidtun.« Frances' Stimme klingt ein bisschen rauer als sonst. Sie rückt ein Stück zur Seite. »Willst du dich setzen?«

»Ich will dich nicht stören …«

»Du störst mich nicht, Marin.« Frances klopft mit der flachen Hand auf die Stelle neben sich. Dann nimmt sie noch einen Zug von ihrem Joint. »Komm, setz dich zu mir. Kannst mich ein bisschen wärmen. Hier draußen ist es ziemlich kalt.«

Marin setzt sich neben ihre Freundin. Im ersten Moment fühlt sich das Holz unter ihrem Hintern kalt an, und sie schüttelt sich ein bisschen. Sie überlegt kurz, ob sie noch mal hineingehen und sich ihren Mantel holen soll, schreckt aber davor zurück, sich wieder in die erstickende Enge zu begeben.

»Wie geht es dir?«, fragt sie Frances vorsichtig.

Als Frances nicht antwortet, muss Marin an das kurze Gespräch mit Jamie in der Kirche denken. *Wie geht es dir?* ist eine Frage, die zu beantworten ihnen schon an normalen Tagen schwerfällt, was für eine Antwort erwartet Marin da am Tag der Begräbnisfeier für Frances' Sohn? Beim Gruppentreffen vor einer Woche befanden sie sich noch in der gleichen Situation. Sie waren beide Mütter von vermissten Kindern.

Heute ist alles anders. Thomas wird nicht mehr vermisst.

»Ob du's glaubst, oder nicht, ich hab letzte Nacht geschlafen«, sagt Frances. »Also, ich meine, wirklich geschlafen. Gegen elf bin ich regelrecht in Ohnmacht gefallen, und heute Morgen bin ich in derselben Position aufgewacht.«

»Das ist gut«, sagt Marin. »Du hast schlimme Zeiten hinter dir. Du hast den Schlaf gebraucht.«

»Ich hab nichts geträumt.« Frances lässt eine lange

Rauchfahne aus dem Mundwinkel entweichen, die sich in der kalten Luft kräuselt. Sie hält Marin den Joint hin, die jedoch lächelnd den Kopf schüttelt. Sie hat seit Studentenzeiten nicht mehr gekifft. »Oder, falls ich was geträumt hab, kann ich mich nicht daran erinnern. Ich weiß nur, als ich die Augen aufgemacht hab, war es sieben Uhr, und ich hatte einen Mordshunger. Also bin ich nach unten gegangen, hab meine gusseiserne Pfanne rausgeholt und mir aus vier Eiern ein Omelett mit Pilzen, Schinken und Käse gemacht. Und ich hab alles aufgegessen.«

»Vier Eier? Ich dachte, du frühstückst überhaupt nicht.«

»Mach ich auch normalerweise nicht«, sagt Frances. »Aber ich hatte so einen Hunger. Danach bin ich nach oben gegangen, hab ausgiebig geduscht und geheult wie ein kleines Kind. Ich konnte gar nicht mehr aufhören. Und ihr wisst ja alle, dass ich eigentlich nie heule. Ich bin unter der Dusche stehen geblieben, bis nur noch kaltes Wasser kam.«

»Ach, Frances …«, sagt Marin, aber ihre Freundin schaut sie gar nicht an. Sie betrachtet den Joint, den sie inzwischen fast aufgeraucht hat. »Du hast deinen Sohn verloren. Was sollst du denn sonst tun. Ist doch klar, dass du dich hundeelend fühlst.«

Frances blickt auf. »Das Komische ist, dass ich nicht geheult hab, weil ich traurig war. Also, natürlich bin ich traurig«, fügt sie hinzu und forscht in Marins Gesicht nach Anzeichen der Missbilligung. Sie findet keine. »Natürlich bin ich traurig. Ich bin am Boden zerstört. Aber ich hab geweint, weil ich mich … schuldig gefühlt hab.«

»Weswegen denn schuldig?«

»Weil ich so verdammt erleichtert war.« Sie senkt den Blick. »Weil es vorbei ist. Endlich weiß ich, wo mein Sohn ist. Ist das nicht furchtbar? Ist es nicht das Schlimmste, was man aus dem Mund einer Mutter hören kann? Mein Sohn liegt in einem Sarg, und es *erleichtert* mich zu wissen, dass er da ist. Das ist doch grauenvoll, oder? Morgen werde ich ihn beerdigen. Morgen kommt er in sein Grab. Wie kann ich da irgendwas anderes als Trauer empfinden?«

Marin nimmt Frances' Hand. Sie ist genauso kalt wie ihre eigene, die Haut fühlt sich papierdünn an.

»Aber es ist endlich vorbei«, sagt Frances. »Ich hab vielleicht nicht auf alle meine Fragen eine Antwort bekommen, aber wenigstens brauche ich nicht mehr darauf zu warten, dass er nach Hause kommt. Seit zehn Jahren plage ich mich mit Rückenschmerzen …«

»Ja, ich weiß, dass du bei einem Chiropraktiker in Behandlung bist.«

»… und als ich heute Morgen aufgewacht bin, hab ich keine Schmerztablette gebraucht. Ich hatte einfach nur Hunger. Mein Rücken fühlt sich so gut an wie seit Jahren nicht. Es ist, als bräuchte ich keine Angst mehr zu haben. Seit Thomas verschwunden ist, hab ich jeden Tag darauf gewartet, dass jemand anruft oder klingelt, um mir zu sagen, dass mein Sohn tot ist. Ich hab davon geträumt, und ich hab eine Wahnsinnsangst davor gehabt, so als wäre die Nachricht eine Art Monster, das mich anspringen und mitnehmen könnte. Aber in dieser Angst liegt auch Hoffnung.«

Marin nickt. Sie weiß genau, was Frances meint.

»Wegen der Hoffnung kann man der Angst nicht entkommen. Wegen der Hoffnung bleibt man in dem emotionalen Nichts des Wartens hängen, wo es nicht vorwärts und nicht rückwärts geht. Man dreht sich unaufhörlich im Kreis, man verliert jede Orientierung, weil man nicht *weiß* …«

Ihr versagt die Stimme, und Marin sieht, dass Frances' Augen feucht sind. Zu sehen, wie ihre Freundin richtige Tränen weint, ist erschütternd.

»Und jetzt ist es vorbei«, sagt Frances. »Ich habe nicht die Antwort bekommen, auf die ich gehofft hatte, aber letztlich konnte es nur eine Antwort geben.«

Die Worte sind wie ein Schlag, und Marin zuckt zusammen.

»Tut mir leid, Marin«, sagt Frances heiser. Sie wirft den Rest ihres aufgerauchten Joints weg und fasst Marin an beiden Händen. »Ich weiß, es ist extrem unsensibel, so etwas zu sagen, vor allem zu dir. Ich will damit auf keinen Fall sagen, du sollst dich darauf einstellen, mit Sebastian etwas Ähnliches zu erleben. Aber so fühlt es sich im Moment an. Für mich.«

»Entschuldige dich jetzt bloß nicht«, erwidert Marin, denn sie will ihre Freundin nicht noch mit ihrem eigenen Kummer belasten. »Deine Gefühle sind deine Gefühle, und die sollst du auch zum Ausdruck bringen. Du hast weiß Gott genug durchgemacht.«

Frances drückt ihr die Hände. »Ich wünsche dir das nicht, hörst du?«, sagt sie eindringlich und wartet, bis Marin ihr in die Augen schaut. »Ich wünsche das weder dir noch Simon noch Lila oder sonst irgendjemandem da drinnen …«, sie macht eine Kopfbewegung in Richtung der Hintertür, »... der immer noch nach seinem Kind sucht. Es ist nicht das Ende, um das ich gebetet hab.«

»Das weiß ich. Wirklich.«

»Aber ich bin dankbar, Marin.« Frances holt ganz tief Luft. »Ich bin dankbar, dass der Albtraum der Ungewissheit endlich vorbei ist. Jetzt fühle ich mich ... fühle ich mich ...«

Frances fängt wieder an zu weinen, lehnt sich schluchzend an Marins Schulter, und Marin nimmt sie in die Arme und weint mit ihr, weint um den Sohn ihrer Freundin, um ihren eigenen Sohn, weint aus Trauer und aus Schuldgefühlen, weint, weil sie Frances gernhat und sie versteht und mit ihr fühlt.

»Wie fühlst du dich?«, flüstert Marin, während sie Frances in den Armen hält und ihr den Kopf streichelt. »Sag's mir.«

»Frei«, stößt Frances mühsam hervor und beginnt wieder zu schluchzen. »Ich fühle mich *frei*.«

Marin hält ihre Freundin in den Armen, bis Simon auf der Suche nach ihnen beiden den Kopf aus der Tür streckt und sie wieder in den Laden gehen. Und während Marin zusieht, wie ihre trauernde Freundin sich unter die Gäste mischt und dafür sorgt, dass alle genug zu essen und genug Kaffee haben, empfindet sie nur eins: Groll auf ihre Freundin, weil sie es ausgesprochen hat. Es macht sie zornig, dass Frances sich so fühlt und es zugegeben hat, und dass es die Wahrheit ist.

Frances ist frei.

Marin ist eifersüchtig, und sie verabscheut sich dafür.

Kapitel 26

Als Marin am nächsten Morgen aufwacht, fühlt sich vier, fünf Sekunden lang alles ganz normal an.

Dann trifft es sie wie ein Schlag. Es ist, als würde sie ihn noch einmal verlieren. Der Schmerz ist überwältigend, lähmend, der Druck auf ihrer Brust enorm, als könnte er ihr die Knochen brechen und ihre Muskeln pulverisieren, das Leben aus ihrem Körper quetschen, bloß weil sie es gewagt hat, etwas so Simples und Natürliches zu tun wie aufzuwachen.

Marin öffnet die Augen und fixiert den Blick auf einen Punkt an der Decke. Einatmen, ausatmen. Einatmen, ausatmen. Nach etwa einem Dutzend Atemzügen lässt der Schmerz allmählich nach.

Es ist der vierhundertdreiundneunzigste Tag.

Sie dreht sich um und nimmt ihr Handy, denn was sie geweckt hat, war eine eingehende Textnachricht. *Lebst du noch?*

Guten Morgen, schreibt sie mit vom Schlaf noch ganz tauben Fingern und legt das Handy wieder auf den Nachttisch.

Sie wird nie begreifen, wie Sal es als Kneipenwirt schafft, vor ihr aufzustehen. Aber er hat noch nie viel Schlaf gebraucht. Als Studenten sind sie oft um zwei Uhr nachts zusammen ins Bett gekrochen, geil und betrunken, und haben noch gevögelt. Am nächsten Morgen war er regelmäßig vor ihr auf den Beinen und briet Eier und Speck zum Frühstück. Im Gegensatz zu Sal braucht Marin ihre acht – besser noch neun – Stunden Schlaf, den sie seit vierhundertdreiundneunzig Tagen aber nur noch mit Hilfe von Tabletten bekommt.

Nach dem Leichenschmaus haben Marin und Jamie das Big Holes gemeinsam verlassen. Bevor sie in ihre Autos gestiegen sind, die auch diesmal wieder zufällig nebeneinander auf dem Parkplatz standen, haben sie noch ein bisschen geredet. Vielleicht war es die kathartische Auswirkung der Trauerfeier, die ihnen allen im Lauf des Tages Gelegenheit zum Weinen gegeben hat, jedenfalls hat Jamie Marin endlich ihre Geschichte erzählt. Ihre Tochter wird seit etwas mehr als zwei Monaten vermisst; sie wurde von Jamies Exmann entführt, den sie als Narzissten bezeichnet. Da Marin zwar den Begriff *Narzisst* kannte, aber nicht die genauere medizinische Bedeutung, hat Jamie es ihr erklärt.

»Aaron hat ein übersteigertes Selbstbewusstsein und lehnt alles ab, was ihn nicht in seiner Selbstwahrnehmung bestätigt. Alles musste immer perfekt sein. Er wollte das perfekte Haus, den perfekten Job, die perfekte Frau, das perfekte Kind. Er hat alles an mir kritisiert – was ich esse, wie ich mich kleide, meine Frisur. Er reißt jedes Gespräch an sich, macht jeden runter, der nicht seiner Meinung ist. Viele Freunde haben sich von uns abgewendet, weil er so unausstehlich ist. Aber seine Geheimwaffe ist Manipulation. Er schafft es, andere so weit zu bringen, dass sie an ihrem eigenen Verstand zweifeln. Ich habe mich jahrelang für überempfindlich gehalten, dabei war er einfach ein Arschloch, wie mir jetzt klar ist. Zum Schluss ist er auch noch fremdgegangen.« Jamie zuckte die Achseln. »Und er hat die Frechheit besessen zu behaupten, es wäre meine Schuld, denn wenn ich mich besser um mich selbst und vor allem besser um ihn gekümmert hätte, dann hätte er das nicht nötig gehabt.«

»Was für ein Dreckskerl«, sagte Marin.

»Ehrlich gesagt war ich erleichtert, als ich es rausgefunden hab. So hatte ich endlich einen konkreten Grund, mich von ihm zu trennen, etwas, das ich jedem, der mich gefragt hat, in einem Satz erklären konnte. Wenn man sagt, man hat sich von seinem Mann getrennt, weil er anstrengend, grausam, manipulativ und verlogen ist – das will keiner hören.« Jamies lächelte bitter. »Der Streit um das Sorgerecht ist dann richtig hässlich geworden. Ich wollte das alleinige Sorgerecht für Olivia, und er wollte es auch. Er hat mich nach Strich und Faden durch den Schmutz gezogen, aber am Ende hat der Richter mir das Sorgerecht zugesprochen. Ein paar Wochen später hat er Olivia entführt. Sie war bei einer Freundin, und er hat sie einfach dort abgeholt, zwei Stunden, bevor ich sie abholen sollte. Die Mutter der Freundin, die meine Situation kennt, war nicht zu Hause, nur die Oma war da. Als Olivia zu ihrem Vater gelaufen ist, ist die Oma nicht auf die Idee gekommen, sich zu fragen, ob dieser gut aussehende, charmante Mann das Recht hatte, seine Tochter mitzunehmen. Ich hab erst davon erfahren, als ich sie zwei Stunden später abholen wollte. *Zwei Stunden*«, wiederholte sie mit zitternder Stimme.

»Wie alt ist deine Tochter?«

»Elf.«

»Wurde ein AMBER-Alarm rausgegeben?«

Jamie nickte. »Ja. Aufgrund verschiedener Dinge, die er während des Prozesses gesagt hat, hatte ich Grund zu der Annahme, dass er sie entführen und mit ihr weit weggehen würde. Sein Auto wurde auf dem Parkplatz einer Mall gefunden, keine zwei Kilometer entfernt. Kein Mensch weiß, womit er seitdem unterwegs ist oder wohin er mit ihr gefahren ist.«

»Das tut mir wirklich leid«, sagte Marin.

Jamie schaute sie an. »Mir auch«, sagte sie. »Wir alle haben unsere eigene Geschichte, aber ich hab das Gefühl, dass es nicht in Ordnung war, was ich nach dem letzten Gruppentreffen zu dir gesagt hab. Ich hab dir gesagt, es ginge mir besser, und das war nicht fair.«

»Das war vollkommen in Ordnung ...«

»Nein, war es nicht«, entgegnete Jamie. »Egal, was mit meinem Ex nicht stimmt, er ist in Olivia vernarrt. Und egal, wo die beiden jetzt sind, er wird ihr nie etwas zuleide tun. Das weiß ich. Im Gegensatz zu dir und Simon und Lila und Frances – bis Thomas gefunden wurde – lebe ich nicht in der ständigen Angst, dass Olivia vielleicht nicht mehr lebt. Ich habe nur Angst, sie nie wiederzusehen. Nicht, weil sie tot ist, sondern weil es ihm gelingt, sie gegen mich aufzuhetzen. Es würde zu ihm passen, mich als die Böse hinzustellen, sodass sie gar nicht mehr nach Hause will.« Sie schaute zu dem knallgelben Reklameschild des Big Holes hoch, dann betrachtete sie ihre Schuhe. »Deswegen ging es mir nach dem Treffen besser. Was beweist, dass ich ein Miststück bin. Tut mir leid.«

»Du bist kein Miststück. Du bist eine Mutter.« Marin legte ihr eine Hand auf den Arm. »Ich habe gelernt, keine Vergleiche anzustellen. Die Hölle ist die Hölle, egal, wie sie aussieht.«

Für Sebastian wurde kein AMBER-Alarm herausgegeben. Seine Entführung erfüllte die Kriterien nicht. Die Erklärung, die die Polizei Marin und Derek gab, war vollkommen lächerlich. Ein AMBER-Alarm wird ausgelöst, wenn ein Kind entführt wurde, und niemand zweifelte daran, dass Sebastian entführt wurde. Die Bilder auf dem Video waren eindeutig.

Allerdings gab es kein Fahrzeug, in dem irgendwelche Zeugen Sebastian gesehen hatten, keine Beschreibung des Täters, außer dass er als Weihnachtsmann verkleidet war. Die Behörden müssen über ausreichende Informationen zum Verschwinden eines Kindes verfügen, damit ein AMBER-Alarm sinnvoll ist und zum Auffinden des Kindes führen kann. Das wird von Fall zu Fall entschieden, und Sebastians Fall fiel durchs Raster.

Natürlich wurden andere Maßnahmen ergriffen. Das Video aus der Kamera des Pike Place Market wurde im ganzen Land in Umlauf gebracht. Jeder, der einen Fernseher besaß, konnte in den Tagen nach der Entführung ein Foto von Sebastian sehen. Das Vermisstenplakat mit seinem Foto wurde auf Twitter und Facebook fast eine Million Mal geteilt. Die Vorstellung, dass der Weihnachtsmann drei Tage vor Weihnachten ein Kind entführt hatte, sorgte für einen gewissen Nervenkitzel und dafür, dass die Geschichte sich wie ein Lauffeuer verbreitete. Regionale Nachrichtensender schickten noch am Abend der Entführung Reporter zu Marin und Derek und ließen sie vor ihrem Haus an die Öffentlichkeit appellieren, sich mit Informationen an die Polizei zu wenden. Am Ende der Woche waren sie auf CNN zu sehen, wie sie den oder die Entführer anflehten, ihnen ihren Sohn zurückzugeben.

Dass es so wenige Informationen gab, verwirrte und frustrierte Marin gleichermaßen. Einmal, ziemlich zu Anfang, hörte sie, wie ein Polizist zu einem Kollegen sagte: »Entweder hat der Entführer das alles extrem gut geplant, oder das Arschloch hat wahnsinnig viel Glück gehabt … Weiß der Himmel.«

Aufgrund des Ausgangs, den der Entführer gewählt hatte, wurde vermutet, dass er mit Sebastian in die Tiefgarage gegangen ist. Aber es gab keine Beweise, die das bestätigt hätten. Es kann sein, dass sie in eine Seitenstraße gegangen und dort in ein Auto, einen Truck oder einen Kleinbus gestiegen sind. Oder dass jemand sie abgeholt hat. Oder dass sie in eins der vierundfünfzig Autos gestiegen sind, die in der nächsten Stunde die Tiefgarage verlassen haben. Die Position der einzigen funktionstüchtigen Sicherheitskamera auf der gegenüberliegenden Straßenseite machte es unmöglich, die Nummernschilder dieser Autos zu erkennen.

Derek und Marin nutzten ihre Beziehungen, um so viel öffentliche Aufmerksamkeit wie möglich auf den Fall zu ziehen. Ein wohlhabendes, prominentes Paar aus Seattle, dessen Kind am helllichten Tag entführt wurde? Die Polizei ging davon aus, dass der oder die Entführer Lösegeld fordern würden. Aber solche Forderungen gehen normalerweise innerhalb der ersten vierundzwanzig, spätestens aber nach achtundvierzig Stunden ein.

Weder Derek noch Marin wurden kontaktiert. Es wurde keine Nachricht vor der Tür abgelegt, es kam keine Textnachricht, keine merkwürdigen Anrufe von unbekannten Nummern.

Der Fünf-Dollar-Lutscher überzeugte Marin davon, dass der Entführer jemand war, der Sebastian kannte. Jemand, der wusste, wie sehr Sebastian diese Lutscher damals mochte. Und im La Douceur Parisienne wurden an dem Tag nur sieben Exemplare verkauft. Fünf davon wurden mit Karte bezahlt, und diese fünf Kunden wurden ausfindig gemacht und überprüft. Zwei Lutscher wurden in bar bezahlt, und die Verkäuferinnen erinnerten sich an die Kundin, eine ältere Dame, die gleich zwei Stück für ihre Enkelinnen gekauft hatte.

Jedenfalls waren die Lutscher von La Douceur Parisienne riesengroß, knallbunt und wahrscheinlich unwiderstehlich für jedes Kind unter zehn. Der Entführer konnte im Voraus einen davon gekauft und gewartet haben, bis sich die perfekte Gelegenheit ergab. Die Ermittler befragten jeden aus Marins und Dereks Umfeld, der Sebastian kannte. Auch mit sämtlichen Verkäufern, die an dem Tag auf dem Markt gearbeitet hatten, wurde gesprochen. Aber niemand schien irgendetwas zu wissen.

Sebastian war einfach verschwunden. Spurlos. Und sechzehn Monate später hat Marin noch immer keine Antworten.

Vor langer Zeit hat sie einmal einen Film gesehen, der ihr fürchterliche Angst gemacht hat. Sie ging damals noch auf die Highschool, und an den Wochenenden trafen sie und ihre Freundinnen sich häufig zum Abhängen. Einmal brachte jemand das Video *Spurlos* mit, mit Jeff

Bridges und Kiefer Sutherland in den Hauptrollen. Ein Paar ist gemeinsam unterwegs und hält an einer Raststätte, wo Jeff Bridges (Barney) die Freundin von Kiefer Sutherland entführt (Diane, gespielt von der sehr jungen Sandra Bullock).

Einige Jahre später weiß Jeff (gespielt von Kiefer Sutherland) noch immer nicht, was mit seiner Freundin passiert ist. Er ist so besessen von dem Wunsch, es herauszufinden, dass er fast verrückt wird. Er hat eine neue Freundin (Rita, gespielt von Nancy Travis), und gemeinsam finden sie heraus, dass dieser Barney an dem Tag an der Tankstelle war, als Diane verschwunden ist. Sie sind davon überzeugt, dass er etwas weiß, stellen ihn zur Rede, und schließlich sagt Barney zu Jeff: »Wenn du rausfinden willst, was mit ihr passiert ist, musst du das Gleiche durchmachen wie sie …«

Jeff lässt sich darauf ein und trinkt etwas, das ihn betäubt, so wie Diane damals betäubt wurde. Als er aufwacht, liegt er in einer Holzkiste, die irgendwo im Wald vergraben ist. Es dauert ein paar Sekunden, bis er begreift, dass er gefangen ist, und dass er genau wie Diane in dem winzigen Sarg im Dunkeln, wo ihn niemand schreien hört, ersticken wird. Dass niemand je erfahren wird, was mit ihm passiert ist.

Es war ein gruseliger, extrem spannender Film, der Marin noch eine ganze Woche lang Albträume beschert hat.

Marin ist jetzt Jeff. Und wenn der Weihnachtsmann an ihre Tür klopfen und ihr Informationen über ihr Kind anbieten würde, unter der Bedingung, dass sie eine Tasse mit einem Betäubungsmittel versetzten Tee trinkt, würde sie sich ohne zu zögern darauf einlassen. Sie würde die Tasse bis auf den letzten Tropfen leer trinken.

Weil alles besser wäre als ihre jetzige Situation.

Ein verschwundenes Kind ist wie eine offene, eiternde Wunde. Manche Tage bekommt man halbwegs in den Griff, indem man eine Schmerztablette schluckt und ein Pflaster über die Wunde klebt, aber die offene Stelle ist nie weg, sie hört nie auf zu eitern, und der leichteste Stoß kann sie wieder zum Bluten bringen.

Marin liegt immer noch im Bett. Sie muss aufstehen und in Gang kommen. Sie schaut zu Dereks Seite des Betts hinüber. Sie ist leer, aber der Abdruck, den er auf dem Kopfkissen hinterlassen hat, erinnert sie daran, dass er am frühen Morgen nach Portland gefahren ist. Es war eine spontane Entscheidung am späten Abend. Er muss ein paar nervöse Investoren beruhigen.

»Es ist nur für diesen einen Tag«, hat er gesagt, und ihr erster Gedanke war *McKenzie*. »Ich nehme den Acht-Uhr-Flug, gehe also um sechs aus dem Haus, und zum Abendessen bin ich wieder zurück. Willst du mitkommen? Ich hab den ganzen Tag Termine und muss die Investoren zum Mittagessen einladen, aber du könntest mit uns essen gehen und ansonsten ein bisschen shoppen. Du weißt ja, dass es in Oregon keine Mehrwertsteuer gibt.«

Sie musste lachen. »Das würde bedeuten, dass um fünf der Wecker klingelt. Da bleibe ich lieber im Bett und bezahle die Mehrwertsteuer.«

Aber dass er sie spontan eingeladen hat, beruhigt sie. Wie lange wird es dauern, bis sie aufhört, sich zu fragen, was er macht, wenn er unterwegs ist? Wie lange wird es dauern, bis McKenzie Li in ihrer Ehe keine Rolle mehr spielt?

Als sie sich gerade aufsetzen will, klingelt ihr Handy. Sie sieht nach der Nummer und geht ran.

»Immer noch im Bett?«, fragt Sal.

»Ja.«

»Was hast du an?«

»Halt die Klappe, du Lustmolch.«

Er lacht. »Wie war die Trauerfeier?«

Vielleicht sollte sie sich mal fragen, warum sie nicht ihrem Mann, sondern ihrem alten Freund von Frances' Sohn erzählt hat, aber für solche emotionale Tiefschürferei ist es noch zu früh am Morgen. »Traurig natürlich«, sagt sie, während sie aufsteht und ins Bad geht. »Aber Frances ging es … okay. Sogar besser.«

»Was meinst du mit besser?«

Marin betrachtet sich im Spiegel und fährt sich mit einer Hand durch das zerzauste Haar. »Erleichtert, würde ich sagen«, antwortet sie. »Darüber, dass sie endlich Klarheit hat. Dass sie um ihren Sohn trauern kann, dass sie ihn beerdigen konnte und wieder nach vorne schauen kann. Sie kann endlich damit abschließen.«

Sal antwortet nicht gleich. »Ich weiß nicht, was ich dazu sagen soll«, sagt er schließlich. »Also, ich freue mich natürlich für sie, aber trotzdem …«

»Ja.«

Ein entspanntes Schweigen entsteht. An den Hintergrundgeräuschen erkennt Marin, dass Sal im Auto sitzt, aber ehe sie ihn fragen kann, wohin er so früh am Morgen unterwegs ist, sagt er: »Glaubst du, dir würde es genauso gehen wie ihr? Wenn du Klarheit bekommen würdest?«

»Nein«, antwortet Marin sofort. »Ich kann ihre Gefühle nachvollziehen, aber ich glaube nicht, dass ich das Gleiche empfinden würde. Vielleicht, weil Sebastian noch so klein ist …« Sie hält inne, als ihr bewusst wird, dass sie immer noch im Präsens von ihrem Sohn spricht. »Und vielleicht, weil ich weiß, dass es meine Schuld ist, dass er nicht mehr bei mir ist.«

»Du musst aufhören, dir die Schuld zu geben, Mar. Manchmal wünschte ich …«

»Was? Spuck es ruhig aus.«

»Manchmal wünschte ich, du wüsstest, was ist, so oder so. Damit du wieder nach vorne schauen könntest. So wie Frances.«

»Aber ich bin nicht Frances«, sagt sie. »Ich muss wissen, was mit Bash passiert ist. Aber falls ich irgendwann mit Sicherheit erfahre, dass mein Kleiner tot ist, bin ich auch so gut wie tot.«

»So fühlst du dich *immer noch*?« Er klingt gequält.

Marin fragt sich, wie sie auf das Thema gekommen sind, oder warum sie dieses Gespräch überhaupt führen. Sie hat noch nicht mal ihren Morgenkaffee getrunken. Aber wenn er unbedingt die Wahrheit will, dann soll er sie hören.

»Ich will meinen Sohn nicht in einem Sarg liegen sehen, Sal. Ich will ihn nicht begraben müssen. Ich muss wissen, was mit ihm passiert ist, denn mit der Ungewissheit zu leben ist die Hölle. Aber wenn die Antwort lautet, dass er tot ist, springe ich morgen von einer Brücke.«

»Das war mir klar«, sagt er niedergeschlagen. »Ich hab nur gefragt, weil ich wissen wollte, ob der gestrige Tag irgendwas für dich geändert hat.«

»Wo fährst du überhaupt hin?«

»Prosser.«

»Schon wieder?« Marin setzt sich auf die Toilette. Vielleicht hört Sal sie pinkeln, aber er gibt keinen Kommentar dazu ab. »Das ist doch schon das dritte Mal diese Woche, oder? Was ist denn diesmal mit Lorna?«

Während Sal die Wehwehchen seiner Mutter aufzählt, rechnet sie im Kopf: Prosser liegt drei Autostunden von Seattle entfernt. Das sind eine Menge Kilometer und eine Menge Verschleiß an seinem Auto.

»Sie hat Schmerzen in ihrer anderen Hüfte. Du weißt ja, wie lange sie gebraucht hat, um sich nach ihrer ersten Hüftoperation zu erholen.«

»Ja.« Sie betätigt die Spülung. »Die OP war kurz bevor Sebastian …«

»Genau.«

»Ich sollte noch mal rausfahren und sie besuchen. Ich hab ein ganz schlechtes Gewissen, weil ich nicht mehr da war, seit … seit das alles passiert ist.«

Lange sagt Sal nichts. »Das versteht sie. Aber ich glaube nicht, dass dir ein Besuch Spaß machen würde. Es ist total deprimierend. Sie sitzt nur noch den ganzen Tag vor der Glotze.«

»Weißt du, was? Ich besuche sie auf jeden Fall«, sagt Marin. »Wann wäre ein guter Zeitpunkt? Bis wann bleibst du?«

»Bis morgen, wahrscheinlich. Aber ehrlich, Marin, es ist nicht …«

»Jetzt sei nicht so stur, Sal. Ich will doch nur helfen. Diesmal könnte ich sogar ein bisschen länger bleiben. Ich könnte einen Tapetenwechsel gebrauchen.«

Je länger sie darüber nachdenkt, desto besser gefällt ihr die Idee. Weinberge, so weit das Auge reicht. Vielleicht können sie eine Weinprobe machen, das hat sie früher so gern getan, und in der Gegend gibt es mindestens ein Dutzend Weingüter. Wenn sie mit Sal hinfährt, dem Erben der Palermo Wine Estates, braucht sie für die Weinproben nicht mal zu bezahlen. Sals Vater mag ein Tyrann gewesen sein, aber der Name der Familie wird in Prosser immer noch hoch geachtet.

»Ich geb dir Bescheid, okay?«, sagt Sal. »Ich weiß nicht, wann ein guter Zeitpunkt ist ...«

»Ich rufe Lorna einfach an und frage sie ganz direkt«, sagt Marin halb im Scherz. Sal war noch nie gut im Organisieren, und wenn sie wartet, bis er mit ihr einen Termin ausmacht, kann es ewig dauern. »Als ich das letzte Mal da war, hat sie sich riesig gefreut. Ich bringe ihr ein paar von diesen Groschenromanen mit, auf die sie so steht, und ...«

»Sie hat jetzt einen Kindle.«

»... und geh mit ihr ins Kino.«

»So lange kann sie nicht still sitzen. Ihre Hüfte ...«

»Dann nehme ich ein paar DVDs mit. Ich brauch jemand, der sich mit mir ein paar Frauenfilme ansieht. Hat sie *Wie ein einziger Tag* schon gesehen? Ich könnte ...«

»Verflucht noch mal, ich hab Nein gesagt!«, schreit Sal, und Marin verstummt. »Sie will dich nicht sehen, okay? Du bist nach meinem Vater die größte Enttäuschung im Leben meiner Mutter. Du bist die Frau, die ich hätte heiraten sollen. Es tut ihr weh, dich zu sehen, und es tut ihr weh zu sehen, dass ich einfach nicht über dich wegkomme. Sie glaubt, du würdest mit mir spielen, und sie kapiert nicht, wie es sein kann, dass wir nach all den Jahren immer noch Freunde sind. Jedes Mal, wenn sie dich sieht, macht sie sich Hoffnungen, und ich will sie nicht immer wieder von Neuem enttäuschen.«

Er atmet schwer. Marin kann nur hoffen, dass er beide Hände am Lenkrad hat und sich auf die Straße konzentriert. Sie kann kaum glauben, was er da sagt. Darüber hat er noch nie mit ihr gesprochen, und schon gar nicht in diesem Ton. Seine Mutter und sie sind immer freundlich miteinander umgegangen. Marin hatte keine Ahnung von ihren wahren Gefühlen. Und von Sals wahren Gefühlen.

»Lass meine Mutter in Frieden, okay? Marin?«

»*Okay*«, faucht sie, unsicher, ob sie wütend oder verletzt ist. »Aber du brauchst nicht so ausfallend zu werden. Ich wollte nur helfen.«

»Wem helfen?« Sal spricht wieder in normaler Lautstärke, aber seine Stimme klingt eisig. »Für dich muss immer alles zu deinen Bedingungen laufen, Marin, und das ist verdammt unfair. Du willst mit deinem Mann verheiratet bleiben, trotzdem schiebst du ihn dauernd von dir weg. Du willst, dass ich dein bester Freund bin, aber wenn du dich mies fühlst, gehst du mit mir ins Bett. Du willst dich als erfolgreiche Geschäftsfrau darstellen, aber du benimmst dich wie ein Beuteweibchen. Du sagst, du kannst nicht damit leben, dass du nicht weißt, was mit Sebastian passiert ist, aber falls du rausfindest, dass er tot ist, willst du von einer verdammten Brücke springen.«

»Wie kannst du es wagen …«

»Du bist eine Scheißegoistin.« Sal versagt die Stimme.

Großer Gott, kann es sein, dass er weint? »Denn du steckst nicht allein in diesem schwarzen Loch. Du ziehst jeden, der dich liebt, mit da rein, und wir sind alle deine Geiseln. Du drohst damit, dich umzubringen, falls du jemals die Nachricht bekommst, die du nicht hören willst. Weißt du, was, Marin? Du kannst mich mal. Ich hab die Schnauze voll.«

Marin spürt, wie ihr die Klappe herunterfällt. Sie weiß nicht, wie sie reagieren soll, und noch während sie überlegt, was sie sagen könnte, bricht Sal die Verbindung ab und gibt ihr keine Chance zu antworten, sich zu verteidigen.

Lorna hat ihr mal erzählt, dass Sals Vater die Angewohnheit hatte, bei unangenehmen Telefongesprächen einfach aufzulegen. Er musste immer das letzte Wort haben und war in ganz Prosser dafür bekannt, dass er jeden Augenblick den Hörer auf die Gabel knallen und wütend aus dem Zimmer stürmen konnte. Sal Palermo senior war ein Arschloch, und manchmal fällt der Apfel nicht weit vom Stamm. Sal Palermo junior kann sich ganz genauso aufführen, wenn er wütend ist.

»Sein Vater war total jähzornig«, hat Lorna bei Marins letztem Besuch gesagt. Dabei hat sie gegrinst, als würde die Erinnerung sie amüsieren, als würde *jähzornig* nicht bedeuten, dass er jahrelang seine Frau verprügelt und alle anderen schikaniert hat. »Und J.R. ist genau wie sein Vater, wenn er nicht kriegt, was er will.«

»J.R.?«, hat Marin verdutzt gefragt.

Dann ist es ihr wieder eingefallen.

Als er anfing zu studieren, hat Sal sich angewöhnt, seinen eigentlichen Vornamen zu benutzen, aber in Prosser, wo er aufgewachsen war, nannten ihn alle J.R. Das machte es für Lorna und die Angestellten des Weinguts einfacher, weil Vater und Sohn denselben Vornamen hatten.

J.R. war die Abkürzung für »Junior«.

Kapitel 27

Immer noch keine Spur von McKenzie Li, und ihr Mitbewohner scheint allmählich in Panik zu geraten.

Marin sitzt in ihrem Büro und isst gedankenverloren einen Bagel, der von der morgendlichen Teambesprechung übrig geblieben ist. Zum ersten Mal seit Monaten hat Sal ihr keine Textnachricht geschickt, um zu fragen, ob sie noch lebt. Es geht ihr schlecht. Sie kann sich kaum vorstellen, dass es mit ihrer Freundschaft aus ist, aber sie weiß im Moment auch nicht, was sie tun kann, um alles wieder in Ordnung zu bringen ... oder ob sie überhaupt genügend Energie aufbringen könnte, um es zu versuchen.

Zum dritten Mal geht sie auf Tyler Jansens Facebookseite. Am frühen Morgen hat er ein Update über seine Mitbewohnerin gepostet, und seit Stunden gehen Kommentare ein. Das Update beinhaltet ein Foto von McKenzie im Green Bean, auf dem sie die Haare frisch gefärbt hat, eine Kellnerschürze trägt und ein T-Shirt mit der Aufschrift *Ask Me About My Feminist Agenda.* Außerdem hat er einen Link gepostet.

Ich hab für McKenzie Li eine Vermisstenanzeige aufgegeben. Hier ist der offizielle Link. Falls ihr Infos habt, ruft sofort die Nummer an. Und dann mich. Sie ist jetzt seit vier Tagen verschwunden, und so krank, wie ihre Mutter ist, bin ich der Einzige, der nach ihr sucht.

So krank, wie ihre Mutter ist? Marin scrollt weiter nach unten, liest sämtliche Kommentare, während sie geistesabwesend an ihrem Bagel knabbert. Der Post wurde inzwischen über ein Dutzend Mal geteilt, und es gibt schon über hundert Kommentare. Zwei fallen Marin besonders auf, sie sind von einer Frau namens Pearl Watts, einer ehemaligen Nachbarin der Familie Li.

Der erste Kommentar ist eine Antwort auf jemanden, der wissen wollte, ob McKenzies Mutter überhaupt etwas davon mitbekommt, dass ihre Tochter verschwunden ist. Pearl schreibt: *Selbst wenn es ihr jemand erklärt, würde Sharon es sofort wieder vergessen. Ihr Alzheimer ist leider extrem fortgeschritten. Ich besuche sie jede zweite Woche in ihrem Heim in Yakima. Mal erkennt sie mich, mal nicht. Es ist sehr traurig.*

Yakima? Die Stadt liegt südlich von Seattle, ganz in der Nähe der Weinberge.

In ihrem zweiten Kommentar schreibt Pearl: *Kenzie ist eine liebenswürdige junge Frau, und alle hier in Prosser beten, dass sie gesund und munter ist und bald gefunden wird.*

Prosser. McKenzie stammt aus Sals Heimatstadt? Das soll ein Zufall sein?

Marin richtet sich auf, plötzlich ist ihr ganz unwohl.

Irgendetwas stimmt da nicht. Marin hat Sal ein Foto von McKenzie gezeigt, aber darauf hat er sie anscheinend nicht erkannt. Gut, Marin hat an dem Abend viel getrunken, was ihr Erinnerungsvermögen vielleicht ein bisschen trübt, aber ihr bester Freund hätte doch bestimmt etwas gesagt, wenn er eine junge Frau aus seiner Heimatstadt erkannt hätte. Er ist zwar neunzehn Jahre älter als McKenzie und war schon zum Studium aus Prosser weggezogen, bevor sie überhaupt geboren wurde, aber in so einem kleinen Kaff kennt doch eigentlich jeder jeden.

Während Marin sich über all das den Kopf zerbricht, ist ihr, als würde sich irgendein Zusammenhang herauskristallisieren ... Aber ehe sie den Gedanken richtig zu fassen bekommt, hat er sich schon wieder verflüchtigt.

Und was weiß Derek? Weiß er, dass die Frau, mit der er ein halbes Jahr lang ein Verhältnis hatte, verschwunden ist und als vermisst gemeldet wurde? Es sieht so aus, als hätte er das Verhältnis offiziell beendet, aber trotzdem – kann es wirklich sein, dass er nichts von alledem ahnt? Vanessa Castros Worte kommen Marin in den Sinn: *... gibt es schon zwei Menschen aus dem Umfeld Ihres Mannes, die vermisst werden. Das macht ihn zum gemeinsamen Nenner.*

Jetzt, wo die Polizei ins Spiel kommt, kann es nur noch eine Frage der Zeit sein, bis Derek befragt wird. Vielleicht sollte sie ihn vorwarnen, dass die Polizei jeden Moment vor der Tür stehen könnte. Aber damit würde sie natürlich zugeben, dass sie von seiner Affäre weiß.

Marin wäre viel wohler, wenn sie nichts davon wüsste. Sie wünscht, sie hätte es nie herausgefunden. Sie wünscht, sie hätte das alles nie angefangen.

Sie öffnet den App Store, sucht die Shadow App und installiert sie wieder auf ihrem Handy. Sie braucht nur ihren Nutzernamen und ihr Passwort einzugeben und Dereks Handynummer zu bestätigen. Als sie gefragt wird, ob sie alle Kontakte überwachen will oder nur ganz bestimmte, klickt sie diesmal »alle« an. Ihr Mann ist ein viel beschäftigter Mensch, und womöglich explodiert Marins Handy vor lauter Benachrichtigungen, aber es könnte ja sein, dass McKenzie noch ein anderes Handy hat, mit dem sie Derek kontaktiert. Oder dass jemand anders versucht, wegen McKenzie zu Derek Kontakt aufzunehmen.

Marin muss in Erfahrung bringen, was ihr Mann weiß. Und dann muss sie auch herausfinden, was Sal weiß.

Eine Minute später ist die App installiert, und sie wartet darauf, dass sie sich mit ihrem Handy synchronisiert. Irgendwie rechnet sie damit, dass sie eine Flut von Textnachrichten von Dereks Handy herunterladen muss, obwohl die App tatsächlich nur in Echtzeit überwachen kann.

Nichts.

Eine Berührung am Arm lässt sie so zusammenfahren, dass ihr das Handy aus der Hand gleitet und mit einem lauten Krachen auf ihrem Teller neben dem halb gegessenen Bagel landet.

»Sorry, Marin«, sagt Veronique lachend. »Ich wollte dich nicht erschrecken. Aber deine Kundin ist hier.«

Marin wirft einen Blick auf die Uhr. Punkt halb zwei. *Mist.* Sie lässt Kundinnen äußerst ungern warten, aber sie könnte noch zehn Minuten gebrauchen, um alles zu verarbeiten, was sie eben über McKenzie herausgefunden hat. Es kann einfach nicht sein, dass Sal sie nicht kennt, nicht einmal vom Hörensagen. Prosser hat weniger als siebentausend Einwohner. Sie sollte ihn jetzt sofort anrufen.

Oder ... Sie könnte dieser Pearl Watts, die McKenzie und deren Mutter kennt, eine Facebook-Nachricht schicken. Die Frau wohnt in Prosser und kennt Sal und seine Familie unter Garantie. Und Sal fährt dauernd zu seiner Mutter.

Veronique wartet darauf, dass sie etwas sagt.

»Wer ist es noch mal?«, fragt Marin.

»Stephanie Rodgers«, sagt Veronique mit einem gespielt fröhlichen Singsang und zieht theatralisch eine Braue hoch.

Mist. Stephanie kann es überhaupt nicht leiden, wenn man sie warten lässt. Im Grunde kann das niemand leiden, aber manche Kundinnen neigen dazu, sich lautstark zu beschweren, wenn es doch einmal passiert.

Mit einem Seufzer loggt Marin sich bei Facebook aus und schiebt ihren Stuhl zurück. »Ich komme.«

Sie begrüßt ihre Kundin und zwingt sich, ein bisschen Small Talk zu machen, aber zum Glück gehört Stephanie zu der Sorte Kundinnen, die ein Gespräch ganz allein bestreiten können. Sie kommt aus New Jersey (erzählt allerdings überall, sie wäre aus New York) und hat sich kürzlich von ihrem Mann scheiden lassen, der zwanzig Jahre älter ist als sie. Die Ehe hat keine fünf Jahre gehalten. Sie und Marin bewegen sich zwar in denselben Kreisen und kommen gut miteinander aus, sehen sich aber nur bei Wohltätigkeitsveranstaltungen und im Salon.

Stephanies abgöttisch geliebter Chihuahua war krank,

und sie lässt sich endlos über die Tierarztrechnungen aus, die ihr Exmann nicht bezahlen will. Marin ist es nur recht, dass Stephanie so viel redet, sie selbst ist sowieso mit den Gedanken ganz woanders.

»Schließlich ist es auch *sein* Hund, nicht wahr? Wir hatten abgemacht, dass wir uns die Tierarztkosten teilen – es steht sogar *schwarz auf weiß* im Scheidungsvertrag. Es ist wirklich ein Witz. Der Kerl hat letztes Jahr acht Millionen verdient und kann nicht die Scheißhälfte der siebentausend Dollar für die Scheiß-OP zahlen, die nötig war, um diese Scheißzyste aus dem Scheißköter zu entfernen?« Sie schnaubt verächtlich. »Tut mir leid, wenn ich ausfallend werde, aber manchmal kann ich nicht glauben, dass ich mal mit so einem Typen verheiratet war. Wie geht's übrigens Derek? Danken Sie dem Himmel, dass Sie so einen guten Mann erwischt haben.«

»Das klingt wirklich unerfreulich«, sagt Marin. Eine Sekunde später bimmelt das Handy in ihrer Tasche.

Reflexhaft spannt sich ihr ganzer Körper an. Die Shadow App. Sie hält kurz inne und nimmt das Handy mit ihrer freien Hand heraus. Nichts Wichtiges. Einer der Investoren in Portland entschuldigt sich, dass er sich verspäten wird. *Sorry, Derek, bin in fünf Minuten da*. Im nächsten Augenblick kommt Dereks Antwort. *Kein Problem, George, wir haben gerade erst Platz genommen.*

»Und wie geht es Salty jetzt?«, fragt Marin und widmet sich wieder ihrer Kundin. Sie unterdrückt einen Seufzer der Erleichterung. Jemanden auszuspionieren ist verdammt stressig.

»Ach, dem geht es wieder blendend.« Stephanie hat noch nicht einmal gemerkt, dass Marin ihre Arbeit für ein paar Sekunden unterbrochen hat. Sie ist mit ihrem eigenen Handy beschäftigt. »Derselbe Plagegeist wie eh und je. Ein verwöhntes kleines Mistvieh. Neulich ist er mir durch die Hintertür entwischt, und ich dachte schon, er wäre weg. Wahrscheinlich ist es ein Glück, dass wir keine Kinder haben.«

Stephanie erstarrt und schaut Marin im Spiegel an. »O mein Gott, Marin, tut mir leid, dass ich das gesagt hab. Ich hab einfach ein loses Mundwerk. Gott, war das unsensibel. Tut mir leid, wirklich.«

Was ihre Kundin gesagt hat, ist Marin völlig gleichgültig. Es gibt Leute, die schlimmere Dinge zu trauernden Müttern sagen, und zwar mit Absicht. Sie hat Stephanies Worte kaum mitbekommen, aber ehe sie ihr sagen kann, dass es ihr nichts ausmacht, bimmelt ihr Handy schon wieder. Auch diesmal ist es die App. Vielleicht hätte sie lieber doch nicht auf »alle« klicken sollen.

Zumindest ist der Haarschnitt fertig. Stephanie ist ihre Bemerkung immer noch fürchterlich peinlich, und Marin nutzt die Gelegenheit aus.

»Alles in Ordnung, Steph«, sagt sie. »Hören Sie, macht es Ihnen etwas aus, wenn Jackie Ihnen die Haare föhnt? Ich muss heute ein bisschen früher los. Wir haben eine neue Hitzeschutzcreme, ich glaube, das ist was für Sie – sie macht die Haare schön weich.«

»Aber natürlich, überhaupt kein Problem«, sagt Stephanie sofort. Normalerweise würde Stephanie – ebenso wie jede andere VIP-Kundin – es nicht dulden, sich von Marin für das Finish an eine Mitarbeiterin verweisen zu lassen, aber sie ist in ein Fettnäpfchen getreten und kann nicht protestieren. »Gehen Sie nur.«

Marin winkt Jackie herüber, dann beugt sie sich vor, um Stephanie kurz zum Abschied zu umarmen. »Wir sehen uns in zwei Monaten.«

»Nein, wir sehen uns schon eher«, trällert Stephanie. »Bei der Frühlingsgala.«

Marin flüchtet in ihr Büro, schließt die Tür und öffnet die Shadow App. Diesmal ist es tatsächlich eine Nachricht von McKenzie. Keine Worte, nur ein Foto. Es ist winzig, und ohne Lesebrille kann Marin nicht erkennen, was darauf abgebildet ist. Aber eins ist sicher.

Wenn McKenzie Derek Fotos schickt, dann sind die beiden noch in Kontakt. Dann ist es nicht vorbei zwischen ihnen. Marin rutscht das Herz in die Hose.

Wie konnte sie nur so dumm sein? Wie konnte sie ihm vertrauen? Er ist mit ihr in die Berge gefahren, hat gesagt, er wolle einen Neuanfang, aber offenbar war das nicht ernst gemeint. Derek lügt wie gedruckt. Auf Instagram hat sie mal ein Meme gelesen: *Woran merkst du, dass ein untreuer Mann lügt? Er macht den Mund auf.*

Marin lehnt sich gegen die Wand, wappnet sich und vergrößert das Foto. Die App ist ein bisschen langsam, und es dauert ein paar Sekunden. Als es so weit ist, braucht Marin noch einmal ein paar Sekunden, um zu begreifen, was sie da sieht.

Es ist ein Foto von Dereks Mätresse, keine Frage. Aber es ist kein Selfie. McKenzie ist nicht nackt. Sie lächelt nicht. Sie liegt auf einem Bett, auf der rechten Seite, auf einer geblümten Steppdecke, in einem Zimmer, das altmodisch und karg wirkt. Sie trägt ein T-Shirt und Jeans, und sie ist an Händen und Füßen gefesselt. Ihr Gesicht ist in einem merkwürdigen Winkel nach oben gedreht, so als hätte derjenige, der das Foto gemacht hat, ihr befohlen, in die Kamera zu schauen.

Was zum Teufel ist das? Eine Art Fesselspiel? Stehen Derek und McKenzie auf perverse Sexspielchen? Fährt er jetzt auf so etwas ab?

Dann fällt Marin auf, dass McKenzies rosa Haare strähnig sind. Aber diesmal sind sie nicht feucht, sondern stumpf und fettig. Außerdem ist irgendetwas mit ihrem Gesicht. Marin vergrößert das Foto noch etwas mehr, und als McKenzies Gesichtszüge deutlich werden, schnappt sie nach Luft.

McKenzie ist geschlagen worden. Das ist keine Schminke. Ihr Gesicht ist offensichtlich geschwollen. Sie hat ein blaues Auge. Ihre Unterlippe ist aufgeplatzt, und an ihrem Kinn klebt getrocknetes Blut. Über einer Augenbraue hat sie eine kleine Schnittwunde. Als Marin das Foto noch weiter vergrößert, sieht sie eine glänzende Linie, die sich von einem Augenwinkel über die ganze Wange zieht.

Tränen. McKenzie weint.

Dann meldet die Shadow App wieder eine Nachricht. Diesmal ist es nur Text.

Wir haben deine Kleine. 250 000 $ in bar, kleine Scheine, heute Abend. Wenn du nicht zahlst, passiert mit ihr das Gleiche, was mit deinem Sohn passiert ist. Du willst doch nicht, dass es noch mal passiert, oder, Derek? Wir melden uns wieder. Dann bekommst du die Adresse.

Marin bekommt weiche Knie. Sie muss sich am Schreibtisch festhalten. In ihrem Kopf dreht sich alles, tausend Gefühle kommen hoch, während sie zu begreifen versucht, was sie gerade gelesen hat. Sie zwingt sich zu atmen, ruhig zu bleiben, denn eine Panikattacke hilft ihr jetzt nicht weiter.

»O Gott, Derek«, flüstert sie in ihrem stillen Büro. »O mein Gott. Was hast du getan?«

Wieder bimmelt ihr Telefon. Sie traut sich kaum nachzusehen.

Als sie es tut, sieht sie, dass ihr Mann auf die Lösegeldforderung geantwortet hat. Es sind nur vier Worte.

Ich besorge das Geld.

Kapitel 28

Wenn es um irgendjemand anderen ginge, würde Marin die Polizei anrufen. Es gibt eine Lösegeldforderung. Ein Menschenleben steht auf dem Spiel.

Aber die Lösegeldforderung wurde nicht an Marin geschickt, sondern an ihren Mann, und es ist McKenzie, deren Leben auf dem Spiel steht. Die Frau, für deren Tod Marin – in einem Moment der Schwäche, in ihrer finstersten Stunde – zweihundertfünfzigtausend Dollar gezahlt hat. Zufällig ist der Betrag, der von Marin verlangt wurde, um McKenzies Leben zu beenden, genau derselbe, der von Derek verlangt wird, um es zu retten.

Marin kann nicht ermessen, ob ihr Mann diese Frau liebt oder je geliebt hat. Nach Sebastians Verschwinden wurden Derek und Marin vom FBI genau unterwiesen, wie sie reagieren sollten, falls eine Lösegeldforderung gestellt wurde. Die erste Anweisung auf der Liste lautete, nichts zu unternehmen, was die Entführer gegen sie aufbringen könnte. Dass Derek angekündigt hat, er werde das Geld besorgen, heißt also nicht unbedingt, dass er das tatsächlich vorhat.

Aber das interessiert Marin im Moment sowieso nicht.

Sie will wissen, was zum Teufel gemeint ist mit: *Du willst doch nicht, dass es noch mal passiert.*

Noch mal? Hat Derek nach der Entführung ihres Sohnes eine Lösegeldforderung erhalten und weder ihr noch dem FBI davon erzählt? Wurde McKenzie von derselben Person entführt wie Sebastian? Oder ist der Entführer jemand ganz anderes, der von der Entführung ihres Sohnes weiß und darauf spekuliert, dass der traumatisierte Derek bezahlt, um eine weitere Tragödie zu verhindern?

Marin erinnert sich an die ersten Tage nach Sebastians Verschwinden. Sie hatten ihre Handys immer in Reichweite, immer voll aufgeladen. Sie taten nichts anderes, als auf den Anruf zu warten, der nie kam. Kann es sein, dass er doch gekommen ist? Der Text der Lösegeldforderung lässt sich auf zweierlei Weise interpretieren, und dass Derek sofort und klipp und klar geantwortet hat, beweist, dass er ihn auf Anhieb verstanden hat.

Er weiß genau, was der Text bedeutet.

Zweihundertfünfzigtausend Dollar sind für Derek und Marin im Grunde genommen Peanuts. Ein Anruf, ein paar Ziffern, die in den Computer eingegeben werden müssen, eine telegrafische Überweisung und eine Bestätigungs-E-Mail. Es hätte kaum Auswirkungen auf ihre Finanzen, was vermutlich erklärt, warum die Entführer so einen geringen Betrag verlangen. Es ist eine Summe, die sie problemlos lockermachen können, sodass die Sache schnell über die Bühne gehen kann.

Jetzt reicht es ihr. All das Vermeiden, Vortäuschen, all die Geheimniskrämerei, all das Lügen muss ein Ende haben. Es ist an der Zeit, über all das mit dem einzigen

Menschen zu sprechen, der ihr Antworten geben kann. Mit dem *gemeinsamen Nenner*.

Marin sitzt mit einer Tasse Kaffee in der Küche und wartet auf Derek. Seine Besprechungen haben nicht so lange gedauert wie gedacht, und er hat einen früheren Flug zurück nach Seattle erwischt. Vor einer halben Stunde hat er ihr eine Textnachricht geschickt, um ihr mitzuteilen, dass sein Flieger gelandet ist, so wie er es früher immer gemacht hat, als sie noch glücklich waren. Er hat kein Gepäck aufgegeben und muss kein Auto aus dem Parkhaus holen. Er braucht nur auszusteigen und sich in ein Taxi zu setzen. In Anbetracht der Verkehrsverhältnisse um diese Tageszeit bleibt ihr noch ungefähr eine halbe Stunde, bis er zur Tür hereinkommt.

Sie nimmt den kleinen Zettel in die Hand, den sie vor drei Tagen auf dem Boden ihres begehbaren Kleiderschranks gefunden hat, und wählt endlich die Nummer.

»Sunshine Cab«, meldet sich eine Stimme nach dem ersten Klingeln. Eine Männerstimme. Kurz und knapp. »Wo soll's hingehen?«

»Hallo, ich bin neulich mit einem Ihrer Taxis gefahren, und ich glaube, ich hab mein Portemonnaie im Wagen verloren«, sagt Marin. Die Lüge kommt ihr mühelos über die Lippen.

»Quittungsnummer?«

Marin liest die achtstellige Nummer vor, die auf der oberen rechten Ecke des Zettels steht.

Sie hört, wie die Nummer am anderen Ende eingetippt wird.

»Das ist Taxi Nummer vier-null-zwei«, murmelt der Mann vor sich hin. »Moment. Ich sehe mal nach, ob an dem Abend irgendwas abgegeben wurde.« Wieder hört sie ihn tippen. »Nein, nichts.«

»Dann bin ich mir fast hundertprozentig sicher, dass es noch in dem Taxi liegt«, sagt Marin. »Können Sie mich irgendwie mit dem Fahrer verbinden?«

»Das geht leider nicht«, sagt der Mann. »Aber ich kann ihn anrufen und ihn fragen, während ich Sie in die Warteschleife lege. Wie heißen Sie? Und wie sieht Ihr Portemonnaie aus?«

»Mein Name ist Sadie.« Sie nennt den erstbesten Namen, der ihr einfällt. »Und das Portemonnaie ist rot mit ähm ... einer goldenen Schließe.« Es spielt keine Rolle – es gibt kein Portemonnaie, und wenn es eins gäbe, würde es nicht Sadie gehören.

»Moment.« Es klickt in der Leitung, dann dudelt leise Musik, bis der Mann sich wieder meldet. »Ma'am? Der Fahrer meldet sich nicht. Laut GPS ist er gerade unterwegs. Soll ich ihm Ihre Nummer schicken und ihn bitten, Sie anzurufen, sobald er seine Tour beendet hat?«

»Ja, bitte.« Marin unterdrückt einen frustrierten Seufzer. Warum ist der Mann nicht gleich auf die Idee gekommen? »Haben Sie was zum Schreiben?«

Sie gibt ihm ihre Handynummer und legt auf. Sie weiß selbst nicht genau, was sie sich davon erhofft, aber irgendjemand ist am Samstagabend um neun Uhr herum in ihrem Haus gewesen. Sie kann sich schon denken, wer es war, aber wenn ihre Theorie stimmt, dann ist Dereks Mätresse verschwunden, kurz nachdem sie bei Marin und Derek eingebrochen ist. McKenzie war nicht zu Hause, als ihr Mitbewohner um zwei Uhr nachts von der Arbeit kam, was bedeutet, dass sie wahrscheinlich in diesem fünfstündigen Zeitfenster verschwunden ist.

Die Frage ist, was hat sie hier im Haus gesucht? Und was ist ihr danach zugestoßen?

Es klingelt an der Haustür.

Stirnrunzelnd trinkt Marin ihren Kaffee aus, dann geht sie zur Tür. Sie lugt durch den Spion. Und erschrickt, als sie das durch die Linse verzerrte Gesicht auf der anderen Seite sieht. Langsam öffnet sie die Tür und spürt, wie sie erbleicht, wie die Knie unter ihr nachgeben.

Vanessa Castro packt sie am Arm, um zu verhindern, dass sie zu Boden sackt.

»Ich habe Sebastian nicht gefunden«, sagt die Detektivin. »Alles in Ordnung. Atmen Sie.«

Marin richtet sich zitternd auf. Sie braucht ein paar Sekunden, um sich zu fangen. Es ist schlimm genug, wenn Vanessa Castro anruft – wenn sie ihre Nummer auf dem Display ihres Handys sieht, bleibt ihr jedes Mal die Luft weg –, aber das ist kein Vergleich dazu, sie in Fleisch und Blut vor ihrer Haustür zu sehen. Gott, was waren es für angenehme Zeiten, als Castro sich auf E-Mails beschränkte. »Was machen Sie hier?«

»Ich habe neue Informationen. Darüber wollte ich persönlich mit Ihnen reden. Und es konnte nicht warten.« Sie schaut an Marin vorbei ins Haus. »Sind Sie allein?«

»Im Moment noch. Kommen Sie rein.«

Marin tritt zur Seite, um Castro hereinzulassen. Sie reibt sich den Bauch und schluckt, um den säuerlichen Geschmack in ihrem Rachen loszuwerden. Es muss ein seltsames Machtgefühl sein, wenn man merkt, dass andere schon Verdauungsstörungen bekommen, wenn sie einen nur sehen. Als Castro den blitzblanken Fußboden sieht und bemerkt, dass Marin barfuß ist, zieht sie sich die Schuhe aus und stellt sie ordentlich nebeneinander an die Tür.

Marin geht voraus in die Küche. »Kann ich Ihnen was zu trinken anbieten?«, fragt sie.

Castro wirft einen Blick in Richtung Kaffeemaschine. »Wow, ist das eine Breville Oracle? So eine hab ich mir schon immer fürs Büro gewünscht, aber um mir die leisten zu können, müsste ich eine Niere verkaufen.«

Marin lächelt gequält. »Bedienen Sie sich. Machen Sie sich, was Sie wollen.«

Ein paar Minuten später setzen sie sich an den Tisch. Castro trinkt einen Schluck von ihrem Mochaccino und nickt genüsslich.

»Diese Sache mit McKenzie Lis Verschwinden lässt mich nicht mehr los«, sagt sie. »Ich weiß auch nicht, warum, aber ich hatte die ganze Zeit das Gefühl, als gäbe es da einen Zusammenhang, den ich die ganze Zeit übersehe.«

»Das Gefühl kenne ich.«

»Also hab ich angefangen, über sie zu recherchieren. Ist Ihnen bekannt, dass McKenzie und Sal Palermo eine Zeit lang zusammen waren, als sie siebzehn war?«

Marin starrt die Detektivin mit offenem Mund an. Die Verbindung, die sich abzuzeichnen schien und die sie nicht zu fassen bekam, da ist sie. Sie schließt die Augen und schluckt. »Nein, das habe ich nicht gewusst. Sind Sie sich ganz sicher?«

Castro nimmt ihr Handy heraus. Sie wischt ein paarmal über das Display, dann reicht sie Marin das Handy. Zu sehen ist ein Foto von einem viel jüngeren Sal neben einer viel jüngeren McKenzie. Sie sitzen nebeneinander an einem Flussufer, die Wangen aneinandergeschmiegt, Sonne in den Augen, hinter ihnen glitzert das Wasser. Ein Selfie. Keine gute Qualität; vermutlich aufgenommen mit einem von diesen billigen Handys, die vor sieben Jahren unter Schülern beliebt waren. McKenzies Haare sind dunkelbraun und reichen ihr fast bis zur Taille. Ihre Augenbrauen haben eine andere Form – damals hat sie sie offenbar viel stärker gezupft –, und sie sieht aus wie ein Teenager. Was sie ja auch war, als das Foto gemacht wurde.

Aber sie ist es, daran besteht kein Zweifel.

»Heiliger Strohsack.« Marin betrachtet fassungslos das Foto. »Ich ... versteh das nicht.«

Diese neue Information will ihr einfach nicht in den Kopf. Sie wusste, dass Sal, seit sie sich von ihm getrennt hat, einen hohen Verschleiß an Frauen hat, auch, dass er auf viel jüngere Frauen steht. Die Kellnerin Ginny ist ein klassisches Beispiel.

Aber an dem Nachmittag, als sie all die Amaretto Sours getrunken hat, hat sie ihm das Foto von McKenzie gezeigt. Sal hat das Nacktselfie lange und eingehend betrachtet. Und gelacht. *Gelacht.* Dann hat er voller Mitgefühl mit ihr darüber gesprochen, wie lächerlich jung McKenzie ist, über ihre rosa Haare, ihre Tattoos, darüber, dass sie das genaue Gegenteil von Marin ist. Mit keinem Wort hat er zu durchblicken lassen, dass er sie kennt, dass er sie auf dem Foto erkannt hat. Dabei kennt er sie sogar sehr gut. Denn sie ist einmal seine Freundin gewesen.

Marin hat es nur noch mit Lügnern zu tun.

Castro redet die ganze Zeit, und Marin zwingt sich, ihr zuzuhören.

»Sal und McKenzie stammen beide aus einer Kleinstadt südlich von Seattle …«

»Ja, aus Prosser.« Marins Gedanken rasen.

»Genau. Prosser. Ich habe bei einer Frau angerufen, einer ehemaligen Nachbarin von McKenzie …«

»Pearl Watts?«, fragt Marin. »Ich habe dieselben Facebook-Kommentare gelesen wie Sie.«

Marin wollte der Frau eine Nachricht schreiben, doch dann meldete sich die Shadow App, weil die Lösegeldforderung für McKenzie eingegangen war, und darüber hat sie es vergessen. Weiß Castro von der Lösegeldforderung? Ist sie deswegen hier?

»Sie würden eine gute Schnüfflerin abgeben.« Castro lächelt schief. »Ja, Pearl Watts. Sie sagt, sie hat neben der Familie Li gewohnt, als McKenzie ein Teenager war. McKenzies Mutter war Putzfrau, und da sie hauptsächlich Büros geputzt hat, war sie vorwiegend abends beschäftigt. Dann hat die Großmutter auf das Mädchen aufgepasst. Eine der Firmen, wo die Mutter gearbeitet hat, war der Palermo Wine Shoppe.«

»Die Verkaufsräume und die Probierstube der Palermo Wine Estates.« Marine atmet hörbar aus. »Das Weingut von Sals Familie.«

»Pearl war sehr auskunftsfreudig und konnte mir viel über McKenzie erzählen. Sie war wohl ein liebes Mädchen, aber ziemlich abenteuerlustig. Sie wollte schon früh aus Prosser weg und Künstlerin werden. Als sie anfing, mit Sal zu gehen, war es ihr egal, dass er doppelt so alt war wie sie, und sie hat auch kein Geheimnis daraus gemacht. Die Leute haben sich das Maul zerrissen. Dann hat Pearl mir noch von Gerüchten erzählt, die sie von Leuten gehört hat, die McKenzie von der Uni kennen. Anscheinend hat sie eine Vorliebe für ältere Männer entwickelt, vor allem für reiche ältere Männer.«

»Wen wundert's?«

»Ich habe also noch ein bisschen weiter geforscht und bin mit einer jungen Frau namens Isabel in Kontakt gekommen, mit der sie sich in Idaho ein Zimmer geteilt hat. Isabel sagt, McKenzie hätte im letzten Studienjahr eine Affäre mit einem verheirateten Mann gehabt, dessen Frau dann irgendwann betrunken bei ihnen vor der Tür stand und hysterisch rumschrie, weil sie von der Affäre Wind bekommen hatte. Es war ein Riesentheater, sie mussten den Hausmeister rufen, und das Ganze hat Isabel fürchterlich mitgenommen. Aber sie meinte, McKenzie hätte die Sache vollkommen kaltgelassen, es hätte ihr überhaupt nichts ausgemacht, dass die Ehefrau fix und fertig war, sie hätte nur Angst gehabt, dass Paul, also der verheiratete Liebhaber, die Affäre beenden könnte, bevor sie ihre Kohle bekam.«

»Kohle? Welche Kohle?«

»Das war offenbar die Masche der beiden, Isabel hatte sogar eine Bezeichnung dafür: *professionelle Geliebte*. Die Mädels haben mit reichen Männern angebandelt, und wenn die Affäre vorbei war, haben sie eine ›Abfindung‹ verlangt.« Castro malt mit den Fingern Anführungszeichen in die Luft.

»Und das hat diese ehemalige Mitbewohnerin Ihnen einfach so erzählt?«, fragt Marin verblüfft.

»Isabel hat ihr Leben anscheinend geändert. Sie ist inzwischen verheiratet, mit einem Mann aus der Mittelschicht in ihrem Alter. Die beiden haben ein Kind.« Castro schürzt die Lippen. »McKenzie hat Paul um fünfzigtausend Dollar erleichtert. Das weiß ich, weil ich ihn ausfindig gemacht habe und er es mir selbst erzählt hat.«

Marin stützt den Kopf in die Hände. Es ist ihr alles zu viel.

»Marin …« Castro legt ihr eine Hand auf den Arm, und Marin blickt auf. Der Ton in Castros Stimme beunruhigt sie. »Wie viel wissen Sie über Sals Vergangenheit?«

Die Frage kommt unerwartet, und Marins Herz beginnt zu rasen. *Julian. Als Nächstes fragt sie mich nach Julian.* Ihre Handflächen werden feucht, und sie legt die Hände in den Schoß, damit sie nicht so zittern.

»Also, ich kenne Sal seit der Uni«, sagt sie. »Wir waren ein Jahr lang zusammen. Wir sind beste Freunde. Ich glaube, dass er mir gegenüber in den meisten Dingen offen und ehrlich ist.«

Außer in Bezug auf McKenzie, flüstert eine innere Stimme, und das ist wahrhaftig keine Kleinigkeit.

Als Castro nicht gleich reagiert, fügt Marin hinzu: »Was auch immer Sie über Sal denken, er hat mit dem Verschwinden von Sebastian nichts zu tun. Ich weiß, dass er in Prosser bei seiner Mutter war, als es passiert ist.« Sie hält den Atem an.

»Ja, im damaligen Polizeibericht steht, dass Sal an dem Tag definitiv in Prosser war, und ich habe das überprüft«, sagt Castro, und Marin atmet aus. »Pearl Watts sagt, dass Sal oft in Prosser ist und sich um seine Mutter kümmert. Aber auch McKenzie ist oft dort. Ihre Mutter wohnt in einem Heim in Yakima, und immer, wenn sie in der Gegend ist, trifft sie sich mit Sal. Heute interessiert sich niemand mehr dafür, weil McKenzie inzwischen erwachsen ist. Auch Sals Vater war offenbar ein Schürzenjäger, und in der Stadt heißt es ...«

»... der Apfel fällt nicht weit vom Stamm«, beendet Marin den Satz für Castro und schließt die Augen.

Dieser verdammte Lügner. Sal ist nicht nur früher mal mit McKenzie zusammen gewesen, er hat noch immer etwas mit ihr. Was für ein krankes Spiel ist das? Hat Sal ihr zugeredet, sich an Derek ranzumachen? Hat Sal McKenzie auf ihren Mann angesetzt?

»Sie glauben also, dass Sal McKenzie hilft, reiche Männer auszunehmen?«, fragt Marin, als sie endlich ihre Sprache wiederfindet. »Also auch Derek?«

»Möglich.«

»Aber *warum?*« Es klingt wie ein Wehklagen, denn sie versteht es nicht. Was Castro ihr über McKenzie erzählt, klingt plausibel. Aber Sal? Sie kennt Sal, sie kennt ihn richtig gut, und nichts, was Castro sagt, ergibt einen Sinn. Sal ist ihr bester Freund. Er liebt sie. Er würde ihr niemals etwas zuleide tun, zumindest nicht mit Absicht. »Ich weiß, dass Sal ein bisschen zwielichtig ist, aber er hat sich noch nie für Geld interessiert. Er hat dem Familienunternehmen den Rücken gekehrt und sich eine Kneipe gekauft, Herrgott noch mal. Das ergibt doch überhaupt keinen Sinn.«

»Ich stimme Ihnen zu, dass es Zeiten gab, in denen

er sich nicht für Geld interessiert hat«, sagt Castro vorsichtig. »Aber das waren vermutlich Zeiten, in denen er Geld *hatte*. Jetzt hat er keins mehr. Ich habe seine Finanzen mal unter die Lupe genommen. Oberflächlich betrachtet ist seine Kneipe ein lukratives Geschäft. Aber das Weingut war tief verschuldet, als die Familie es vor zehn Jahren verkauft hat. Sals Vater hat den Betrieb gut geführt, aber nach seinem Tod hat Sals Mutter übernommen. Und sie hat schlecht gewirtschaftet. Als sie das Weingut schließlich verkauft haben, waren die Schulden höher als der Wert der Immobilie. Zu ihrem Glück konnte Sals Mutter wenigstens das Haus behalten. Aber jetzt muss Sal für ihren Lebensunterhalt aufkommen. Ein derartiger finanzieller Druck kann einen Menschen dazu bringen, verrückte Dinge zu tun.«

Gleich ist es so weit. Marin spürt es. Sie hört es an Castros Stimme, die immer sanfter wird. Jetzt wird sie die Antworten bekommen, nach denen sie die ganze Zeit gesucht hat.

»Vanessa, was auch immer Sie mir zu sagen versuchen, seit Sie hier sind, sprechen Sie es aus.«

»Sie wissen es schon«, sagt Castro leise.

»Sie glauben, dass Sal Sebastian entführt hat. Um ein Lösegeld zu bekommen.«

»Ja, das glaube ich.«

Marin schließt die Augen, atmet langsam ein und wieder aus. Der Schmerz wird später kommen. Jetzt muss sie sich konzentrieren, bei der Sache sein. »Und was hat er mit ihm gemacht?«

»Das weiß ich nicht«, sagt Castro. »Aber es sind fast anderthalb Jahre vergangen.«

»Er könnte immer noch leben.«

»Ja, vielleicht.« Castros Ton ist neutral. In ihrem Metier bedeutet neutral Nein. »Die Frage kann uns nur Sal beantworten.«

»Und McKenzie ist in diese Sache verwickelt? In Sebastians Entführung? Und in ihre eigene Entführung? Glauben Sie, sie hat ihre eigene Entführung samt Lösegeldforderung inszeniert?«

»Es gibt eine Lösegeldforderung?« Castro stellt ihre Kaffeetasse ab. »Wenn Sie etwas wissen, Marin, dann sollten Sie es mir jetzt sagen.«

Mit zitternden Händen nimmt Marin ihr Handy, das die ganze Zeit mit dem Display nach unten zwischen ihnen auf dem Tisch gelegen hat. Sie öffnet die Shadow App, dann das Foto von McKenzie, das sie misshandelt und gefesselt auf dem Bett liegend zeigt. Dann gibt sie Castro das Handy.

»Ich dachte, Sie hätten die App gelöscht.«

»Ich habe sie heute wieder installiert.« Marin deutet mit dem Kinn auf das Handy. »Sehen Sie genau hin. Lesen Sie die Nachricht. Für mich wirkt es echt.«

Castro vergrößert das Bild und runzelt die Stirn. »Könnte echt sein. Wer weiß. Das hat Derek heute bekommen?«

»Ja.«

»Sie hätten mir die Nachricht sofort schicken müssen.« Castro schaut Marin entgeistert an. »Warum haben Sie das nicht getan?«

»Ich wollte zuerst mit Derek darüber sprechen.« Tränen brennen in Marins Augen. »Denn diese Nachricht könnte bedeuten, dass er schon mal eine Lösegeldforderung bekommen hat. Ich wollte wissen, was Derek weiß.« Sie schluckt. »Er müsste jeden Augenblick hier sein.«

»Und was wissen Sie?« Der sanfte Ton ist verschwunden. Castros Stimme klingt plötzlich hart, und Marin kann sich genau vorstellen, wie sie als Polizistin war, wie sie Verdächtige ausgequetscht hat, bis sie die Wahrheit ausgespuckt haben. »Was wissen Sie sonst noch, Marin?«

Sag's ihr. Sag ihr, was du getan hast. Erzähl ihr von Julian.

Aber sie bringt es nicht fertig. Das ist Anstiftung zum Mord. Sie würde im Gefängnis landen.

»Das ist alles. Mehr weiß ich nicht«, sagt Marin. »Werden Sie die Polizei informieren? Werden Sie Sal verhaften lassen?«

»Das habe ich bereits getan.« Castros Ton ist wieder normal. »Ich warte auf eine Nachricht von der Polizei in Prosser, dass er festgenommen wurde. Im Moment können wir nichts anderes tun als warten. Und sehen, was die Polizei findet.«

»Was die Polizei *findet*?« Marin blinzelt, sie versteht nicht recht, was Castro meint. »Reden Sie von Sebastian?«

»Marin, seit der Entführung Ihres Sohnes sind sechzehn Monate vergangen«, sagt Castro. »Das wäre eine sehr lange Zeit, um ein Kind gefangen zu halten. Ich sage nicht, dass ich weiß, was passiert ist. Wir müssen abwarten, was Sal sagt. Aber ich möchte, dass Sie vorbereitet sind, okay? Ich spreche zu Ihnen von Frau zu Frau, von Mutter zu Mutter. Ich möchte nicht, dass Sie sich zu große Hoffnungen machen. Sie müssen sich wappnen. Deswegen bin ich hergekommen. Ich dachte, ich könnte für Sie da sein, wenn …«

Marin schüttelt heftig den Kopf. »Nein. Sal würde ihm nichts zuleide tun.«

»Vielleicht nicht absichtlich. Aber Sal ist mit einem gewalttätigen Vater aufgewachsen.«

»Und genau deswegen würde er einem Kind kein Haar krümmen«, sagt Marin trotzig. Sie will, dass es stimmt. Es muss einfach stimmen. »Er würde *meinem* Kind kein Haar krümmen.«

»Wie war seine Beziehung zu Ihrem Sohn?«

»Er …« Marin überlegt. Sal hatte überhaupt keine Beziehung zu ihrem Sohn. Nicht wirklich. Er hatte nichts gegen Sebastian, aber er … hat sich auch nicht für ihn interessiert. »Sie hatten eigentlich keine Beziehung zueinander. Aber selbst wenn das alles stimmt, was Sie sagen, Sal könnte keinen Menschen töten.«

»Ach, nein?«, sagt Castro. »Sind Sie sicher, dass er seinen Vater nicht getötet hat?«

Marin öffnet den Mund, um etwas zu entgegnen, und schließt ihn wieder. Es wundert sie eigentlich nicht, dass Castro über den frühen Tod von Sals Vater im Bilde ist, aber sie muss jetzt aufpassen, was sie antwortet. »Das ist lange her.«

Castro hebt eine Braue.

»Es war ein Unfall«, fügt Marin schnell hinzu. »Sals Vater war betrunken. Er …«

»Laut Polizeibericht waren Sie in jener Nacht auch dort. Haben Sie gesehen, was passiert ist?«

»Nein.«

Marin hat es nicht gesehen. Sie ist eine Sekunde zu spät auf den Balkon gegangen.

Aber sie hat Sal sofort geraten zu lügen. Sie hat ihm ganz genau erklärt, was er sagen sollte, damit er nicht verhaftet wurde, damit er nicht ins Gefängnis kam. Warum hätte sie das tun sollen, wenn sie nicht irgendwo tief drinnen geglaubt hätte, dass er seinen Vater umgebracht hatte? Sal senior war ein Ungeheuer, und es war ihre Schuld, dass sie überhaupt zu der Party gegangen waren. Sie wollte nicht, dass ihr Freund den Rest seines Lebens hinter Gittern verbrachte, weil er den Mann getötet hatte, der um ein Haar seine Mutter getötet hätte und der genauso gut ihn selbst hätte töten können.

»Unter Sals Bekannten sind einige üble Gestalten«, fährt Castro fort. »Sind Sie schon mal seinem Freund Julian Black begegnet?«

Marin erstarrt.

»Die beiden waren vor zwanzig Jahren, als Sal wegen Drogenhandels eine kurze Zeit im Gefängnis verbracht hat, Zellengenossen. Als ich alle Personen in Ihrem und Dereks Umfeld überprüft habe, ist Julians Name nicht sofort aufgetaucht. Ich gebe zu, dass ich mir Sals Lebensumstände damals nicht genauer angesehen habe, da ich ihn schon als Verdächtigen aussortiert hatte. Aber als ich auf die Verbindung zwischen McKenzie und Sal gestoßen bin, habe ich die Leute, mit denen Sal zu tun hat, genauer unter die Lupe genommen. Julian Black ist ein Krimineller. Und Sie sind ihm wirklich nie begegnet?«

Warum stellt Castro diese Fragen? Weil sie die Antwort bereits kennt und versucht, Marin bei einer Lüge zu ertappen?

»Ich habe mich mal mit ihm getroffen.« Marin schluckt. Eine Halbwahrheit ist besser als nichts. »Sal hat das arrangiert. Er hat gesagt, Julian würde Geld für einen wohltätigen Zweck sammeln, genauer gesagt für ein Frauenhaus. Im Nachhinein muss ich zugeben, dass der Mann ziemlich zwielichtig wirkte, aber das Frauenhaus gibt es tatsächlich, das weiß ich, weil ich für diese Einrichtung schon früher gespendet habe. Ich wollte nicht Nein sagen und habe auch diesmal etwas gegeben.«

Castro erwidert nichts. Ihr Schweigen ist ohrenbetäubend. Sie weiß garantiert, dass mehr dahintersteckt. Es kann nicht sein, dass ihre Alarmglocken nicht läuten.

»In gewissen Unterweltkreisen ist Julian Black dafür bekannt, dass er Probleme löst«, sagt Castro langsam, während sie Marin die ganze Zeit in die Augen sieht. »Zu seinen Dienstleistungen gehören Geldwäsche, Bestechung, Erpressung. Falls Sal Ihren Sohn entführen wollte, würde ich einem Typen wie Julian zutrauen, dass er das Ganze für ihn geplant hat. Es würde mich nicht mal wundern, wenn er der Mann im Weihnachtsmannkostüm war.« Sie beugt sich leicht vor. »Ich habe gehört, dass er auch vor Auftragsmord nicht zurückschreckt. Es heißt allerdings, dass er sehr teuer ist.«

O Gott. Als Nächstes wird Castro sagen, dass sie weiß, wie viel Geld Marin Julian für den Mord an McKenzie gezahlt hat. Es wird keine Rolle spielen, dass Marin versucht hat, die Sache abzublasen. Die Tat wurde geplant. Und im Voraus bezahlt. Marin ist keine Juristin, aber darauf steht garantiert Gefängnis.

Es wird alles herauskommen. Alles, was sie getan hat, alles, was Derek getan hat, alles, was Sal getan hat. Alle

Geheimnisse werden ans Tageslicht kommen. Alle Lügen. Marin ist nicht besser als die anderen.

Und Vanessa Castro weiß es. So wie Castro sie ansieht, weiß sie ganz genau, was Marin getan hat.

»Werden Sie mich verhaften?«, stößt Marin hervor. Etwas juckt an ihrer Wange. Als sie es wegwischt, stellt sie fest, dass es eine Träne ist.

»Natürlich nicht«, sagt Castro. »Erstens bin ich keine Polizistin mehr. Und das hat Gründe. Und was Ihr Treffen mit Julian angeht …«

Ihre Blicke begegnen sich. Marin wagt es nicht, sich abzuwenden.

»Vielleicht haben Sie also … *gespendet.*« Wieder malt Castro Anführungszeichen in die Luft. »Ich urteile nicht darüber, was Sie glaubten tun zu müssen. Dafür haben Sie mich nicht angeheuert. Sie haben Ihr Kind verloren, Marin. Das kann jede Mutter zu schrecklichen Handlungen verführen. Und worauf auch immer McKenzie sich eingelassen hat, es hat mit ihrer Beziehung zu Sal zu tun, nicht mit Ihnen.«

Marin unterdrückt ein Schluchzen, sie spürt die Erleichterung im ganzen Körper. In Castros Gesicht entdeckt sie nur Mitgefühl.

»Glauben Sie, McKenzie hat etwas mit Sebastians Entführung zu tun?«, fragt sie.

»Ich halte es für möglich«, sagt Castro. »Allerdings würde es ein fast psychopathisches Ausmaß an Manipulation voraussetzen, mit dem Mann, dessen Kind sie entführt hat, ein Verhältnis anzufangen. Aber wer weiß? Sie hat seit ihrer Teenagerzeit ein enges Verhältnis zu Sal, und Sal ist seit Jahren mit Julian befreundet, es ist also nicht ausgeschlossen, dass die drei das alles von langer Hand geplant haben.« Sie überlegt. »Mein Bauchgefühl sagt mir, dass Sal die treibende Kraft ist. Ich glaube, dass er McKenzie benutzt hat, um an Derek ranzukommen, und dass er Julian die Drecksarbeit machen lässt.«

Plötzlich fällt Marin etwas ein, und sie richtet sich auf. »Ich habe an dem Tag auf dem Markt mit Sal telefoniert, erinnern Sie sich? Er hat mich aus Prosser angerufen. Ich habe höchstens zehn Sekunden mit ihm gesprochen, weil Sebastian wegen dem Lutscher rumgequengelt hat ... O mein Gott. Wahrscheinlich hat er mich angerufen, um rauszufinden, wo genau ich war. Er muss Sebastian im Hintergrund gehört haben.«

»Und Julian war vermutlich bereits auf dem Markt. Als Weihnachtsmann verkleidet«, sagt Castro grimmig. »Der Anruf diente dazu herauszufinden, wann ein günstiger Moment war. Dann hat Sal Julian Bescheid gegeben.«

»Wieso hab ich nicht gewusst, dass es Sal war?« Der Schmerz und die Schuldgefühle rauben Marin die Luft zum Atmen.

»Woher hätten Sie es denn wissen sollen?«, fragt Castro kopfschüttelnd. »Sie kennen Sal länger als Ihren Mann. An ihn als Täter hätten Sie als Allerletztes gedacht.«

»Wird Julian auch verhaftet?«

»Wenn er gefunden wird. Was unwahrscheinlich ist, wenn Sal erst mal in U-Haft sitzt. Aber selbst wenn die Polizei ihn findet, wird er nicht reden.«

Marin kann das Geheimnis nicht länger für sich behalten. Es zerreißt sie buchstäblich.

»Vanessa, ich habe versucht … Ich habe Julian dafür bezahlt …« Sie bringt die Worte nicht heraus. Castro nimmt ihre Hand.

»Er hatte nie vor, es zu tun, Marin«, sagt Castro. »Begreifen Sie das denn nicht? Sal ist mit McKenzie befreundet, Sie sollten nur *glauben*, dass Sie Julian angeheuert haben. Die wollten nur Ihr Geld. Es war eine Falle.«

»Es war trotzdem falsch.«

»Mag sein. Vielleicht haben Sie die Nerven verloren, und Sie wussten nicht mehr, was Sie taten. Aber ich bin auf Ihrer Seite«, sagt Castro. »Wissen Sie das denn immer noch nicht? Ich war von Anfang auf Ihrer Seite. Und nach allem, was Sie durchgemacht haben, kann ich Ihnen versichern, dass Sie nichts zu befürchten haben.«

Marin kann ihre Tränen nicht mehr zurückhalten, und zum ersten Mal weint sie in Castros Gegenwart hemmungslos, bis das Rumpeln des Garagentors sie beide erschreckt.

Derek ist zu Hause.

Kapitel 29

Kenzie tut das Gesicht höllisch weh, wo Julian sie geschlagen hat. Ihr Auge und ihr Kinn pulsieren, als hätten sie ein Eigenleben, und sie kann keine Miene verziehen, ohne dass es schmerzt. Vor dem Spiegel betastet sie ihr geschwollenes Gesicht und zuckt jedes Mal zusammen, wenn sie eine besonders empfindliche Stelle berührt.

Irgendwann und irgendwie ist der ganze Scheiß aus dem Ruder gelaufen.

Sie hat J. R.s Haus auf dem Land noch nie gemocht. Es war schon alt und runtergekommen, als sie vor Jahren zum ersten Mal hier war, und seitdem ist nichts besser geworden. Der Mief ist unerträglich, es riecht feucht und verschimmelt. Die Einrichtung ist total altmodisch, vor allem die verschossenen Achtziger-Jahre-Tapeten und die geblümten Polstermöbel. Die Matratze in J. R.s altem Zimmer ist so durchgelegen, dass Kenzie jede einzelne Sprungfeder im Rücken spürt. J. R. behauptet, es war mal ein schönes Haus, aber das muss vor ihrer Zeit gewesen sein.

Das Grundstück ist auch nicht besser. Die Weinstöcke auf den drei Morgen Land um das Haus herum, die J. R.s Mutter noch gehören, sind vertrocknet und zu nichts mehr zu gebrauchen. Die Schaukel am Baum hinter dem Haus ist halb verrottet. Und der temperierte Weinkeller unter der Probierstube, der mal bis unter die Decke mit erstklassigen Weinen gefüllt war – nicht nur denen vom Weingut der Familie, sondern auch aus aller Welt –, ist fast leer. Früher fanden sie es aufregend, im Keller Sex zu haben, jetzt ist es da unten nur noch deprimierend.

Erschwerend kommt dazu, dass Lorna Kenzie noch nie leiden konnte. Für J. R.s Mutter ist sie ein Flittchen, das ihren Sohn auf die schiefe Bahn locken will. Was komplett lächerlich ist und nur beweist, dass Lorna keine Ahnung hat, was für ein Mann aus ihrem Sohn geworden ist. Zugegeben, die Abneigung beruht auf Gegenseitigkeit, aber zumindest ist die Alte gastfreundlich. J. R. hat ihr erzählt, Kenzie müsste sich vor einem gewalttätigen Exfreund verstecken, was sie ein bisschen gnädig gestimmt hat. Sie hat Kenzie sogar einen Eisbeutel gegeben und ihr einen Teller Suppe warm gemacht.

»Wie es aussieht, kannst du im Moment nicht kauen«, hat Lorna gesagt. »Suppe ist einfacher.«

Nach allem, was J. R. Kenzie erzählt hat, kennt Lorna sich aus.

»Tut's noch weh?«

Kenzie dreht sich um. Sie hat nicht gemerkt, dass er wach ist. Er ist nach dem Sex eingeschlafen, aber jetzt hat er sich im Bett aufgesetzt und die Laken weggeschoben, sodass sein nackter Oberkörper zu sehen ist. Er nimmt einen halb gerauchten Joint aus dem Aschenbecher und zündet ihn wieder an. Kenzie nervt es, wenn er so viel raucht. Marihuana macht ihn paranoid.

»Es geht, aber das Arschloch hätte nicht so fest zu-

zuschlagen brauchen.« Ihr ist klar, dass sie trotzig und kindisch klingt. Aber sie ist immer noch sauer.

»Aber die Kohle willst du schon.« Er hat das Interesse an dem Gespräch bereits verloren und wischt auf seinem Handy herum, der Joint baumelt gefährlich in seinem Mundwinkel. »Für das Foto musste es echt aussehen.«

»Ja, aber man muss es auch nicht übertreiben.« Sie dreht sich zu ihm um und funkelt ihn wütend an, aber auch das tut weh, sodass sie das Gesicht lieber entspannt. »Als du gesagt hast, wir würden eine andere Möglichkeit finden, das Geschäft über die Bühne zu bringen, hab ich nicht gedacht, dass du so was meinst.«

»Hey«, sagt er und betrachtet etwas auf dem Display. »Komm mal her.«

Auffordernd krümmt er einen Finger. Als sie sich neben ihn auf die Bettkante setzt, quietschen die Federn in der Matratze. Er hält ihr das Handy hin. Auf dem Display ist Tylers Facebookseite geöffnet.

»Seit wann bist du auf Facebook?«, fragt sie.

Anstatt ihr zu antworten, zeigt er auf Tylers neueste Posts. Darin geht es um sie, der letzte Post hat schon über tausend Likes und über dreihundert Kommentare bekommen.

»Scheiße«, murmelt sie, während sie den Text liest. »Ty glaubt, ich wär verschwunden. Er hat mich vermisst gemeldet.«

»Du hättest ihm 'ne Nachricht schicken und ihn wissen lassen sollen, dass es dir gut geht«, sagt J.R.

»Hab ich total vergessen. Wahrscheinlich wär's mir wieder eingefallen, aber als ich gestern hier ankam, hat mir alles wehgetan. Und Julian hat mein Handy abgeschaltet, nachdem er Derek die Nachricht geschickt hatte, damit man es nicht orten kann.«

»Verdammte Scheiße, muss ich denn alles selber machen?« J.R. denkt eine Weile nach, dann nimmt er ihr Handy vom Nachttisch und schaltet es ein. »Stell irgendwas bei Instagram rein. Aber kein Foto, auf dem dein Gesicht zu sehen ist. Und nichts, woran man erkennen kann, wo du gerade bist.«

Sie verdreht die Augen. Es nervt sie, dass er sie für unterbelichtet hält.

»Irgendwas, sodass alle sehen, dass du nicht tot bist«, sagt J.R. »Und dann schick deinem Scheißmitbewohner 'ne Nachricht. Sag ihm, dass du lebst, und dass du deine Ruhe haben willst.«

Sie seufzt und geht zum Fenster. Dort hält sie das Handy hoch, macht mit ihrer freien Hand das Peace-Zeichen vor dem blauen Himmel und fotografiert sie. Sie lädt das Foto hoch, wählt einen Filter aus und schreibt: *Friedlich und entspannt im Hier und Jetzt.* Sie versieht es mit den Hashtags #unplugged und #metime. Bevor sie es postet, zeigt sie es J.R.

Er nickt es ab, und sie klickt auf Teilen.

Als Nächstes schreibt sie Tyler eine Textnachricht. *Hab deinen Post auf FB gesehen. Tut mir echt leid, dass ich dir Angst gemacht hab! Es geht mir gut, ich brauch nur ne kleine Auszeit. Bin bald wieder da. Pass gut auf Buford auf.*

Tyler braucht nicht mal eine Minute, um zu antworten. *Echt jetzt??? OMG du bist so ne Scheißbitch. Hab mir echt Sorgen gemacht. Such dir ne neue Bleibe, wenn du zurückkommst. Arschloch.*

Dann, ein paar Sekunden später: *Du kannst von Glück reden, dass ich deinen Kater gern hab.*

»Na, super«, sagt Kenzie eisig. »Tyler wirft mich raus, was bedeutet, dass ich jetzt ganz offiziell die allerletzte Brücke abgerissen hab, die ich noch hatte. Und das hab ich dir zu verdanken.« Sie schaltet ihr Handy aus und kann gerade noch dem Impuls widerstehen, es J.R. an den Kopf zu werfen. »Du weißt genau, dass das alles nicht nötig gewesen wäre, oder?«

»Entspann dich. Du findest was Neues. Wird alles wieder.« Er wirkt vollkommen gleichgültig. »Okay. Tyler hat was Neues gepostet. Oh, ich fürchte, ihr seid keine Facebookfreunde mehr. Willst du es lesen?«

Kenzie sieht ihn wütend an. Sie weiß, dass sie ihn liebt und immer lieben wird – manche Leute wird man einfach nicht mehr los, wenn man sie einmal in sein Herz gelassen hat. Aber es gibt Momente, wie jetzt zum Beispiel, da fragt sie sich, *wieso* sie ihn eigentlich liebt. »Ist dir klar, dass nichts von alledem sein musste? Ich hätte das Geld von Derek auch so bekommen.«

»Wie oft muss ich es dir noch sagen? Derek hätte dir kein Geld gegeben. Das brauchte er nicht. Du hast ihn nicht mehr interessiert. Marin weiß von euch, und sie hat ihm verziehen, so wie jedes Mal.« J.R. legt das Handy weg und verschränkt die Arme vor der Brust. »Also gut. Nur interessehalber. Wie sah dein Plan aus?«

»Ganz einfach«, sagt sie. »Ich hätte gewartet, bis er mir das Geld angeboten hätte.«

»Bis er es dir *angeboten* hätte? Soll das ein Witz sein?«

»Ich war ein halbes Jahr mit ihm zusammen. Ich weiß, wie er tickt. Er hat mir letzte Woche schon fünftausend gegeben, weil er versucht hat, Schluss zu machen, und ein schlechtes Gewissen hatte. Ich hätte ihm fünfzig-, vielleicht sogar hunderttausend aus den Rippen leiern können, wenn ich die Untröstliche gespielt hätte, nach dem Motto: Ich liebe dich, bitte, verlass mich nicht! Mit so einem Scheiß hab ich ihn immer gekriegt. Der Typ hat Riesenschuldkomplexe und 'ne richtig fürsorgliche Ader. Und jetzt, wo er sich wieder mit Marin versöhnt hat, wäre der perfekte Zeitpunkt gewesen, mir 'ne fette Abfindung zu zahlen.«

Derek und Marin. Es dürfte ihr nicht so einen Stich versetzen, dass er wieder mit Marin zusammen ist, aber es tut trotzdem weh. Sie nimmt ihre Wasserflasche von der Kommode und schluckt den Schmerz hinunter.

»Okay, jetzt sind's zwei fünfzig«, sagt J.R. »Hundert für dich, hundert für mich und fünfzig für Julian.«

»Wusste gar nicht, dass wir ein Team sind«, sagt sie. »Wäre nett gewesen, wenn du mich informiert hättest.«

»Jetzt werd nicht zickig.«

»Dein Kumpel hat mir die Fresse poliert!« Vorsichtig berührt sie ihr geschwollenes Kinn.

»Hör auf rumzujammern. Du warst nach dem ersten Schlag bewusstlos. Den zweiten hast du gar nicht mehr mitbekommen.«

»Und deswegen ist es okay? Außerdem weißt du noch nicht, ob Derek überhaupt zahlt.«

»Der zahlt«, sagt J.R. mit finsterer Miene. »Verlass dich darauf.«

»Das ist es nicht wert. Dafür kannst du in den Knast kommen. Das ist Erpressung.«

Sal lacht kurz auf. »Und was hast du mit Paul gemacht und mit Sean und mit … wie hieß noch der andere Typ?«

»Erik.«

»Erik. Das war also keine Erpressung?«

»Nein. Sie haben mir von sich aus Geld angeboten. Das ist ja gerade das Schöne. Es ist ein ganz normales Geschäft, keinem passiert was, keiner verlangt Lösegeld und vor allem wird keiner zusammengeschlagen. Du hast das alles umsonst gemacht.«

Er sieht sie durchdringend an. »Nichts ist umsonst.«

»Derek hat etwas für mich empfunden. Das weiß ich genau. Ich hatte ihn, bis er mit Marin übers Wochenende …«

Sal lehnt sich vor und legt seine Hand genau auf die geschwollene Stelle an ihrem Kinn. Sie zuckt zurück, doch er macht es wieder, diesmal packt er ihr Kinn und zwingt sie, ihn anzusehen. Sie rührt sich nicht, denn wenn sie versucht, sich aus seinem Griff zu winden, wird er nur noch fester zupacken.

»Hör auf damit.« Sie schnappt nach Luft. Es tut so weh, dass ihr Tränen in die Augen steigen. »Hör auf, du tust mir weh.«

»Du hast ihn nie gehabt«, zischt J.R. Sie schreit auf, als er ein letztes Mal zudrückt, bevor er endlich loslässt. »Er wird sich nie von ihr trennen. Du hättest ihn nie haben können.«

Sie springt vom Bett, ehe er wieder zupacken kann, und beschließt, duschen zu gehen. Bis sie zurückkommt, hat er hoffentlich bessere Laune. Dann, als sie ihr Handtuch vom Haken an der Tür nimmt, kommt ihr ein Gedanke.

»Sag mal, woher weißt du eigentlich, dass Marin Derek immer verzeiht?«

Er ist wieder mit seinem Handy beschäftigt. »Wovon zum Teufel redest du?«

»Eben hast du gesagt, sie hat ihm verziehen. Wie immer. Woher weißt du das?«

Er antwortet nicht.

»J.R.«, sagt sie nachdrücklich, um ihn wissen zu lassen, dass sie eine Antwort erwartet, aber nicht so nachdrücklich, dass er sich angeschrien fühlen könnte. »Im Ernst. Woher weißt du das?«

Er blickt auf und seufzt. »Ich hab dir doch mal von einer Freundin erzählt, die ich an der Uni hatte, erinnerst du dich? Eine, mit der ich immer noch befreundet bin.«

»Ja«, sagt sie. Es nervt sie, dass er so einfach das Thema wechselt. »Du hast gesagt, sie hat dich sitzen lassen wegen …« Sie unterbricht sich und reißt die Augen auf. »Das war *Marin*?«

»Gott, endlich hast du's kapiert.« Er widmet sich wieder seinem Handy.

Jedem anderen hätte Kenzie das verdammte Handy aus der Hand gerissen, damit er ihr zuhört.

»Wieso hast du mir das nicht gesagt? Wusstest du schon, wer er war, als ich angefangen hab, von ihm zu erzählen? Hast du …« Sie schluckt. »Hast du das alles etwa eingefädelt?«

»Als du gesagt hast, dass er Derek heißt und einen schwarzen Maserati fährt, wusste ich Bescheid. Es gibt nicht viele Blindgänger in Seattle, die 'nen schwarzen Maserati fahren. Aber da warst du schon einen Monat mit ihm zusammen, wie soll ich es also eingefädelt haben?« J. R. schüttelt angewidert den Kopf. »Stell dich nicht dümmer, als du bist, M. K.«

»Trotzdem hast du mich angelogen«, sagt sie. Sie ist fassungslos. Seit Monaten redet sie die ganze Zeit von Derek, und kein Wort von J. R., dass ihr verheirateter Liebhaber der Ehemann der Frau ist, die ihm das Herz gebrochen hat. Sogar Lorna sagt, er hätte seine damalige Freundin heiraten sollen.

Jetzt begreift sie, warum J. R. sich die ganze Zeit für ihre Beziehung mit Derek interessiert hat. Und warum er sich von ihr zurückgezogen hat. Er *wollte*, dass Derek sich in sie verliebt.

Damit er Marin haben konnte.

»Ich hab nicht gelogen«, sagt J. R. »Ich hab dir nur nicht alles erzählt. Aber jetzt weißt du's ja.«

»Es geht dir also gar nicht ums Geld, stimmt's?« Ein Kribbeln läuft über ihre Haut. »Es ist was Persönliches. Was ist das für ein krankes Spiel? Willst du damit erreichen, dass die beiden sich trennen? Willst du sie dafür bestrafen, dass sie dich wegen einem anderen verlassen, ihn geheiratet und ein Kind mit ihm gekriegt hat?« Dann kommt ihr noch ein Gedanke, und die nächsten Worte sind heraus, ehe sie sie zurückhalten kann. »Heilige Scheiße, J. R., hast du etwa den Kleinen entführt?«

Er springt so schnell aus dem Bett, dass sie keine Zeit hat zu reagieren, und stößt sie so brutal gegen die Wand, dass sie mit dem Kopf dagegen schlägt. Dann packt er sie wieder am Kinn. Diesmal drückt er doppelt so fest zu wie beim ersten Mal, und er durchbohrt sie mit seinem Blick. Sie kann sich nicht rühren. Sie kann sich nicht abwenden. Sie kann nur die Augen schließen, während sie seinen heißen Atem an der geschwollenen Wange spürt.

»Wenn du noch ein einziges Wort über den Kleinen verlierst«, sagt er, »bringe ich dich um. Hast du das kapiert, McKenzie?«

Normalerweise nennt er sie nicht bei ihrem Vornamen.

Kenzie würde nicken, wenn sie den Kopf bewegen könnte. Sie kann nur wimmern, um ihm zu signalisieren, dass sie verstanden hat.

Kapitel 30

Marin weiß nicht, wie und wo sie beginnen soll.

In den vergangenen vierhundertvierundneunzig Tagen haben sie einander so vieles nicht gesagt, dass es ihr widerstrebt, jetzt mit der Tür ins Haus zu fallen. Aber Derek kommt ihr zuvor.

»Ist jemand hier gewesen?« Er stellt seine Laptoptasche auf die Kücheninsel und sieht sich um. »Eben stand ein Auto am Straßenrand.«

Sie hat Castro gebeten zu gehen und sie zur Haustür begleitet. Währenddessen ist Derek wie immer durch den Windfang hereingekommen, und die beiden sind sich nicht begegnet.

»Ja, es war jemand hier.«

Er wartet. Sie hält seinem Blick beinahe trotzig stand, weil sie will, dass er sie auffordert, ihm mehr zu sagen. Dann bemerkt sie die dunklen Ränder unter seinen Augen, seine hohlen Wangen, seine blasse Haut. Sieht er schon länger so aus? Oder nur heute?

»Sagst du mir, wer es war?«, fragt er.

»Es war die Privatdetektivin, die ich letztes Jahr angeheuert habe, damit sie unseren Sohn sucht.«

Er zuckt zusammen.

»Die Frau, die mir von deiner Affäre mit McKenzie Li berichtet hat«, fährt Marin ruhig fort. »Ein halbes Jahr, Derek. Wow.«

Er öffnet den Mund, um etwas zu sagen, schließt ihn wieder. Er scheint nicht zu wissen, was er entgegnen soll, und sie kann nur ahnen, welche Gefühle um die Oberhand wetteifern, während er überlegt, was er ihr erzählen soll. Soll er alles abstreiten, oder soll er zugeben, dass es stimmt? Wenn er zugibt, dass es stimmt, soll er ihr dann die ganze Geschichte erzählen oder nur einen Teil davon? Wenn er es abstreitet, wie soll er sich dann herausreden?

Es ist interessant, einen Lügner zu beobachten, den man als solchen enttarnt hat. Die winzigen Zuckungen im Gesicht, der unstete Blickkontakt, das kaum merkliche Vibrieren bestimmter Körperstellen. Was einem alles nicht auffallen würde, wenn man nicht wüsste, dass der andere lügt. Dinge, auf die man gar nicht achtet, wenn man davon ausgeht, dass der andere die Wahrheit sagt. Von jemandem, der einen liebt, erwartet man nicht, belogen zu werden.

Marin und Derek stehen sich an der großen Kücheninsel gegenüber, anderthalb Meter voneinander entfernt. Es fühlt sich an wie anderthalb Kilometer. Eine ganze Minute vergeht, ohne dass er etwas sagt. Absurderweise fällt Marin wieder ein Spruch aus *Die Braut des Prinzen* ein. Der Mann in Schwarz kämpft mit Vizzini um Prinzessin Butterblume: »Also gut. In welchem Kelch ist das Gift? Der Wettkampf des Geistes hat begonnen.«

Schließlich flüstert Derek: »Es tut mir leid.« Seine Stimme klingt heiser, er lässt den Kopf hängen und stützt sich mit den Händen auf der Granitarbeitsplatte ab. »Sie hat mir nichts bedeutet … Ich liebe sie nicht.«

Marin nimmt ihr Handy heraus und öffnet die Shadow App. Sie schiebt das Gerät über die Granitplatte, sodass Derek McKenzies zerschlagenes Gesicht sehen kann. Er bricht fast zusammen.

»Und?«, fragt Marin. »Wirst du zahlen?«

»O Gott«, krächzt er. »O mein Gott, Marin. Ich wollte nicht, dass du davon erfährst. Es tut mir leid. Es tut mir so leid.«

Sie geht nicht auf seine Worte ein, lässt seine Zerknirschung nicht an sich heran. »Sie verlangen zweihundertfünfzigtausend. Wir haben das Geld, das ist nicht das Problem. Was hast du vor? Willst du zahlen? Oder glaubst du, dass das ein gefaktes Foto ist, dass sie dich erpresst, so wie sie es mit ihren anderen reichen Liebhabern gemacht hat? Ich hab gehört, dass der letzte ihr fünfzigtausend gegeben hat. Offenbar weiß sie, dass sie aus dir mehr rausholen kann.«

Noch einmal betrachtet er das Foto, dann sieht er Marin an. Seine Augen sind ausdruckslos. »Wovon redest du? Welche anderen Liebhaber?«

»Ach so«, sagte Marin, und zum ersten Mal an diesem Tag lächelt sie. Aber es ist kein freundliches Lächeln. Es ist boshaft, und es drückt genau das aus, was sie gerade empfindet. »Das weißt du nicht? Dann gönn mir das Vergnügen, dich aufzuklären. Dein kleines Flittchen ist ein Profi. Sie bandelt mit verheirateten Männern an, und wenn die die Affäre beenden, verlangt sie eine Abfindung. Wie? Hast du tatsächlich geglaubt, dass sie dich liebt?«

Derek antwortet nicht, was vermutlich das Beste ist.

»Aber die blauen Flecken, die gefesselten Hände und Füße, das ist neu«, sagt Marin. »Also, was glaubst du? Ist es echt? Oder inszeniert?«

So bleich und matt hat sie ihren Mann noch nie gesehen. »Ich habe denen gesagt, dass ich zahle. Ich habe das Geld. Es ist in einer Tüte im Auto. Ich warte nur noch auf die Textnachricht.«

»Hast du es auch so gemacht, als sie das Lösegeld für Sebastian verlangt haben?«

Er erstarrt. Und in diesem Augenblick weiß sie Bescheid.

»*Du gottverdammter Mistkerl! Wieso hast du mir nichts davon gesagt?!*«, schreit Marin in ihrer riesigen Küche. Ihre Stimme wird von den Designerschränken zurückgeworfen.

Der einsneunzig große Derek duckt sich vor ihrer Stimme, bis er kleiner wirkt als Marin.

»Es tut mir leid«, schluchzt er und zittert am ganzen Körper. »Es tut mir leid. Es tut mir so furchtbar leid.«

Es war einen Monat nach Sebastians Entführung. Genau einen Monat. Einunddreißig Tage dauerte der Albtraum an, in den sich ihr Leben verwandelt hatte.

Die Ermittlungen hatten – obwohl das Foto von Sebastian und das Video aus dem Markt im ganzen Land veröffentlicht worden waren – nichts ergeben. Es gab keine Spur, keine Lösegeldforderung, keine Zeugen, denen plötzlich etwas eingefallen war, an das sie sich in den ersten Tagen nach der Entführung nicht erinnert hatten. Als Derek beim FBI anrief und wissen wollte, was jetzt noch unternommen werden konnte, erklärte ihm der für den Fall zuständige Ermittler, Sebastians Fall werde zwar immer als »nicht abgeschlossen« gelten, aber sie müssten sich auch um die Hunderte von Kindesentführungen kümmern, die jede Woche im ganzen Land gemeldet wurden.

Marin drehte durch. Sie war ohnehin schon mit den Nerven am Ende, konnte an nichts anderes mehr denken als an Missbrauch durch Pädophile und Kinderpornografie, Horrorszenarien der schlimmsten Sorte. Als Derek sie dann anrief, um ihr mitzuteilen, was er vom FBI erfahren hatte, fiel sie in ein tiefes schwarzes Loch.

Derek fand sie. Er kam von einer wichtigen Besprechung, die er niemand anderem hatte überlassen können, und fand seine Frau bewusstlos in der Badewanne vor. Er war nur drei Stunden weg gewesen. Er wählte den Notruf und leistete Erste Hilfe, bis der Notarzt kam, der sie wiederbeleben und auf dem Weg ins Krankenhaus bei Bewusstsein halten konnte.

»Du wärst um ein Haar gestorben«, sagt Derek tonlos, während ihm die Tränen über die Wangen laufen. »Als ich ins Bad kam und dich in der Wanne liegen sah, dachte ich, du wärst tot.«

Marin sagt nichts. Sie hat ihn schon hundert Mal um Verzeihung dafür gebeten, dass sie ihm einen solchen Schrecken eingejagt hat, und nicht nur ihn, sondern auch Sal und Sadie und alle, denen sie etwas bedeutet. Sie kann nicht noch einmal um Verzeihung bitten.

»Als du fünf Tage später aus der Psychiatrie entlassen wurdest, hab ich mich nicht getraut, dich allein zu lassen. Ungefähr eine Woche später bekam ich eine E-Mail von einer Adresse, die ich nicht kannte. Ohne Betreff. Als ich sie angeklickt habe, kam ein Foto von Sebastian. Er wirkte unversehrt. Verängstigt, aber unversehrt. Er hielt eine Ausgabe der *New York Times* hoch. Das Foto war vom selben Tag. Die Entführer schrieben, ich solle nicht die Polizei rufen. Falls ich die Polizei verständigte, würde ich meinen Sohn nie wiedersehen. Sie schrieben, ich würde in genau dreißig Minuten einen Anruf bekommen. Wenn ich nicht ranginge oder wenn sie den Eindruck hätten, das Telefon wäre verwanzt wäre, würden sie ihn töten.«

Marin schließt die Augen. Was er ihr erzählt, ist unerträglich, und sie kann nicht anders, als sich hundert Möglichkeiten vorstellen, wie man mit der Situation hätte umgehen können.

»Ich hätte sofort das FBI verständigen müssen. Aber ich … konnte einfach nicht. Ich war so wütend. Die Ermittlungen waren ins Leere gelaufen, und es fühlte sich an, als hätten uns alle im Stich gelassen. Und du …« Er schüttelt den Kopf. »Ich hab das FBI nicht angerufen. Ich konnte nur immer wieder denken, dass ich meinen Sohn seit fünf Wochen nicht mehr gesehen hatte. *Fünf Wochen*. Und wenn dreißig Minuten und ein Anruf nötig waren, um herauszufinden, ob es ihm gut ging … Ich wollte es wissen. Ich musste es wissen.«

Ja. Das kann sie verstehen. Aber sie will Derek nicht die Genugtuung geben, dass sie seine Gefühle nachvollziehen kann, also sagt sie nichts.

»Ich habe mich ins Auto gesetzt. In der Garage. Nach genau dreißig Minuten hat das Handy geklingelt. Und als ich das Gespräch angenommen hab, war Sebastian dran.«

»Was?« Marins Beine geben nach, und jetzt ist sie es, die sich an der Granitarbeitsplatte festhalten muss. »Du hast mit ihm *gesprochen*?«

Derek nickt, das Gesicht schmerzverzerrt. »Er hat gesagt: ›Hallo Daddy, hier ist Sebastian. Ich will zu dir und Mommy. Wann kommt ihr mich holen?‹«

»O Gott.« Marin bekommt kaum Luft. »O Gott …«

»Und ich habe gesagt: ›Bald, mein Großer. Ganz bald.‹ Ich habe ihn gefragt, ob es ihm gut geht, und er hat gesagt: ›Ja. Hier ist ein Fernseher, und es gibt immer Pizza und Chips.‹ Dann hat er mich noch mal gefragt, wann ich ihn abholen würde.«

Marin weint so sehr, dass sie kein Wort herausbringt. Sie nickt.

»Dann hat jemand das Telefon übernommen. Ein Mann. Seine Stimme kannte ich nicht. Er hat gesagt: ›Wenn du deinen Sohn wiederhaben willst, wollen wir eine Million. Heute Abend. Ich schicke dir eine SMS mit einer Kontonummer.‹«

Marin schaut ihn an. »Wir hatten gerade die Belohnung auf eine Million erhöht.«

Derek nickt. »Genau. Ich habe dem Typen gesagt, dass ich die Million besorgen würde, aber dass es mindestens drei Tage dauern würde. Das Geld war für die Belohnung zurückgelegt und konnte nachverfolgt werden. Ich hatte keine Ahnung, wie ich herankommen sollte, ohne das FBI auf den Plan zu rufen. Aber ich hab ihm erklärt, dass ich zweihundertfünfzigtausend sofort von meinem privaten Konto abheben und es in zwei Stunden übergeben könnte. Zu meiner Überraschung waren sie einverstanden.«

»Und warum hast du das FBI danach nicht angerufen?«

»Hättest du das getan?« Die Frage ist nicht zynisch gemeint. Er will wirklich wissen, was sie getan hätte, und er scheint sich vor ihrer Antwort zu fürchten.

Sie überlegt. »Nein.« Kaum hat sie das Wort ausgesprochen, weiß sie, dass es die Wahrheit ist. »Nein, hätte ich nicht. Nicht zu dem Zeitpunkt, nicht nach fünf Wochen. Nicht, wenn ich geglaubt hätte, ich könnte meinen Sohn zurückkaufen.«

Derek atmet aus. »Ich hab das Geld besorgt, in eine Tüte gepackt und gewartet. Den ganzen Tag. Schließlich kam wieder eine E-Mail. Mit einer Adresse. Sie gehörte zu einem Haus in North Bend. In der Mail stand, Sebastian würde allein in dem Haus auf mich warten. Ich sollte reingehen, das Geld ablegen und mit Sebastian verschwinden. Jemand würde mich beobachten. Beim geringsten Verdacht, dass ich mit falschen Karten spiele, würden sie das Haus mit uns beiden in die Luft sprengen.«

»Großer Gott.«

»Ich bin hingefahren. Vor dem Haus stand ein ›Zu verkaufen‹-Schild, und es war leer bis auf ein Sofa und einen Fernseher und ein schmales Bett in einem der nach hinten gelegenen Zimmer. Auf dem Boden lag ein Spielzeug. Ein billiges Plastikfigürchen, wie man es bei McDonalds zum Happy Meal bekommt. Ein Pokémon. Welches, weiß ich nicht mehr, ich glaub, das gelbe. Es lag da, als wollte es sagen: *Hier ist ein Kind gewesen.*

Ich habe mich auf das Sofa gesetzt. Gegen Mitternacht klingelte mein Handy. Der Mann sagte, ich solle das Geld ablegen und gehen. Ich habe ihn gefragt, wo Sebastian war, warum sie ihn mir nicht gebracht hätten. Und dann hab ich Bash im Hintergrund weinen hören. Ich hab den Typen angeschrien, er hat zurückgeschrien, und dann war die Leitung tot. Eine Minute später kam eine E-Mail, und in der stand …«

»Was? Was stand darin?«

»Darin stand: ›Zu spät. Du hast es vermasselt. Er ist tot.‹«

Marin schlägt sich eine Hand vor den Mund, um einen Aufschrei zu unterdrücken.

»Ich weiß nicht, was ich falsch gemacht hab. Ich hab alles gemacht, was sie von mir verlangt haben, Marin, ich hatte das Geld, ich war an der richtigen Adresse, ich kapier einfach nicht, warum sie … warum sie …« Ihm versagt die Stimme.

O Gott o Gott o Gott …

»Nein«, sagt sie. Es klingt wie ein Wehklagen. *Neiiiiin.* »Nein, lieber Gott, nein, bitte nicht.«

»Ich habe versucht, sie anzurufen, aber es hat immer nur geklingelt und geklingelt. Eine Stunde später wurde die Verbindung unterbrochen. Ich habe immer wieder E-Mails an diese Adresse geschickt, aber sind alle zurückgekommen.«

Derek schnappt nach Luft, er zittert am ganzen Körper, und Marin kann ihn nur entsetzt anschauen. Ein Teil von ihr möchte ihn trösten, möchte ihm sagen, sie hätte wahrscheinlich genauso gehandelt, aber ein anderer Teil möchte ihm an die Gurgel gehen und zudrücken, bis sein Adamsapfel platzt und er keine Luft mehr bekommt.

»Ich weiß nicht, was ich falsch gemacht hab, Marin, aber ich habe ihn auf dem Gewissen«, sagt Derek mit erstickter Stimme, so als würde sie ihn tatsächlich würgen. »Ich habe unseren Kleinen umgebracht. Und das konnte ich dir nicht sagen. Ich konnte es einfach nicht, denn ich wusste, wenn ich es dir sagen würde, wäre das, als würde ich dich auch umbringen.«

Wieder beginnt er zu schluchzen, und diesmal kann Marin es nicht mehr aushalten. Sie geht zu ihm und nimmt ihn in die Arme.

Sie klammern sich aneinander neben der spezialangefertigten Kücheninsel in ihrer Designerküche in ihrem Traumhaus in ihrem perfekten Leben und weinen.

»Ich muss dir was sagen«, flüstert Marin, als sie sich ausgeweint haben. Man kann nicht unbegrenzt lange weinen. Irgendwann fühlt man sich nur noch benommen.

Derek wirkt gefasster als sie. Aber er hatte auch sechzehn Monate minus fünf Wochen Zeit, um ihren Sohn zu trauern, für ihn ist es nicht so neu wie für sie. Später – wann, weiß sie noch nicht – wird sie sich überlegen, wie ihr nächster Schritt aussehen wird. Ihr letzter Schritt. Aber zuerst müssen noch ein paar Dinge ausgesprochen werden.

»Was musst du mir sagen?« Dereks Körper wirkt vollkommen schlaff. Es ist ein merkwürdiger Anblick. Seine kraftstrotzende Körperlichkeit ist immer ein wesentlicher Teil seiner Persönlichkeit gewesen. Seine Größe, sein Gang, seine Präsenz, wenn er einen Raum betritt – er ist immer so souverän, immer tonangebend.

»Sal hat ihn entführt. Er brauchte das Geld.«

Sie erzählt ihm alles, was sie von Castro erfahren hat, nur von Julian erwähnt sie nichts Konkretes. Sie nennt ihn nur »den Typen«. Sie schämt sich zu Tode für das, was sie mit Julian geplant hat, und bringt es nicht fertig, Derek davon zu erzählen. Nicht jetzt. Wahrscheinlich nie.

»Aber ich glaube, er hat es auch getan, um uns wehzutun. Er wusste, dass wir uns entfremden würden. Wie auch nicht, wenn einem so etwas passiert? Ich bin mir ziemlich sicher, dass er dachte, wir würden uns trennen. Ich glaube sogar, dass er schon mal versucht hat, uns auseinanderzubringen.«

Derek schweigt, aber sie spürt, dass die Wut in Wellen in ihm hochsteigt. Ihr selbst geht es nicht anders.

»Als du zum ersten Mal fremdgegangen bist, hat er mir erzählt, dass er dich gesehen hat.« Es ist verrückt, wie klar ihr auf einmal alles ist. Damals hat sie es überhaupt nicht gesehen. »Er hat mir gesagt, er hätte in einem Restaurant am Fenster gesessen und dich mit dieser Verkäuferin von Nordstrom vorbeigehen sehen. Als ich ihm nicht glauben wollte, ist er ausgerastet und hat mir vorgeworfen, ich würde mich absichtlich dumm stellen. Aber dann hat sie dich angerufen, erinnerst du dich? Wie sie aus Versehen eine Nachricht auf meinem Handy hinterlassen hat? Mir ist nichts anderes übrig geblieben, als dich zur Rede zu stellen. Im Nachhinein bin ich mir sicher, dass er dafür gesorgt hat, dass ich es rausfinde. Er wollte mich gegen dich aufbringen.«

»Heiliger Strohsack.«

»Aber wir sind zusammengeblieben. Schließlich war

ich damals schwanger, was Sal nicht wusste. Als ich ihm ein paar Wochen später erzählt hab, dass ich ein Kind erwartete, wirkte er ... am Boden zerstört. So als hätte er verloren. Bei einem Spiel, von dem ich gar nicht wusste, dass wir es spielten.«

»Ich bring ihn um«, sagt Derek tonlos, aber es ist ihm bitterernst. »Ich reiß ihm seine verfluchten Eier ab.«

Marins Handy bimmelt. Eine Textnachricht von Castro. *Alles in Ordnung?*

Castro müsste eigentlich klug genug sein, so etwas nicht zu fragen. Es ist schon lange nichts mehr in Ordnung. Marin antwortet nicht auf die Nachricht, aber sie spürt eine Woge der Trauer in sich aufsteigen. Sie spürt, wie sie wankend am Abgrund steht, am Rande der Hölle. Wenn sie jetzt nicht handelt, wird sie den Verstand verlieren.

Nichts ist in Ordnung. Überhaupt nichts ist in Ordnung.

Noch ein letzter Kraftakt, um es zu Ende zu bringen, dann kann sie loslassen.

»Ich fahre nach Prosser«, sagt sie zu Derek und strafft sich. »Ich muss ihn sehen. Er muss irgendwo auf dem Gelände sein. Ich weiß es. Ich spüre es.«

Sie wissen beide, dass sie von Sal redet.

»Marin, bitte«, sagt Derek entsetzt. »Tu dir das nicht an. Es ist zu lange her. Wir wissen nicht, was Sal ...«

»*Ich. Muss. Meinen Sohn. Sehen.*« Sie schreit nicht. Im Gegenteil, sie spricht ganz leise. Beherrscht. Während sie innerlich kocht. Es macht Derek Angst, sie sieht es in seinen Augen. »Du kannst mitkommen, oder du kannst hierbleiben, das ist mir scheißegal. So oder so, es ist vorbei.«

Sie wissen beide, dass sie nicht das Gespräch meint.

Sie schnappt sich ihre Handtasche, schiebt sich an ihm vorbei, geht in den Windfang, wo sie in ihre Schuhe schlüpft, ihre Jacke und ihre Schlüssel vom Haken nimmt. Als sie die Tür zur Garage aufreißt, sieht sie zu ihrer Überraschung Castros Auto. Es steht mitten in der Einfahrt, sodass sie unmöglich aus der Garage fahren kann. Marin geht hin und klopft an die Windschutzscheibe. Castro kurbelt ihr Fenster herunter.

»Wo wollen Sie hin?«, fragt Castro.

»Nach Prosser. Bitte, fahren Sie aus dem Weg, Vanessa.«

»Steigen Sie ein, alle beide«, sagt Castro, den Blick über Marins Schulter hinweg gerichtet. Marin dreht sich um. Derek steht hinter ihr. »Ich fahre.«

Kapitel 31

Beim Abendessen tun sie so, als wäre alles normal, obwohl überhaupt nichts normal ist, auch wenn Kenzie die Zusammenhänge hinten und vorne nicht durchschaut.

Lorna, die auch an guten Tagen ziemlich sonderbar ist, murmelt aufgeregt vor sich hin, während sie in ihrem Thunfischauflauf herumstochert. Dauernd schaut sie zur Uhr über dem Herd rüber. Der Backofen hat das Haus aufgewärmt, und es ist ein milder Abend, aber sie trägt einen gesteppten Bademantel über ihrer weiten Hose, als wäre es mitten im Winter.

J. R.s Teller ist leer, aber nicht, weil er schon fertig wäre. Er hat überhaupt nichts gegessen. Er geht im Wohnzimmer auf und ab, in der einen Hand einen Joint, in der anderen eine Flasche Bier, und versucht die ganze Zeit, Julian anzurufen, der einfach nicht ans Telefon geht.

In dem kleinen, uralten Röhrenfernseher, der auf der Küchenanrichte steht, läuft *Jeopardy!*. Die Sendung hat gerade angefangen. *Ich nehme »Was zum Teufel ist heute mit allen los« für sechshundert, Alex.*

»Arschloch!«, schreit J. R. aus dem Wohnzimmer.

Im nächsten Augenblick kracht eine Bierflasche gegen

die Wand, und Kenzie erschrickt so sehr, dass sie ihre Gabel fallen lässt. Die Flasche zerspringt in tausend Scherben, die sich auf dem Holzboden verteilen.

Lorna, die Kenzie gegenübersitzt, ist erstarrt und schaut mit angstvoll geweiteten Augen in Richtung Wohnzimmer. Erst als ihr klar wird, dass die Wut ihres Sohnes nicht ihr gilt, entspannt sie sich wieder. Sie nimmt sich einen Brownie aus einer Vorratsdose auf dem Tisch und isst ihn gierig, obwohl ihr Teller noch voll Thunfischauflauf ist. Sie murmelt leise vor sich hin, es klingt wie Wörter, aber Kenzie kann nicht verstehen, was sie sagt.

Will sie ihren geliebten Sohn tatsächlich nicht fragen, warum er gerade eine Bierflasche an die Wohnzimmerwand gepfeffert hat? Die sind doch alle beide nicht ganz dicht.

J. R. ruft nach Kenzie, und sie steht auf. Im Wohnzimmer setzt sie vorsichtig einen Fuß vor den anderen, um nicht auf eine Scherbe zu treten.

»Julian geht nicht an sein Handy.«

»Ja, hab ich mitgekriegt.«

Er linst an ihr vorbei in Richtung Küche, um zu sehen, ob seine Mutter zuhört. Tut sie nicht. Lorna hat eine Portion Auflauf auf J. R.s Teller geschaufelt und ist gerade dabei, ein halbes Brötchen mit Butter zu bestreichen. Kenzie verdreht die Augen. *Scheiße, Alte, er hat doch gesagt, er will nichts essen.*

J. R. packt Kenzie fester als nötig am Arm und zerrt sie noch ein Stück weiter weg von der Küche.

»Wenn ich Julian anrufe, lande ich bloß auf seiner Mailbox«, sagt er.

»Vielleicht ist die Batterie leer.«

»Er hat 'ne Powerbank im Auto.« J.R. versucht es noch einmal. »Wenn er mich bescheißt, ich schwöre dir …«

»Warum sollte er das tun?« Kenzie reibt sich den Arm, wo er sie gepackt hat. »Dazu hat er doch überhaupt keinen Grund. Du bist paranoid.«

J.R. geht wieder auf und ab. »Derek hat gesagt, er zahlt. Julian sollte ihm, sobald er in Seattle ist, eine Nachricht mit dem Treffpunkt schicken und mir dann Bescheid geben, dass die Sache läuft. Aber er meldet sich nicht.«

»Vielleicht ist er noch unterwegs.«

»Er hätte vor einer Stunde in der Stadt sein müssen. Spätestens. Das Treffen sollte jetzt stattfinden.«

»Vielleicht haben sie sich ja getroffen, und er meldet sich gleich.«

»Und warum hat er sein Handy ausgeschaltet?«

»Vielleicht sind sie ja in einem Funkloch.«

»Er würde sich wegen einer Geldübergabe nicht in einem Funkloch verabreden, M.K. Benutz doch mal deinen Scheißverstand!«

»Mach ich ja. Vielleicht hat er einfach … vergessen, sich bei dir zu melden.«

»Julian vergisst nichts.« J.R. schaut sie an. »Der verarscht mich. Das spüre ich.«

»Wenn das stimmt, dann verarscht er mich auch.« Kenzie lässt sich aufs Sofa fallen. »Und soll ich dir mal was sagen? Das ist mir scheißegal. Ich hab das alles satt. Wenn du mir die Sache überlassen hättest, wäre ich jetzt um hunderttausend Dollar reicher.«

»Genau, und ich hätte in die Röhre geguckt.«

»Wieso glaubst du überhaupt, dass dir was zusteht?« Sie funkelt ihn wütend an. »Derek war *mein* reicher Liebhaber, nicht deiner. Meiner. So war das alles nicht geplant. Diese Typen waren meine Einkommensquelle, kapiert? Die haben mich wie ein Flittchen behandelt, okay, aber ich hab sie abgezockt, also waren wir quitt. Ich weiß überhaupt nicht, warum du dich da eingemischt hast. Du bist schließlich nicht mein Zuhälter.«

»Ich hab mir das hier verdient«, sagt J.R. »Ich brauch die Kohle. Glaubst du vielleicht, es ist einfach, diese Kneipe zu führen und gleichzeitig für meine Mutter zu sorgen? Als wir das Weingut verkauft haben, mussten wir als Erstes die Schulden bezahlen, und für uns ist nichts übrig geblieben. Meine Mutter ist immer noch verschuldet. Aber wenn Julian getan hat, was ich vermute, hat er jetzt das ganze Geld. Die ganzen fünfhunderttausend. Und jetzt ist das Arschloch abgetaucht.«

Kenzie blickt auf. »Wieso fünfhunderttausend? Wovon redest du?«

Er bleibt stehen und sieht sie an. »Nichts.«

Da ist ihm gerade was rausgerutscht, was er für sich behalten wollte, aber das lässt sie ihm nicht durchgehen. »Welche fünfhunderttausend, J.R.?«

Er reckt den Hals und schaut in Richtung Küche, aber seine Mutter ist nicht mehr da. J.R.s Teller ist auch verschwunden, ebenso wie die Dose mit den Brownies. Seltsam. Lornas Zimmer liegt am Ende des Flurs. Um dorthin zu gelangen, hätte sie an der Wohnzimmertür vorbeigemusst. Ist sie mit dem Essen nach draußen gegangen?

Die Frau ist komplett gaga.

»J.R., ich gebe keine Ruhe, bis ich weiß, was zum Teufel du gemeint hast«, sagt Kenzie. »Wieso fünfhunderttausend? Derek hat gesagt, er zahlt zweihundertfünfzig, wovon mir hundert zustehen. Ich bin kein Mathegenie, aber für mich geht die Rechnung nicht auf.«

J.R. reibt sich das Gesicht und stößt einen Seufzer aus. »Marin hat Julian zweihundertfünfzig dafür gezahlt, dass er dich umlegt. Als sie von eurer Affäre erfahren hat, wollte sie dich aus dem Weg räumen lassen, und ich hab ihr gesagt, ich hätte jemand an der Hand, der das für sie erledigt.«

»*Wie bitte?*« Kenzie braucht einen Moment, um die Information zu verdauen. Ihr Instinkt hat sie also nicht getrogen – Marin hat die ganze Zeit Bescheid gewusst. Besoffen an ihre Tür zu klopfen, um sie vor allen Nachbarn bloßzustellen, wie Pauls Frau es getan hat, ist eine Sache, aber jemand dafür zu bezahlen, dass er sie umlegt, ist noch viel verrückter. Bloß weil ein Typ fremdgeht, das ist krass. Die sind doch alle komplett durchgeknallt. »Und sie hat ihm das Geld tatsächlich gegeben?«

»Entspann dich«, sagt J.R. »Du warst nie in Gefahr. Aber, ja, sie hat ihn angeheuert. Zumindest hat sie das geglaubt. Ich wollte mir die Kohle mit Julian teilen.«

»Und hättest du mir irgendwann was davon gesagt?«, fragt Kenzie ungläubig. »Oder mir einen Anteil von dem ... *Blutgeld* angeboten?«

Er antwortet nicht, und das sagt alles.

»Du hast mich benutzt«, sagt sie. »Als ich dir von Derek erzählt hab, hast du nur das Geld gerochen und geglaubt, du könntest Marin zurückkriegen. Was bist du für ein Arschloch.« Sie lacht bitter auf. »Ich fass es nicht, dass du einer Frau, die um ihr Kind trauert, eine Viertelmillion Dollar abgepresst hast. Sie ist doch angeblich deine *Freundin*, oder? Weißt du, was, ich hoffe, Julian haut mit der ganzen Kohle ab und gibt dir keinen Scheißcent. Ich weiß wirklich nicht, wer das größere Arschloch ist, du oder ich.«

Mit erhobener Faust macht er einen Schritt auf sie zu, aber diesmal zuckt sie nicht zurück. Sie bleibt einfach sitzen und schaut ihn an, als würde sie ihn zum ersten Mal sehen – und zwar richtig sehen. Sal Palermo junior ist nicht der interessante ältere Typ, für den sie ihn gehalten hat – mit allen Wassern gewaschen, gerissen, einer, der macht, was er will. Er ist einfach ein großes Kind, ein großer, traumatisierter Junge, der von seinem Vater misshandelt wurde und sich jetzt um seine genauso traumatisierte Mutter kümmern muss, und er liebt eine Frau, die seine Liebe nicht erwidert. Er ist nichts weiter als ein beschissener Kleinkrimineller. Sieben Jahre hat sie an ihn verschwendet. Sieben.

Es reicht.

»Mach nur, schlag zu«, sagt sie. »Das ist doch sowieso das Einzige, was du kannst.«

Sie hört die Sirenen, bevor sie das Blaulicht sieht, und sie springt vom Tisch auf, wo sie mit Lorna sitzt und sich *Jeopardy!* zu Ende ansieht. J. R. ist in seinem Zimmer. Er ist vor einer Weile nach oben gestürmt und hat seine Tür zugeschlagen, was bedeutet, dass er vor morgen früh nicht wieder runterkommt.

Ein paar Minuten nach ihrem Streit ist Lorna ins Haus

zurückgekommen. Ihr Gesicht war vor Anstrengung gerötet, was auch immer sie draußen gemacht hat. J. R.s Mutter ist ziemlich beweglich für eine Frau, die angeblich eine künstliche Hüfte braucht. Sie hat sich an den Tisch gesetzt, um die letzte Frage bei *Jeopardy!* mitzukriegen, die sie natürlich beantworten konnte.

Kenzie hat dieses beschissene Haus satt. Und die kaputten Menschen, die darin wohnen.

Sie geht ins Wohnzimmer und schaut aus dem Fenster. Irgendwo blinken rote und blaue Lichter. Sie kann sie nur vage ausmachen, aber es ist klar, dass sie sich nähern.

Verflucht. Die Cops kommen ihretwegen. Offenbar hat Tyler die Vermisstenanzeige nicht rechtzeitig zurückgezogen. Es ist kein Geheimnis, dass Kenzie aus Prosser stammt und mit J. R. befreundet ist. Also suchen die Cops sie als Erstes bei ihm. Wie zum Teufel soll sie sich da rausreden? Die Cops werden sie doch nicht verhaften, weil ihr Mitbewohner *dachte*, sie wäre verschwunden? Sie kann einfach behaupten, dass es ein Missverständnis war. Was sogar stimmt.

Es sei denn, es geht gar nicht um die Vermisstenanzeige. Vielleicht geht es ja um die Lösegeldforderung. Vielleicht hat Derek die Polizei angerufen und gesagt, dass sie entführt wurde und die Entführer Geld von ihm verlangen, wenn er sie lebend wiedersehen will. Wenn das der Grund dafür ist, dass die Cops im Anmarsch sind, hat sie ein Problem. Und J. R. ebenfalls.

Bei all den Lügen lässt sich unmöglich durchschauen, was hier gerade passiert.

Kenzie spürt, dass Lorna hinter ihr unruhig wird, und als sie sich umdreht, sieht sie, dass die alte Frau total panisch ist. Dann hört sie J.R. in seinem Zimmer herumtrampeln. Ohne Vorwarnung und mit überraschender Kraft packt Lorna Kenzie an den Schultern.

»*Weinkeller*«, zischt sie. Im selben Moment kommt J.R. die Treppe herunter.

Ehe Lorna noch etwas sagen kann, stürmt J.R. mit hochrotem Gesicht ins Wohnzimmer und sieht sich um wie ein wildes Tier. Lorna eilt auf ihn zu und legt ihm eine Hand auf die Brust, doch er stößt sie so grob weg, dass sie auf das Sofa fällt.

»Beruhige dich, Sal, bitte«, sagt Lorna.

Aber J.R. ist weit davon entfernt, sich zu beruhigen. Wie zuvor geht er im Wohnzimmer auf und ab, aber diesmal sind seine Schritte länger, und er reibt sich aufgeregt das Gesicht und rauft sich die Haare. Er riecht nach Marihuana. Seine Pupillen sind geweitet, seine braunen Augen schwarz.

»Was soll ich machen?«, fragt er die beiden Frauen. »Scheiße, was soll ich machen?«

»Wir müssen abwarten, was sie wollen«, sagt Kenzie, bemüht, ruhig zu bleiben. Was nicht einfach ist. J.R.s negative Energie ist ansteckend. »Egal, was die Cops denken, ich sag denen, es war ein blöder Streich …«

»Hast du die etwa angerufen?«, fragt J.R.

»Natürlich nicht«, antwortet sie. »Warum zum Teufel sollte ich mir selbst die Cops auf den Hals hetzen?«

»Gott, bist du dämlich.« Er geht wieder im Zimmer auf und ab, während die Sirenen lauter werden. Man kann das zuckende Blaulicht durch die Vorhänge sehen. »Die kommen nicht wegen dir, M.K., die kommen wegen mir.«

Er wendet sich seiner Mutter zu. »Die verhaften mich, Mom. Ich komme wieder in den Knast. Und diesmal für immer.« Er hat Tränen in den Augen, und er sieht sich im Zimmer um, als suche er nach einem Fluchtweg. »Das war Julian. Dieses Arschloch hat mich verpfiffen.«

»Du wirst dich schon irgendwie rausreden«, sagt Kenzie. Derart außer sich hat sie J.R. noch nie erlebt. »Streite einfach alles ab und sag, Julian hätte sich alles ausgedacht. Er hat das Geld von Marin genommen, dann hat er mich entführt und von Derek Lösegeld gefordert. Schieb ihm einfach alles in die Schuhe. Ich bestätige alles, was du sagst.«

Dann wird ihr bewusst, dass Lorna alles mitbekommt und sich über nichts wundert. Als hätte sie die ganze Zeit Bescheid gewusst.

»Mom, hast du noch Dads Pistole?«, fragt J.R.

»In meinem Zimmer«, sagt Lorna. Auch diese Frage scheint sie nicht zu wundern. »Im Safe im Wandschrank. Der Code ist der Geburtstag deines Vaters.«

Welche Pistole? Kenzie hatte keine Ahnung, dass die beiden eine Schusswaffe besitzen.

Kaum ist J.R. aus dem Zimmer, packt Lorna Kenzie wieder am Arm.

»Weinkeller!«, flüstert sie eindringlich. »Los. Schließ die Tür hinter dir ab. Und egal, was passiert, lass meinen Sohn nicht rein, egal, was er sagt. Hörst du?«

Lorna meint ihre Worte todernst, und auf einmal ist sie nicht mehr die dusselige Alte, die Kenzie bisher gekannt hat. Aber warum sagt J.R.s Mutter, sie solle sich im Weinkeller verstecken? Und ihren Sohn nicht reinlassen? Das ergibt überhaupt keinen Sinn.

Die Lichter und die Sirenen kommen immer näher. Die Straße, die zum Haus führt, ist zwar lang, aber ziemlich gerade. Die Polizei ist fast da.

»Mom! Die Pistole liegt nicht im Safe!«, schreit Sal von oben.

Lorna öffnet ihren Bademantel. Die Pistole – die angeblich in einem Wandsafe liegt, von dessen Existenz Kenzie nichts gewusst hat – steckt in ihrem Hosenbund.

»McKenzie«, sagt sie, und es ist vermutlich das erste Mal, dass Lorna sie mit ihrem Namen anredet. »In den Weinkeller. *Sofort!*«

Kenzie dreht sich um und rennt.

Die Tür zum Weinkeller befindet sich unter der alten Probierstube, ungefähr hundert Meter vom Haus entfernt. Kenzie, verängstigt von Lornas Blick, rennt, was das Zeug hält. J. R. ist unberechenbar und auf der Suche nach einer Pistole, die Lorna an sich genommen hat. Und die Cops sind gleich da.

Sie betritt die Probierstube durch die alte Doppeltür, läuft durch den leeren Verkaufsraum, vorbei an Weinfässern und dem langen Tresen. Die Tür am hinteren Ende des Raums, die in den Weinkeller führt, ist unverschlossen, die Treppenbeleuchtung eingeschaltet. Kenzie schlägt die Tür hinter sich zu, schiebt den Riegel vor und bleibt einen Moment stehen, um Atem zu schöpfen. Dann legt sie ein Ohr an die Tür, um zu hören, ob ihr jemand gefolgt ist. Lorna hat ihr eingeschärft, J. R. auf keinen Fall reinzulassen.

Vorsichtig geht sie die Treppe hinunter. Der Weinkeller ist temperaturgeregelt. Dreizehn Grad sind perfekt für Wein, hat J.R. ihr mal erklärt, und die Temperatur muss konstant bleiben, damit die Qualität des Weins nicht leidet.

Aber je weiter sie nach unten kommt, desto deutlicher spürt Kenzie, dass hier auf keinen Fall dreizehn Grad herrschen. Denn dann müsste kühle Luft von unten kommen, stattdessen wird es mit jedem Schritt wärmer. Es fühlt sich an wie ganz normale Raumtemperatur. Also über zwanzig Grad. Unten angekommen, hört sie einen Fernseher laufen.

Ein Fernseher in einem Weinkeller? Einem *warmen* Weinkeller? Sie hält inne. Was zum Teufel hat das zu bedeuten?

Und dann sieht sie es.

Ihr Verstand nimmt alles gleichzeitig auf. Den großen Raum, die leeren Weinregale, das Bett, den Schreibtisch, die Lampe, den Tisch mit dem halb leer gegessenen Teller, die Plastikdose mit den Brownies, die gelben Bananen, die Wasserflasche und überall Spielsachen in allen Größen und Farben.

Und mittendrin steht ein kleiner Junge mit dunklem, amateurhaft geschnittenem Haar. Er trägt einen Schlafanzug, der ihm zu klein ist, und Plüschpantoffeln, und er drückt einen Teddybär an sich, der fast so groß ist wie er selbst. Der Bär hat einen braunen Pullover an, und auf den Pullover ist irgendein Tier aufgenäht.

Ein Rentier.

Kenzie schlägt sich die Hand vor den Mund. Sie steht da wie gelähmt und bringt kein Wort heraus. Sie starrt den kleinen Jungen an. Er mustert sie mit großen Augen, in seinem Blick liegt eine Mischung aus Angst und Hoffnung.

»Bist du meine Mommy?«, fragt er verwirrt. Seine Stimme ist so leise, so süß, und sie zittert. Er gibt sich alle Mühe, nicht zu weinen. »Grandma Lorna hat gesagt, dass meine Mommy kommt.«

Bevor Kenzie etwas Beruhigendes antworten kann – was sie gern möchte, weil der arme Kleine das jetzt braucht –, hört sie die Sirenen direkt über ihren Köpfen.

Die Polizei ist da.

Kapitel 32

Vanessa Castro ist eine gute Fahrerin, und sie schaffen es in der Rekordzeit von zweieinhalb Stunden nach Prosser. Als sie eintreffen, stehen überall Polizeiautos, und das Haus der Palermos ist mit Flatterband abgesperrt. Wie im Kino.

Auf dem Rücksitz von Castros Auto hatte Marin während der überwiegend schweigend zurückgelegten Fahrt ausgiebig Zeit, sich Gedanken darüber zu machen, was sie in Prosser vorfinden würden. Es fühlt sich einfach nicht so an, als wäre ihr Sohn tot. Marin hat immer geglaubt, dass sie es spüren würde, falls es passierte, dass sie ein Beben in den Knochen oder einen Stich ins Herz spüren würde, oder dass sie eines Morgens aufwachen und es einfach *wissen* würde. Frances hat es auch gewusst. Frances hat es in ihren Träumen gesehen.

Aber vielleicht war es bei Frances auch einfach Zufall, vielleicht reicht die Intuition einer Mutter nicht so weit. Castro hat Marin geraten, sich keine großen Hoffnungen zu machen, und das tut sie auch nicht, aber tief in ihrem Herzen lebt immer noch ein winziges Körnchen Hoffnung – das, was nach all den Monaten seit Sebastians Entführung noch übrig ist. Und es ist das Einzige, was ihr Herz am Schlagen hält.

Castro parkt ihren Wagen, und sie steigen aus. Sofort kommen zwei Polizisten auf sie zu. Castro legt Marin eine Hand auf den Arm.

»Ich frage nach, was hier los ist«, sagt Castro. »Warten Sie hier.«

Marin sieht sich um. Die Szenerie ist überwältigend. Nicht nur die Polizei ist angerückt, auch das FBI ist da, und es herrscht hektisches Treiben, das wegen des zuckenden Blaulichts noch chaotischer wirkt. Marin erkennt keinen der FBI-Leute, woraus sie schließt, dass der für ihren Fall zuständige Ermittler noch nicht eingetroffen ist. Ein FBI-Mann geht zu Castro hinüber, die mit ein paar Polizisten zusammensteht. Anscheinend hat Castro etwas über Marin gesagt, denn auf einmal schauen sie alle zu ihr herüber. Aus der Entfernung kann sie nicht hören, was gesprochen wird.

Jetzt im Dunkeln sieht das Haus der Palermos ganz anders aus. Im Licht des Vollmonds wirkt es noch verfallener, als Marin es in Erinnerung hat. Die Fenster sind verschmutzt, überall blättert Farbe ab. Bei Tageslicht verleihen die Weinberge ringsum dem Haus einen rustikalen Charme, den es jetzt nicht hat.

Ihr ist nicht kalt, und doch fröstelt sie. Irgendwo hier auf diesem Grundstück ist ihr Sohn. Jede Zelle ihres Körpers ist angespannt. Sie ist sich ganz sicher, dass er hier ist. Egal, wie lange es dauert, sie werden ihn finden. Egal, was sie finden, egal, in welchem Zustand er ist, Marin wird hier nicht weggehen, ehe Sebastian gefunden ist und sie ihn mit nach Hause nehmen kann. Als hätte er ihre Gedanken gelesen, berührt Derek ihren Arm. Sie macht einen Schritt von ihm weg.

Castro ist wieder da. Ohne Umschweife sagt sie: »Sal hat eine Pistole. Er hat auf seine Mutter geschossen.«

»Sal hat auf *Lorna* geschossen?« Marin kann es nicht glauben. Lorna würde keiner Fliege etwas zuleide tun, ihr Sohn ist ihr ein und alles. Und nach dem zu urteilen, was Sal Marin erzählt hat, kann sie sich nur mit Mühe bewegen. Warum in aller Welt sollte Sal auf seine Mutter schießen? »Das ist unmöglich.«

»Er hat ihr in den Arm geschossen, und sie hat der Polizei gegenüber behauptet, es sei ein Unfall gewesen«, sagt Castro. »Angeblich hat er die Pistole seines Vaters gesucht, und als er gesehen hat, dass seine Mutter sie hatte, wollte er sie ihr abnehmen. Dabei hat sich ein Schuss gelöst.«

Marin sieht zu Derek hinüber. Sie fragt sich, ob er alles mitgehört hat. Er steht reglos da, verloren in all dem Tumult, und wirkt wie betäubt. Sie kann es ihm nicht verübeln. Wenn das hier vorbei ist, wird es ihr genauso ergehen. *Aber jetzt muss sie noch durchhalten.*

»Wo sind die beiden jetzt?«, fragt sie Castro.

»Lorna ist im Krankenhaus. Man hat sie gefragt, ob sie irgendwas über Sebastian weiß, aber sie konnte nichts sagen. Bei dem Gerangel mit Sal um die Pistole hat sie sich den Kopf gestoßen, und das hat ihre alte Kopfverletzung wieder verschlimmert. Sie ist völlig verwirrt, redet unzusammenhängendes Zeug.«

»Und wo ist Sal?«

»Er ist noch im Haus. Die Sanitäter durften seine Mutter aus dem Haus holen, um sie ins Krankenhaus zu bringen, aber er weigert sich rauszukommen. Er sagt …« Sie zögert kurz. »Er sagt, er redet nur mit Ihnen.«

»Kommt nicht infrage«, sagt Derek, plötzlich wieder hellwach. Es sind die ersten Worte, die seit einer Stunde aus seinem Mund kommen. »Auf gar keinen Fall.«

»Ich will aber mit ihm reden«, sagt Marin. »Ich will wissen, wo Sebastian ist, und er ist der Einzige hier, der es mir sagen kann.«

Derek packt sie entsetzt am Arm. »Nein, Marin. Er ist gefährlich. Du kannst nicht da reingehen …«

»Sie braucht nirgendwohin zu gehen.« Castro dreht sich um und winkt einen der FBI-Leute herbei. »Sie können mit ihm telefonieren, Marin.«

Sie bringen sie zu einer Stelle, von wo aus sie ihn sehen kann.

Sal ist in seinem Zimmer im ersten Stock und schaut aus dem Fenster. Marin sitzt auf dem Beifahrersitz eines Streifenwagens, der ungefähr fünfzehn Meter vom Haus entfernt neben der Baumschaukel steht. Sie hat um Privatsphäre gebeten, und man hat ihr zugestanden, allein in dem Auto zu sitzen, das jedoch von zwei Polizisten bewacht wird. Da das Gespräch aufgezeichnet wird, darf sie nicht ihr eigenes Handy benutzen, sondern telefoniert mit einem Handy, das ihr einer der FBI-Leute gegeben hat.

Sie sieht Sal in seinem Zimmer hin und her gehen, den Lauf der Pistole an seinen Kopf gedrückt. Mit seiner freien Hand nimmt er den Anruf nach dem ersten Klingeln an.

»Lebst du noch?«, fragt sie.

Er bleibt stehen und schaut aus dem Fenster in ihre Richtung. Sie kann sein Gesicht kaum erkennen. Aber im Halbdunkel des Zimmers ist seine Gestalt auszumachen. Sie winkt ihm aus dem Auto zu. Er winkt zurück.

»Im Moment noch«, sagt er mit einem düsteren Lachen.

»Warum, Sal?«, fragt sie sanft.

»Dass es so kommen würde, hatte ich nicht geplant, Mar, das schwöre ich dir.« Sals Stimme zittert. »Ich brauchte das Geld. Ich wollte Sebastian einen oder zwei Tage bei mir behalten, bis Derek das Lösegeld gezahlt hätte, aber die Cops und das FBI waren überall, deswegen ist mir nichts anderes übrig geblieben als abzutauchen. Ich hab ihn hierhergebracht, damit meine Mutter sich um ihn kümmern konnte. Ich hab ihr gesagt, Derek wäre genauso gewalttätig wie mein Vater es war, und sie hat's mir geglaubt. Wir haben uns entschlossen …«

»Wer wir? Du und Julian?«

»Ja. Wir haben uns entschlossen, die Füße stillzuhalten, bis Ruhe eingekehrt war. Das hat ungefähr einen Monat gedauert. Nachdem du aus dem Krankenhaus warst, haben wir Derek die Lösegeldforderung geschickt. Aber auf dem Weg zum Treffpunkt sind wir aufgehalten worden. Als Julian mit Derek gesprochen hat, hab ich ihn schreien hören. Und Sebastian hat geweint. Da … bin ich einfach durchgedreht. Dein Mann ist schon immer ein eingebildetes Arschloch gewesen, und ich wollte es ihm heimzahlen. Also haben wir einfach aufgelegt. Und ein paar Minuten später hab ich Derek gesagt, Sebastian wäre tot.«

Marin bringt kein Wort heraus. Tränen laufen ihr

über die Wangen. Sal lacht wieder, es klingt unendlich verbittert.

»Das Verrückte ist, dass er dir nichts davon erzählt hat«, sagt Sal. »Ich hab mir alles Mögliche vorgestellt, wie es ablaufen könnte, aber ich wäre nie auf die Idee gekommen, dass er es dir nicht erzählen würde, dass er ein Geheimnis daraus machen würde. Er hat kein Sterbenswörtchen gesagt. Zu dir nicht und auch zu niemandem sonst.«

»Er dachte, ich würde wieder versuchen, mich umzubringen.« Marin wappnet sich für die nächste Frage. Die schwerste von allen. »Wo ist mein Sohn, Sal?«

»Ich will, dass du weißt, dass ich dich liebe«, sagt er mit erstickter Stimme. »Ich liebe dich seit dem Moment, als ich dir begegnet ...«

»Sal, bitte, wo ist mein Sohn?«

»Im Weinkeller.«

Sie atmet hörbar ein. »Lebt er oder ist er tot?«

Stille. Fünf Sekunden, zehn Sekunden, sie weiß es nicht, aber es fühlt sich an wie eine Ewigkeit. Dann, endlich, vier Wörter, so leise, dass sie sie kaum versteht.

»Es geht ihm gut.«

Marin reißt die Autotür auf und schreit aus Leibeskräften: »Weinkeller!« Aber sie wissen es längst, denn sie haben alles mitgehört und sich bereits in Bewegung gesetzt.

»Das Traurige ist, ich hätte dir das Geld gegeben, Sal«, sagt sie. »Ich hätte dir immer geholfen. Ohne nachzudenken. Du bist mein bester Freund. Du hättest mich nur zu fragen brauchen.«

Sie schaut zum Fenster hoch. Sal hat die Hand wieder

gehoben, und sie denkt, dass ein Winken immer gleich aussieht, egal ob zur Begrüßung oder zum Abschied.

»Ich liebe dich, Marin«, sagt er, dann legt er auf.

Sie hört den Knall, und sie sieht das Mündungsfeuer und kann sich nur vorstellen, wie es sich anhört, als Sals Körper auf dem Boden aufschlägt.

Marin und Derek dürfen nicht in den Weinkeller hinuntergehen oder auch nur die Probierstube betreten, also warten sie draußen. Sekunden vergehen wie Minuten. Minuten vergehen wie Stunden.

Endlich geht die Doppeltür auf. Als Erste kommt McKenzie heraus, von einem Polizisten am Arm geführt. Man hat ihr keine Handschellen angelegt. Ihre Miene hellt sich auf, als sie Derek sieht, aber nur für einen Augenblick, dann fällt ihr offenbar wieder ein, dass sie nicht mehr zusammen sind, es nie wirklich waren und nie wieder sein werden. Schweigend und ohne Marin eines Blickes zu würdigen, geht sie an den beiden vorbei.

Einen Augenblick später geht die Tür wieder auf. Und da, an der Hand eines Polizisten, ist ihr Sohn.

Der Mann und Sebastian zögern in der Tür. Die vielen Lichter und der Trubel machen dem Jungen Angst. Mit seinem freien Arm drückt er einen riesigen Teddybär an sich und schaut mit großen Augen in sämtliche Gesichter. Erst an Marins Gesicht bleibt sein Blick hängen. Vorsichtig hebt sie eine Hand, sie fürchtet, sie könne ihn erschrecken, und noch mehr fürchtet sie, dass dies alles nicht real ist, dass er sich in Luft auflöst, sobald sie einen Schritt macht, so wie in ihren Träumen. Sein Gesicht – sein schönes, rundes, süßes Gesicht mit den Augen, die er von ihr geerbt hat – ist genauso, wie sie es in Erinnerung hat. Aber er ist gewachsen. Irgendwo in der Nähe hört sie Derek schluchzen.

Ihr kleiner Sohn hält ihren Blick ein paar Sekunden lang, dann plötzlich begreift er, wer sie ist, und seine Miene hellt sich auf. Sie ist zu weit von ihm entfernt, um seine Stimme zu hören, aber sie sieht, wie seine Lippen das Wort formen: *Mommy.*

Sebastian.

Sie läuft zu ihm, er lässt seinen Teddybär fallen und rennt ihr mit ausgebreiteten Armen entgegen, und es ist wirklich wie in ihren Träumen, nur dass sie sich diesmal um den Hals fallen, denn er ist hier, er ist wirklich, er lebt, und er ist in Sicherheit.

Und Marins Herz – das sie vor vierhundertvierundneunzig Tagen weggesperrt hat – erwacht wieder zum Leben.

TEIL VIER

Einen Monat später

Every new beginning
comes from some other beginning's end.

Semisonic

Kapitel 33

Als Marin das Green Bean betritt, ist die Schlange am Tresen lang. Aber sie ist nicht hergekommen, um Kaffee zu trinken. Sie rückt den Gurt der schwarzen Tasche zurecht, die sie über der Schulter trägt, und sieht sich um. Die Tasche gehört Derek, sie hat sie aus dem Kofferraum seines Wagens geholt. Was sie enthält, braucht er nicht. Und sie auch nicht.

Es dauert einen Moment, bis sie die junge Frau entdeckt. Sie arbeitet nicht am Tresen, sondern ist gerade dabei, im hinteren Teil des Cafés einen Tisch abzuwischen. Sie blickt auf, als Marin sich ihr nähert. Ihre Haare sind nicht mehr rosa, sondern gelblich blond, was ihre Haut blass wirken lässt. Komisch, als Marin sie zum ersten Mal gesehen hat, wirkte sie so dynamisch, so schön, so unglaublich jung und voller Leben. Jetzt sieht sie aus wie eine ganz normale überarbeitete Studentin – erschöpft, gestresst, nichts Besonderes.

McKenzie erbleicht und weicht zurück. Marin hebt eine Hand.

»Ich bin nicht hier, um eine Szene zu machen«, sagt sie, woraufhin McKenzie unübersehbar ausatmet. »Können wir reden?«

Der Tisch in der hinteren Ecke ist frei, es ist derselbe, an dem Marin gesessen hat, als sie hier war, um McKenzie auszuspionieren. Kann es sein, dass das erst fünf Wochen her ist? Es fühlt sich an, als wäre es in einem anderen Leben gewesen. Jetzt geht sie regelmäßig zur Therapie, bringt Sebastian zur Therapie und bemüht sich um einen geregelten Tagesablauf, den ihr inzwischen fünfjähriger Sohn dringend braucht.

Aber es geht ihm gut. Die Kinderpsychologin versichert ihr immer wieder, dass Kinder widerstandsfähig sind, und Dr. Chen sagt das Gleiche. Lorna hat Sebastian, soweit die Umstände es zuließen, gut behandelt. Sal hatte seine Mutter anfangs belogen und behauptet, sie müsse ihm helfen, Marins Sohn vor Derek in Sicherheit zu bringen, dem angeblich gewalttätigen Ehemann, und natürlich war Lorna einverstanden. Sie glaubte alles, was Sal ihr erzählte … na ja, bis sie ihm irgendwann nichts mehr glaubte.

Während der sechzehn Monate, die Sebastian bei ihr war, hat sie für ihn gekocht, ihn gebadet, ihm vorgelesen, ihm Spielsachen gekauft. Soweit es möglich war, ist sie jeden Tag mit ihm nach draußen gegangen, wo er in der Sonne umhertollen konnte. Sie hat ihm jeden Tag von seiner Mommy erzählt, dass seine Mommy ihn liebhabe, dass er ihr fehle und dass sie ihn so bald wie möglich abholen werde. Von Derek hat sie kaum gesprochen, da sie ihn für gewalttätig hielt, aber sie hat ihn auch nicht schlechtgemacht.

Mit ihrer Hüfte hatte Lorna keine Probleme. Sie hatte sich von ihrer Hüftoperation im Jahr zuvor gut erholt, und alles andere über ihren angeblich schlechten Gesundheitszustand hatte Sal erfunden, um seine vielen Fahrten nach Prosser zu rechtfertigen, die er unternahm, um nach Sebastian zu sehen. Die Verletzung am Arm war zum Glück nur ein Streifschuss, aber die Kopfverletzung, die sie sich bei dem Gerangel um die Pistole zugezogen hat, war schlimm. Sie musste noch einmal operiert werden und liegt immer noch im Krankenhaus.

Marin setzt sich an den Tisch und stellt die Tasche neben sich auf den Boden. Die Tasche ist nicht besonders schwer, aber sperrig, und Marin ist froh, sie nicht mehr tragen zu müssen. McKenzie setzt sich ihr gegenüber und legt den Putzlappen mitten auf den Tisch wie eine Barriere aus Mikrofasern.

»Sie sehen furchtbar aus«, sagt Marin.

»Na, vielen Dank auch«, antwortet McKenzie, doch dann zuckt sie die Achseln. »Geschieht mir recht. Mein Mitbewohner hat mich rausgeworfen. Die Frau, bei der ich letzte Nacht gepennt hab, hat einen Hund, der meine Katze nicht ausstehen kann, und keiner von uns hat viel Schlaf abgekriegt.« Sie senkt den Blick und klaubt ein Katzenhaar von ihrem T-Shirt. »Wie geht's Ihrem Sohn?«

»Sehr gut«, sagt Marin. »Seinetwegen bin ich hier.«

McKenzie erstarrt. »Wie bitte?«

»Sal – Verzeihung, J. R. – hat Ihnen vielleicht erzählt, dass ich einen Killer angeheuert habe, um Sie aus dem Weg räumen zu lassen.« Marin spricht leise. Trotzdem ist es entsetzlich, sich das alles aussprechen zu hören. »Heute weiß ich, dass der Mann nie vorhatte, den Auftrag auszuführen. Ich wurde von einem Betrüger betrogen. Aber, ehrlich gesagt, und ich glaube, dass ich Ihnen das anvertrauen kann, wollte ich tatsächlich, dass Sie sterben. Ich hatte meinen Sohn verloren, und ich dachte, Sie würden mir auch noch meinen Mann wegnehmen. Ich war, gelinde gesagt, ziemlich neben der Spur.«

McKenzie nickt kaum merklich, aber Marin entgeht es nicht.

»Haben Sie von Julian gehört?«, fragt Marin.

McKenzie schüttelt den Kopf. »Seit dem Tag, an dem er das Foto für die Lösegeldforderung gemacht hat, nicht mehr. J.R. dachte, er wolle sich das ganze Geld, das Sie ihm gezahlt hatten, unter den Nagel reißen und verschwinden, und anscheinend hat er genau das getan.« Sie deutet ein Lächeln an. »Gut, dass die beiden Ihnen nicht noch mal zweihundertfünfzigtausend abgeluchst haben.«

Mit einem Fuß schiebt Marin die Tasche in McKenzies Richtung, bis sie deren Bein berührt. »Ja, das ist gut so. Sonst könnte ich Ihnen das Geld jetzt nicht geben.«

McKenzie runzelt die Stirn. Sie wirft einen kurzen Blick auf die Tasche, dann sieht sie Marin wieder an. »Was meinen Sie damit?« Sie schaut sich um. »Ist das ein Trick, oder was?«

»Nein, kein Trick«, sagt Marin. »Ich habe jemanden dafür bezahlt, dass er sie tötet, und egal, was passiert ist, seitdem lebe ich mit dem Wissen, dass ich Ihren Tod wollte. Ich habe es mir anders überlegt und den Auftrag zurückgezogen. Trotzdem war es falsch, und ich kann nicht damit leben, dass ich es gewollt habe. Vor allem jetzt, wo ich meinen Sohn wiederhabe.«

McKenzie öffnet den Mund, um etwas zu entgegnen, aber es kommt nichts heraus, und sie schließt ihn wieder.

Marin steht auf. »Ich bin also hier, um es wiedergutzumachen. Wir hätten Sie wegen Erpressung anzeigen können, aber Derek hat der Polizei gesagt, dass Sie seiner Meinung nach selbst ein Opfer waren. Ich persönlich glaube das nicht, ich glaube, er redet so, weil er ein schlechtes Gewissen hat. Ich halte Sie für eine intelligente junge Frau, die genau weiß, was sie mit ihren reichen Liebhabern macht. In gewisser Weise belohne ich Sie auch noch dafür, dass Sie versucht haben, mein Leben zu ruinieren. Aber um nachts ruhig zu schlafen, brauche ich ein reines Gewissen; ich muss mir sagen können, dass ich wenigstens versucht habe, das wiedergutzumachen, was *ich* getan habe. Ich habe jemandem eine Viertelmillion Dollar gezahlt, damit er Sie tötet, und jetzt bezahle ich eine Viertelmillion Dollar als Wiedergutmachung. Behalten Sie das Geld, verbrennen Sie es, spenden Sie es, mir ist egal, was Sie damit machen.«

McKenzie starrt sie fassungslos an und wartet auf eine Pointe, die nicht kommt.

»Außerdem«, sagt Marin, »waren Sie nett zu meinem Sohn. Sebastian hat mir erzählt, dass sie bei ihm im Weinkeller waren. Sie haben ihm die Hand gehalten, Sie haben ihn in den Arm genommen, als er Angst bekam, und Sie haben ihm versichert, dass alles gut werden würde. Sebastian mag Sie. Er nennt sie die Frau mit den rosa Haaren. Er nennt Sie seine Freundin. Deswegen habe ich noch eine Kleinigkeit draufgelegt.«

McKenzie schluckt. »Der Kleine ist wirklich süß«, sagt sie, als sie endlich ihre Sprache wiederfindet. »Und ... danke. Für das hier. Meine Mutter ist krank. Das ... das hilft mir sehr.«

»Gern geschehen. Übrigens sollten Sie sich die Haare wieder rosa färben. Es stand Ihnen gut.«

Marin lässt die Tasche stehen und geht. Beim Verlassen des Cafés stellt sie sich McKenzies Gesicht vor, wenn sie die Tasche öffnet und die Christian Louboutins erblickt, die sie bewundert hat, als sie sich in Marins Haus geschlichen hat. Marin hat sie oben auf die Geldscheinbündel gelegt.

Okay, Karma. Wir sind quitt.

Kapitel 34

Es ist der erste Dienstag im Monat.

Marin fährt auf den Parkplatz des Big Holes. Sie kann sich nicht erinnern, wann sie das letzte Mal vor einem Gruppentreffen nervös war – wahrscheinlich als sie zum ersten Mal hier war, als die Trauer und der Schock noch ganz frisch waren. Simon und Lila sind schon da, ihre Autos stehen auf dem Parkplatz. Und natürlich ist Frances auch da, ebenso wie Jamie, neben deren Auto Marin gerade einparkt.

Sie hat sich bei allen persönlich gemeldet, nachdem die Nachricht vor einem Monat bekannt wurde. Sie und Derek haben alle Interviewanfragen abgelehnt, aber eine öffentliche Erklärung abgegeben, in der sie ihre Dankbarkeit über die Rückkehr ihres Sohnes zum Ausdruck gebracht haben. Marin weiß nicht, ob es den anderen recht ist, dass sie zum heutigen Treffen kommt. Es war Frances' Idee, aber Frances lebt emotional in einer anderen Welt als die anderen Gruppenmitglieder.

Genau wie Marin.

Sie schaut Sebastian im Rückspiegel an; er sitzt in seinem Kindersitz. Er lächelt ihr Spiegelbild an, und sie erwidert das Lächeln. »Wollen, wir, mein Schatz?«

»Ich möchte einen Donut mit bunten Streuseln«, sagt er. »Gibt es da auch Spielsachen?«

»Hm, ob es Spielsachen gibt, weiß ich nicht.« Marin schnallt sich ab und steigt aus. »Aber auf jeden Fall gibt es Donuts. Alle möglichen Sorten. Wir bleiben nicht lange, okay? Ich möchte nur ganz kurz Hallo sagen. Normalerweise kommen nur Erwachsene her, aber Frances möchte dich gern kennenlernen.«

»Wer ist Frances?«

»Eine Freundin von mir. Sie ist sehr nett, und ihr gehört der Donutladen.« Marin hebt ihn aus seinem Kindersitz. Ganz selbstverständlich schiebt er seine kleine Hand in ihre, als sie den Parkplatz überqueren. Es ist erstaunlich, wie ihre Hände nach sechzehn Monaten der Trennung immer noch automatisch zueinanderfinden.

»Hat deine Freundin Kinder?«, fragt Sebastian hoffnungsvoll.

»Sie hatte mal eins«, antwortet Marin, und Sebastian bohrt nicht weiter.

Sie öffnet die Tür zum Laden. Niemand steht hinter dem Tresen, und wie immer um diese Tageszeit sind nur ein paar Kunden da, lauter Stammkunden. Die Leute schauen sie an, als sie mit Sebastian den Laden durchquert, und sie erwidert ihr Lächeln. Sie atmet tief durch, bevor sie die Tür zum Hinterzimmer aufdrückt.

Marin hofft inständig, dass sie das Richtige tut, dass niemand sich verletzt fühlt.

»Überraschung!«, rufen alle wie aus einem Mund, und Sebastian lässt vor Schreck Marins Hand los.

Sie schaut ihn ängstlich an, aber sie braucht sich keine Sorgen zu machen. Ihr Sohn klatscht begeistert in die

Hände beim Anblick von einem Dutzend Heliumballons, die unter der Decke schweben, mit bunten Bändern, die bis zum Boden reichen. In der Mitte des Raums steht ein Tisch mit einem Stapel Donuts in allen Farben und daneben ein *Paw Patrol*-Kuchen mit blauem und weißem Zuckerguss. Auf einem großen Schild, das über dem Tisch hängt, steht nur: *Sebastian.*

Frances kommt auf sie zu, umarmt sie beide und küsst sie auf die Wangen. Dann kommt Simon, mit Tränen in den Augen, dann Jamie mit ihrem schüchternen Lächeln, und schließlich Lila, die ihre beiden kleinen Kinder mitgebracht hat. Es gibt Musik und Geschenke – *So viele Geschenke, Mommy!* –, und Sebastian schnappt sich den Donut mit den bunten Zuckerstreuseln vom Stapel auf dem Tisch und schenkt ihn einem von Lilas Kindern.

Marin hatte befürchtet, dass es die anderen schmerzen würde, ihren Sohn gesund und munter zu erleben, obwohl ihr alle am Telefon versichert haben, sie würden sich freuen, ihn zu sehen. Sie atmet erleichtert auf. Ob sie ihre eigenen Kinder wiederhaben oder nicht, sie alle freuen sich von Herzen über dieses Kind, über das sie so oft gesprochen haben, dieses Kind, für dessen Wohlergehen und für dessen Rückkehr sie alle gebetet haben.

Frances drückt Marins Hand. »Derek konnte nicht mitkommen?«

»Nein«, sagt Marin. »Er steht nicht so auf Gruppentreffen. Er erwartet uns zu Hause. Heute ist Kinoabend. *König der Löwen.*«

»Kommt ihr beide miteinander klar?«

»Ja«, antwortet sie. »Es muss sein. Für Sebastian. Wir bleiben im Haus, und es tut uns gut. Vorerst jedenfalls. Ich weiß noch nicht, wie es weitergeht, das wird die Zeit zeigen. Wir lieben uns immer noch. Wie sind gute Freunde. Und wir wollen beide das Beste für unseren Sohn. Das ist im Moment das Einzige, dessen ich mir sicher bin.«

Frances umarmt sie noch einmal.

Marin schaut zu den spielenden Kindern hinüber. Sebastian ist so begeistert, dass seine mit Zuckerguss beschmierten Wangen gerötet sind. Nachts wacht sie immer noch auf und rennt in sein Zimmer, um sich zu vergewissern, dass er schläft und es ihm gut geht, aber Dr. Chen hat ihr versichert, dass es mit der Zeit aufhört. Zumindest braucht sie keine Schlaftabletten mehr.

Ihr Handy bimmelt, und sie nimmt es heraus. Es ist eine Textnachricht von Derek.

Gib mir Bescheid, wenn ihr losfahrt, dann bestelle ich Pizza. Aber lasst euch ruhig Zeit. Freue mich auf euch. Küsschen.

Sie weiß nicht, wie sie auf so etwas reagieren soll, deswegen tut sie das Einzige, was sie guten Gewissens tun kann. Sie schickt ihm ein Herzchen.

Während Sebastian spielt und die anderen in Gespräche vertieft sind, setzt Marin sich mit ihrem Handy in eine Ecke. Die Menge an Nachrichten, die sie in den vergangenen Wochen von Freunden, Verwandten und Kundinnen erhalten hat, ist überwältigend. Sie hat noch immer nicht alle beantwortet.

Auf ihrem Handy sind auch noch ein paar alte Nachrichten von Sal. Sie bringt es nicht übers Herz, sie zu löschen. Es fällt ihr schwer, den Mann, den sie zu kennen glaubte, mit dem Mann in Einklang zu bringen, als der er sich schließlich entpuppt hat. Er hat sie die Hölle durchmachen lassen, aber er hat ihr auch geholfen, die Hölle zu überleben. Sie waren mehr als zwanzig Jahre lang beste Freunde, und bis auf die letzten anderthalb waren es gute Jahre. Es ist verwirrend, dass Liebe und Hass nebeneinander existieren können, miteinander verwoben und irritierend und beunruhigend, selbst über den Tod hinaus.

Sals Nachrichten sind das Einzige, was sie noch daran erinnert, dass er irgendwo tief im Innern ein guter Mensch war. Und dass er sie geliebt hat. Er wird ihr nie wieder eine Nachricht schicken.

Sie liest noch einmal seine letzte Nachricht, die gleiche, die er ihr Monat um Monat jeden Morgen geschickt hat.

Lebst du noch?

Irgendwo im Raum platzt ein Ballon, und Sebastian quiekt vor Vergnügen. Marin geht das Herz über.

Ja, sie lebt noch. Und wie.

Anmerkungen der Autorin

Einen Roman zu schreiben ist immer schwierig, aber noch nie hat mir das Schreiben eines Buchs so viel abverlangt. Ich skizziere meine Geschichten nicht im Voraus, und so kommt es häufig vor, dass ich selbst überrascht bin – oder mich erschrecke – über die Richtung, die eine Geschichte nimmt. Es hat mich sehr mitgenommen und mir fast das Herz gebrochen, die Tiefen der Finsternis auszuloten, in die Marin nach der Entführung ihres kleinen Sohnes abstürzt. Ich habe selbst einen kleinen Sohn, und ihn zu verlieren, ist meine größte Angst. Es war nicht leicht, mich mit Marins geistigem und emotionalem Zustand zu beschäftigen, aber in meinem Bemühen, ihre widersprüchlichen Gefühle ihrem Charakter getreu zu schildern, wollte ich nicht Gefahr laufen, irgendetwas zu beschönigen. Mir ist bewusst, dass ihre Gedanken und ihr Handeln für manche Leser und Leserinnen schwer zu ertragen sind.

Falls Sie jemals den Wunsch hegen sollten, sich selbst Schaden zuzufügen oder sich das Leben zu nehmen, bitte suchen Sie sich Hilfe. Sie sind nicht allein.

Danksagung

Ein absoluter Höhepunkt in meinem Leben als Schriftstellerin war der Tag, an dem Victoria Skurnick mein Manuskript aus dem riesigen Haufen herausgefischt hat, der sich bei ihr angesammelt hatte. Zehn Jahre und sechs veröffentlichte Bücher später arbeiten wir immer noch zusammen, und ich kann nur allen Autoren und Autorinnen eine Agentin wünschen, wie ich sie habe. Sie löscht alle meine Feuer und tötet alle meine Drachen. Ohne Sie wäre all das nicht möglich gewesen, Victoria, und ich bin Ihnen jeden Tag von Neuem dankbar.

Es gibt keinen Moment, vor dem sich eine Schriftstellerin mehr fürchtet, als den, in dem sie die E-Mail mit dem fertigen Manuskript im Anhang abschickt. Wenn frau Glück hat, ist der Verleger am anderen Ende wohlwollend. Keith Kahla, es ist eine Freude, mit Ihnen zusammenzuarbeiten. Sie versuchen nie, mich von etwas abzubringen, was ich zu tun versuche, sondern helfen mir, mein Ziel zu erreichen, und das macht meine Bücher besser. Danke für Ihre harte Arbeit, für Ihre Ratschläge und für Ihr Vertrauen in meine Vision.

Worte reichen nicht aus, um meinen Dank an das Team von Minotaur Books und St. Martin's Press zum

Ausdruck zu bringen. Andrew Martin, Kelley Ragland, Jennifer Enderlin, Martin Quinn, Sarah Melnyk und Alice Pfeifer – Sie sind das Dream-Team jeder Autorin. Tausend Dank für alles, was Sie für mich tun.

Ein riesengroßes Dankeschön an die International Thriller Writers, an die Crime Writers of Color und an The Thrill Begins für das tolle Gemeinschaftsgefühl und für die Unterstützung in einer Branche, in der es verdammt hart zugehen kann.

Mein ganz besonderer Dank geht an Ed Aymar, der mich fast jeden Tag zum Lachen bringt (oder zumindest dazu, dass ich die Augen verdrehe). Jeder Autor/jede Autorin braucht einen besten Freund/eine beste Freundin, und es tut mir leid/überhaupt nicht leid, dass du an mich geraten bist.

Chevy Stevens, vielen Dank für Ihren Rat. Ich weiß nicht, ob Sie meine Mentorin werden wollten, aber das sind Sie im vergangenen Jahr für mich gewesen, und ich schätze mich glücklich, Sie zur Freundin zu haben.

Vielen Dank, Gabino Iglesias, Hannah Mary McKinnon und Caroline Bertaud für Ihre Hilfe bei den Übersetzungen aus dem Spanischen und dem Französischen. Sie waren mir eine große Hilfe!

Bücherblogger und Bookstagramfans, ihr seid der Sonnenschein, der die Welt der sozialen Medien für mich erhellt. Danke für eure Leidenschaft, eure Kreativität und eure Großzügigkeit.

Mom, Tim, Dad, John, alle Mitglieder der Familien Pestaño, Perez und Blohowiak in Kanada, auf den Philippinen und in den USA – ich danke euch allen für eure Liebe und eure Unterstützung. *Mahal kita, salamat.*

Annie, Dawn, Lori und Shell, ihr seid die besten Vertrauten, Reisegefährtinnen, Shoppingfreundinnen, Kneipendates und überhaupt die besten Komplizinnen, die eine Frau haben kann. Ich liebe euch! Danke, dass ihr immer da seid.

Moxie Poo, wie ist es möglich, dass es mal eine Zeit gab, in der du nicht existiert hast? Darren, du gibst mir alles, von dem ich nicht mal wusste, dass ich es wollte. Irgendetwas muss ich richtiggemacht haben, dass das Universum mir euch beide geschenkt hat. Ihr Blohowiak-Jungs seid das Beste in meinem Leben. Ich schreibe zwar Thriller, aber unsere Liebesgeschichte ist bei Weitem meine Lieblingsgeschichte. Ich liebe euch.